THESCHE
WULFF

WIND
FLÜCHTERIN

DIE FRAUEN VON HELGOLAND

ROMAN

Besuchen Sie uns im Internet:
www.droemer-knaur.de

Originalausgabe April 2025
© 2025 Droemer Verlag
Ein Imprint der Verlagsgruppe
Droemer Knaur GmbH & Co. KG
Maria-Luiko-Straße 54, 80636 München
Dieses Werk wurde vermittelt durch die
Monika Kempf Literaturagentur.
Redaktion: Silvia Kuttny-Walser
Covergestaltung: Teresa Mutzenbach
Coverabbildung: Teresa Mutzenbach unter Verwendung
von Motiven von Shutterstock.com
Satz und Layout: Adobe InDesign im Verlag
Druck und Bindung: CPI books GmbH, Leck
ISBN 978-3-426-65958-8

Kontaktadresse nach EU-Produktsicherheitsverordnung:
produktsicherheit@droemer-knaur.de

2 4 5 3 1

PROLOG

Williams Geburtstag. Und plötzlich steht Vati vor der Tür. Mutti fliegt ihm um den Hals. Mir bleibt nur sein raues Hosenbein. Er beugt sich herunter. Natürlich zu William. Er hebt ihn hoch und wirbelt ihn durch die Luft. Und Vati lacht mit ihm. Dann setzt er ihn wieder ab. »Ist groß geworden, unser Junge«, sagt er zu Mutti. Sie nickt mit glänzenden Augen. Er legt den Arm um sie, und sie gehen ins Haus. Seit William da ist, ist Vati weg. Nur manchmal kommt ein Brief von ihm. Oder eine Karte, wie zu meinem Geburtstag. Feldpost steht da drauf. »Das ist die neue Zeit«, hat die Ooti gesagt. Und geschluchzt. Und der Opa musste sie stützen.

Vati packt seinen Tornister aus. Eine Blume für Mutti. Sie lächelt schon wieder. Ganz sanft. Riecht an der Blume, als ob die gar nicht so zerrupft ist. Ich sehe alles ganz genau, von der Tür aus. Wage mich nicht näher heran. Es ist Williams Geburtstag. Vati zieht ein Stöckchen aus der Tasche. Mit Flügeln dran. Sonnengelb. Grasgrün. Himmelblau. Und rot wie der Felsen. Er sieht nicht mal her zu mir, sondern drückt es William in die Hand. Vati pustet kräftig, und die Flügel drehen sich. William juchzt. Er lässt seine Windmühle nicht mehr los. Nicht mal beim Essen, und niemand verbietet es. Beim Mittagsschlaf und in der Nacht liegt sie in seinem Bett.

Am nächsten Tag muss Vati wieder weg. »Bin bald zurück«, flüstert er Mutti zu. Ganz leise. »Dauert nicht mehr lange.« Ich höre es genau.

Wie das Brummen. Das höre ich auch im Schlaf. Und bin gleich hellwach. Mutti stürzt herein und reißt William aus dem Bett. Der schreit nach seiner Windmühle, aber Mutti achtet nicht darauf. Ich schnappe sie mir und renne hinterher. Drücke sie ihm in die Hand. Und er gibt Ruhe. Mutti setzt ihn ab, lauscht. »Die Flak!«, ruft sie. Ich weiß. Wir müssen in den Bunker. Sie greift nach dem Korb und der Tasche. Ich packe Williams Hand, so fest ich kann. Wir stürmen hinaus. Laufen los. Alle laufen. Gegen den Wind. Ich höre Klickern. Wie beim Murmelspielen. Und doch anders. »Flaksplitter«, sagt Mutti. Die fallen um uns herum. Da lässt William die Windmühle los. Eine Böe treibt sie vor sich her. Und William brüllt. Er reißt an meiner Hand. Seine Fingerchen rutschen. Ich packe fester zu. Noch fester. Ich bin die Ältere, ich komme bald zur Schule. Ich muss den Kleinen festhalten, zerre ihn weiter. Meine Hand tut weh und mein Arm. William brüllt und brüllt und stemmt sich gegen mich. Mutti ist einen Schritt voraus. Die Windmühle treibt an ihren Füßen vorbei. Sie sieht es nicht. Sieht nur den Bunker, den Eingang zur Spirale. Der Wind zerfetzt die Flügel. Den sonnengelben. Den grasgrünen. Den himmelblauen. Nur der rote ist noch heil. Das Stöckchen trudelt auf den Abhang zu. Und William reißt sich los.

1

Rastloser Westwind über dem Meer und über der Insel, in Böen stürmisch. Sie hörte es genau. Obwohl das Fenster geschlossen war. Doro zog sich die Decke über den Kopf. Fünf Uhr früh und gleich würde der Wecker klingeln. Noch so ein Tag an Land. Weil das Meer zu aufgewühlt war. Der achte in dieser Schicht. Wieder nur bis zum Hafen gehen und nicht an Bord. Nicht hinausfahren in den Windpark, sondern auf Station arbeiten. Diese Wettertage erschienen ihr endlos. Stunde um Stunde zogen sie sich hin. Wenn es hinausging zu einem Windrad, kam ihr das nie so lange vor. Dabei dauerte so eine Schicht sogar sechs Stunden bis zur Mittagspause und danach noch einmal sechs bis zum Feierabend.

Sie gähnte. Heute würde sie nicht die Erste beim Frühstück sein. Sie schob die Beine über die Bettkante und richtete sich langsam auf. Vielleicht hätte sie ein paar Tage freinehmen sollen. Heimfahren. Zur Großmutter aufs Festland. Elsie damit überraschen. Und sich selber auch. Sie brach selten aus diesem vorgegebenen Rhythmus aus: vierzehn Arbeitstage und vierzehn Tage frei. Doch wenn der Wind weiter zulegte, fuhr nicht einmal mehr das Schiff nach Cuxhaven. Dann kam auch keine Ablösung. Und sie saß hier fest. Auf diesem kahlen roten Felsen.

Doro drehte die Dusche auf. Bloß nicht daran denken, dass es so weit kommen konnte. Dass sie über ihre Schicht hinaus noch tagelang bleiben musste. In den vier Jahren, die sie hier arbeitete, war das selten vorgekommen. Sie erinnerte sich kaum noch daran. Das heiße Wasser lief über ihre Schultern. Die Anspannung wegspülen. Einfach so, mit dem Wasser den Rücken hinunter, in den Abfluss. Sie schloss die Augen, zögerte den Moment hinaus, in dem sie ihre Hand auf den Edelstahlknauf legen und den Regler von heiß auf kalt stellen würde. Eiskalt.

Wenig später setzte sie sich zu Steffen, einem der Schlosser, an den Frühstückstisch. »Moin.«

Er nickte ihr zu und wischte sich Krümel aus dem Bart.

Sie blies in ihre Kaffeetasse.

»Jetzt machst du auch noch Wind.« Er grinste.

»Und was sagt der Wetterbericht?«, fragte Doro.

Steffen winkte ab. »Wir müssen noch zwei, drei Tage Geduld haben.«

Gegen sechs Uhr brachen sie alle auf. Es war dunkel draußen und kalt. Doro schlug den Kragen hoch. Ein paar Grad über null. Wenigstens fühlte es sich im Wind so an. Sie gingen zügig. Einige Männer unterhielten sich über ein Handballspiel, das sie am Abend zuvor im Sportkanal gesehen hatten. Doro dagegen hatte sich früh zurückgezogen. Das Handy stumm, das Tablet ausgeschaltet. Hatte sich nach Ruhe gesehnt und nach Alleinsein. Manchmal brauchte sie das. Besonders nach so einer Reihe von Wettertagen.

Gut zwanzig Minuten später erreichten sie das Gelände am Südhafen. Die neongrünen Streifen auf Jespers Montur leuchteten ihnen bereits von Weitem entgegen. Der Leiter der Station erwartete sie an der Tür zum Servicegebäude. Er verteilte die Tagesaufgaben, erteilte die Freigabe und schickte die Männer in die Halle. Dann wandte er sich Doro zu. »Komm mit.« Sie steuerten sein Büro an. »Hast du es dir inzwischen überlegt?« Er deutete auf den Stuhl neben seinem Schreibtisch. »Du hast doch das Zeug dazu, die Station zu leiten!«

Doro sah ihn nachdenklich an. »Dann bin ich aber nicht mehr jeden Tag mit draußen.«

Er legte seine Unterlagen ab. »Hin und wieder schon. Und bei allen Schulungen, Übungen und Sicherheitstrainings natürlich auch. Das Abwinschen vom Heli bleibt dir jedenfalls nicht erspart.«

Als ob sie es darauf anlegte! Sich vom Hubschrauber abzuseilen, gehörte zu ihren Lieblingsübungen. Sie musste dazu zwar auch in den unförmigen Überlebensanzug steigen, aber wenig später sicher am Haken zu hängen und durch die Luft zu schweben, fühlte sich für Doro nach Freiheit an. Obwohl ihr dieses Wort nicht über die Lippen kam. Ebenso wenig wie irgendein Wort, das auch nur ansatzweise die Erfahrung beschrieb, sich unter Wasser aus einem Helikopter zu befreien.

»Du leistest gute Arbeit, sonst hätte ich dich gar nicht erst gefragt. Beim *Troubleshooting* bist du spitze, und das weißt du auch.«

Doro setzte sich hin. »Ich brauche jemanden, auf den die Männer hören. Nicht nur die Azubis. Die Handwerker, die Techniker, die ITler. Und die Crews auf den Schiffen. Du hast mehr als das nötige Wissen, die Erfahrung – und ein Händchen dafür.« Jesper sah sie erwartungsvoll an. »So verkaufst du dich unter Wert.«

Doro verschränkte die Arme.

Jesper blätterte kurz in einer Mappe auf dem Schreibtisch.

Doro sah sich in dem winzigen Büro um. Auf einem der Monitore war die Karte des Windparks mit den Symbolen für jede der achtzig Turbinen zu sehen. Die Betriebsdaten wurden angezeigt und wiesen die Windgeschwindigkeit, produzierte Leistung, Drehzahl und Statusmeldungen der Steuerung aus. Im Moment liefen sie alle.

»Am besten du siehst mir die nächsten zwei, drei Tage über die Schulter, damit du einen Eindruck von den Aufgaben hier bekommst«, sagte Jesper. »Und wenn du zusagst, sorge ich für den Rest und leite alles in die Wege.«

Doro zögerte. Einerseits liebte sie neue Herausforderungen, und Jespers Job zu übernehmen, *Site Managerin* zu werden, schien eine zu sein. Andererseits fand sie es jeden Morgen aufs Neue spannend, zu den Windrädern oder zum ›dicken Malte‹, wie sie die Trafostation nannten, hinauszufahren und dort mit zwei Kollegen zu arbeiten. Sie konnte sich kaum vorstellen, stundenlang in diesem Büro vor den Bildschirmen zu hocken. Und immer Rücksprache mit der Leitwarte in Bremerhaven zu halten. Am besten auf Englisch, wegen der Mitarbeiter aus Skandinavien. Und wer weiß, was noch alles dazukam.

»Sind wir uns einig?«, drängte Jesper.

»Tja, einverstanden – was die nächsten zwei, drei Tage angeht.«

»Fein! Dann mal los.«

In den folgenden achtundvierzig Stunden flaute der Wind tatsächlich ab. »*Deutsche Bucht nord- bis nordostdrehend um 4, abnehmend um 3, später schwach umlaufend, See 1 Meter*«, notierte Jesper. Nicht mehr als eine mäßige Brise, um die zwanzig Stundenkilometer. Leicht bewegte See, die Wellenhöhe deutlich unter einem Meter fünfzig, wusste Doro. Also konnten die Männer wieder zu den Windrädern hinausfahren. Jesper teilte die Teams ein, überprüfte, ob jeder seine persönliche Schutzausrüstung angelegt hatte und die benötigten Werkzeuge und Ersatzteile gepackt waren. Doro fröstelte. Sie zog den Reißverschluss ihrer Jacke bis unters Kinn zu. Ein wenig beneidete sie die Männer jetzt. Dann fragte sie sich, ob es wohl auch jemanden unter ihnen gab, der lieber an ihrer Stelle an Land bliebe. Der fand, dass ihm die Leitung der Station eher zustand als ihr. Der länger dabei war oder sich für qualifizierter hielt. Gehört hatte sie bisher nichts. Nicht einmal Sticheleien. Doro hielt das Klemmbrett mit den Listen fest in beiden Händen. Sie beobachtete das Boarding an der Kaikante, rührte sich nicht, als das Schiff ablegte. Sie sah ihm länger als nötig hinterher, gerade so, als müsste sie es mit ihrem Blick aus dem Hafen lotsen. Rasch verschwand es in der Dunkelheit. Nur die weiße Gischtspur wies noch einen Moment lang nach Norden, bevor sie verging. Schließlich folgte Doro dem *Site Manager* wieder ins Büro.

»Vielleicht bist du irgendwann froh, nicht mehr jeden Tag in den Turm klettern zu müssen«, sagte Jesper.

Vielleicht, dachte Doro, irgendwann.

»Dann kümmern wir uns heute erst mal um die Ersatzteilbestände und sehen, was nachbestellt werden muss. Aber nie das Büro ohne den Funk verlassen!« Jesper reichte ihr sein Tablet. »Gib gleich alles in die Tabelle ein.«

Der Tag verlief ohne Zwischenfälle. Und doch atmete Doro auf, als die Männer abends gegen sieben wieder an Land kamen. Die Feierabendroutinen nahmen ihren Lauf, und eine halbe Stunde später gingen sie gemeinsam zurück zum Hotel.

Am nächsten Morgen meldete sich ein Elektriker krank. Jesper musterte den Dienstplan eingehend.

»Ich fahr mit raus!«, rief Doro, noch bevor er fragen konnte.

»War's denn so schrecklich, hier mit mir im Büro?«

Doro schüttelte den Kopf.

Jesper grinste. »Schon gut. Das war ja wohl nicht dein letztes Wort, was die Stationsleitung angeht?«

»Nein. Bestimmt nicht.«

Doro eilte zu den anderen hinüber. Die Teamleiter packten mit den Lageristen die Ausrüstung und verstauten die Ersatzteile, die sie da draußen möglicherweise brauchten, in den orangefarbenen *Lifting Bags*. Jeder Handgriff saß. Sie verstanden sich wie immer ohne viele Worte. Wenig später überprüfte Jesper noch einmal, wer zu welchem Team gehörte, stellte klar, was auf welcher Mühle zu tun war, und erteilte schließlich die Freigabe.

Als das Zubringerschiff den Hafen Richtung Windpark verließ, entspannte sich Doro. Insgeheim hatte sie befürchtet, dass Jesper sie im letzten Moment doch noch zurückrufen und auf der Station behalten würde. Sie rieb sich die Hände, spürte, wie die Vorfreude auf die Arbeit in der Gondel ihren Körper flutete. Am liebsten hätte sie die ganze Fahrt über an der Reling gestanden und nach den rot blinkenden Leuchtfeuern Ausschau gehalten, nach der Hindernisbeleuchtung, die signalisierte, dass sie sich den Anlagen näherten. Doch im Morgengrauen zehrten Kälte und Wind schnell an ihren Kräften. So blieb Doro unter Deck und streckte sich, wie die Männer, in ihrem Sitz aus. Die meisten dösten vor sich hin. Einige wiegte das Schaukeln sogar wieder in den Schlaf. Doro lauschte dem Motorengeräusch. Es kam ihr behaglich vor. Früher war das Schiff eine Fähre gewesen, die in den rauen Fjorden Norwegens verkehrte. Heute hieß es nur kurz CTV – *Crew Transport Vessel* – und war umgebaut und verstärkt worden für seine größte Belastung, das Manöver zum Überstieg der

Teams auf die Turbinen oder die Umspannplattform. Es dauerte knapp eine Stunde, bis sie den Windpark, der fünfundzwanzig Kilometer nordwestlich von Helgoland lag, erreichten.

Doro richtete ihre Montur und zurrte den Helm fest.

»Wir sind noch lange nicht dran.« Steffen lehnte sich in seinen Sitz und gähnte.

»Als Dritte«, erwiderte Doro.

»Wenn du den Halt beim ›dicken Malte‹ nicht mitzählst!«

Doro setzte sich wieder hin. Sie beobachtete Mark, den IT-Spezialisten ihres Teams. Er tastete gerade nach den Karabinern und Gurten, als wollte er sich erneut vergewissern, dass sie richtig lagen, um später die Sicherheitsleinen einzuhaken. Er zog seine Rettungsweste zurecht und überprüfte, ob sie sorgfältig verschlossen war. Mark gehörte erst seit drei Monaten zum Wartungsteam, und manchmal kam es Doro so vor, als würde er die Abläufe für sich im Stillen durchgehen wie den Plan für einen Schaltschrank. Immerhin sah er nicht mehr so aus, als kämpfe er gegen Seekrankheit an und schäme sich dafür.

Richtung Osten wurde der Himmel heller. Sonnenaufgang. Irgendwo hinter den Wolken. Wenn der Wind weiter abnahm, liefen die Anlagen nur noch im Trudelbetrieb. Wenn der Wind wieder zulegte, wurde das Übersteigen für Doro und die Männer unmöglich. Jedenfalls bis es den neuen Hightech-Katamaran mit den hydraulisch gefederten Kufen auch für ihren Park gab. So lange blieb für die schweren Störfälle nur noch das Abseilen vom Hubschrauber, hinunter auf die schmale Plattform oben auf der Gondel. Jedenfalls bis Windstärke acht oder neun. Bis der Wind Sturm hieß und selbst für die Windräder zu stark blies. In Abschaltgeschwindigkeit.

13

Durchs Fenster sah Doro die endlose Reihe der Riesen im Meer. Jeweils das unterste Segment war gelb lackiert. Endlich näherten sie sich der Turbine mit der Kennung MSO 32. Sie war bereits abgeschaltet.

Doro überquerte das Deck, das sonnengelbe *Transition Piece*, kurz TP, des Turms mit der Leiter fest im Blick. Steffen und Mark konnten kaum Schritt halten mit ihr. Der Kapitän steuerte das Schiff mit dem Bug gegen das TP. Der Stoß brachte niemanden aus dem Gleichgewicht, aber die Gummipuffer quietschten, als sie auf die Leiter trafen. Der Kapitän gab Schub, um das Schiff stabil zu halten. Das Wasser schien zu brodeln. Doro spürte die Vibrationen in jeder Faser ihres Körpers. Sie sog die salzhaltige Luft ein. So wach und lebendig fühlte sie sich sonst nirgends.

Ein Crewmitglied gab den Überstieg frei. Doro ging als Erste hinüber, hakte die Sicherheitsleine ein und stieg die Stufen hinauf zum Eingang in den Turm. Mark folgte ihr. Steffen blieb vorerst zurück, denn er musste sich heute darum kümmern, dass ihre *Lifting Bags* mit dem Material an den Haken des Krans kamen. Doro und Mark fuhren in dem schmalen Aufzug hinauf und kletterten die letzten zwanzig Meter über die Leiter zum Eingang der Gondel. Doro stieß die Luke auf. Einhaken. Aushaken. Einhaken. Anfangs waren ihr die Karabiner zum Sichern an den Leitern und am Einstieg der Gondel riesig vorgekommen. Inzwischen arbeiteten ihre Finger selbst in den Handschuhen wie von alleine. Und das Geschirr, in dem sie steckte, all die Gurte, Verbindungsmittel, Läufer, Falldämpfer, fürs Auffangen und gegen das Abstürzen und Anprallen, nahm sie kaum noch wahr. Sie wusste, dass ihr Leben davon abhing und das ihrer Kollegen gleich mit, wenn es zu einem Notfall kam.

Doro stieg durch die Luke ins Maschinenhaus. Es war genauso kalt wie draußen und schwankte im Wind. Sie meldete das Team bei der Leitwarte an. Dann öffnete sie das Dach. Frische Luft strömte ihr durch den Hub entgegen und die Geräusche, die von den anderen Anlagen herüberwehten. Die riesigen Rotorblätter der MSO 32 standen reglos. Doro ließ den Blick kurz aus neunzig Metern Höhe übers Meer schweifen. Sie konnte einfach nicht widerstehen. Ob die Wellen nun im Sonnenlicht glitzerten und sie sah, wie sich ein Fischschwarm im Schatten der Mühle sammelte, ob Seenebel waberte, Regen aus tief hängenden Wolken fiel oder Eiskristalle an der Außenhaut des Turms schimmerten. Schnell wandte sie sich wieder ab und dem Kran zu. Ein Seehund tauchte aus dem Wasser auf. Er reckte den Kopf. Mit seinen großen, hell umrandeten Augen verfolgte er ihre Aktion. Mark stand nicht weit von Doro entfernt. Sie gab ihm ein Zeichen, doch er wandte sich ab. Er wirkte blass. Vielleicht sollte sie mit ihm reden, bevor es der Stationsleiter tat. Am besten allein. Nach Feierabend. Vorerst würde sie auf ihn achten. Musste sichergehen, dass er hundertprozentig einsatzbereit war.

»Alles in Ordnung bei dir?«, rief sie ihm zu.

Er nickte. »Passt schon.«

»Sicher?«

Sein Ja schien im Wind zu trudeln.

Doro überlegte, ob ihr das reichte. Jeder hatte bessere und schlechtere Tage. Aber hier oben mussten sie funktionieren. Mark kam näher und half ihr, die Seesäcke abzunehmen.

Doro gab das Okay nach unten, sodass auch Steffen übersteigen konnte. Der Seehund tauchte ab. Das Schiff fuhr weiter zur nächsten Mühle. Danach dümpelte es im Park, bis es sie gegen Abend abholen kam. Wenig später schlossen sie das

Dach der Gondel wieder. Steffen stieß zu ihnen, und sie begannen mit ihrer Arbeit.

Die Männer und sie hielten den Park am Laufen. Waren gewissermaßen die Schnittstelle zwischen Hardware und Software. Sorgten eigenhändig dafür, dass sich die Rotoren in Bewegung setzen konnten. Der Generator störungsfrei arbeitete. Ebenso die Subsysteme. Dass die Messelektronik funktionierte und die Steuerelemente wie vorgesehen reagierten. Dass sich die Gondel in den Wind drehte und so die Energie aus der Luft zu Strom wurde, der schließlich ins Seekabel floss. Tag für Tag. Nur den Wind konnten sie nicht beeinflussen. Und was er manchmal mit sich brachte.

Doro hielt inne. Irgendetwas ging vor da draußen. Sie hörte es genau. Die anderen Turbinen schienen auszutrudeln. Sie sah auf. Steffen schien es auch zu bemerken. Er ließ den Schlagschrauber sinken, lauschte. Die Rotoren mussten stillstehen. Alle. Doro schloss einen Moment die Augen, als ob sie so noch besser hörte. Keine Flaute. Zweifellos. Der Wind strich weiter um die Türme. Doch er bewegte nichts. Blieb nur zu hoffen, dass die Anlagen gleich wieder anlaufen würden.

Steffen seufzte.

»Zwangspause?«, fragte Mark, ohne den Blick vom Laptop mit dem Diagnosetool zu heben.

»Für alle«, brummte Steffen. Er legte das Werkzeug weg und faltete die Stühle auf.

Wenn es nur nicht zu lange dauerte, dachte Doro. Nichts war schlimmer als Warten, als ausharren zu müssen, ohne etwas tun zu können. Außer die Station anzufunken, wenn gar keine Nachricht oder Anweisung kam.

Aber dort oder in der Leitwarte waren sie der Störung sicher schon auf der Spur. Womöglich eine Überlastung im Netz. Wieder mal. Oder einfach ein technischer Defekt.

»Vielleicht brauchen wir heute die Notration«, unkte Mark.

Doro verdrehte die Augen. »Willst du jetzt schon auf die Überlebensplattform gehen?«

»Nein, nein!«, versicherte Mark schnell.

»Drei Stunden dauert's mindestens.« Steffen strich sich über den Bart. »Vielleicht auch vier.«

»Ich wette, eher sechs!« Mark klang fast euphorisch.

»Wie kommst du denn darauf?«, wollte Doro wissen.

Mark zuckte die Schultern.

»Und du«, fragte Steffen, »willst du mit einsteigen?«

Sie schüttelte den Kopf.

»Komm schon«, drängte er, »wetten wir ums Feierabend-bier!«

»Wann immer wir das kriegen«, warf Mark ein.

»Oder um eine Runde Eiergrog«, schlug Steffen vor, »den magst du doch so gerne, bevor's nach Hause aufs Festland geht.«

»Na schön«, gab Doro nach. »Ich sage, in spätestens einer Stunde laufen die Turbinen wieder an.«

Steffen verschluckte sich fast vor Lachen.

Doro presste die Lippen zusammen. Eine Weile würde das Licht hier drinnen noch leuchten, doch dann ging ihnen der Strom aus. Um den Hub wieder zu öffnen, reichte er sicher nicht mehr.

»Sie werden doch das Dieselaggregat anwerfen?«, fragte Mark. Er schien plötzlich verunsichert.

»Erst wenn gar nichts mehr geht«, wusste Steffen. Für ihn und Doro war es nicht das erste Mal, dass sie so eine Situation erlebten. Für Mark dagegen war es die Feuertaufe.

Doro wusste, auch ohne auf die Uhr zu sehen, dass sie schon seit Stunden im Dunkeln saßen. Länger als je zuvor. Jesper hatte sich nur einmal kurz von der Station aus gemeldet. Die Störung musste schwierig zu lokalisieren sein. Hier in der Gondel konnten sie nichts dazu tun. Sie hörte Steffen schnarchen. Mark war still. Einmal hatte er seine Helmlampe kurz eingeschaltet. Jetzt packte er seinen Proviant aus und begann zu essen. Doro konzentrierte sich darauf, tief ein- und auszuatmen. Sie mochte sich nicht vorstellen, an Jespers Stelle im Servicehaus zu sitzen, Kontakt mit den Wartungsteams im Park zu halten, ohne ihnen etwas Genaueres sagen oder ihre Fragen beantworten zu können. Die Konferenzschaltung mit der Leitwarte in Bremerhaven anzumelden, auf eine stabile Verbindung zu hoffen und auf Nachrichten, die den Stillstand beendeten. Immerhin wäre sie dort beschäftigt und würde nicht tatenlos ins Dunkel starren. Vor allem nicht stundenlang. Wie zuletzt als kleines Mädchen.

Doro musste plötzlich an damals denken. Damals, als sie gehofft hatte, dass ihre Mutter zurückkam, sie wieder mit hinaus in die Welt nahm und sie nicht bei Großmutter Elsie und Großvater Hannes zurückließ. Weil sie doch schon so groß und vernünftig war mit ihren sechs Jahren. Weil sie in eine ordentliche Schule gehen sollte. Weil sich jemand um sie kümmern musste, während ihre Mutter sich um fremde, um kranke, um hungernde Kinder kümmerte. Doro hatte seit Langem nicht mehr an diese ersten Nächte allein bei den Großeltern gedacht. Mindestens seit die letzte Postkarte ihrer Mutter angekommen war. Vor einem halben Jahr vielleicht. Oder vor acht Monaten. Aus Bhutan. Oder war das die vorletzte Karte gewesen? Aus Peru? Aus irgendeinem entlegenen Winkel der Welt jedenfalls. Elsie hob die Karten noch immer in der Schublade vom Küchentisch auf, obwohl keiner von beiden sie mehr als einmal las. Nicht nur, weil die Schublade klemmte. Der Mutter ging es immer gut. Es gab viel zu tun. Es war zu heiß, zu kalt, zu trocken, zu nass, zu windig. Unvorstellbar, diese Bedingungen zum Leben und zum Arbeiten, behauptete sie. Und kritzelte ›San‹ unter ihre Zeilen, als wäre Sandra schon zu viel verlangt. Briefe schrieb sie nie. Anfangs war sie selten zu Besuch gekommen. In den letzten fünfundzwanzig Jahren gar nicht mehr. Doro hatte schon mit neun Jahren aufgehört, darauf zu hoffen und zu warten. Damals hatte sie beschlossen, nachts nicht mehr wach zu liegen. Nicht mehr in die Dunkelheit zu starren, als könnte sie dadurch Bilder heraufbeschwören aus der Zeit, in der sie an der Seite ihrer Mutter in fernen Ländern unterwegs gewesen war. In der sie Wärme gespürt hatte und den Wind auf der Haut.

Doro blinzelte in die Finsternis. Mark kaute immer noch. Und Steffen schlief. Sie tastete nach dem Funkgerät. Es hing unverändert an ihrer Montur. Stumm. Damals hatte sie sich die Ohren zugehalten, wenn sie in der Stille glaubte, die Stimme ihrer Mutter zu hören. Doch Sandras Worte wollten sich einfach nicht aussperren lassen. Sie rumorten in Doros Kopf. Tag und Nacht. Kaperten ihre Gedanken. Trugen sie fort aus dem Schulunterricht. Schnürten ihr den Hals beim Essen zu. Sie stocherte mit der Gabel auf dem Teller herum, bis die Großmutter schimpfte. Großvater Hannes winkte ab. Doch Elsie ereiferte sich: »So geht das nicht weiter! Die Kleine sieht auch bald aus wie ein Biafra-Kind. Die Nachbarn glauben noch, wir lassen sie verhungern!«

»Sie braucht Ablenkung.« Der Großvater entschied, Doro nachmittags mit in seine Werkstatt zu nehmen.

»Das ist doch nichts für ein kleines Mädchen«, widersprach Elsie.

»Darum ja gerade.« Er streckte die Hand nach Doro aus.

Sie sprang auf und griff danach.

»Wenn dir langweilig wird, kommst du zurück!«, rief Elsie ihr nach.

Als die Haustür hinter ihnen zufiel, neigte der Großvater den Kopf. »Davon versteht sie nichts«, sagte er zu Doro. »Aber wir beide!«

Gemeinsam gingen sie die paar Schritte über den Hof zu seiner Werkstatt. Dort reparierte er Fernseh- und Radioapparate für Stammkunden aus der Siedlung. Einige kamen sogar von außerhalb. Die meisten fuhren aber schon in die Stadt, weil der Elektromarkt eine größere Auswahl neuer Geräte anbot.

Zunächst saß Doro still bei ihm, beobachtete jeden seiner Handgriffe, folgte seinen Fingern in das Gewirr aus Drähten und Röhren. Sie spürte seine Konzentration dabei und seine Zufriedenheit, wenn er die Rückseite eines Geräts verschloss, es einschaltete und es tadellos funktionierte. Er schaffte es. Jedes Mal aufs Neue. Fand den Fehler, brachte die alte Technik wieder zum Laufen. Doro strahlte ihn an, und er nickte ihr zu. Stolz. Sie sah es noch genau vor sich.

Am liebsten wäre ihr Großvater dann sofort zum nächsten Auftrag übergegangen, wenn er nicht eine Rechnung hätte schreiben müssen. Anfangs schien ihm das lästig zu sein. Denn er sah seinen Verdienst vor allem darin, Radio- und Fernsehgeräte zu verkaufen. Funktionstüchtigkeit zu gewährleisten, gehörte für ihn praktisch dazu. Und so manches Mal behauptete er, die Reparatur sei ein Garantiefall gewesen, auch wenn die Großmutter ihm das nicht glauben wollte. Bald jedoch fand er sich damit ab, detaillierte Rechnungen zu schreiben. Weil er seine Arbeitsschritte dabei noch einmal rekapitulieren konnte. Für Doro. Die jede Erklärung gierig aufsog.

Als die Aufträge spärlicher hereinkamen, zerlegte er mit ihr gemeinsam Geräte, die keiner mehr haben wollte. Manche sollten zu Ersatzteilspendern werden, andere durfte Doro wieder zusammenbauen. Dabei sollte natürlich kein Teil übrig bleiben. Eine wahre Herausforderung. Doro liebte diese Nachmittage mit Großvater Hannes in seiner Werkstatt. Er fand, dass sie sich schon als Grundschülerin geschickter anstellte als so mancher Lehrling, den er ausgebildet hatte. Und sagte ihr das auch. Sie wollte immer mehr darüber wissen, wie die Dinge funktionierten und wie sie sich wieder in Gang bringen ließen. Später langweilte sie sich im Physikunterricht, fachsimpelte mit den Nerds, ergatterte Praktikumsplätze, um die sie so mancher Mitschüler beneidete.

»Du schaffst das schon, mein Mädchen«, hatte Großvater Hannes immer zu ihr gesagt. Auch an ihrem letzten gemeinsamen Tag in der Werkstatt.

Doro seufzte. Sie dachte selten an diese frühen Jahre bei ihren Großeltern. Jetzt tauchten plötzlich Szenen aus der Finsternis auf wie aus einem alten Videofilm. Einem, der sich nicht anhalten ließ. Sie wollte eigentlich nicht daran erinnert werden, wie ihr Großvater umfiel und nicht wieder aufstand. Wie die Großmutter vergeblich darauf wartete, dass ihre Tochter zur Beerdigung anreiste, aber nicht einmal eine Postkarte von Sandra kam. Und vor allem, wie die Großmutter schon wenige Tage später die Werkstatt ausräumen ließ. Doros Betteln half nichts, und ihre Tränen auch nicht. Und schließlich verstummte sie, als sie eines Nachmittags nach

Schulschluss entdeckte, dass nicht mehr ein einziger Stein im Hof an ihre Werkstatt erinnerte. Weil Großmutter Elsie sie hatte abreißen und Erde aufschütten lassen, um ihren Gemüsegarten zu erweitern.

Doro wusste nicht mehr, wie lange sie es ausgehalten hatte, Elsie anzuschweigen. Doch eines Tages, als sie aus der Schule kam, stand die Großmutter nicht wie üblich am Herd und kochte Mittagessen für sie beide. Elsie saß am Tisch. Ihre Schultern bebten. Doro umklammerte die Türklinke. Die Großmutter schluchzte. So wie sie nicht einmal auf der Beerdigung vom Großvater geschluchzt hatte. Doro wagte kaum, sich zu rühren. Ihre Schläfen pochten und ihr Herz. Die Großmutter tastete nach etwas, das auf dem Tisch lag. Zwischen den Tellern und Tassen vom Frühstück. Doro konnte nicht sehen, was es war. Sie zitterte. Es war noch nie vorgekommen, dass die Großmutter nicht aufgeräumt hatte. Wenn es nur keine Postkarte war, die da vor dem offenen Glas mit Marmelade lag, eine Postkarte von Sandra. Eine, die von den üblichen abwich. Die mitteilte, dass eine Windböe sie auf einer steilen Bergstraße ins Schleudern gebracht hatte. Sie in einem Wirbelsturm vermisst wurde. Oder sie und ihre Klippenspringerfreunde sich doch einmal verrechnet hatten. Doro löste ihre schwitzigen Finger von der Türklinke. Sie schob sich in die Küche. Und noch einen Schritt weiter. Elsie schien sie nicht zu bemerken. Jedenfalls drehte sie sich nicht nach ihr um. Endlich konnte Doro an der Großmutter vorbeilugen. Ihr zerknittertes Stofftaschentuch lag zwischen den Krümeln vom Frühstücksbrot. Keine Postkarte! Doro lief auf Elsie zu und umarmte sie. Sie drückte sie, so fest sie konnte. »Sei mir nicht böse, Omi. Bitte, bitte sei mir nicht böse!«, brach es aus Doro heraus. Dann ließ sie die Großmutter wieder los, hockte sich neben ihren Stuhl und legte den Kopf in ihren Schoß.

Elsie sah aus rot geweinten Augen auf sie herab. »Ich … ich …«, die Worte kamen mühsam, die Stimme klang heiser. »Ich bin dir nicht böse.« Ihre Hand sank auf Doros Haarschopf. Und blieb dort liegen. Lange. Sehr lange.

Doro strich sich eine Strähne aus dem Gesicht. Sie hatten nie mehr darüber gesprochen. Elsie hatte nichts erklärt, und Doro hatte nicht gewagt, ihre Großmutter danach zu fragen. Wozu auch? Doro wunderte sich nur darüber, dass es ihr ausgerechnet jetzt wieder in den Sinn kam, nach all den Jahren.

Doro hörte, dass Mark seine Proviantbox verstaute und leise seufzte.

Sie wandte sich in seine Richtung. »Alles verputzt?«

»So ziemlich. Und du?«

»Hab keinen Hunger.«

»Aber die Mittagspause muss längst vorbei sein.«

»Spielt keine Rolle heute.«

»Verstehe. Meinst du, es geht überhaupt noch weiter?«

»Klar! Warum denn nicht?«

»Habt ihr schon mal hier oben übernachtet?«

Doro überlegte, ob sie ihm wirklich davon erzählen sollte. Von dem Nachmittag, als plötzlich ein Gewittersturm über dem Windpark wütete. Der sich einfach nicht verziehen wollte, sodass eine sichere Rückkehr zur Station unmöglich war. Da mussten sie ohne zu zögern, hinunter in die Überlebensplattform steigen. Dort, in der zusätzlichen Ebene, waren sie zum Übernachten in die Schlafsäcke gekrochen. Die meisten Männer hatten das so gelassen hingenommen wie sie. Aber eben nicht jeder. Starkregen und Graupelschauer hatten auf den Turm eingehämmert. Und die Sturmböen ließen ihn schwanken. Es war eisig kalt gewesen. Damals hatten sie immerhin Strom gehabt. Hatten sich aus den Vorräten sogar einen heißen Energiedrink aufbrühen können.

»Warst du schon mal zelten?«, fragte Doro, weil ihr nichts anderes einfiel. Sie wollte verhindern, dass Mark herumgrübelte und womöglich in finstere Gedanken verfiel.

»Na klar!«

»So ähnlich ist das hier auch. Und die Notrationen reichen für drei bis vier Tage. Für jeden von uns.«

Er rieb sich die Hände. »Wann geht's denn nach unten, in die Safe Zone?«

»Du kannst es wohl gar nicht mehr abwarten, was?«

»Doch, doch«, versicherte er schnell.

Doro war *Team Lead*, entschied, was in so einer Situation zu tun war und wann. Natürlich in Rücksprache mit Jesper auf der Station. Noch hatte sie die Hoffnung nicht aufgegeben, dass sie ihr Tagewerk zu Ende bringen konnten. Dass sie später am Abend alle zusammensitzen und Witze darüber machen würden. Der Park war abgeschaltet worden. Na und? Der Park lief auch wieder an. Nicht zum ersten und sicher nicht zum letzten Mal. Das war morgen schon vergessen. Spätestens übermorgen. Vielleicht nicht für einen Neuling wie Mark. Für alle anderen schon. Warum sollte es ausgerechnet diesmal anders sein? Warum sollten sie nicht gemeinsam lachen darüber, dass sich alle scheuten, das Trockenklo zu benutzen, die Dauerkekse mehr als bissfest waren, die Getränkeauswahl in der Gondel sehr zu wünschen übrig ließ? Vielleicht würden sie dann früher zu Bett gehen als gewöhnlich. Vielleicht auch später. Vielleicht würden sie morgen nicht zur üblichen Zeit anfangen müssen. Erst eine Bewertung des Vorgangs abwarten. Oder dass Spezialisten vom Festland eingeflogen wurden. Aber vermutlich würden die Anlagen einfach wieder laufen, und sie würden zu ihrer Arbeit hinausfahren können wie immer.

Steffen gähnte.

»Na, ausgeschlafen?«, rief Doro ihm zu.

»Hm. Hab ich was versäumt?«

»Hat er was versäumt, Mark?«

»Was?« Mark klang irritiert.

»Unser Steffen will wissen, ob wir Party gemacht haben, während er im Tiefschlaf war.«

»Ach so. Ja. Nein! Natürlich nicht.«

»Da bin ich ja erleichtert.«

Doro meinte fast, Steffen grinsen zu sehen. Aber dazu war es zu dunkel. »Also, ich hab beim ersten Mal gedacht, dass das so ein Psychotest ist«, sagte sie.

»Ja, genau«, stimmte Steffen ein, »so ging's mir auch.«

»Wie, ihr glaubt, sie wollen sehen, wann der Erste durchdreht, wenn wir stundenlang im Dunkeln sitzen?«

»Das war meine Vermutung damals. Ehrlich.« Doro wartete ab.

Mark sagte nichts.

»Panik kann doch jeder mal schieben«, brummte Steffen.

»Aber diese Trainings«, überlegte Mark, »die bereiten einen auf alles vor und ... «

»Fühlst du dich denn darauf vorbereitet?«, hakte Doro ein.

»Hier zu sitzen und abzuwarten?«, vergewisserte sich Mark.

»In dieser schwarzen Finsternis«, unkte Steffen.

»Kein Problem.«

Doro und Steffen schwiegen.

»Wirklich nicht!«, beharrte Mark. »Als kleiner Junge bin ich nächtelang allein durch den Wald gerannt!«

»Ein Abenteurer durch und durch, was?«

Doro fragte sich, ob Steffen etwa Mark provozieren wollte. Dann musste sie gegensteuern. Sofort.

In dem Moment meldete sich Jesper über Funk. »Evakuieren!«

Mark sprang auf. Sein Stuhl polterte zu Boden.

»Alles in Ordnung mit dir?«, fragten Steffen und Doro gleichzeitig.

»Ja, ja, alles gut«, kam es zurück.

Steffen schaltete seine Helmlampe ein, um sich davon zu überzeugen. Er griff sich den Stuhl, faltete ihn zusammen und verstaute ihn.

Jesper wies sie an, Werkzeug und Ersatzteile in der Gondel zurückzulassen. Das bedeutete auch, er, beziehungsweise die Leitstelle, wollte oder konnte das Dieselaggregat diesmal nicht einschalten. Es gab also keinen Notstrom, um das Dach zu öffnen, den Kran zu bedienen oder auch den Aufzug. Sie würden aus der Gondel ganz und gar im Inneren des Turms hinunterklettern müssen. Allerdings versperrte ihnen der Aufzug, mit dem Steffen als Letzter heraufgekommen war, ein Stück der Leiter. Also hieß es für Doro als *Team Lead*, herauszufinden, ob sie hinter dem Aufzug absteigen konnten. Oder einen Anschlagpunkt fürs Abseilen zu finden. Auch das hatten sie immer wieder trainiert. Im Arbeitsalltag kam es jedoch kaum jemals vor. Sie schlüpfte in die Rettungsweste, die unbedingt zur persönlichen Schutzausrüstung gehörte, auch wenn sie ihre Bewegungsfreiheit und die Sicht einschränkte. Dann kontrollierte sie die Gurte und Karabiner, schaltete ihre Helmlampe ein und öffnete die Luke zur Leiter im Turm. Sie hakte den Läufer ein und stieg die ersten Sprossen hinab. Jeder Tritt ihrer Sicherheitsschuhe schickte ein metallisches Echo in die

Dunkelheit. Steffen und Mark blieben an der Luke stehen. Weit konnten sie nicht in die Stahlbetonröhre hinuntersehen. Doch sie würden das schwankende Licht, das von Doros Helm ausging, nicht aus den Augen lassen. Doro näherte sich langsam, Schritt für Schritt, der Aufzugskabine. Sie wusste, die Männer oben würden auf ihr Zeichen warten. Am besten über den Funkkanal.

Sie sondierte die Lage, wie sie es in den Übungen schon unzählige Male getan hatte. Das war keine Übung. Konnte aber genauso gut eine sein. Das Wort Ernstfall schlich sich an und bemächtigte sich ihrer Gedanken. Doro versuchte, es zu ignorieren. Es widersetzte sich. Boxte sich vehement in den Ring ihres Bewusstseins zurück. Mit jedem einzelnen Buchstaben. Doro ermahnte sich, im Hier und Jetzt zu bleiben. Sie brauchte jeden ihrer Sinne für die Aufgabe, den sicheren Abstieg aus der Gondel für sich und die Männer zu gewährleisten. Sie atmete tief aus und nutzte den Schub, um jeden anderen Gedanken zu verdrängen. Doch ihr Puls beschleunigte rasant. Sie versuchte, gleichmäßig zu atmen, sich auf das zu konzentrieren, was sie sah, was sie hier vorfand. Hinter dem Aufzug gab es keinen Halt. Nicht für die Hände. Und auch nicht für die Füße. Also abseilen. All die einstudierten Griffe schafften ihre Finger wie von selbst. Hinunter bis zum nächsten Absatz. Schon kam sie auf dem Gitter dieser Plattform auf. Spürte den Stoß. Hörte es scheppern. Und einen Schrei. Ein grollender Donner schien durch den engen Turm heranzurollen, dröhnte in ihren Ohren, ließ sie erzittern. Irgendwo weit weg rief jemand ihren Namen. Ihr Herz raste. Das spärliche Licht flimmerte vor ihren Augen. Sie spürte den Druck auf ihrer Brust. Schnappte nach Luft. Der Hals war wie zugeschnürt. Sie sank in die Knie. Klammerte sich an den kantigen

Metallsprossen der Leiter fest. Schweiß strömte aus jeder Pore ihres Körpers. Nicht loslassen. Nur nicht loslassen. Auch wenn die Wände des Turms auf sie zukamen, sie wie in einem Wirbel in die Tiefe reißen wollten. Nein, nein, das konnte nicht sein! Sie spürte ihre Arme und Beine kaum noch. Dafür diese Übelkeit. Sie schloss die Augen. Und riss sie gleich wieder auf. Ihr Kopf war leer. Bis auf diese eine, helle Stimme. Die einen Namen rief. Nicht ihren. Sie spürte, wie sich ihr Brustkorb hob und senkte. Immer noch viel zu schnell. Sie hörte Laute aus dem Funkgerät. Wenn das nur nicht Jesper war. Sie musste sich melden. Musste wenigstens Ja sagen. Musste. Musste. Musste. Nicht mal ein Krächzen kam über ihre Lippen. Sie würgte, schluckte, rang nach Luft.

Langsam, ganz langsam ebbte die Übelkeit ab. Jetzt hörte sie Steffens Bass. Sie brauchte einen Moment, um zu registrieren, dass seine Stimme nicht von oben, sondern aus dem Funkgerät kam. Sie löste die Finger von der Leiter, lehnte sich an. Ein tieferer Atemzug gelang ihr. Dann noch einer. Die Finger schmerzten. Und die Hände. Die Knie zitterten immer noch. Ihr Mund fühlte sich trocken an. Endlich schaffte sie es, sich zu melden. Steffen antwortete sofort. Er schien erleichtert. Sie wischte sich mit dem Ärmel den Schweiß von der Stirn und rückte ihren Helm wieder gerade. Sie spürte das Kribbeln in den Waden und in den Füßen. Ihre Montur klebte am Rücken und am Bauch. Die Gurte fühlten sich zentnerschwer an. Sie fröstelte. Jetzt hörte sie auch Marks Stimme über Funk. Und wieder Steffen. Er wirkte nicht so gelassen wie sonst. Eher konfus. Das war ihre Schuld. Ganz bestimmt ihre Schuld. Weil sie nicht reagiert hat, wie sie hätte reagieren sollen. Weil sie einen Aussetzer gehabt hat. Sie, die Erfahrenste von allen. Ausgerechnet sie. *Team Lead*. Und dann so was.

Wie konnte das sein? Sie hatte die Männer und sich in Gefahr gebracht. Das war noch nie passiert. Niemals zuvor. Wie sollte sie ihnen bloß wieder gegenübertreten? Dafür gab es keine Entschuldigung. Absolut nicht.

»Es tut mir so leid! Hörst du mich, Doro, es tut mir so leid!« Das war Steffens Stimme. »So ein dummer Anfängerfehler! Ich weiß auch nicht, wo ich mit meinen Gedanken war. Wenigstens ist dir nichts passiert. Dir ist doch nichts passiert? Doro?«

»Ne-ne-… nein«, stotterte Doro. Sie verstand allerdings nicht, was Steffen meinte. Warum entschuldigte er sich bei ihr? Sie hatte doch gepatzt. Hatte versagt, als es darauf ankommen war.

»Ich muss den Schlagschrauber wohl aus Versehen in die Tasche gesteckt haben.« Seine Stimme schien den ganzen Turm zu fluten. »Dabei weiß doch jeder, dass das nicht geht. Dass das gefährlich ist, wenn der rausfällt, runterfällt, jemanden trifft. Lebensgefährlich!«

Langsam verstand Doro. Während Steffen sich über die Luke gebeugt hatte, um ihren Abstieg zu überwachen, war ihm der Schlagschrauber hinunter in den Turm gefallen. Obwohl der eigentlich in der Werkzeugtasche hätte sicher verstaut sein sollen.

»Doro?«, rief Steffen da schon wieder. »Er hat dich doch nicht getroffen, oder?«

»Nein.« Doro bemühte sich, ihre Stimme so fest wie möglich klingen zu lassen. »Mir geht's gut.« Sie hoffte, die Männer würden ihren kläglichen Singsang der Akustik im Turm zuschreiben. Jedenfalls fragten sie nicht nach. Vermutlich bereiteten sie sich auf den Abstieg vor. Doro seufzte. Sie lehnte immer noch an der kalten Betonwand. Wagte den Schritt nicht wieder auf die Leiter zu. Dabei war das gar kein Schritt. Ein halber vielleicht. Wenn überhaupt. Doch sie fühlte sich kraftlos. All ihre Energie schien verbraucht. Was, wenn es ihr nicht einmal mehr gelang, den Fuß zu heben? Ein paar Zentimeter nur? Einen Zentimeter? Was, wenn die Männer sie bergen mussten? Auch dafür hatte es Übungen gegeben. Aber nein! Nein. So weit würde es nicht kommen. Sie schloss einen Moment lang die Augen. Hatte es so etwas wie einen Kurzschluss gegeben, irgendwo in ihrem Körper? Sie fand keine Antwort darauf. Über ihren Funkkanal meldeten Steffen und Mark, dass sie bereit waren, die Gondel zu verlassen. Doro räusperte sich. Sie gab den Männern ein, zwei Hinweise mit auf den Weg. Ihr Hirn schien wieder angemessen zu funktionieren. Langsam richtete sie sich auf und löste sich von der Wand. Sie streckte den Arm aus und mit einem Schritt vorwärts erreichte sie die Leiter. Ihre Finger schlossen sich um eine Sprosse. Und öffneten sich auch wieder, wenn sie es wollte. Endlich kehrte Leben in ihre Glieder zurück, ließ sie funktionieren. Wenigstens das. Gerade als sie den Abstieg für die Männer freigeben wollte, kam ihr in den Sinn, ob es wirklich der herabstürzende Schlagschrauber gewesen sein konnte, der diese Geräuschlawine und ihre Panik ausgelöst hatte. Oder musste sie an ihrer Wahrnehmung zweifeln? Sie sah sich um und entdeckte im Schein der Helmlampe das Werkzeug vor ihren Füßen. Doro ging vorsichtig in die Knie. Sie schwankte, aber es gelang ihr, den Schlagschrauber aufzuheben und an ihrem Gürtel einzuhaken.

Wenig später erreichten die beiden Männer die Plattform, auf der Doro stand. Sie schienen ihre Ruhe wiedergefunden zu haben. Nacheinander stiegen sie weiter ab, langsam, bis hinunter in den Fuß des Turms. Wenigstens sahen die Männer im Dunkeln nicht, dass Doro vor Anstrengung zitterte. Der Schweiß lief ihr permanent über die Stirn und brannte in den Augen. Sie umklammerte die kantigen Sprossen der Leiter. Nur nicht loslassen. Nur nicht abrutschen. Auch wenn sie an der Sicherheitsleine hing. Weiter, immer weiter. Schritt für Schritt. Bis sie den Läufer aushaken konnte. Sie trat zur Seite. Mark folgte ihr. Danach kam Steffen. Es gelang Doro, die Tür zu öffnen. Sie sog die frische Meeresluft tief ein. Doch ein Rest Benommenheit wollte sich immer noch nicht verflüchtigen.

Das Zubringerschiff steuerte durch den sternenklaren Winterabend heran. Nur noch wenige Meter bis zum *Transition Piece*. Doro sicherte sich an der gelben Leiter. Sie sah die letzten zwanzig Meter aufs Meer hinab. Nein. Ihr wurde nie schwindlig. Niemals. Weder ganz oben auf dem Dach der Anlage noch in der Gondel oder beim Abseilen. Dieses merkwürdige Gefühl – das konnte nur an der beschlagenen Schutzbrille liegen, redete sie sich ein. Und die Wellenhöhe? Doro wandte sich wieder den gelben Sprossen zu. Wenn das CTV sie abholen kam, konnte der Seegang nicht zu hoch zum Überstieg sein.

Als sie gut zwei Stunden später in ihrem Bett lag, wusste sie nicht mehr, wie sie auf den Zubringer und später an Land gekommen war. Sie erinnerte sich auch nicht daran, was Jesper auf Station für den nächsten Tag vorgegeben hatte und wie sie gemeinsam zum Hotel zurückgegangen waren. Sie hoffte nur darauf, dass sich die schwarze Wolke in ihrem Kopf in Schlaf verwandeln würde. Und darauf, dass ihr morgen früh alles nur noch wie ein Albtraum vorkam. Am besten einer, der sich bei Licht sofort verflüchtigte.

Die Frühstückstische waren noch spärlicher besetzt als sonst. Sie entdeckte weder Steffen noch Mark noch Jesper. Aber Jesper war vielleicht schon auf Station. Hier und da gab es das übliche morgendliche Hallo. Doro goss sich Kaffee ein. Sie hörte einige Männer halblaut miteinander reden. Die meisten kamen erst kurz vor Aufbruch aus ihren Zimmern, schnappten sich ihr Proviantpaket und gingen gleich los Richtung Hafen. Auch solche Tage hatte es schon gegeben. Heute musste sicher einiges aufgearbeitet werden. Und wenn der Park wieder am Netz war, würden sie hinausfahren, um die Aufträge von gestern zu beenden. Schweigend trottete Doro neben den Männern her. Einige schmiedeten Pläne für die Zeit auf dem Festland. Übermorgen endete ihre Schicht. Vielleicht würde Doro für ein paar Einkäufe Hamburg ansteuern. Vielleicht würde sie auch direkt nach Hause fahren. Heim zu Großmutter Elsie.

Jesper erklärte ihnen kurz die Lage. Jedenfalls war der technische Defekt behoben, die Windkraftanlagen liefen wieder. Er fragte noch einmal nach, ob es Probleme bei der Evakuierung gegeben hatte. Doro kniff die Lippen zusammen. Sollte sie das Probleme nennen? Hier, vor allen? Brachte sie sich oder sogar ihr Team in Gefahr, wenn sie den Vorfall verschwieg? Welchen Vorfall überhaupt? Dass Steffen den Schlagschrauber nicht nach Vorschrift verstaut hatte? Oder dass sie im Turm weiche Knie bekommen hatte? Als Jesper zu ihr herübersah, schüttelte sie den Kopf. Auch die anderen Teams meldeten keine Schwierigkeiten. Jesper wiederholte die Einteilung und die Aufträge vom Vortag, bevor sie ihre persönliche Schutzausrüstung anlegten. Dann gingen sie zum Boarding hinaus. Jesper erteilte die Freigabe, und die Männer gingen an Bord. Doro und ihr Team näherten sich der Kai-

kante als Letzte. Und plötzlich war es wieder da, dieses Kribbeln in den Beinen. Sie ließ Steffen und Mark vorbei. Die
Schritte der beiden hallten von der Gangway wider. Sie rückte
auf, griff nach dem Handlauf. Ihre Finger zitterten. Hoffentlich bemerkte das niemand, hier unter der grellen Hafenlater-
ne. Vor allem nicht Jesper. Sie sah hinab auf das schwarze
Wasser, hörte es gegen die Mauer klatschen. Und sie hörte
ihren Atem ebenso laut. Der immer schneller ging, ohne dass
sie etwas dagegen tun konnte. Und gegen das Flimmern vor
den Augen. Und …

2

Elsie wälzte sich von einer Seite auf die andere. Und dann wieder auf den Rücken. Seit zwei Stunden. Warum sollte sie um fünf Uhr früh aufstehen, oder um sechs? Der Marmorkuchen stand seit gestern Abend auf dem Rost zum Auskühlen. Grete hatte letzten Samstag danach gefragt, und Elsie hatte ihr einen versprochen. Vermutlich wusste sie heute gar nichts mehr davon. Und wenn schon. Elsie wusste es ja noch. Und Marmorkuchen mochten sie beide. Sie musste ihn nur noch mit Puderzucker bestreuen und einpacken.

Elsie besuchte ihre ehemalige Nachbarin regelmäßig einmal in der Woche. Vor etwa einem Jahr war Grete in diese altersgerechte Wohnung am Stadtrand gezogen. Anderthalb Zimmer, in denen sie sich zurechtfand. In einem weitläufigen Gebäude mit anderen Siebzig-, Achtzig-, Neunzigjährigen, in dem sich je nach Bedarf Verpflegung und Pflege dazubuchen ließen.

Elsie starrte an die Decke. Sie meinte, den Riss im Putz sehen zu können, obwohl es dazu noch zu dunkel war. Er zog sich schon bis zur Lampe hin. Ihre Gedanken wanderten weiter in der Nachbarschaft herum. Die hatte sich verändert in den letzten Jahren. Zunächst war es Elsie kaum aufgefallen. Inge und Wolf mussten die Ersten gewesen sein, die ihr Haus aufgaben. Das große Eckgrundstück direkt an der Hauptstraße verlangte ihnen einfach zu viel ab. Sie wohnten jetzt irgendwo im Münsterland, weil ihre Kinder und Enkel dort lebten und arbeiteten. Im Moment jedenfalls. Und Elsie hörte nur noch am zweiten Weihnachtsfeiertag von ihnen. Karla, die pensionierte Lehrerin, die immer nur im Vorbeigehen gegrüßt hatte, war zu einem alten Kollegen gezogen. Und Annemarie von gegenüber hatte eines Morgens ihre Jalousien nicht mehr hochgezogen, war nicht ans Telefon gegangen, hatte auf Klingeln und Klopfen nicht geöffnet. Elsie hatte schließlich die Feuerwehr gerufen, und schon wenige Tage später hatte sie den Container und den Wagen mit der Aufschrift »Haushaltsauflösung« entdeckt. Da konnte sie die Augen vor den Veränderungen nicht mehr verschließen.

Weiter unten in der Straße hatte der hagere Freddy allein in seinem Haus ausgeharrt und jeden vertrieben, der ihn besuchen wollte. Selbst Elsie hatte er angeschnauzt. Doch sie stellte ihm trotzdem hin und wieder Suppe auf die Schwelle und beobachtete heimlich von ihrem Küchenfenster aus, wie er die Tür einen Spaltbreit öffnete, nach dem Schüssel langte und sie in den Flur zog. Aber auch in seinem Haus wohnte inzwischen ein Paar mit zwei kleinen Kindern. Sie hatten sich nicht bei ihr vorgestellt, nachdem sie eingezogen waren. Und eigentlich sah Elsie sie nur, wenn sie die Kleinen morgens in ihren Kombi bugsierten und wegfuhren oder nach Feierabend zurückkamen. So verhielt es sich jetzt mit den meisten Bewohnern der Straße.

Kein Vergleich mehr zu der Zeit, als Elsie hierhergezogen war. 1962. Nach der Hochzeit mit Hannes. Als in jedem der Häuschen, die größtenteils in Eigenleistung entstanden waren, eine junge Familie wohnte, die Kinder gemeinsam spielten, sich die Frauen mit einer Tasse Mehl oder einem Ei aushalfen, die Straße ungepflastert, nicht beleuchtet und kaum befahren war. In der es eine Bäckerei, eine Drogerie, einen

Herrenfriseur gab, und das Radio- und Fernsehgeschäft, das ihrem Hannes gehört hatte.

Elsie schloss die Augen, damit der Riss in der Schlafzimmerdecke aus ihrer Vorstellung verschwand. Vielleicht sollte sie einen Maler bestellen. Es fiel ihr nicht mehr ein, wann hier zuletzt renoviert worden war. Vielleicht sollte sie auch erst mit Doro darüber reden, wenn sie übermorgen heimkam. Na, vielleicht nicht gleich am Montagabend. Am Dienstag würde Elsie jedenfalls wie immer ihre Schwägerin Martha besuchen. Manchmal kochten und aßen sie dann zusammen. Und donnerstags fuhr sie meistens in die Stadt, um sich mit Vera zu treffen, die genau wie sie Lehrmädchen in einem Schirmgeschäft gewesen war.

Genug, sagte sich Elsie und stand auf. Sie ließ die Morgengymnastik aus, ging geradewegs in die Küche und drehte den Wasserhahn auf. Ihr Blick streifte die Reihe der Dosen mit den Kräutertees. Weißdorn wäre die richtige Wahl für Herz und Kreislauf. Doch sie öffnete die Schranktür und griff nach der Tüte mit dem Kaffee. Sie schaltete den Wasserkocher ein, setzte sich auf den Stuhl und klemmte sich die hölzerne Kaffeemühle mit der langen Kurbel zwischen die Knie. Sie liebte es, ihre Handvoll Bohnen so zu mahlen, und genoss den Duft, der sich langsam in der Küche ausbreitete. Dann spülte sie die Kanne heiß aus und bereitete den Kaffeefilter vor. Immer noch den lindgrünen aus Keramik. Denn warum sollte sie ihn durch irgend so ein Plastikding ersetzen, wenn er nicht einmal angeschlagen war? Elsie goss ein wenig kochendes Wasser zum Anbrühen auf. Sie hörte dem leisen Tropfen in die vorgewärmte Kanne zu. Früher hatte es diesen Luxus nur am Sonntag gegeben. Heute konnte sie ihn jeden Tag haben, wenn sie wollte. Noch schmeckte er ihr und sie vertrug ihn.

Nicht so wie Grete, die selbst von Schonkaffee Gallenkoliken bekam.

Gut drei Stunden später schloss sie die Haustür ab und ging los, zur Bushaltestelle an der Hauptstraße. Das Netz mit dem Marmorkuchen baumelte an ihrem Arm. Die Monatskarte hielt sie mit der Hand in der Manteltasche fest, damit sie sie auch bestimmt bei sich hatte und nicht verlieren konnte. Wenn sie nur einen Sitzplatz bekam und der Bus nicht schon überfüllt war, weil alle zum Wochenmarkt wollten. Wie immer hatte sie sich vorgenommen, früher aufzubrechen, und es doch nicht geschafft. Denn sie ging nie aus dem Haus, bevor das Bett gemacht, das Geschirr abgewaschen und die Zimmer gelüftet waren. Und samstags mussten die Grünpflanzen auf den Fensterbrettern gegossen werden. Immerhin gab es im Garten noch nichts zu tun. Aber das dauerte bestimmt nicht mehr lange, denn Schneeglöckchen und Winterlinge zeigten sich schon dort, wo die Sonne wärmte.

Elsie begegnete niemandem auf dem Weg zur Haltestelle. Auch das Wartehäuschen war leer. Seine Wände bekritzelt, dicht und immer dichter nach jedem Wochenende, als müssten von hier aus lebenswichtige Botschaften in die Welt hinausgeschickt werden. Der Wind trieb eine zusammengeknüllte Zigarettenschachtel heran. Fast hätte sich Elsie danach gebückt, um sie in den Papierkorb zu werfen, damit sie sie später nicht in ihrem Vorgarten fand. Sie ärgerte sich darüber, dass solche Achtlosigkeit zunahm. Wenn es nicht sogar Rücksichtslosigkeit war. Elsie schüttelte den Kopf. Sie war doch nicht zum Müllsammeln aufgebrochen. Außerdem trug sie ihren guten Mantel. Die nächste Windböe fegte das Knäuel in den Rinnstein. Elsie stellte den Kuchen für einen Moment auf der Bank ab und zog sich die Mütze über die Ohren. Sie bereute, keine Handschuhe angezogen zu haben. Dem Fahrplan nach müsste der Bus längst auf die Haltestelle zusteuern. Sie sah die Straße hinunter. Wie konnte er an einem Samstagmorgen Verspätung haben? Wenn er nur nicht ausfiel! Wenn sie bloß nicht noch länger in der Kälte stehen musste. Ihre Augen tränten. Das Wartehäuschen bot Windschutz, aber wenn der Busfahrer sie dort nicht sah und vorbeirauschte? Sie pendelte zum Straßenrand und wieder zurück. An der Kreuzung bremste gerade das gelbe Paketauto. Und dahinter näherte sich endlich der Linienbus.

Elsie bekam noch ihren Stammplatz, gleich hinter dem Fahrer. Erleichtert zog sie sich auf den Sitz und nahm das Netz mit dem Kuchen auf den Schoß. Vor dem Fenster sah sie ein paar Autos vorbeirasen, als gelte es, ein Rennen zu gewinnen.

»Festhalten!«, rief der Fahrer und steuerte den Bus rasant aus der Haltebucht.

Zwanzig Minuten später stieg Elsie um. Die Linie vom Bahnhof zum Stadtrand hinaus war deutlich leerer. Dennoch atmete sie auf, als sie den Bus endlich verlassen konnte. Die Luft darin war überheizt und stickig gewesen. Dazu die Motorengeräusche und dieses anhaltende Vibrieren. Eigentlich wurde sie nicht reisekrank, doch heute spürte Elsie diesen Druck im Magen. Und der war von Station zu Station stärker geworden.

Grete stand schon am Fenster und winkte ihr zu. Elsie winkte zurück, obwohl sie nicht sicher war, ob Grete sie von dort oben im sechsten Stock überhaupt erkannte. Sie überquerte den Vorplatz und betrat das Gebäude.

»Moin!«, grüßte Elsie die Frau am Empfang.

»Ah, Besuch für Frau Petersen. Und Kuchen gibt es heute auch?«

Elsie nickte. »Da bleibt bestimmt ein Stück für Sie übrig.«

»Ich muss auf meine Linie achten!«

Elsie verdrehte die Augen. »Ist doch nur Marmorkuchen!«

»Aber bestimmt mit reichlich Eiern und guter Butter.«

»Wie es sich gehört.«

»Na, dann wünsche ich den Damen fröhliches Schlemmen!«

Elsie bedankte sich und ging weiter zu den Aufzügen. Während sie wartete, wünschte sie sich wieder einmal, Grete würde im ersten Stock wohnen oder vielleicht im zweiten. Dann könnte sie jetzt die Treppe nehmen, bräuchte nicht in diese Kabine zu steigen, in der das Licht manchmal flackerte. Jedes Mal hoffte sie, es würde ihr nichts mehr ausmachen. Doch es stellte sich zuverlässig ein, wenn sich die Türen mit leisem Surren geschlossen hatten, ob es nun aufwärts oder abwärts ging. Dieses Gefühl, als würde es Elsie zu Boden drücken, als bekäme sie kein Wort mehr heraus, als dürfte sie nicht einmal mehr durchatmen. Sie schloss die Augen, wünschte sich, der Aufzug würde nicht gleich im nächsten oder übernächsten Stockwerk wieder anhalten, würde niemanden weiter ein- oder aussteigen lassen, sondern direkt durchfahren. Aber das kam eigentlich niemals vor.

Kaum dass sich die Türen in der sechsten Etage öffneten, streckte Grete die Hände nach ihr aus. Elsie eilte ihr entgegen.

»Endlich«, sagte Grete, wie bei jedem Besuch, »ich dachte schon, du kommst nicht.«

»Hab ich dich jemals versetzt?«, hatte Elsie anfangs geschnaubt. Hatte sich rechtfertigen wollen, bis sie begriff, dass Grete vermutlich das Zeitgefühl verlor. »Versprochen ist versprochen«, sagte sie deshalb nur.

Grete hakte sich bei Elsie unter. Gemeinsam steuerten sie ihr Apartment an. Die Tür war nur angelehnt, aber diesmal hatte sich niemand hierher verirrt, während Grete auf dem Flur unterwegs gewesen war.

»Für mich?«, wunderte sich Grete, als Elsie ihr das Netz mit dem Kuchen übergab. »Ich hab doch gar nicht Geburtstag.«

Elsie zog den Mantel aus und nahm die Mütze ab. »Komm, wir kochen uns Tee. Was hältst du von einem kräftigen Ostfriesen? Oder willst du lieber English Breakfast?« Grete sah sie ratlos an. Elsie ging an ihr vorbei ins Zimmer. »Also, ich bin für den Englischen«, entschied sie und überlegte, ob Grete die Auswahl überforderte. Vielleicht brauchte sie klare Anweisungen. »Setzt du uns Wasser auf?«, versuchte es Elsie.

»Ja. Ja, natürlich!« Grete stellte den Kuchen ab und wandte sich der Kochnische zu. Ohne zu zögern, füllte sie den Wasserkocher, stellte ihn an und begann, den Tisch für zwei zu decken.

»Was macht die Nachbarschaft?«, fragte sie, als sie fertig war.

»Seit du weg bist, ist sie nicht mehr dieselbe.«

»Hier ziehen auch ständig Leute ein und aus. Nichts als Unruhe und Fremde.«

Elsie nickte.

»Wir wären nie auf die Idee gekommen früher«, sinnierte Grete.

Elsie stimmte zu. »Warum denn auch?«

»Endlich die eigenen vier Wände. Endlich angekommen. Wir waren froh.«

»Und wie!«, bestätigte Elsie.

»Nach allem, was wir hinter uns hatten.«

»Ich glaube, der Tee ist fertig«, unterbrach Elsie.

Doch Grete schien sie nicht gehört zu haben. »Endlich ein eigenes Bett. Endlich eine Nacht durchschlafen.«

»Jedenfalls bis dein erstes Kind kam«, warf Elsie ein.

Grete achtete nicht darauf. »Keine Verdunklung mehr. Und keine Sirenen.« Sie lächelte versonnen. »Dafür gestärkte Laken und ein frisch gebügeltes Nachthemd.«

»Der Tee!«, wiederholte Elsie nachdrücklich und wies auf die Kanne. »Der Tee ist fertig!« Sie stand abrupt auf.

Grete sah sie irritiert an.

»Du wolltest noch die Kuchenplatte holen«, behauptete Elsie. Sie entfernte das Teesieb selbst, trug die Kanne zum Tisch hinüber und stellte sie auf dem Stövchen ab.

Grete öffnete verschiedene Schranktüren und schloss sie wieder.

»Ein großer Teller tut's auch«, sagte Elsie.

»Der ist beim Umzug zerbrochen.«

»Du hattest zwölf Stück!«

»Dann muss Bernd sie wohl mitgenommen haben. Zum Sozialkaufhaus.«

»Aber doch nicht alle!«

Grete zuckte die Schultern. »Er hat gesagt, große Teller brauche ich sowieso nicht mehr.«

Elsie runzelte die Stirn.

»Der Junge hat mich unten zum Essen angemeldet. Ich muss hier nicht noch kochen, hat er gesagt.«

»Tatsächlich?«

»Na, du kennst doch meinen Großen. Der weiß immer, was richtig ist. Hat ja auch studiert.«

Elsie schwieg. Wenn ihre Tochter Sandra anreisen und derart über ihren Haushalt bestimmen würde … Sie verdrängte den Gedanken, bevor er sich zu Angst auswachsen konnte.

41

Und Doro? Nein, Doro würde bestimmt nichts über ihren Kopf hinweg entscheiden. Sie kamen gut klar miteinander, fand Elsie. Doro wusste einfach, was sich gehörte. Dafür hatte Elsie schon früh gesorgt. Und dafür, dass ihr klar war, was ihre Großmutter schätzte.

»Na komm«, lenkte Elsie schließlich ein, »dann schneide ich den Kuchen in der Form auf, und wir holen uns Stück für Stück auf die kleinen Teller.«

Früher hatten sie selten Zeit gehabt, so beieinanderzusitzen. Ein paar Worte über den Gartenzaun oder auf dem Rückweg vom Einkaufen. Rezepte austauschen. Hausmittel gegen Fieber. Und was, wenn es nicht half? Elternabende und Schulaufgaben, Sportfeste und Kindergeburtstage. Gretes Jungs und Sandra, die am liebsten immer mit den beiden unterwegs gewesen wäre, wenn Elsie es erlaubt hätte.

»Wir passen auf sie auf«, versprachen sie jedes Mal, und doch war Sandra mit einem Riss in der Jacke, mit aufgeschürften Knien oder sogar mit einer Beule am Kopf zurückgekommen von ihren Streifzügen. Das Wäldchen jenseits der Straße war ihr Revier gewesen, bevor auch dort Häuser gebaut wurden.

»Lass sie doch«, hatte Hannes stets gesagt. »Kinder müssen sich austoben. Und so ein paar Kratzer haben noch niemandem geschadet.«

»Kratzer?«, fauchte Elsie einmal, als sich Sandra mit einer langen Schramme am Arm an den Abendbrottisch setzen wollte. »Kratzer nennst du das?«

Hannes nickte.

»Tödlicher Leichtsinn ist das! Und meine Tochter macht da mit!«

Sandra wich zurück.

»Unverantwortlich, diese Bengel! Diese Wilden! Diese Rabauken!«

Sandra hielt sich die Ohren zu.

Mit einer raschen Bewegung fegte Elsie die Gedecke vom Tisch.

Sandra rannte hinaus. Hannes sah Elsie an. Lange. Als könnte er so ergründen, was es mit diesem Ausbruch auf sich hatte. Mit diesen Minuten, in denen sich seine Frau derart verwandelte. Die diese Elsie aus ihr machten, die ihm plötzlich so fremd vorkam, wie er ihr später gestand. So als kennte er sie überhaupt nicht, seine Liebe. Die Mutter seiner Tochter. Er war schließlich auf sie zugegangen, hatte sie in den Arm genommen, gespürt, wie sie zitterte. Und Elsie hatte das kaum ertragen in ihrer Wut. Sandra durfte tagelang nicht aus dem Haus. Und als Grete sich einmischte, schnauzte Elsie ihre Nachbarin an: »Willst du, dass sie sich den Hals bricht? Oder einer von deinen Jungs?«

Grete war erschrocken zurückgewichen. Und hatte sie für ein paar Tage gemieden.

Elsie fragte sich, warum ihr ausgerechnet diese Geschichten einfielen. Doch sie hielt sich nicht lange damit auf. Grete holte sich gerade das dritte Stück Kuchen. Elsie schenkte Tee nach. »Dir schmeckt's, was?«

»Da können die sich hier 'ne Scheibe von abschneiden!«

»Das können sie. Ist ja noch genug da.«

Grete schüttelte den Kopf. »Kommt nicht infrage!«

Elsie zog die Augenbrauen hoch. »Du hast mir doch erzählt, wie nett sie hier alle zu dir sind.«

»Ja. Und das Essen schmeckt auch. Aber backen? Vom Kuchenbacken verstehen sie rein gar nichts!« Grete schob die Krümel auf ihrem Teller zusammen. »Nicht mal meine Biggi kriegt das so hin. Dabei habe ich ihr immer wieder gezeigt, worauf es ankommt!«

Elsie erinnerte sich lebhaft daran, dass Gretes Tochter meistens Reißaus nahm, wenn Küchendienst für sie anstand. Sie war zehn und elf Jahre jünger als ihre Brüder. Grete hatte die Hoffnung damals längst aufgegeben, noch ein drittes Kind zu bekommen. Obwohl sie sich ein Mädchen gewünscht und Elsie oft hatte wissen lassen, wie sehr sie sie um Sandra beneidete.

Elsie winkte ab. »Unsere Töchter haben eben keine Zeit, so lange in der Küche zu stehen.«

Grete ging nicht darauf ein. »Und Jule«, sie klang empört. »Mit Jule haben wir immer Plätzchen gebacken!«

»Jedes Jahr im Advent«, bestätigte Elsie. »Mit Jule und Doro. So wie wir es uns von unseren Großmüttern gewünscht hätten.«

»Ja. Und heute? Da schleppen sie mir dieses Zeug aus dem Supermarkt an!«

»Aber das muss doch nicht schlecht sein.«

»Was weißt du denn davon? Du hast deinen eigenen Backofen. Deine eigenen vier Wände. Und deine Enkelin im Haus!«

»Wenn sie mal da ist«, warf Elsie ein.

Grete sah sie misstrauisch an. Dann schien es ihr wieder einzufallen. »Sie arbeitet ja wohl nicht ständig auf dieser Bohrinsel da draußen im Meer!«

Elsie schmunzelte. »Nein. Am Montag kommt sie für zwei Wochen nach Hause.«

»Jule kommt nicht mal für zwei Stunden vorbei. Und Biggi auch nicht. Von den Jungs gar nicht zu reden. Oder von ihren Frauen und Kindern.«

»Dafür bin ich ja da«, sagte Elsie.

»Was habe ich bloß falsch gemacht?« Greté seufzte. »Du bist die Einzige. Du vergisst mich nicht.«

»Natürlich nicht.« Elsie hoffte, dass Grete sich wieder beruhigte.

Da klopfte es an der Tür, und eine der Helferinnen sah herein. Grete sprang auf. Dabei fiel ihr die Kuchengabel zu Boden.

»Alles in Ordnung, Frau Petersen? Sie waren heute nicht zum Mittagessen unten.«

»War ich nicht«, sagte Grete.

Elsie fragte sich, ob sie zweifelte.

»Sie haben Besuch?«

»Aus der alten Heimat!«

»Grete war meine Nachbarin«, ergänzte Elsie. »Fast sechzig Jahre lang!«

»Dann haben Sie sich sicher viel zu erzählen. Ich wollte auch nicht stören.« Dann wandte sie sich an Elsie. »Sie können sonst auch gerne mit zu Tisch kommen. Kaufen Sie sich einfach eine Essensmarke am Empfang.«

»Danke«, sagte Elsie, »ich weiß.«

»Na, dann.« Die Frau schloss die Tür wieder.

»Auch eine von den Neuen. So eine Schusslige«, sagte Grete.

»Aber sie war doch ganz nett.«

»Ach was, nett – neugierig ist sie, sonst nichts. Ich weiß noch ganz genau, dass ich heute Morgen beim Frühstück gesagt habe, dass ich kein Mittagessen brauche, weil Besuch kommt.«

»Das hat sie bestimmt vergessen in dem Trubel«, versuchte Elsie, Grete zu beschwichtigen. »Setz dich, ich hole dir eine neue Kuchengabel.«

Grete blieb stehen und stemmte die Hände in die Hüften. »Das lass ich mir nicht gefallen!«

»Aber Grete, da war doch gar nichts!«

»Fang du nicht auch noch an! Bin ich vielleicht verrückt, oder was?«

»Wie kommst du denn auf so was?«

Grete ließ die Arme sinken und setzte sich hin. Sie wirkte plötzlich erschöpft. »Weißt du, ich zahle ein Höllengeld für das alles hier.«

»Ich weiß. Das ist nicht leicht für dich.«

Grete schwieg.

Elsie trank ihren Tee aus. Sie würde Grete Zeit lassen, ihrem Gedankenlabyrinth zu entkommen. »Hast du Lust auf einen Spaziergang?«, fragte sie dann.

»Nein.« Grete beugte sich über den Tisch und grinste sie an. »Aber auf ein Likörchen!«

Außer auf einer Silvesterfeier hatte Elsie noch nie gesehen, dass Grete Alkohol trank. Sie konnte sich kaum vorstellen, dass sie es sich hier angewöhnt hatte. Schon gar nicht wegen der Tabletten, die sie vom Arzt verschrieben bekam.

»Ach«, sagte Elsie, »mir wird immer so blümerant, wenn ich was trinke.«

»Also, mir nicht.« Grete stand auf und ging geradewegs zum Kühlschrank. »Eierlikör? Kirsch? Oder Pfeffi?«

»Ich weiß wirklich nicht …«

»Oder alle drei? So geschichtet. Wie eine Flagge?«

»Nein!«

»Du glaubst nicht, dass ich das hinkriege?«

»Doch, schon …«

»Warte, ich hole uns Gläser.« Im Nu öffnete Grete die Vitrine, nahm zwei Sektkelche heraus und streckte sie Elsie entgegen. Grete kicherte. »Die sind nicht für Likör, ich weiß!«

Elsies Gedanken rasten. Sie ging einen Schritt auf Grete zu, um ihr die Gläser abzunehmen. Doch die drehte sich weg. »Zu spät!«, rief sie ihr über die Schulter zu. Dann nahm sie die drei Flaschen aus dem Kühlschrank. Sie waren etwa halb voll. Grete schraubte den Eierlikör auf und gab einen guten Schuss davon ins Glas. Elsie gelang es, das zweite Glas an sich zu nehmen.

»Spielverderber!«, zischte Grete. Dann schraubte sie den Kirschlikör auf. »Weißt du wenigstens, welche Flagge wir hier feiern?«

Elsie schwieg.

»Ich weiß es genau!« Grete wischte den Flaschenhals ab. »Hatte Sandra nicht auch diesen Heimatkundelehrer, der unbedingt wollte, dass die Kinder die ganzen norddeutschen Flaggen auswendig lernen? Was habe ich mit unserem Uwe gepaukt. Der konnte sich einfach nichts merken! Und ich kenne sie immer noch.«

»Nutzloses Zeug«, murmelte Elsie, doch Grete achtete nicht darauf.

»Und jetzt noch grün!«

Elsie wandte sich der Vitrine zu, um ihr Glas zurückzustellen.

»Gelb, rot, grün!«, jubelte Grete. »Guck doch mal!«

»Ja«, sagte Elsie, ohne hinzusehen, »prima.«

»Weißt du denn nicht mehr, diese Butterfahrten damals?«

»Nein.«

»Die habt ihr doch sicher auch gemacht!«

»Nein! Ganz bestimmt nicht!«

»War dein Hannes nicht seefest, oder was?«

Elsie schluckte.

»Na, dann Prost!« Grete nippte an ihrem Glas. Dann stellte sie es ab und betrachtete es. »Eigentlich viel zu schade zum Trinken.«

»Dann lass es doch«, brummte Elsie.

Grete bemerkte es gar nicht. »Der Pfeffi erinnert mich immer an einen Bonbon, den ich meinem Vater aus der Tasche stibitzt hab, als er auf Urlaub von der Front kam.«

Elsie seufzte.

Grete achtete nicht darauf. »Ich muss fünf oder sechs Jahre alt gewesen sein. Und dieses harte, weiße Ding trieb mir die Tränen in die Augen. Ich musste schrecklich husten und wollte doch nicht, dass der Vati was merkt und böse auf mich ist und schimpft, oder die Mutti …«

Immer diese alten Geschichten. Elsie hörte sie weiter erzählen und hörte doch nicht, was sie sagte. Uralte Geschichten sogar. Und auf einmal so gegenwärtig. Jedenfalls für Grete. Ihre Wangen röteten sich, und ihre Augen tränten, als hätte sie das Pfefferminz gerade erst verschluckt. Ihre Stimme klang heiser. Sie griff sich an den Hals und schnappte nach Luft. Elsie stand auf und klopfte ihr kräftig auf den Rücken.

»Gut«, sagte Grete. »Danke.«

»Soll ich dir ein Glas Wasser holen?«

»Wasser? Durftet ihr etwa Wasser trinken? Aus der Pumpe?«

Elsie schüttelte den Kopf. »Bernd bringt dir zwei Kästen mit Wasserflaschen für die ganze Woche, hast du mir letztens selbst erzählt.«

»Ach, diese Plörre. Ist gar nichts gegen Himbeerbrause. Oder Waldmeister. Aber er behauptet, so was gibt's nicht mehr. Kannst du dir das vorstellen?«

»Ja.«

»Aber Himbeerbrause mag doch jeder!«

Elsie schwieg.

»Da bringt mir der Bengel so 'ne Flasche Sirup mit und will

mir einreden, dass ich mir die Brause damit selber machen kann!«

»Und, hast du's versucht?«

»Klar. Scheußlich, sag ich dir! Schon allein die Farbe. Also rot ist anders! Und das Zeug ist viel zu süß. Und klebrig.«

»Wasser ist schon am besten. Oder Tee.« Elsie deutete auf die Kanne. »Magst du noch eine Tasse?«

Tatsächlich ließ Grete sich Tee nachschenken. Erleichtert stellte Elsie die Kanne aufs Stövchen zurück. Sie hoffte, das Gespräch würde nun endlich ruhiger verlaufen. Grete starrte in ihre Tasse.

»Gehst du eigentlich noch zum Sitzyoga?«, fragte Elsie dann.

»Ja.«

»Und Gedächtnistraining bieten sie hier auch an, habe ich unten am Schwarzen Brett gelesen«, fuhr Elsie fort.

»Meinst du etwa, das brauche ich schon?«

»Ich dachte nur, das könnte vielleicht ganz nett sein.«

Grete lachte auf. »Einmal war ich da.«

»Und?«

»Ich packe meinen Koffer und lege hinein … und so 'n Kinderkram. Nee, das ist nichts für mich. Da bleibe ich lieber bei meinen Kreuzworträtseln.«

»Wenn du willst, bringe ich dir nächste Woche ein neues Heft mit.«

»Aber nicht so 'n neumodischen Kram mit Zahlen.«

»Alles klar!«

»Weißt du, Zahlen waren nie mein Ding. Mir tun heute noch die Finger weh von den Schlägen mit dem Lineal. Bei jeder falschen Antwort. Unser Rechenlehrer hat immer mit dem Lineal zugeschlagen, nie mit dem Rohrstock.« Grete sah nachdenklich auf ihre Finger. »Das war so seine Art.«

»Gut, dass das schon lange vorbei ist«, erwiderte Elsie.

»Hartmann hieß der. So ein Kriegsversehrter. Den rechten Arm hatten sie ihm weggeschossen. Und nun musste er uns beweisen, dass er es mit dem linken genauso gut konnte.« Grete seufzte. Dann blickte sie auf. »Und eure Lehrer?«

»Ach«, winkte Elsie ab, »ich erinnere mich nicht so genau.«

»Also, ich erinnere mich ganz genau. An seinen steifen Gang, an den Lederflicken auf seiner Jacke und an den leeren Ärmel. Wie der so hin und her baumelte. Nur manchmal hatte er den zur Hälfte umgelegt und mit einer Stecknadel festgesteckt. Keine Ahnung, was das sollte.« Grete stand auf und ging zum Schrank hinüber. Sie öffnete eine der Türen und zog ein Fotoalbum heraus. »Ich glaube, er ist auf dem Abschlussfoto mit drauf.« Sie blätterte vor und zurück.

Elsie hörte die Einlegeblätter knistern. Sie kannte Gretes Fotoalben. Alle. Doch ihr fiel einfach nicht ein, wie sie sie ablenken konnte.

Nach einer Weile schüttelte Grete den Kopf, stellte das Album wieder in den Schrank und kam zum Tisch zurück. »Bestimmt hattet ihr auch solche Lehrer: mit Augenklappe, mit 'nem Holzbein oder auf Krücken. Die waren uns irgendwie unheimlich. Dabei hat man die doch überall gesehen damals.«

Elsie wusste nicht, was sie dazu sagen sollte.

»Wo bist du eigentlich zur Schule gegangen?« Grete legte also wieder los mit ihrer endlosen lästigen Fragerei.

»Ich?«

»Ja, wer denn sonst?«

»Wir … wir sind so oft umgezogen«, stotterte Elsie. »Da weiß ich nicht mehr viel.«

»Aber du musst doch einen Lieblingslehrer gehabt haben. Oder eine Lieblingslehrerin.«

Elsie zuckte die Schultern.

»Hatte die nicht jeder?«, drängelte Grete weiter. »Oder ein Lieblingsfach?«

»Nein.«

»Mann«, stöhnte Grete, »bist du zugeknöpft!«

»Bin ich gar nicht!«

»Du erzählst nie was aus deiner Schulzeit.«

»Ach was, das hast du nur schon vergessen!«, behauptete Elsie.

»Ich vergesse rein gar nichts!«, empörte sich Grete. »Ich weiß noch genau, wie du dich immer geziert hast, wenn's ans Eingemachte ging!«

»Das redest du dir bloß ein.«

Aber Grete war nicht zu bremsen. »Manchmal dachte ich schon, du hast ein Schweigegelübde abgelegt oder so was.«

»Mach dich nicht lächerlich, Grete. Wir waren Nachbarinnen. Du kennst die Geschichten von früher. Jede einzelne.« Grete winkte ab. »Die doch nicht!« Sie klang empört.

Elsie rutschte auf ihrem Stuhl herum.

»Ich hab dir schon so oft erzählt, wie es bei uns auf dem Land zuging. Was wir vier Mädels so alles angestellt haben. Und ich weiß nicht mal, ob du überhaupt Geschwister hattest!«

Elsie zog ihr Taschentuch heraus, wischte sich rasch über die Augen, schnäuzte sich die Nase. Grete sah sie vorwurfsvoll an. Elsie öffnete den Mund, schloss ihn aber wieder, ohne was zu sagen.

»'ne schöne Freundin bist du!«, warf Grete ihr vor.

Elsie räusperte sich. »Ich … ich muss jetzt auch los.« Entschlossen stand sie auf. »Es wird schon bald dunkel, und da will ich wieder zu Hause sein.«

Durchs Fenster schien die Sonne herein. Grete sah zur Uhr. »Ist doch erst kurz nach drei.«

»Eben drum.« Elsie lief zur Garderobe und riss ihren Mantel vom Haken. Sie öffnete die Tür, bevor sie ihn noch zugeknöpft hatte.

Grete kam langsam auf sie zu. »Vergiss deine Mütze nicht.« Elsie schnappte sie sich und eilte hinaus.

»Bis nächsten Samstag!«, rief Grete ihr hinterher.

Elsie drückte den Knopf am Aufzug. Wieder und wieder. Sie drehte sich um. Grete stand noch in der Tür. Wenigstens war sie ihr nicht auf den Flur hinaus gefolgt. Elsie atmete auf, als der Aufzug endlich kam. Sie zwängte sich hinein, obwohl sie sonst lieber auf den nächsten wartete, wenn schon einige Bewohner in der Kabine standen. *Weg, bloß weg!*, hämmerten ihre Gedanken. Sie spürte nicht mal, dass es abwärts ging und wie die Ungeduldigen sich an ihr vorbeidrängelten, kaum dass der Aufzug im Erdgeschoss angekommen war. Sie achtete auch nicht auf die Frau am Empfang, die irgendwas von Kurzbesuch sagte und ihr einen Gruß hinterherrief.

Außer Atem erreichte sie die Haltestelle auf der anderen Straßenseite. Langsam wurde sie ruhiger, spürte die Sonne im Gesicht. Sie schloss die Augen. Sie würde sowieso nichts sehen in dem gleißenden Licht. Vielleicht stand Grete wie vorhin am Fenster im Flur. Vielleicht auch nicht. Vielleicht machte sie sich gerade über ihren klebrigen Cocktail her, der sich sicher längst zu einer üblen rotbraunen Soße vermischt hatte und scheußlich schmecken musste. Erst als Elsie im Bus saß, fragte sie sich, ob Grete ihr jetzt wohl böse war. Vielleicht sollte sie sie anrufen. Heute Abend. Oder morgen. Vielleicht hatte sie bis dahin alles vergessen. Aber sie, Elsie, wusste es ja noch.

3

Ich hab es nicht fertiggebracht zu schreiben. In all den Jahren nicht. Es ging ums Überleben. Um all die Dinge, die sich so schwer fassen lassen, in Gedanken, in Worte, in Sätze. Die sich sträuben, widersetzen, das Papier scheuen. Und Papier war knapp. Aber was war nicht knapp? Träume. Albträume. Wünsche. Nach einer Bleibe, nach Rückkehr, Heimkehr. Mit den Liebsten. Dass das Suchen endlich aufhört, das Organisieren, das Improvisieren.

Natürlich weiß ich, dass ich Glück gehabt habe, trotz allem. Auch wenn ich jedes Gefühl dafür verloren habe, an diesem einen Mittag. Ich will nicht daran denken, kann nicht daran denken, und doch ist er immer irgendwie da, dieser eine Moment. Und manchmal erstarre ich wieder. Weil ich plötzlich alles vor mir sehe. Mit geschlossenen Augen oder mit offenen. Die Bilder kommen aus dem Nichts, umringen mich mit ihrer Düsternis, ihrem eiskalten Stoß über die Kante, hinab ins Bodenlose. Ich gebe mir die Schuld, oder ihr oder Rick, der das Ding zusammengebastelt hat. Oder keinem von uns. Weil es keine Schuld gibt. Und nichts und niemandem zu vergeben. Das rede ich mir jedenfalls ein. Sagen kann ich das nicht. Noch nicht. Vielleicht nie.

4

ab ich nicht gefragt, ob es Probleme gab?«
Jesper hatte verhindert, dass sie an Bord ging. Das wusste
Doro noch. Aber dann? Jetzt saßen sie jedenfalls in seinem
Büro. Und alle anderen waren auf dem Weg hinaus in den
Windpark. Was sollte sie sagen zu Jesper? Zu dem, was vorge-
fallen war? Heute Morgen. Und vor allem gestern.

»Du kennst die Regeln.«

Sie kannte die Regeln. Natürlich. Sie war *Team Lead* gewesen. Hatte das Sagen gehabt. Die Verantwortung für die Männer. Und für sich. Sie hatte die Kontrolle verloren. Über ihre
Gedanken, ihre Reaktionen, ihren Körper. Ausgerechnet, als
es keine Übung war, sondern der Ernstfall. Und sie hatte
nichts tun können gegen dieses nasse, schwere Tuch, das sich
Panik nannte.

Sie war so erschöpft gewesen gestern. Zu erschöpft, um mit
jemandem zu reden. Um eine Erklärung zu finden. Immerhin
hatte sie geschlafen. Und heute Morgen schien alles frisch und
neu und eigentlich schon vergessen.

»Ich … ich weiß auch nicht, was mit mir los war«, stotterte
Doro. Schweiß glänzte auf ihren Handrücken. »Mir war plötzlich schwarz vor Augen.« Wenn Jesper sich wegdrehte, um auf
seine Bildschirme zu sehen, würde sie die Hände rasch an ihrer Montur abwischen. Aber Jesper drehte sich nicht weg. Er
sah sie aufmerksam an. Doro hoffte, ihre Finger würden nicht
wieder anfangen zu zittern.

»Passiert dir das öfter?«

Nur nicht zu schnell antworten. Aber auch nicht zu zögerlich. »Nein. Das war das erste Mal.« Sie wollte nicht unsicher klingen oder ängstlich oder berechnend.

»Dein Sicherheitspass ist auf dem neusten Stand. Alle Zertifikate sind aktuell. Die letzte arbeitsmedizinische Untersuchung war erst vor zwei Monaten. Ohne Auffälligkeiten. Also, was ist los mit dir?«

»Ich weiß auch nicht«, sagte Doro leise.

»Das reicht mir nicht.«

Doro nickte.

»Hast du dich etwa schon gestern Morgen schlecht gefühlt?«, wollte Jesper wissen.

»Nein. Mir ging's prima. Wie immer. In der Gondel oben, bei der Arbeit. Und nachher, als wir gewartet haben. Wirklich! Ich wär doch nicht abgestiegen, wenn ich gewusst hätte …«

»Dann war vorhin also das zweite Mal?«

»Ja«, gab Doro zu.

»Was ist denn schiefgegangen beim Evakuieren?«

»Gar nichts! War alles ganz vorschriftsmäßig. Genau so, wie wir das immer üben.«

»Ich brauche trotzdem einen Bericht. Auch von Steffen und Mark.«

»Die wissen nichts von gestern«, warf Doro ein.

»Meinst du?«

Doro biss sich auf die Lippen. Sie achteten doch aufeinander. Und Steffen war auf jeden Fall erfahren genug zu bemerken, wenn es nicht rundlief. Er hätte sie darauf angesprochen. Auf der Rückfahrt vielleicht oder heute Morgen. Hatte er es versucht, und sie war einfach darüber hinweggegangen? Ausgeschlossen. Aber er war befangen wegen des abgestürzten Schlagschraubers.

»Und sonst?«, fragte Jesper weiter. »Gab's außergewöhnlichen Stress? Vielleicht schon zu Hause?«

»Nein.«

»Was machen wir denn nun mit dir?«

Doro zuckte die Schultern. »Ist ja die letzte Schicht heute. Morgen Nachmittag geht's aufs Festland zurück …«

»Dann lässt du aber einen Check-up machen!«

»Alles klar.«

»Kommst du alleine zum Hotel zurück?«

»Sicher.« Am Weg entlang standen genug Bänke. Nur für den Fall, dass sich die Schwäche noch einmal meldete, dachte Doro, sagte es aber nicht.

»Dann geh und ruh dich aus.«

Doro verließ das Büro und das Servicehaus zügig, durchquerte das Gewerbegebiet, warf einen Blick hinüber zum Heliport, wo der rote Hubschrauber zum Abheben bereitstand. Sie erreichte die Promenade am Binnenhafen. Vom Raureif auf den hölzernen Bohlen war glitschige Feuchtigkeit zurückgeblieben. Die schwarzen Fangkörbe lagen in der Vormittagssonne. Rechteckige und abgerundete. Gestapelt. Mit Schnüren, Leinen und orangefarbenen Bojen. Der Wind zerrte an Doros Montur, doch sie musste keine der lehnenlosen Bänke ansteuern, um sich hinzusetzen, auszuruhen, tief durchzuatmen. Sie ging weiter, vorbei an den Hummerbuden, die Seite an Seite an der Promenade standen. Ihre Holzkörper in Rot-, Blau- und Grüntönen gestrichen. Reglos schienen sie auf die nächste Touristensaison zu warten. Wahrzeichen oder Kulisse? Doro hatte nie darüber nachgedacht. Nicht darauf geachtet, was sie anpriesen, denn wenn sie und die Männer zur Arbeit gingen oder von dort kamen, waren die meisten geschlossen. Selbst im Sommer.

Doro fröstelte. Sie brauchte eine heiße Dusche und trockene Wäsche. Vielleicht einen Becher Kaffee. Sie wich einem der vor der Gepäckabfertigung rangierenden blauen Elektrolieferwagen aus. Es waren kaum Fußgänger unterwegs um diese Zeit. Privatwagen, Fahrräder, Roller und eScooter waren sowieso verboten auf der Insel. Parallel zum Südstrand reihten sich die Hotels und Gästehäuser im einheitlichen Fünfzigerjahre-Stil aneinander. Zwei und drei Stockwerke hoch. Als Ensemble gebaut und unter Denkmalschutz gestellt, wie überall zu hören war. Manchmal mit Stolz, manchmal eher mit Bedauern. Hier und da stand sogar schon jemand auf einem weißen Balkon oder vor der Fensterfront zum Meer, sah zur Landungsbrücke hinüber und zum Ökolabor der Biologischen Anstalt, das wie ein riesiger Pilz mit glänzender Kappe an der Binnenreede aufragte, oder genoss die Aussicht auf die vorgelagerte Badeinsel, die Düne. Nur einen Steinwurf vom Südstrand entfernt, so schien es, lag sie im Meer, ein Fleckchen aus Sand, wie aufgeschüttet für ein paar bunte Ferienhäuschen und einen rot-weiß geringelten Leuchtturm.

Am Ende der Straße kam Doros Unterkunft, das *atoll hotel,* in Sicht. Sie eilte über den Platz mit dem winters schweigenden Musikpavillon auf den Eingang zu. Endlich. Doro atmete auf. Spürte die Wärme in der Halle des edlen Hotelneubaus. Sie steuerte den Aufzug an, obwohl sie den Treppenaufgang in dem viereckigen gläsernen Turm mochte, vor allem wenn die Sonne darauf schien.

Sie schnürte die Schuhe auf, streifte sie ab und ließ sie bei der Tür stehen. Sie schälte sich aus der Montur. Nicht anders als nach Feierabend, versuchte sie, sich einzureden. Jedenfalls nicht viel. Sie trat ans Fenster, sah die Dünenfähre ihre Bahn ziehen. Tagsüber schien immer irgendjemand hinüberzuwollen. Oder wieder zurück. Zum Flugplatz. Zum Friedhof der Namenlosen. Oder zu den Seehunden und Kegelrobben. Vielleicht auch zu einer Baustelle. Die Vorbereitungen für die Saisoneröffnung am 1. April liefen, hatte sie gehört. Besonders rund um den Campingplatz. Sie konnte sich nicht vorstellen, dort Urlaub zu machen. Sich möglicherweise in einem der gelben, roten oder grünen Holzhäuschen einzumieten, die sie selbst von hier aus sehen konnte. Christian wäre sogar ein Zelt recht gewesen. Und im Handumdrehen hätte er es heimelig hergerichtet für sie. Abrupt wandte sie sich vom Fenster ab. Warum dachte sie jetzt ausgerechnet an ihn? Nach all den Jahren? Hätte sie damals Ja zu ihm statt zu ihrem Job hier gesagt, dann würden sie sich vermutlich dort für die Osterferien einmieten, mit den beiden Kindern, die er sich so sehr gewünscht hatte. Sie lief ins Bad und drehte die Dusche weit auf.

Als Doro die Kollegen abends zurückkommen hörte, wusste sie nicht mehr viel von diesem Tag. Sie hatte sich hingelegt und geschlafen. Sie war aufgewacht. Hatte sich umgedreht und weitergeschlafen. Sie war liegen geblieben, als die Dämmerung hereinzog und sich zu Dunkelheit vertiefte. Sie hatte nicht aufstehen und nichts essen wollen. Vielleicht sollte sie jetzt zu den anderen hinuntergehen, hören, wie ihr Tag gewesen war draußen im Windpark. Sich wenigstens sehen lassen. Für ein paar Minuten nur. Zeigen, dass sie auf den Beinen war. Ihrem Team und Jesper. Sicher würde sonst mindestens einer von ihnen anrufen, und wenn sie sich nicht meldete, auch an ihrer Tür klopfen. Und sie müsste öffnen, weil er sonst die an-

deren alarmierte. Sie waren so etwas wie eine Familie. Jedenfalls für die vierzehn Tage, in denen sie hier gemeinsam lebten
und arbeiteten.

Im Aufzug traf sie Steffen.

»Siehst blass aus«, sagte er.

Doro wollte einen Scherz über das kalte LED-Licht machen, hielt sich aber zurück. Stattdessen nickte sie.

»Ist aber nicht ansteckend, oder?«

»Ich denke nicht.«

»Aber du weißt es nicht.«

»Schätze, es war der Kreislauf.«

»Hast du mit unserem Teledoc gesprochen?«

»Nein.«

Steffen sah sie vorwurfsvoll an.

»Ich kümmere mich zu Hause darum. Versprochen.«

»Das musst du auch.«

»Schon klar.«

Steffen kam ihr fast nachdrücklicher vor als ihre Großmutter Elsie.

Jesper nickte ihr zu, als sie zum Essen kam. Aber niemand
starrte sie an oder wandte sich ab, fing an zu tuscheln oder
verstummte, als sie am Tisch vorbeiging. Was hatte sie sich
nur eingebildet? Hatte sie tatsächlich gefürchtet, die Männer
würden mit dem Finger auf sie zeigen, sie womöglich ausla-
chen? Würden plötzlich mutmaßen, ob das vielleicht doch
kein Job für eine Frau war? Sie wusste selbst nicht mehr, wie
sie darauf gekommen war, denn bisher hatte es keinen Anlass
dazu gegeben.

»Alles klar bei dir?« Mark blieb an ihrem Tisch stehen.

Doro sah von ihrem Teller auf. »Ja. Danke.«

»Ich hab noch einen Film mit, für den Beamer. Also wenn

du Lust hast. Viertel nach neun hab ich den anderen gesagt. Aber wenn dir das zu spät wird …«

»Nein. Schon okay. Wir müssen ja morgen nicht früh raus.«

»Na dann, bis gleich!«

Doro schob den Teller von sich. Es gab keinen Grund, sich zurückzuziehen. Womöglich Kopfschmerzen vorzuschützen. Wenn sie Ruhe brauchte, konnte sie das bedenkenlos sagen. Auch nach so einem Vorfall. Gerade nach so einem Vorfall. Sie schluckte. Wer sagte überhaupt, dass es ein Vorfall war? Sie sah zu Jesper hinüber. Der legte gerade sein Besteck weg. Dann stand er auf und ging hinaus. Vielleicht hinunter in den Fitnessraum. Oder zum Pool. Für seinen perfekten Tagesabschluss. Obwohl – so direkt nach dem Essen? Sie würde jedenfalls noch einen Moment hier sitzen bleiben. Durch die Glasfront hinaussehen auf die beleuchtete, menschenleere Promenade. Auf den nachtschwarzen Himmel und das Meer. Oder zur anderen Seite, in die Lobby. Dort stand Piet am Kaffeeautomaten, die Tageszeitung unterm Arm. Doro wusste, dass er mit sich haderte. Wegen der Verdauungszigarette. Er wollte sich das Rauchen abgewöhnen. Während der Kaffee in den Becher tropfte, schwirrte sein Blick zwischen den Sitzgruppen und dem Raucherbereich draußen vor der Tür hin und her. Er glaubte nicht an Nikotinpflaster. Er glaubte daran, es aus eigener Kraft zu schaffen. Kurz darauf steuerte Piet einen Tisch an, der weit vom Eingang und vom Fenster entfernt stand. Er stellte den Becher ab, ließ sich in die Polsterecke fallen und entfaltete die Zeitung.

Doro überlegte, ob sie noch für ein paar Minuten hinauf in ihr Zimmer fahren sollte. Sie könnte Elsie anrufen und fragen, wie ihr Wochenende gewesen ist. Ob sie sich gut fühlte. Und ob sie ihr etwas mitbringen sollte von unterwegs. Aber um diese Zeit ging ihre Großmutter normalerweise nicht mehr ans Telefon. Wozu auch? Doro konnte sich morgen bei ihr melden. Genauso wie sie es immer tat, bevor sie das Schiff bestieg. Denn wenn bei Elsie etwas passiert war, etwas Außergewöhnliches, etwas, das Doro sofort wissen musste, sprach sie ihr auf die Mailbox. Anfangs hatte Elsie das gehasst, aber sie verstand, dass Doros Arbeitszeiten nichts anderes zuließen. Und dass die meisten Neuigkeiten von Stunde zu Stunde an Dringlichkeit verloren. Doro entschied sich dagegen, aufs Zimmer zu gehen. Stattdessen schlenderte sie zu Mark in den Tagungsraum hinüber. Sein Superheldenfilm war bereits startklar.

Doro schlief bis in den Vormittag hinein. Dann galt es, den Koffer zu packen und die Box für den Lagerraum unterm Dach. Dort verstaute sie das, was sie nicht bei jedem Schichtwechsel hin und her schleppen wollte. Duschgel und Badelatschen, Sportschuhe, Bücher, Bilder, Schreibkram. Und Trampy, ihren Plüschelefanten mit dem erhobenen Rüssel. Damals hatte der sie in ihrem Zimmer bei den Großeltern erwartet. Als sie ihn dort auf ihrem Bett stehen sah, hatte sie plötzlich gewusst, dass ihre Mutter sie tatsächlich bei Hannes und Elsie lassen und nicht wieder mitnehmen würde, wenn sie abreiste. Dafür hatte sie dieses Plüschtier gehasst. Und dafür, dass ihre Mutter als Kind damit gespielt hatte. Weil es sie vielleicht sogar auf die Idee gebracht hatte, in fremden Ländern zu leben und zu arbeiten. Und weil es so ganz anders aussah als lebende Elefanten. Keiner hatte rosa Stellen am Rüssel, an den Ohren und an den Beinen gehabt. In Afrika nicht und in Indien auch nicht. Gleich in der ersten Nacht hatte sie ihn hinters Bett gestoßen und ihn dort liegen lassen. Bis Elsie ihr erzählte, dass Trampy ein magisches Wesen war, das einem Elefanten nur entfernt ähnelte. In ihren Träumen würde er Doro hintragen, wo immer sie hinwollte. Sie müsste ihn nur vor dem Einschlafen ganz fest an sich drücken.

»Glaub ich nicht!«, hatte Doro damals gemurrt.

»Na, wenn du's nicht probieren willst, dann eben nicht.« Die Großmutter hatte die Schultern gezuckt.

»Ich bin doch kein Baby mehr!«

Doro hatte nächtelang wach gelegen. Auf das Rattern der Züge in der Ferne gelauscht. Und einfach nicht aufhören können, daran zu denken, dass ihre Mutter in einem der Züge saß, der sie weit weg brachte von ihr.

Schließlich hatte Doro den Plüschelefanten hinter dem Bett hervorgeangelt und ihn auf ihren Nachttisch gestellt. Manchmal trug er sie tatsächlich in einen Traum. Manchmal war es einfach nur gut, dass er da stand. Im Dunkeln. Im Morgengrauen. Am Tag. Seitdem war sie mit Trampy herumgezogen, oder er mit ihr. Wenn sie ihr Lager für längere Zeit irgendwo aufschlug, war er immer dabei. In ihrer ersten winzigen Wohnung in Hamburg, in Christians Haus in Pinneberg, und jetzt hier im *atoll*.

»Bis bald!«, flüsterte Doro. Sie legte ihn als Letztes in die Box, verschloss sie und brachte sie hinauf in den Abstellraum. Danach schaffte sie ihren Koffer hinunter in die Lobby, kehrte aber noch mal aufs Zimmer zurück. Sie vergewisserte sich, dass nichts mehr herumlag, dass das Zimmer bereit war für den Putzdienst und später für Sven aus der anderen Schicht, der in den nächsten zwei Wochen hier wohnte. Dann rief sie Elsie an. Die war gerade dabei, Kohlrouladen zu wickeln. »Die magst du doch so gerne«, sagte sie zu Doro.

»Mach dir doch nicht so viel Arbeit, Omi!«

»Das ist keine Arbeit. Das hält mich auf Trab. Du musst was Gutes zu essen haben, wenn du heute Abend kommst! Nach der langen Fahrt bist du bestimmt hungrig.«

Doro lächelte. Fast genauso war es auch immer gewesen, wenn sie mittags aus der Schule kam.

»Und wie wär's mit einem echten Schokoladenpudding zum Nachtisch?«, fuhr Elsie fort.

»Mit selbst gemachter Vanillesoße?« Eigentlich keine Frage. Aber Doro wusste, dass ihre Großmutter sich darüber freute.

»Na klar. So 'n Fertigkram kommt mir nicht ins Haus!«

Doro schob ihr Handy in die Hosentasche. Es tat gut zu wissen, dass Elsie auf sie wartete. Dass sie Doro mit offenen Armen aufnahm. So wie sie sie immer aufgenommen hatte. Mit sechs Jahren, als Sandra sie dort zurückließ. Mit zwanzig, als sie von ihrer Ausbildung in Hamburg zurückkam. Mit vierunddreißig, als sie sich von Christian trennte. Dabei mochte Elsie ihn so, fast, als wäre es ihr eigener Enkel. Doro durfte wieder in die Einliegerwohnung ziehen, die eigentlich für ihre Mutter vorgesehen war, aber Sandra hatte nie Anspruch darauf erhoben. Sie würde wohl noch in der Welt herumreisen, um armen, kranken, hungernden Kindern zu helfen, wenn sie so alt war wie Elsie.

Doro zog die Zimmertür hinter sich zu und nahm den Aufzug hinunter in die Lobby. Sie setzte sich mit einem Becher Tee in eine Polsterecke und beobachtete das Kommen und Gehen. Für einige der Männer gehörte es zum Abreisetag dazu, zollfrei einkaufen zu gehen. Ein uraltes Privileg, das es heute fast nur noch auf Helgoland gab. Eine Literflasche Brandy für die Eltern, Zigarren für den Junggesellenabschied, eine riesige Packung Schokolade für die Liebste, Zigaretten für die

Schwester, Parfum oder Sherry für die Großmutter, Bier für die Garagenparty. Ein wahrer Beutezug und die Begeisterung darüber selbst nach Jahren ungebrochen. Erst verglichen sie ihre Einkaufslisten, als wären es Weihnachtswunschzettel. Dann, wenn sie mit Tüten bepackt zurückkamen, strahlten sie wie nach der Bescherung. Doro interessierte sich nicht für das zollfreie Warenangebot, und sie wusste, dass sie auch Elsie keine Freude damit machen konnte. Einladungen zu Feiern ehemaliger Schulfreundinnen gab es in letzter Zeit kaum noch. Also erreichten sie auch keine Bitten mehr, eine Flasche Champagner mitzubringen. Oder Wodka für irgendwelche Cocktails.

Doro trank ihren Tee aus. Nicht mehr lange, und das Schiff aus Cuxhaven würde einlaufen. Um diese Jahreszeit das einzige, das regelmäßig vom Festland herüberfuhr. Mit ihrer Ablösung. Mit weiteren Arbeitern. Mit Einheimischen, die von Einkaufstouren, Arztterminen oder aus dem Urlaub kamen. Mit einer Handvoll Touristen. Aber auch mit Waren für die Geschäfte, Material für Baustellen, Ersatzteilen. Oft waren die Salons bis auf den letzten Platz besetzt. Denn bei Wind, Regen oder Schneeschauern und bei kühlen bis frostigen Temperaturen mochte niemand an Deck sitzen. Schon gar nicht zweieinhalb Stunden lang. Ob die See nun kabbelig war oder eher ruhig. In wenigen Wochen würde der Katamaran wieder starten und die Anreise deutlich verkürzen. Ab Mai kamen dann auch Schiffe aus anderen Orten an der Küste. Das entspannte die Lage an Bord ein wenig. Jedenfalls bis die Ferienzeit begann.

Doro wünschte sich schon lange, dass Elsie sie hier besuchte. Für zwei, drei Tage vielleicht, nachdem ihre Schicht zu Ende war. Am besten im Frühsommer. Da gab es schon Fahrten für Touristen zum Windpark hinaus, sodass Elsie endlich einmal genau sehen konnte, wo Doro arbeitete.

Doro erinnerte sich, dass sie mit vierzehn oder fünfzehn Jahren einen Ausflug mit der Schulklasse nach Helgoland unternommen hatte, aber sie wusste kaum noch etwas davon. Obwohl sie schon seit fast vier Jahren zum Arbeiten hierherkam, war sie noch nie die Wege abgelaufen, die die Touristen gingen oder die man in der Saison auch mit einem Elektrobähnchen befahren konnte. All die Naturliebhaber, Heuler- und Vogelfreunde, Geschichts- und Kulturinteressierten. Die Hummerfreunde und Eiergrog-Fans. Doro war einfach zu müde dafür, nach einem Tag draußen im Windpark. In ihrer freien Zeit die Insel mit Elsie an ihrer Seite zu erkunden, konnte sie sich dagegen gut vorstellen. Vielleicht würde Elsie danach auch ein wenig stolz sein auf Doro und nicht mehr jedes Mal fragen, ob sie nun genug habe von diesem halsbrecherischen Job. Ob sie sich endlich eine vernünftigere Arbeit suchen wolle. Eine, bei der Elsie nicht nächtelang wach lag, weil sie fürchtete, Doro könnte ins Meer stürzen und käme niemals mehr heim.

»Immer noch der Butterdampfer«, stöhnte Steffen, als er sah, dass die Hafenarbeiter die *Fair Lady* beluden. Doro interessierte sich nicht dafür, welches Schiff fuhr, sondern nur dafür, dass überhaupt eins fuhr. Und laut Wettervorhersage sprach heute nichts dagegen. Auf dem Kai sammelten sich bereits die Passagiere. Der Kran hob den letzten Lastcontainer an und schwenkte ihn zum Heck des Schiffs. Er schabte über den Boden, polterte, grollte, als zöge ein Unwetter heran. Endlich stand er sicher, da prasselten die Ketten zu Boden, die den Container gehalten hatten. Wenig später wurde die Gangway freigegeben. Doro hörte das Rattern der Rollkoffer und die Schritte der Männer auf dem Metallsteg bis ans Ende der Warteschlange. In rund vier Stunden würde sie zu Hause bei Elsie sein. Würde am Tisch mit ihr sitzen, zu Abend essen und sich erzählen lassen, was los gewesen war in den letzten vierzehn Tagen. Vielleicht hatte ihre Großmutter auch schon Pläne für die nächste Woche. Bestimmt würde sie das Gartencenter ansteuern wollen. Saatgut und Erde für die Anzucht kaufen. Ein paar Stiefmütterchen, damit schon was blühte hinterm Haus. Obwohl es im April noch Schnee und Nachtfrost gab, meistens kurz nachdem Elsie die Pflanzen in die Erde gesetzt hatte.

Es ging zügig voran.

Vielleicht würde Elsie für einen Einkaufsbummel nach Hamburg oder Bremen mit ihr fahren wollen. Und ein paar Reparaturen im Haus gab es sicher auch für Doro zu erledigen.

Neben der Gangway stand eine Frau von der Reederei und kontrollierte die Tickets. Doro hörte das Klicken der Stoppuhr, mit der sie die Passagiere zählte. Hektisch kam ihr das vor. Und laut. Lauter als Doros eigener Atem. Der plötzlich schneller und schneller ging. Schon wieder. Und sich nicht beruhigen ließ. Mark stand noch vor ihr in der Schlange. Und Steffen. Dieser Druck auf der Brust. Und im Hals. Sie sah Mark an Bord gehen. Seine Schritte dröhnten auf dem Metallsteg. Sein Rucksack verschwamm vor ihren Augen. Sie blinzelte. Ging ein paar Schritte rückwärts. Dann hob Steffen seinen Koffer an und betrat die Gangway. Doro wischte sich die schweißnassen Hände an ihren Hosen ab. Aber sie griff nicht nach ihrem Gepäck und rückte auch nicht auf. Zwei Frauen drängten sich an ihr vorbei. Eine drehte sich nach ihr um, schüttelte den Kopf. Doro achtete nur auf das Kribbeln in den

Beinen, denn es drohte, sie zu Boden zu reißen. Sie musste sich bewegen. Musste das Zittern vertreiben. Und das Flimmern vor den Augen. Wenn sie nur nicht taumelte, hier auf dem Kai. Wenn sie nur tiefer atmen könnte. Gegen den Kloß im Hals anatmen. Gegen die Enge. Gegen die Taubheit. Weg! Sie musste weg. Weg von der Gangway. Vom Schiff. Von den Leuten. Sie hörte Rufe. Aber in ihren Ohren rauschte es. Laut. Lauter als die Rotoren im Wind. Sie schloss die Augen. Und riss sie gleich wieder auf. Das Wasser so schwarz. So nah. Zu nah. Jemand zerrte an ihrer Wetterjacke. Der Stoff presste sich gegen ihre Kehle. Drückte ihr die Luft ab. Sie ruderte mit den Armen. Die Füße ohne Halt. Von weit her kamen die Rufe. Kaum mehr als leise Böen im Wind. Aber sie erreichten Doro.

Sie ging zu Boden.

Jetzt brannten der Schmerz und die Kälte. Sie zitterte.

Jemand fühlte ihren Puls.

Ihr Atem beruhigte sich. Langsam. Ganz langsam. Sie registrierte, dass es Jesper war, der sich über sie beugte.

»Das war knapp«, sagte er. »Verdammt knapp!«

Doro richtete sich vorsichtig auf.

»Ich sollte dich zum Arzt bringen. Jetzt gleich!«

»Nein. Ich will nur nach Hause.«

Jesper sah sie skeptisch an. Er half ihr auf die Beine.

»Bitte!« Doro wischte sich die nass geschwitzten Haarsträhnen aus dem Gesicht. »Es geht schon wieder.« Sie klopfte sich die Hosen ab und zog ihre Jacke zurecht. Die Schwäche ebbte ab. Sie sah zum Schiff hinüber.

»Okay. Aber ich setze dich zu Hause ab«, entschied Jesper.

Sie gingen gemeinsam zum Anleger zurück. Doro griff nach ihrem Koffer, hob ihn hoch. Noch einen Schritt. Einen noch. Und hinauf auf den Metallsteg. Doch sie blieb abrupt

stehen. Nein. Sie konnte den Fuß nicht auf die Gangway setzen. Nein. Nein. Nein. Sie wollte nach Hause. Zu Elsie. Sie
wollte weg von hier. Von diesem Felsen im Meer. Sie *musste*
weg von hier. Jetzt gleich. Aber sie konnte nicht. Nicht einen
Schritt weiter. Nicht über die Kaikante. Nicht über die Gangway an Bord. Sie sah hinab in den schwarzen Spalt zwischen
Hafenmauer und Schiffsrumpf. Spürte den Sog. Musste sich
losreißen, sich abwenden. Sie lief an Jesper vorbei. Weg vom
Hafen, weg, nur weg.

5

ch muss mich nicht verpusten!«, schnaubte Elsie.

Martha riss ihr die Tasche fast aus der Hand. »Was schleppst du denn da auch alles an?« Sie hob eine Plastikdose nach der anderen heraus und trug sie in die Küche. »Hast du etwa schon gekocht?« Es klang wie ein Vorwurf.

Elsie schlüpfte in die Hausschuhe, die ihre Schwägerin stets für sie bereitstellte. Ja, sie hatte gekocht. Für Doro. Nicht für Martha. Aber Doro war nicht nach Hause gekommen. Sie hatte ihr irgendeine fadenscheinige Ausrede präsentiert. Am Telefon. Abends. Gerade als Elsie mit dem Kartoffelschälen anfangen wollte. Als Doro eigentlich schon in der Nähe hätte sein müssen. Eine halbe Stunde entfernt vielleicht. Sie hatte irgendwas von Fortbildung gesagt. Ach was, gesagt – gestammelt hatte sie. Da war sich Elsie sicher. Ihr hatte es die Sprache verschlagen. Sie konnte nicht nachfragen. Konnte Doro nicht bitten, nicht drängen, nicht überreden, mit der Wahrheit herauszurücken. Es war lange still gewesen in der Leitung. Und Elsie hatte einfach aufgelegt.

Sie folgte Martha in die Küche. Die lüftete einen Deckel nach dem anderen. »Sogar Schokoladenpudding?«, wunderte sie sich. »Und Vanillesoße! Gibt es was zu feiern?«

Elsie schüttelte den Kopf. »Im Gegenteil«, brummte sie, obwohl sie eigentlich keine Lust hatte, Martha von ihrem Ärger zu erzählen.

»Ich habe deine Kochkünste immer bewundert, Elsie.«

»Ach, das sind doch nur Kohlrouladen.«

»Ich liebe Kohlrouladen!« Martha kniete sich vor den Küchenschrank und suchte nach einem Topf zum Aufwärmen.

»Doro eigentlich auch.«

»Aber du hast es mal wieder zu gut gemeint, stimmt's?«

Elsie zuckte die Schultern.

»Gefällt's ihr denn noch, da draußen im Windpark?«

»Anscheinend viel zu gut!«, platzte Elsie heraus.

Martha sah sie überrascht an. »Ich dachte immer, du bist stolz auf deine Enkelin.«

»Bin ich ja auch.«

»Das hört sich aber nicht so an.«

»Wolltest du nicht Kartoffeln schälen?«, versuchte Elsie, abzulenken.

»Nein.« Martha verschränkte die Arme. »Also, was ist los?«

»Nichts.«

»Und wem willst du das einreden?«

Elsie schwieg.

»Wir kennen uns nun wirklich lange genug.«

Seit Hannes Elsie das erste Mal zum Sonntagsessen bei seinen Eltern eingeladen hatte. Verlobt waren sie damals noch nicht gewesen. Jedenfalls nicht offiziell. Und Martha war gerade erst konfirmiert worden. Sie hatte Elsie noch vor dem Dessert anvertraut, dass sie lieber eine große Schwester als einen großen Bruder gehabt hätte. Elsie war wie versteinert gewesen. Nicht mal ein Lächeln wollte ihr gelingen, während Martha mit strafenden Blicken von der Familie bedacht worden war. Aber wie hätte Elsie auch sagen können – dass sie heilfroh war, keine kleine Schwester zu haben?

»Rechnest du jetzt nach, oder was?«, unterbrach Martha ihre Gedanken.

»Fünfundsechzig Jahre«, schnappte Elsie, »da muss ich nicht lange rechnen.«

Martha nickte bedächtig.

Wenn sie jetzt nur nicht anfing, alte Geschichten auszubreiten, dachte Elsie. Warum schälte sie nicht einfach die Kartoffeln? Martha schien jedoch in Gedanken zu versinken. Elsie fürchtete, Martha würde gleich wieder eine ihrer bohrenden Fragen stellen. Eine, die ganz harmlos daherkam. Eine, die zum Antworten verführte. Nur um sich gleich darauf der nächsten Frage ausgesetzt zu fühlen. Und wenn Martha etwas wissen wollte, gab es kein Entrinnen. So wie sie einst danach gefragt hatte, ob Elsie Kinder liebte. Wie viele Babys sie einmal haben wollte. Und am Ende immer wieder, ob Sandra ein Einzelkind bleiben sollte. Hannes hätte sich angeblich immer eine große Familie gewünscht. Drei oder vier Kinder bestimmt. Warum denn auch nicht? Elsie hatte versucht, Martha und ihre Fragen zu meiden, aber Hannes ließ kein Familienfest aus, und Elsie und Sandra mussten mit.

»Da erlebt man schon was«, sinnierte Martha. »Oder hättest du gedacht, dass wir als alte Schachteln mal so zusammenhocken?«

»Warum nicht«, gab Elsie sich versöhnlich. Dabei wusste sie ganz genau, dass ein Treffen in der Woche reichte und sie Martha niemals in die Einliegerwohnung in ihrem Haus ziehen lassen würde.

Wenig später erzählte Elsie schließlich doch, dass Doro nicht heimgekommen war, obwohl sie mittags am Telefon noch alles besprochen hatten. Dass sie so etwas von Doro gar nicht kannte. Dass Verlass auf Doro war und sie sich an ihre Verabredungen hielt. Bisher jedenfalls. Und dass sich Elsie nun Sorgen machte.

»Wie alt ist Doro jetzt?«, fragte Martha.

»Was hat das denn damit zu tun?«

»Ist sie nicht schon fast vierzig?«

»Achtunddreißig.«

»Aha!«

Elsie sah Martha finster an.

»Meinst du nicht, sie ist erwachsen genug?«, fuhr Martha fort.

»Um ihre Großmutter anzulügen?«

Martha legte die Hand auf Elsies Arm. Doch die schüttelte sie ab. »Da ruft sie mich im allerletzten Moment an!«

»Dabei hattest du schon den ganzen Nachmittag auf Doro gewartet und dich gefreut.«

»Nein! Ja. Natürlich. Wie immer, wenn sie heimkommt.«

»Hast du dich denn nie gefragt, ob es normal ist für eine Frau in ihrem Alter, bei ihrer Oma zu leben?«

Elsie verdrehte die Augen. »Sie wohnt in ihrer eigenen Wohnung.«

»Aber in deinem Haus«, beharrte Martha.

»Das war ganz allein ihre Entscheidung.«

»Und weil es so bequem ist, ist sie geblieben.«

»Vermutlich«, gestand Elsie ein. »Warum auch nicht.«

Martha nickte. »Vielleicht hat sie jemanden kennengelernt und sich spontan entschlossen …«

»Nein! Nein! Nein! So ist Doro nicht. Da muss was passiert sein! Etwas ganz Schreckliches! Ich habe so ein Gefühl …« Am liebsten wäre sie aufgesprungen und in den Flur hinausgerannt. Hätte in der Manteltasche nach dem Handy gewühlt und Doros Nummer gewählt. Aber da würde sich wieder nur die Mailbox melden, wie schon den ganzen Morgen. Und Nachrichten hatte sie genug hinterlassen.

»Ach, Elsie«, seufzte Martha und wartete.

Aber Elsie entspannte sich nicht. »Ich war von Anfang an dagegen, dass sie diesen verrückten Job annimmt!«, eiferte sie sich.

»Du tust ja gerade so, als ob sie Bomben entschärft oder in brennende Häuser rennt.«

»Und was, wenn sie abstürzt? Wenn sie sich den Hals bricht? Wenn sie …« Ihre Stimme versagte.

»Was macht dir bloß solche Angst, Elsie?«, fragte Martha leise.

Elsie sah zu Boden. Angst? Konnte es wirklich Angst sein? Klang sie so panisch? Hysterisch? Verzweifelt? Bestimmt wusste Martha gar nicht, wovon sie da redete. Sie hatte keine Kinder, keine Enkel. Eigentlich bestand ihre Familie nur noch aus Elsie. Aber um die brauchte Martha sich nicht zu sorgen. Jedenfalls nicht so, wie Elsie sich um Doro sorgte. Die sie liebte. Die ihr anvertraut worden war. Deren Nähe ihr so guttat. Damals schon, als sie ihr die ersten Geschichten vorlas, das Einmaleins mit ihr übte und Radfahren, Lieder sang oder Rätsel löste. Die sie aber auch loslassen musste. Vor allem, wenn Hannes die Kleine mit in die Werkstatt nahm. Oder wenn Sandra eines Tages aus der Wildnis zurückkäme und sich an ihre Tochter erinnerte. Die sie irgendwo mit irgendjemandem in die Welt gesetzt hatte. Und die nach ihrer Hebamme Dorothy hieß.

»Vielleicht sollten wir jetzt das Essen aufwärmen«, schlug Martha nach einer Weile vor.

Elsie nickte. Obwohl sie genau wusste, dass sie keinen Bissen hinunterbekommen würde. Allein der Geruch aus den Töpfen schnürte ihr die Kehle zu. Doch sie würde sich mit Martha an den Tisch setzen. Und Martha würde kräftig zulangen. So wie jeden Dienstag, wenn Elsie mit ihr kochte. Sie würde kaum bemerken, dass Elsie nur auf dem Teller herumstocherte. Aber sie würde endlich aufhören, Fragen zu stellen.

Nach dem Essen gingen sie im Park spazieren. Martha hakte sich bei Elsie unter, und Elsie ließ es zu. Sie zwang sich, langsam zu gehen. Langsam genug für Martha. Zu langsam für sie. Quälend langsam. Aber nur so konnte sie verhindern, dass Martha schon nach wenigen Metern stehen blieb. Denn statt sich zu verpusten, schimpfte sie los: »Willst du mich umbringen? Du rennst wieder, als ob sie hinter dir her sind! Wir sind doch nicht auf der Flucht!« Dabei klammerte sie sich an Elsies Arm, als fürchtete sie, in einen Abgrund zu stürzen.

Elsie brachte es nicht fertig, sie abzuschütteln und einen halben Meter zurückzutreten. »Schon gut«, sagte sie und tätschelte Marthas Hand. Irgendwann gingen sie weiter, als wäre nichts gewesen. Noch eine Runde durch den Park. Unter den kahlen Bäumen in der Frühlingssonne.

»Nimmst du mich mit, wenn du zu Hannes auf den Friedhof fährst?«, fragte Martha dann.

Elsie schwieg. Sie hoffte, Martha würde nicht darauf drängen.

»Ich war so lange nicht mehr bei meinem Bruder«, sagte sie jedoch gleich darauf.

»Ich auch nicht.« Elsie presste die Lippen zusammen. Manchmal machten sich die Worte selbstständig.

»Das sollte kein Vorwurf sein! Wirklich nicht! Ich meinte doch nur ... ich wollte ... ach, sag einfach Bescheid, wenn du hinfährst.«

Elsie schluckte.

Martha sah sie von der Seite an. »Wenn das Wetter beständiger ist«, ergänzte sie rasch.

Elsie sah den Radfahrern hinterher, die an ihnen vorbeirasten. Frauen, Männer, Kinder mit ihren bunten Helmen. Manche kamen ihnen gefährlich nahe, so nahe, dass sie den Luftzug spürte und die Steinchen hörte, die unter den Reifen zur Seite spritzten. Elsie selbst hatte nie mit dem Rad die Abkürzung durch den Park genommen. Früher nicht, als sie mit der kleinen Sandra oder mit Doro unterwegs gewesen war. Und später auch nicht. Seit drei Jahren fuhr sie gar nicht mehr mit dem Rad. Seit ein Autofahrer sie beim Abbiegen übersehen hatte und einfach weitergefahren war, obwohl sie am Boden lag. Sie war wütend gewesen, auf diesen Autofahrer, aber auch auf die Passanten, die ihr aufhalfen und behaupteten, in ihrem Alter müsse man doch nun wirklich nicht mehr Rad fahren! Einer hatte sogar *Oma* zu ihr gesagt! Elsie hatte kein Wort herausgebracht. Hatte nicht aufzählen können, wie viele Kilometer sie schon mit dem Rad gefahren war in ihrem Leben. Oder zumindest in den letzten fünfundsiebzig Jahren. Wen und was sie damit so alles transportiert hatte, als es keine andere Möglichkeit dafür gab. Und später, als die meisten aufs Auto umgestiegen waren. Oder noch viel später, als das Radfahren auf einmal als gesund und umweltbewusst galt. Ihr Großvater hatte Elsie das allererste Rad aus Teilen vom Schrottplatz zusammengebaut. Und sie hatte sich damit herausgestrampelt, aus der Enge, dem Lärm, dem Mief der abgeteilten Räume, all der Aufgaben, die sie bewältigen musste in dieser fremden Umgebung, die auf einmal ihr Zuhause sein sollte.

Elsie hatte die helfenden Hände der Passanten an der belebten Straßenkreuzung abgeschüttelt und ihr verbeultes Rad aufgehoben. Die Leute mussten nicht auch noch sehen, wie ihr die Tränen kamen. Tränen, die ihre Vorurteile nur bestätigen würden: Alte sind eine Gefahr für den Straßenverkehr. Und natürlich konnte es nur Elsies Schuld gewesen sein, auch wenn sie Vorfahrt gehabt hatte. »Gleich wieder aufsteigen und weiterfahren«, hatte ihr die Stimme ihres Großvaters in den Ohren geklungen. Aber das ging nicht mehr. Sie war den langen Weg unter Schmerzen zurückgehumpelt. Wochenlang hatte Elsie mit sich gehadert. Sollte sie das Rad reparieren lassen und wieder aufsteigen? Warum eigentlich nicht? Weil sie irgendjemand für zu alt zum Radfahren hielt? Das konnte doch nicht wahr sein! Seit wann ließ sie sich Vorschriften machen? Noch dazu von Fremden? Aber dann war Martha gestürzt, hatte sich den rechten Arm gebrochen und war monatelang auf Hilfe angewiesen gewesen. Das wollte Elsie keinesfalls erleben, und so stellte sie das Fahrrad schließlich zum Sperrmüll an die Straße.

»Lass uns noch einen Kaffee trinken«, schlug Martha vor.

»Bei dir?«

»Och, wie wär's denn mit dem Italiener am Markt?«

Bevor Elsie etwas dazu sagen konnte, fuhr Martha fort: »Ist zwar nicht Sonntag, aber ich hab mal richtig Lust auf einen Eisbecher! Mit ordentlich Sahne obendrauf.«

Elsie verdrehte die Augen. Kaum zwei Stunden waren vergangen, seit Martha die Kohlrouladen verdrückt hatte. Und den Pudding zum Nachtisch.

»Komm schon, Eis geht immer!«, rief Martha. »Und wir sind schließlich durch den Park hier gerannt. Das zehrt!«

»Wenn du meinst«, gab Elsie sich geschlagen.

Wenig später saßen sie in Luigis Wintergarten. Martha löffelte ihren Eisbecher, während Elsie dabei zusah, wie sich der Milchschaum in ihrem Cappuccino auflöste.

»Willst du denn nicht wenigstens mal probieren?« Martha

tauchte den Löffel tief in das Pistazieneis. Dann streckte sie ihn Elsie entgegen.

Elsie wich zurück. »Nein, wirklich nicht.«

»Du bist so eine Spaßbremse!« Martha leckte den Löffel ab. »Warst du übrigens früher schon.« Statt den Löffel erneut in den Eisbecher zu versenken, stach sie damit in Elsies Richtung. »Manchmal hab ich mich gefragt, wie Hannes das eigentlich mit dir aushält.«

»Und, hast du eine Antwort gefunden?«, knurrte Elsie.

»Na ja«, begann Martha.

»Dann behalt sie für dich!« Elsie winkte nach dem Kellner, doch der sah sie nicht.

Martha widmete sich wieder ihrem Eis.

»Zahlen!«, rief Elsie. Aber niemand kam. Niemand sah sie. Niemand hörte sie. Warum war sie überhaupt hier? Warum war sie mitgegangen, obwohl sie es gar nicht wollte?

»Lass mal, ich mach das schon«, sagte Martha.

Als ob sie Milde brauchte oder Wohltätigkeit! »Meinen Kaffee kann ich selber zahlen«, schnaubte Elsie.

»Sei nicht so kleinlich!«

»Also kleinlich bin ich auch noch?« Elsie stand auf. »Mir reicht's!«

Martha ließ den Löffel sinken und sah zu ihr hoch. »Was hast du denn nun schon wieder?«

»Sag du es mir! Du weißt ja so gut Bescheid über mich!«

»So war das doch gar nicht gemeint.«

Elsie nickte. »Na klar. Ich hab wieder mal alles falsch verstanden! Ob du was sagst oder ob du schweigst, oder Sandra, oder Doro. Ich bin wohl einfach zu dämlich!« Sie ließ sich auf den Stuhl sinken.

Martha griff nach ihrer Hand. »Ach, Elsie.«

Elsie zuckte. Marthas Finger fühlten sich kalt und klebrig an. Aber sie hielt es aus. Sie schwiegen, bis sich um Marthas Löffel herum eine grüne Pfütze gebildet hatte.

Später sahen sie in Marthas Wohnzimmer gemeinsam fern. Irgendein Nachmittagsdrama in Fortsetzungen, das Martha keinesfalls verpassen wollte. Elsie saß bei ihr wie jeden Dienstag. Nur diesmal stumm und erschöpft. Martha schien das gar nicht zu bemerken. Ihre volle Aufmerksamkeit galt den Verwicklungen auf dem Bildschirm. Elsie beneidete sie darum. Ihr gelang es nie, so tief einzutauchen, in einen Film, ein Hörspiel oder ein Buch, und alles um sich herum zu vergessen. Für ein paar Minuten nur. Vergessen, dass sie Elsie war. Sandras Mutter. Doros Großmutter. Hannes' Witwe. Dass sie fünfundachtzig werden würde in ein paar Monaten, und dass sie nicht wusste, was sie mit dieser Zahl anfangen sollte. War sie erschreckend? Manchmal schon. Besonders, wenn Alltägliches auf einmal Kraft kostete. Nicht immer, aber ab und zu. Einkaufen. Kochen. Abwaschen. Gartenarbeit. Neuerdings schlief sie im Sessel ein. Gleich nach dem Mittagessen oder am frühen Abend. Irgendwann schreckte sie hoch. Nach ein paar Minuten. Nach einer halben Stunde. Selten erst mitten in der Nacht. Sie schnellte hoch, lief durchs Haus und war bereit, die Dinge anzupacken, die liegen geblieben waren. Sie fasste jedoch nichts an, sondern kehrte in die Stube zurück und setzte sich wieder hin. »Du wirst alt, Elsie«, brummte sie dann. Das konnte resigniert klingen. Oder fassungslos. Oder sogar heiter. Selbst wenn sie in Tränen ausbrechen würde, es hörte ja keiner.

Martha seufzte. Der Abspann lief über den Bildschirm. Sie wischte sich rasch über die Augen. Dann tastete sie nach der Fernbedienung und schaltete das Gerät ab. »So eine Familienfeier, das ist schon was Schönes«, sagte sie.

Elsie winkte ab. »Aber nur im Fernsehen!«

»Was du immer hast.« Martha schüttelte den Kopf. »Weißt du denn gar nicht mehr, wie wir früher gefeiert haben? Hannes' siebzigsten Geburtstag? Das Firmenjubiläum? Oder die Goldene Hochzeit unserer Eltern?«

»*Eurer* Eltern«, warf Elsie ein.

»Als ob sie dich nicht aufgenommen haben wie ihre eigene Tochter!«

Elsie schwieg.

»Also, ich war manchmal richtig eifersüchtig auf dich.«

»Dazu gab es keinen Grund.«

»Das habe ich ganz anders in Erinnerung!«

»Ich weiß«, brummte Elsie.

»Jedenfalls finde ich, wir sollten wieder mal so eine große Familienfeier ausrichten«, begann Martha erneut. »Wie wär's denn zu deinem Fünfundachtzigsten?«

Elsie lachte, obwohl ihr gar nicht danach zumute war.

Martha sah sie irritiert an. »Heißt das Ja?«

»Nein heißt das. Und auch nicht vielleicht!«

»Hätte ich mir ja denken können.«

»Na fein. Damit ist dir jetzt hoffentlich klar: Ich feiere nicht. Ich will auch keine Überraschungsparty. Und ich lade niemanden ein. Ganz bestimmt nicht!« Wen sollte sie auch einladen? Ihre Tochter, die seit Jahrzehnten nicht aus dem Dschungel ihrer Hilfsprojekte auftauchte? Ihre Enkelin, die nur schwer aus ihrem Schichtplan ausscheren konnte? Hannes' Cousins, die nicht mal eine Weihnachtskarte schrieben? Ihre Nachbarn, die sie kaum grüßten? Alte Bekannte, für die die Anreise zu beschwerlich war? Sollte sie Einladungen drucken lassen, nur um Absagen zu sammeln? Speisefolgen planen und wieder verwerfen? Auf heitere Einlagen hoffen oder Ansprachen fürchten? Gereimte und ungereimte? Nein! Auf gar keinen Fall. Sie würde wieder nur mit Grete, Martha und Vera am Tisch sitzen, ihren alten Geschichten zuhören und sich fragen, ob sie nun dafür fünfundachtzig geworden war.

Martha schmollte.

»Ich muss langsam los«, sagte Elsie. Sie stand aber nicht auf, sondern wartete darauf, wie Martha reagierte.

Martha rührte sich nicht.

»Ich will zu Hause sein, bevor es dunkel wird«, ergänzte sie.

»Dann geh doch endlich!«, blaffte Martha plötzlich.

Elsie zuckte zusammen.

Martha schien den Tränen nahe und mit ihrer Geduld am Ende. »Hau ab!«

Elsie zitterte. Sie stemmte sich aus dem Sessel hoch und ging langsam in die Küche hinüber. Einen Moment lang hielt sie sich am Küchentisch fest. Dann begann sie, die Plastikdosen, in denen sie das Essen mitgebracht hatte, ineinanderzustapeln, und verstaute sie in der Tasche. Erst als sie Schuhe und Mantel angezogen hatte und »Tschüs« rief, sah Martha von der Stube her um die Ecke und winkte ihr zu.

»Dann bis nächsten Dienstag!« Elsie zog die Wohnungstür hinter sich zu. Sie blieb noch einen Moment auf dem Treppenabsatz stehen. Erst als sie hörte, dass Martha den Schlüssel im Schloss herumdrehte, ging sie los.

Mit jedem Schritt wurde Elsie ruhiger. Sie brauchte keine Gründe dafür zu suchen, dass Martha nun mal war, wie sie war, und keine Entschuldigung. Genauso wenig, wie Elsie sich selbst erklären oder verteidigen musste. Und doch liefen ihre Treffen nie ohne eine Dosis Aufregung ab. Jeden Dienstag aufs Neue. Sie ließen keine Woche aus. Elsie ging zügig. Fast so, als wollte sie der Dämmerung entkommen. Die Straßenlaternen sprangen jedoch an, bevor sie die Siedlung erreichte. Sie bog ab, blieb gleich hinter der Kreuzung stehen und sah zu ihrem Haus hinüber. Kein Licht. Weder im Erdgeschoss noch oben in der Einliegerwohnung. Also war Doro inzwischen auch nicht nach Hause gekommen. Hatte sie darauf gehofft? Hoffte sie immer noch, dass alles ein Missverständnis war? Dass Doro vielleicht die Fähre verpasst hatte oder den Zug? Oder dass das Schiff gar nicht gefahren war? Aber davon hätte sie etwas hören müssen in den Verkehrsmeldungen im Radio.

Elsie ging weiter auf die Haustür zu. Sie zog den Schlüsselbund aus der Tasche. Auf einmal zitterten ihre Finger. Sie brauchte drei Anläufe, ehe der Schlüssel im Schloss steckte und sie aufschließen konnte. Sie trat in den Flur, wusste noch bevor das Licht aufflammte, dass Doros Jacke nicht am Haken hing, ihr Koffer nicht neben der Treppe stand und sie sicher nicht auf dem Sofa lag. Weder auf Elsies noch oben auf ihrem eigenen. Elsie brachte ihre Taschen in die Küche und packte sie aus, nur um nicht gleich in die Stube zu stürmen, wo das Telefon mit dem Anrufbeantworter stand. Vielleicht sollte sie auch erst noch Tee kochen. Eine Scheibe Brot belegen. Eine Tomate klein schneiden. Einen Einkaufszettel für morgen schreiben.

Martha würde sie wohl feige nennen. Angsthasig. War sie das jemals gewesen? Sie ließ alles stehen und liegen und ging geradewegs auf das Telefon zu.

6

*Und jetzt will sie nicht mitkommen! Nach all den Jahren in
den Kammern und Verschlägen, in kalten Zimmern und in
der winzigen Wohnung mit den feuchten Wänden. Endlich auf-
atmen. Endlich geht's zurück. Dorthin, wo nichts mehr ist, wie
es war. Nicht mal der Fels. Aber der Himmel darüber und das
Meer. Wo sich alle anderen schon eingerichtet haben, im Neuen,
auf dem alten Grund. Nur sie, sie will auf einmal hier bleiben.
Bei diesen Fremden. Will nichts mehr wissen von der Nachbarschaft und von den Kinderfreunden. Will uns ziehen lassen,
Rick und mich, ihre Ooti und den Grofoor. Will nichts hören
von unserem Heim, das nun bald fertig ist. Weit weg von dem
Ort, wo unser altes Haus stand, im Garten zwischen Rosenbü-
schen. Keine weiß gekalkten Wände mehr. Keine grünen Türen
und Fensterrahmen. Nur abgestimmte Farben und Fassaden.
Alles nach Plan komponiert. Mir soll's recht sein. Genauso wie
das Wasser aus dem Hahn statt aus der Zisterne.*

*Eine Küche für uns allein, und nicht nur stundenweise. Kein
Hausdrachen mehr oder Flurnachbarn, die die knappe Zeit
ganz frech beschneiden. Und ich zu erschöpft nach zehn Stunden in der Fabrik, um für unser Recht zu kämpfen. Endlich
wieder Gas, wann immer ich den Herd brauche. Licht und
Wärme in allen Zimmern. Ich weiß nicht, was Elsie dagegen
haben kann. Sie wird nie mehr kalte Brennnesselsuppe runter-
würgen müssen, oder in Fischöl angebratene Puffer aus Kartof-
felschalen. Vergessen, wie sie im Dunkeln auf der Bettkante*

gesessen und mit klammen Fingern ihre Schulaufgaben erledigt hat.

Miin Mem erzählt jetzt oft von ihrer ersten Rückkehr, damals 1918, vor zweiundvierzig Jahren. Von den geplünderten Häusern und den verwüsteten Zimmern mit den Brandflecken überall. Fast so, als ob sie nicht wahrhaben will, dass ihr Elternhaus nicht mehr steht. Und auch keins der anderen Häuser. Dass es nur noch die Erinnerung gibt, an die Alkovenbetten mit den Spitzenvorhängen und dem Brett am Fußende, auf dem alle ihre Kinder als Säuglinge schliefen, nah bei der Mutter. An den Rauchfang in der Küche, gefliest mit weiß-blauen Delfter Kacheln und mit der Querstange fürs Räuchern. An den gusseisernen Ofen, der das Wohnzimmer mitgeheizt hat. Nicht einmal eine Handvoll Scherben von den Tellern und Tassen, den Schüsseln und Krügen mit den verschlungenen Mustern sind übrig geblieben. Nicht mal dort, wo früher bei Flut der Unrat ins Meer gekippt wurde, bei der Schmutzbrücke mit dem Abfalltrichter. Die mich magisch angezogen hat als Kind. Verbotenerweise bin ich immer wieder hingerannt, habe auf dem Gerüst herumgeturnt, bis ich eines Tages heruntergefallen bin. Mein Knöchel tat so weh, und die anderen Kinder haben ›Jantje Klumpfuß‹ hinter mir hergerufen. Der Schmerz ist vergangen. Er meldet sich nur noch selten zurück. Wie die Erinnerung an all die goldglänzenden Messingtöpfe und bunten Gardinen aus England. Kein Fetzen findet sich mehr. Nichts, was der Wind noch aufs Meer hinaustragen könnte. Alles sauber und neu und seelenlos. Noch.

Jedenfalls rede ich mir das ein.

Rick darf ich damit nicht belasten. Er war von Anfang an dabei. Sogar schon, als die Engländer unter ihren Kriegsgefangenen Helgoländer für die Aufräumarbeiten auf der Insel suchten. Und danach, heimlich, lange vor der Freigabe. Erzählt hat er mir davon erst später. Ist mit ein paar Fischern hingefahren, die sehen wollten, was übrig geblieben war nach dem Krieg. Und während weiter Bomben abgeworfen wurden, zur Übung. Sie haben wohl auch Schrott geschmuggelt. Geahnt habe ich nichts davon. Als es losging mit dem Aufräumen, offiziell, hat er sich freiwillig gemeldet. Schutt und Trümmer und Blindgänger. Knochen und Schädel, wo der Friedhof gewesen sein musste. Überall verstreut. Jedes Mal wenn er davon anfängt, fürchte ich, er hat mir noch nicht alles gesagt. Hat vielleicht etwas gefunden. Wie den Stumpf der Windmühle oder einen von Williams winzigen Schuhen. Irgendetwas, das diesen Tag zurückbringt, den finstersten von allen.

7

Doro starrte die Wand an. Weiß und rau, genau wie in ihrem Zimmer zwei Etagen höher. Dort wohnte jetzt Sven aus der anderen Schicht. Wie immer während ihrer vierzehn freien Tage. Aber Jesper hatte dafür gesorgt, dass sie eins von den Zimmern bekam, die bereitstanden, falls Ingenieure vom Festland eingeflogen werden mussten. Er hatte sogar ihre Box aus dem Lagerraum unterm Dach geholt. Und sie hatte es nicht einmal fertiggebracht, den Deckel zu öffnen. Drei Tage lang. Oder waren es schon vier? Tage und Nächte, in denen sie zu begreifen suchte, was geschehen war mit ihr. Im Turm und am Kai. Als sie plötzlich nicht mehr sie selber war. Nur noch Zuschauerin. Beobachterin ihrer Körperreaktionen. Ferngesteuert irgendwie. Und machtlos. Nie zuvor hatte sie sich so gefühlt. Und jetzt lag sie hier und fürchtete mit jeder Bewegung, die Panik könnte sich wieder anschleichen, sich auf sie stürzen und sie mit in die Tiefe reißen.

Doro wusste nicht mehr, wie oft das Telefon vergeblich geklingelt hatte und wie es dazu gekommen war, dass ein Arzt sie in ihrem Zimmer aufsuchte. Er nahm ihr Blut ab. Stellte Fragen. Sie antwortete und erinnerte sich kaum noch an ihre Worte. Und an seine. Es hätte den halben Tag gedauert haben können. Oder nur wenige Minuten. Er musste ihr die Ergebnisse versprochen haben. Die Auswertung. Die Diagnose. Aber noch lag sie hier und starrte die Wand an. Schaffte es nicht einmal mehr unter die Dusche.

Manchmal hörte sie Schritte draußen auf dem Flur. Und Stimmen. Manchmal warf sich der Wind gegen die Fenster. Selten Lachen oder Geschrei von der Promenade her. Und alles verflog, als wäre es nie da gewesen. Wäre aus ihren Träumen aufgestiegen und kaum noch ein heiseres Echo bei Tageslicht. Und auch das verging. Musste vergehen. Spätestens wenn Sven sein Zimmer oben räumte, damit es wieder zu ihrem werden konnte. Wenn Mark und Steffen und die anderen zurückkamen. Wenn sie zum Windpark hinausfuhren. In zehn Tagen vielleicht.

Irgendwann brachte der Arzt die Ergebnisse. Er behauptete, sie sei gesund. »Organisch«, sagte er. Dabei sah er sie an. Was sollte sie zeigen? Erleichterung? Er stellte ihr wieder Fragen. Vielleicht waren es dieselben wie Tage zuvor. Vielleicht waren es andere. Sie erinnerte sich nicht mehr. Auch nicht daran, ob er ihre Antworten notierte. Oder ob er dem »Organisch« ein »Psychisch« entgegensetzte. Als er sich endlich der Tür zuwandte, riet er Doro, sich zu bewegen. An die frische Luft zu gehen. Wenigstens auf den Balkon. Am besten ins Freie. »Hochseeklima«, sagte er noch. Dann fiel die Tür hinter ihm zu. Er würde wiederkommen. Und sie? Konnte sie ewig hier liegen bleiben? Ewig. Was für ein Wort. Nebel aus Vergangenheit und Zukunft.

Und jetzt?

Neun Tage noch, bis sie wieder auf den Beinen sein musste. Nicht irgendwie, sondern sicher. Ohne Bedenken. Ohne den Anflug von Taumeln. Oder auch nur die Angst davor. Bereit für eine Zwölfstundenschicht auf dem Windrad. Und seefest für die Fahrt hinaus in den Park. Sie brauchte einen Plan. Eine Routine vielleicht. Kleine Schritte, die sie dahin zurückbrachten, wo sie vor den Zwischenfällen im Turm und am Kai gewesen war. Pläne zu erstellen, zu lesen und umzusetzen, hatte früher zu ihren Aufgaben gehört. Sich in Schaltpläne hineinzudenken, war für Doro spannender gewesen als jeder Krimi. Hier galt es allerdings, ihrem eigenen Schaltplan auf die Spur zu kommen. Und dem Fehler, der irgendwo in den Leitungsbahnen steckte. Denn was sonst hätte diese Art von Kurzschluss erzeugen können?

Am nächsten Tag schaffte es Doro bis auf den Balkon. Sie spürte den kalten Wind. Blieb draußen stehen, bis sie fror. Fühlte sich seltsam wach, als sie zurück ins Zimmer kam. Vielleicht sollte sie sich wirklich hinauswagen. Sie müsste ja nicht gleich zum Hafen gehen. Morgen vielleicht. Oder übermorgen. Jedenfalls bevor dieser Arzt wieder auftauchte. Einfach vor die Tür gehen. Möglicherweise ein Stück die Straße hinunter. Sie war doch nie träge gewesen. Oder ängstlich. Jedenfalls erinnerte sie sich nicht daran. Sollte sie Elsie danach fragen? Doro zögerte. Dann würde sie wohl preisgeben müssen, dass sie gar nicht auf einer Fortbildung war. Und ihre Großmutter würde sich sorgen, mehr als ohnehin schon. Nein. Sie schaffte es auch ohne Elsies Hilfe. Gleich morgen. Ein paar Schritte nur. Auf den Felsen zu.

Seit Doro aufgewacht war, hatte sie sich eingeredet, dass es ein ganz gewöhnlicher Tag werden würde. Einer, den sie hier auf der Insel verbrachte statt auf dem Festland. Ein freier Tag. Ein Feiertag vielleicht. Der ihr Klarheit schenkte und Stabilität. Sie versuchte, den Gedanken zu verdrängen, dass sie nur noch sieben Tage Zeit hatte, bis ihre nächste Schicht begann. Eine Woche nur noch. Die Gedanken zerrten an ihrer Kraft. Sie wusste nicht, wie lange sie gegenhalten konnte, auch wenn sie dieses Tauziehen unbedingt gewinnen wollte. Doro öffnete die Zimmertür. Niemand auf dem Flur. Sie lauschte. Kein Staubsauger und kein Geschirrklappern aus der Ferne. Das *atoll* kam ihr verlassen vor. Sie wagte in der Stille kaum zu atmen, schlich zum gläsernen Treppenhaus. Dunst zog übers Meer heran, hüllte die Düne ein. Verwischte die Holzhäuser drüben am Rand des Campingplatzes zu Farbflecken. Sie stieg die Stufen hinab. Durchquerte die Lobby, blieb einen Moment unter dem Vordach stehen. Niemand steuerte die Tourist-Information an oder *The Rock*, das Inselradio auf der anderen Seite. Der Platz vor dem blassen Rathausbau menschenleer. Sie wandte sich der Straße zu. Die Geschäfte geschlossen. Mindestens bis das Schiff kam, wenn heute überhaupt eins kam. Nur die Bäckerei hatte geöffnet. Links ein begrünter Platz. Ein paar Bänke. Ein Kasten mit Aushängen: Welcher Facharzt wann auf die Insel kam, und unter welcher Nummer Termine bei ihm gebucht werden konnten. Gegenüber der winzige Supermarkt mit dem gelben Briefkasten davor. Sollte sie Elsie eine Postkarte schreiben? Oder würde sie dann glauben, Doro hätte sie jetzt ebenso verlassen wie Sandra? Eine Postkarte von Helgoland. Nicht aus irgendeinem fernen Land. Und doch auf einmal zu fern, um heimzukommen.

Sie ging langsam weiter. Eine Katze schlich um den Fischbrötchenstand. In der Seitenstraße eine Baugrube, in der niemand arbeitete. Beim Schnellimbiss stand die Tür offen. Es roch nach Grillhähnchen. Sie wandte sich rasch ab und musste doch noch daran denken, dass sie sich jahrelang Brathähnchen als Geburtstagsessen gewünscht hatte. Damals konnte sie sich gar nicht losreißen von dem Blick durch die Glasscheibe auf den Spieß, der sich in Elsies glänzendem Küchengrill pausenlos drehte. Am liebsten hätte sie die ganze Stunde dort gestanden, bis das Hähnchen gar und braun und knusprig war. Und bis eine Keule davon auf ihrem Teller lag. Eine Keule, die sonst Großvater Hannes vorbehalten war. Ein wahres Festmahl, das den Tag besonders machte und alles andere vergessen ließ. So lange jedenfalls, bis Elsie ihr erzählte, dass sich auch Sandra Jahr für Jahr Brathähnchen als Geburtstagsessen gewünscht hatte.

Doro blieb beim Souvenirshop am Ende der Straße stehen. Unzählige Meerjungfrauen hingen an einem kippelnden Drehständer. Ihre Zöpfe aus gelben, roten oder schwarzen Wollfäden und ihre schimmernden Fischschwänze pendelten im Wind. Sie hätte keine davon haben wollen. Auch nicht als kleines Mädchen. Auf einmal scheute sich Doro, weiterzugehen. Rechts führte die Treppe ins Oberland. Sie hatte die Männer darüber streiten gehört, ob es einhundertachtzig, einhundertzweiundachtzig oder sogar einhundertvierundachtzig Stufen wären. Doch Doro interessierte das nicht. Wozu auch. Sie kam zum Arbeiten hierher. Und die Stiegen, die sie Tag für Tag in der Windkraftanlage kletterte, zählte sie ja auch nicht.

Neben der Treppe, über einer Reihe gläserner Schiebetüren, leuchtete das Schild »Fahrstuhl zum Oberland«. Sie erkannte einen Kassenschalter, Schaukästen an den Wänden, indirekt beleuchtet, und die Aufzugtüren aus Stahl. Sie spürte den Luftzug. Schloss für einen Moment die Augen. Nichts zog sie dorthin. Direkt in den Felsen hinein.

Vielleicht sollte sie einfach umkehren. Sie war weit genug gekommen für heute. Für den ersten Tag. Also zurück auf demselben Weg, dem Lung Wai, der wohl so etwas wie die Hauptstraße hier war. Sie musste keine Runde ablaufen, keine Strecke, keine Kilometer. Sie sollte sich bewegen. Sie hatte sich bewegt. Doro grinste die Meerjungfrauen an. Dann drehte sie dem Souvenirshop den Rücken zu. Aus dem Augenwinkel bemerkte sie einen Mann, der das Aufzuggebäude eilig verließ, dann aber abrupt stehen blieb. Er schien sie zu mustern. Doro zögerte, fragte sich, ob sie ihn kannte. Als sich ihre Blicke trafen, sah er rasch zu Boden und kramte in seiner Jackentasche. Schließlich zog er eine Pfeife hervor und ein Sturmfeuerzeug. Die Handrücken eine Kraterlandschaft. Die Lippen farblos. Altersflecken auf den Wangenkuppen. Weiße Bartstoppeln. Sie kannte niemanden hier auf der Insel. Nur die Arbeiter von den Offshore-Anlagen. Doch dieser Mann musste weit über siebzig Jahre alt sein, eher noch älter. Er schaffte es nicht, den Tabak zu entzünden, denn statt auf seine Pfeife sah er schon wieder zu Doro hin. Oder redete sie sich das nur ein? Weil er einfach irgendwohin sah, zufällig dorthin, wo Doro stehen geblieben war?

»Moin«, grüßte sie schließlich.

»Sagt man hier nicht.« Es klang heiser.

Er steckte sein Feuerzeug wieder in die Tasche. Dann auch die Pfeife und ging ohne Weiteres davon.

Irritiert sah Doro ihm nach. Sie hatte fragen wollen, was man denn hier sagte zur Begrüßung. Aber vermutlich wollte er gar nicht von einer Fremden begrüßt werden. Wollte seine Ruhe haben außerhalb der Touristensaison. Nur Einheimische treffen. Jedenfalls keine Menschen, die sich nicht zuordnen ließen. Die nicht von einer Baustelle kamen oder aus der Forschungsanstalt. Die einfach nur so hier herumliefen. Wie sie. Möglicherweise gab es noch ein paar andere, die zum Vergnügen durch die Straßen schlenderten und in Fenster spähten. In hell erleuchtete, gardinenlose Fenster. Die Aussicht genossen, weil es gerade keine andere gab, weil Regen-, Schnee- oder Hagelwolken heranzogen und ihre Last über der Düne und dem Felsen abwarfen. Doro zurrte ihre Kapuze fest. Ihre Kollegen draußen im Windpark hörten jetzt, wie der Regen herunterprasselte und Hagelkörner auf die Außenhaut der Gondel einhämmerten. Sie würden weiterarbeiten und hoffen, dass der Wind nicht zu sehr auffrischte und dass sich das Wetter bis zum Feierabend wieder beruhigte. Und das tat es meistens auch. Doro erreichte das *atoll*. Unter dem Vordach schüttelte sie ihre Regenjacke ab. Sie betrat die Lobby und nickte dem Mann an der Rezeption zu. Dann steuerte sie den Kaffeeautomaten an und füllte sich einen Becher. Sie entschied sich gegen einen Platz am Tresen oder in einer der Sitzgruppen. Stattdessen stieg sie die Treppe hinauf zu ihrem Zimmer. Der alte Mann aus dem Berg war aus ihren Gedanken verschwunden.

Am Abend würde sie Elsie anrufen. Sie musste endlich mit ihrer Großmutter reden. Sich entschuldigen. Bestimmt nahm sie Doro ihre kurzfristige Absage übel. Und sorgte sich, weil sich ihre Enkelin angehört hatte, wie sie sich sonst nie anhörte. Doro wollte ihr versichern, dass alles in Ordnung war. Dass sie nur nicht mehr an diese Schulung gedacht hatte, an der sie unbedingt teilnehmen musste. Weil sie das Zertifikat brauchte, um ihr *Personal Safety Logbook* auf dem aktuellen Stand zu halten, das ihre Einsatzfähigkeit bescheinigte. Jedenfalls wenn sie die Bescheinigung in die WINDA hochlud. Elsie hasste diese Abkürzungen und die englischen Begriffe ganz besonders. Also würde Doro *Sicherheitspass* sagen und *Internationale Winddatenbank*. Sie fragte sich, ob Elsie merken würde, dass sie nicht die Wahrheit sagte. Früher hatte ihre Großmutter ein feines Gespür dafür gehabt, wenn Doro ihr nicht alles erzählte, flunkerte, log. Und heute? War es überhaupt eine Lüge? Doro wollte Elsie nur schützen. Aber schloss sie sie damit nicht auch aus? Und was, wenn Elsie an Doros Version zweifelte? Weil Angst in Doros Stimme mitschwang. Oder etwas, das sich nicht kontrollieren ließ. Ihr Herz schlug schneller. Aber sie musste Elsie anrufen. Sie trank den letzten Schluck Kaffee aus. Kalt und bitter. Vielleicht sollte sie Elsie eine Freude machen. Ihr von der möglichen Beförderung erzählen. Davon, dass sie dann nicht mehr auf die Windräder klettern musste.

»Wenn dir bloß nichts passiert ist!« Ihre Großmutter klang atemlos, aufgeregt. »Doro! Du bist doch nicht etwa im Krankenhaus?«

»Aber nein.«

»Du kannst es mir sagen! Wirklich! Ich … ich halte das aus!«

»Elsie. Ich bitte dich.« Hoffentlich klang sie ruhig genug. »Mir geht es gut.«

»Es ist ja nur …«

»Tut mir wirklich leid. Ich hab's total vergessen.«

»Du vergisst nie etwas. Und schon gar nichts, was mit deinem Windpark zu tun hat!«

»Ich weiß auch nicht, wie das passieren konnte.«

Elsie sagte nichts, doch ihr Schweigen klang für Doro wie ein weiterer Vorwurf.

»Wir hatten Probleme hier.«

»Ich hab's gewusst!«, fiel Elsie ihr ins Wort.

»Nicht was du denkst.«

»Jetzt weißt du also schon, was ich denke! Dann weißt du ja auch, dass ich krank vor Sorge war in den letzten Tagen.«

»Bitte versteh doch, Elsie, wenn ich hier bin, bin ich mit meinen Gedanken voll und ganz bei der Arbeit. Bei den technischen Problemen, die gelöst werden müssen.«

»So was hat dein Großvater auch immer gesagt, wenn er die Zeit vergessen hat in seiner Werkstatt.«

»Jeder Stillstand hier draußen kostet Geld. Enorm viel Geld«, versuchte Doro zu erklären.

»Schon klar. Und ich bin nur eine alte Frau, die von dem ganzen neumodischen Kram nichts versteht.«

»Von Geld verstehst du eine ganze Menge. Und ich wette, vom Wind auch.«

Plötzlich war es still in der Leitung.

»Elsie?« Doro sah auf ihr Handy. Die Verbindung war abgebrochen. Doro wählte erneut. Elsie hob ab. Doch bevor Doro etwas sagen konnte, legte sie wieder auf.

»Dann eben nicht!« Doro warf das Telefon aufs Bett und sprang auf. Hatte sie ihre Großmutter überhaupt schon mal so erlebt? Doro riss die Balkontür auf und atmete tief ein. Elsie brauchte einfach Zeit, um sich zu beruhigen. Und sie selbst ebenso. Sie trat hinaus auf den Balkon, stützte sich auf die Stuhllehne. Zum Hinsetzen war es zu nass und zu kalt. Aber sie wollte nicht zurück ins Zimmer. Noch nicht. Doro starrte in die Nacht. Von Nordwesten her, wo der Windpark stand, legten sich düstere Wolken aufs Meer. Sie schluckten jedes Signal, schienen selbst die Brandung zu dämpfen. Nur von der Düne aus schickte der Leuchtturm seinen grellen Lichtpfad in die Finsternis.

Später fiel Doro erschöpft ins Bett, doch schlafen konnte sie nicht. Sie fragte sich, warum Elsie so schroff reagiert hatte, und fand keine Antwort darauf. Warum konnten sie nicht miteinander reden wie sonst? Über alles. Über fast alles. Elsie hatte sich stets für Doro eingesetzt. Sich mit ihren Lehrern angelegt, wenn es ihrer Meinung nach sein musste. Mit ihrer ersten Chefin. Mit Doros Vermieterin. Hatte gebürgt für das winzige Zimmer in Hamburg, damit Doro nicht so weit zu fahren und etliche Male umzusteigen brauchte auf ihrem Weg zum Ausbildungsplatz und zur Berufsschule. Hatte sich diesem Hünen Charlie in den Weg gestellt, der sich für unwiderstehlich hielt und nicht kapieren wollte, dass Doro ihn nicht leiden konnte. Ja, Elsie hatte ihr sogar eine Packung Kondome zugesteckt, als sie das erste Mal Silvester mit Freunden feiern wollte.

»Deine Granny is echt cool!«, hatte jemand gesagt. Und Doro war stolz darauf gewesen. Obwohl damals eher die Tage überwogen, an denen sie Elsie überhaupt nicht cool fand. Sie hatte lange nicht mehr daran gedacht. Vielleicht zu lange. Hatte sich nie bedankt. Für all die Jahre, in denen Elsie für sie da war. Tag für Tag. Und Sandra nicht.

Doro glitt in einen Traum. Hinab ins Dunkle, Bodenlose. Stumme Schreie. Donnergrollen. Sie schreckte auf. Griff sich an den Hals, rang nach Luft. Sie tastete nach der Nachttischlampe, schaltete sie ein. Und gleich wieder aus. Sie brauchte kein Licht, um diese Szenerie abzuschütteln. Der Vorfall im Turm. Anscheinend verfolgte er sie bis in den Schlaf. Sie schloss die Augen und versuchte, sich zu erinnern. An die Dunkelheit. Die Enge. Die Hitze. War es wirklich so stickig gewesen im Turm? Hatte es so gerochen? Sie rieb sich die Nase. Nach Schweiß? Ihrem eigenen vielleicht. Nach Angst und Tod? Nein. So war es bestimmt nicht gewesen. Jedenfalls nicht im Turm der Windkraftanlage. Im Traum, da war sich Doro auf einmal sicher, war sie nicht allein gewesen. Sie kauerte auf einer schmalen Holzbank. Jemand hatte dicht neben ihr gesessen. Und war doch irgendwie nicht da. In dieser drangvollen Enge. Leise Stimmen. Wimmern. Schluchzen. Babygeschrei. Viele Menschen mussten dort gewesen sein, in ihrem Traum. Nur sie hatte sich einsam gefühlt. Allein. Verlassen. Eiskalt und verstummt. Das musste ein Albtraum gewesen sein. Was sonst.

Im Morgengrauen verblassten die Bilder der Nacht. Als Doro aufstand, war nichts als eine Ahnung davon geblieben. Aber die fühlte sich an wie Sand in den Gliedern. Sand, der sich nicht fortspülen lassen wollte, weder mit heißem Wasser noch mit kaltem. Dennoch zog sie sich an und ging hinaus.

Sechs Tage blieben ihr noch. Nur noch sechs. Sollte sie schon Richtung Hafen gehen? Oder wenigstens bis zum Südstrand? Sie wandte sich jedoch wieder nach rechts, dem Lung Wai zu. Nicht nachdenken. Einfach gehen und sehen, was es zu sehen gab.

Am Stehtisch vor dem Inselbäcker rührten zwei Maurer in ihren Kaffeebechern. Daneben das Fotogeschäft mit dem Eckschaufenster voller Objektive. Nach Brennweiten sortiert, standen sie Seite an Seite aufgereiht, als warteten sie nur darauf, dass die Fotografen einfielen wie die Zugvögel. Noch war der Laden geschlossen. Drüben, am Siemensplatz, kein neuer Aushang im Schaukasten. Die Baugrube in der Aquariumstraße lag auch heute verlassen da. Doro ging weiter auf den Felsen zu. Langsam. Immer langsamer. Nein. Sie würde nicht hineingehen. Nicht den Fahrstuhl zum Oberland nehmen. Und auch nicht die Treppe. Nicht einmal den Kopf in den Nacken legen, um hinaufzusehen.

Doro bog ab, blieb aber nach wenigen Schritten stehen. Beklemmend eng kam ihr die Gasse mit den langgestreckten Häusern vor. Sie waren in schmale Einheiten unterteilt und meistens nur ein Stockwerk hoch. Dort oben nahm ein hölzerner Balkon die gesamte Fassade ein. Er ragte weit über das Erdgeschoss hinaus. Verdunkelte die zwei Stufen vor der Eingangstür und die Fenster daneben. Zwischen zwei Häusern entdeckte Doro einen Durchgang. Der erlaubte den Blick auf so etwas wie einen Garten, kaum größer als ihr Duschhandtuch. Dazu von einem Gitter überdacht, das bis zum Felsen reichte, der sich gleich dahinter erhob. Aussicht auf Steinschlag also, auf einen Komposthaufen, auf ein paar Pflanzen, die möglicherweise nie mehr austreiben würden. Sie musste weg von hier, musste weiter, die Straße hinunter, auch wenn sie nicht sah, wo sie endete. Weiter, immer weiter. Sie lief schneller. Sechs Tage noch, hämmerte es plötzlich wieder in ihrem Kopf, sechs Tage. Sie hastete durch die verwinkelten Gassen, passierte eine Straße mit Geschäften, eilte weiter, erreichte schließlich den Lung Wai. Außer Atem kam sie wieder beim *atoll* an. Sie stürmte hinein und hinauf in ihr Zimmer. Als die Tür hinter ihr zufiel, atmete sie auf.

Später am Nachmittag rief Jesper an. Er wollte wissen, wie sie sich fühlte.

»Gut«, log Doro.

»Lässt du dich krankschreiben?«, hakte er nach.

»Wozu?«

»Um dich richtig zu erholen.«

»Der Arzt hat bestätigt, dass ich gesund bin.«

»Ach so.«

»Organisch gesund!«, bekräftigte Doro.

»Soll ich dir jemanden schicken, mit dem du reden kannst?«

»Ich wüsste nicht worüber.«

»*Darüber* zum Beispiel. Ich war am Kai dabei, Doro. Du musst den Vorfall also nicht leugnen.«

Doro schwieg. Natürlich hatte Jesper recht. Vielleicht war es besser, sich kooperativ zu zeigen. Sie hatte nichts zu verbergen. Sie wollte nur so schnell wie möglich darüber hinwegkommen.

»Ich schicke dir jemanden von der Krisenintervention vorbei«, schlug Jesper vor.

Doro zuckte zusammen. Er hielt das also für eine Krise.

»Die kommen doch nur im akuten Notfall«, entgegnete sie rasch.

»Im Prinzip schon. Aber ich weiß da jemanden.«

»Wirklich?«

»Mach dir keine Sorgen! Es spricht eher für dich, wenn du Hilfe annimmst«, versicherte Jesper. »Du bist nicht die Erste von uns und bestimmt nicht die Letzte.«

»Okay.«

»Also abgemacht!« Jesper verabschiedete sich und legte auf.

»Du bist nicht die Erste«, hallte es in Doro nach, »und bestimmt nicht die Letzte.« Jesper hatte sie damit wohl beruhigen, ihr Normalität suggerieren wollen. Doch Doro ließ der Gedanke daran nicht los. Sie überlegte, wer von den Männern Beistand gebraucht haben könnte. Auf Anhieb fiel ihr niemand ein. Kannte sie die Kollegen möglicherweise gar nicht so gut, wie sie glaubte? Täuschten diese vierzehn gemeinsamen Tage im Monat eine Nähe nur vor? Familie? Ersatzfamilie? Geheimnisse konnten anscheinend überall lauern. Was wusste sie denn schon von der restlichen Zeit, die jeder für sich auf dem Festland verbrachte? Wie viel erzählten die Männer beim Wiedersehen davon? Was verschwiegen sie, weil es zu persönlich war? Und würde es ihr auffallen, wenn sie etwas aussparten? War sie immer aufmerksam genug gewesen, einen veränderten Tonfall zu bemerken? Oder Details, die nicht zueinander passten, sich sogar widersprachen? Und hätte sie es dann auch gewagt, denjenigen darauf anzusprechen? Wäre sie selbst dazu bereit gewesen, über einen Verlust zu reden mit den Kollegen, über einen Unfall oder eine Trennung? Sie hatte nie darüber nachgedacht.

Und wenn jetzt dieser Mensch kam irgendwann in den

nächsten Tagen, der ihr zuhörte. Was würde der erfahren? Über sie. Was würde Doro erzählen? Spontan? Oder vorbereitet? Was würde sie verschweigen? Bewusst oder unbewusst? Und wie würde sich ihr Gegenüber dazu stellen? Unnachgiebig drängend? Oder entspannt, ohne jeden Zeitdruck? Keine sechs Tage mehr. Jesper musste wissen, woran er mit ihr war. Und Doro auch. Sie musste sich wieder auf ihren Körper verlassen können. Auf ihre Reaktionen. Musste jederzeit umsetzen können, was in den Übungen trainiert worden war. Ohne lange nachzudenken. Damit sie niemanden gefährdete. Sich und vor allem ihre Kollegen nicht.

Sie lief im Zimmer auf und ab. Es musste doch noch etwas geben, was sie tun konnte. Etwas mehr. Es gab immer einen Weg. Einen Ausweg. Einen Umweg vielleicht. Alles war besser, als abzuwarten. Als auf jemanden zu hoffen, den sie nicht kannte. Sie sah zur Uhr. Mindestens eine Stunde, bis die Männer von ihrer Tagesschicht im Windpark zurückkamen. Also war der Fitnessraum im Keller leer.

Doro kam verschwitzt in ihr Zimmer zurück. Sie hatte ihre übliche Trainingsroutine durchlaufen. Mit weniger Wiederholungen. Vereinzelt hatte sie auch um eine Scheibe reduziert. Auf ein paar Kilo Gegengewicht mehr oder weniger kam es nicht an. Jedenfalls nicht heute. Immerhin hatte sie durchgehalten. Sie steuerte die Dusche an und danach das Abendessen. Als sie im Bett lag, kam ihr der Tag endlos vor. Doch sie schlief ein, bevor sie weiter darüber nachdenken konnte.

Doro erwachte aus traumlosem Schlaf. Das erste Mal seit Tagen fühlte sie sich wirklich ausgeruht. Es war bereits hell draußen. Der Himmel wirkte weiß über dem Meer. Keine Schaumkronen. Die Kollegen würden den Windpark sicher jeden Moment erreichen. Vielleicht kletterte das erste Team bereits in die Gondel. Sie beneidete den Mann, der die Luke öffnete und hineinstieg in diese Welt aus Metall, fast wie in eine Raumstation. Der all die Handgriffe erledigte, die auch ihr so vertraut waren. Die sie vermisste, weil sie ihr Sicherheit verliehen und ihrem Tag Struktur. Wenn sie die Augen schloss, sah sie das Maschinenhaus vor sich. Getriebe, Generator, Antriebsstrang und Bremse, die Steuerung. Sie glaubte fast, den Geruch des Hydrauliköls in der Nase zu haben, hörte ihre Schritte von den Laufstegen widerhallen, schien das permanente Schwanken der Gondel zu spüren.

Doro stand abrupt auf. Sie war doch nicht bis hierher gekommen, um nur noch von der Arbeit auf den Turbinen offshore zu träumen. Sie *musste* einfach wieder hinaus. Für die nächsten vier Jahre. Mindestens. Es gab nichts Spannenderes. Auch wenn Elsie das nicht verstand. Oder Chris, ihr Ex, der eigentlich alles verstand, oder ihre Freundinnen. Es war mehr als ein Job und Verantwortung. Es war geradezu elektrisierend.

Eilig verließ Doro ihr Zimmer und das *atoll*. Draußen atmete sie tief durch. Sie wandte sich dem Nordseeplatz zu. Gleich würde sie den Schutz der Häuser verlassen. Das Geflecht der Straßen. Sie würde einfach den Platz überqueren, wie immer. Wie jeden Morgen, wenn sie mit den Männern Richtung Südhafen zur Arbeit ging. Wie jeden Abend, wenn sie von dort zurückkehrte. Wie jedes Mal, wenn sie die Insel nach ihrer Vierzehntageschicht verließ, oder wenn sie wieder ankam, um eine neue Schicht zu beginnen. Die Schmalseite des Seehotels mit seinem typischen asymmetrischen Dach und der blaugrauen Holzfassade schützte sie noch einen Moment lang vor dem Südwestwind, der sie angriff, sobald sie den Platz betrat. Er musste zugelegt haben seit heute früh. Hoffmann von Fallersleben auf seinem Granitsockel neben den Bänken schien den Kopf abzuwenden. Grünspan zog sich über seine Büste, die beim Zugang zur Landungsbrücke stand. Er sah wohl aufs Meer hinaus und nicht zum Musikpavillon. Die Inschrift mit seinen Lebensdaten, den Hinweis, dass er 1841 hier gedichtet hatte, sowie das Zitat »*Einigkeit und Recht und Freiheit sind des Glückes Unterpfand*« auf dem Denkmalsockel kannte Doro schon lange. Sie musste also nicht bei ihm stehen bleiben. Musste sich nicht prüfen und entscheiden, ob sie weitergehen wollte Richtung Dünenfähre oder nicht. Stattdessen hielt sie auf die rote, halbkreisförmige Bank zu, die den Gedenkstein für den Helgoländer Fotografen Franz Schensky umrahmte. Aber es war zu kalt, um sich hinzusetzen. Selbst die weißen Holzbalkone vor den Hotelzimmern waren verwaist. Auf dem Spielplatz tobte niemand. Zwischen den Steinen, die den Südstrand zur Promenade hin abgrenzten, wucherte hier und da eine Staude Klippenkohl. Sollte sie darüber hinwegsteigen, über den schmalen Sandstreifen stapfen, sich dem Spülsaum nähern? Das Wasser schien flach zu sein. Der Wind brachte Doro zum Taumeln. Nur noch vier Tage. Und doch konnte sie nicht weiter. Nicht einen Schritt. Unmöglich. Sie zog sich zurück. Irgendwo zwischen den Hotels musste es einen Durchgang geben, eine Gasse. Schützende Häuser und Wege, die sie zurückführten.

8

Sie war ganz bestimmt nicht abhängig davon, dass Doro sich bei ihr meldete. Und schon gar nicht, wenn sie ihr nur neue Lügen auftischte. Elsie hatte ein Kissen und eine Decke über das Telefon gelegt, damit sie es nicht klingeln hörte. Jedenfalls nicht so laut. So fordernd. Nein, sie würde nicht abheben. Sie war auch nicht jederzeit erreichbar. Und wenn sie unterwegs war, schon gar nicht. Sie hasste es, wenn ihr Handy in der Tasche anfing, zu vibrieren und zu bimmeln. Jeden im Umkreis von mindestens fünf Metern alarmierte. Ihre Finger plötzlich zitterten. Wenn sie es herauskramen musste, vor den Augen aller. Um den Lärm zu stoppen. Das Gespräch anzunehmen, wenn alle zuhörten. Oder den Hals reckten, sich neugierig umsahen oder genervt, wenn Elsie so tat, als ginge sie das alles nichts an, als wäre sie nicht verantwortlich für all das, was man ihr vorwarf, wortlos, mit Blicken und Kopfschütteln. Wie sie es gewohnt war, von jeher.

»Was ist denn heute mit dir los?« Vera runzelte die Stirn.

Elsie hatte drei Partien *Mühle* hintereinander verloren. Das war seit Jahren nicht vorgekommen. Nicht, seit das Brettspiel ihren gemeinsamen Donnerstag eröffnete.

»Du bist unkonzentriert, meine Liebe.«

Vera hatte sie also immer noch, diese Gabe, Stimmungen zu erspüren. Schon als Lehrmädchen wusste sie genau, was die Kunden benötigten, selbst wenn sie mit anderen Wünschen in den Laden gekommen waren.

»Du brauchst Abwechslung! Wie wär's mit *Dame? Halma? Backgammon?* Oder *Mensch ärgere dich nicht?*«

»Kinderkram«, brummte Elsie.

»Verstehe. Du musst mal wieder unter Menschen!« Vera überlegte. »Montags gehe ich immer ins Krankenhaus. Komm doch mal mit, Elsie. Da liegen so viele Frauen und Männer, die sonst niemand besucht.«

»Soll ich jetzt auch noch in Sandras Fußstapfen treten?« Elsie verschränkte die Arme vor der Brust.

»Hätte ich mir denken können«, murmelte Vera.

»Lass mal, ich hab schon genug zu tun mit Haus und Garten.«

»Morgen Nachmittag gehe ich zur Hausaufgabenbetreuung in die Schule. Lesepaten suchen sie da auch noch.«

»Ach, ich weiß nicht.«

»Aber ich! Du hast doch früher den Kindern aus der ganzen Nachbarschaft Geschichten vorgelesen. Sandra und ihren Freundinnen, und später Doro und wen auch immer sie angeschleppt hat.«

»Das ist lange her.«

»Ich glaube nicht, dass du das Vorlesen verlernt hast. Du hast mir oft davon erzählt, wie gebannt die Kinder zugehört haben. Und wie du sie dann dazu gebracht hast, selbst vorzulesen, und wie stolz sie darauf waren, wenn sie eine Seite oder sogar ein Kapitel geschafft hatten.«

»Mag sein.«

»Du bist doch nicht etwa menschenscheu geworden?« Vera sah sie eindringlich an.

Elsie winkte ab. »Ich geh ins Kino, ins Theater.«

»Und mit wem?«

»Als ob ich dazu jemanden brauche!«

»Eben. Genau das meine ich.«

»Na gut, beim nächsten Mal frage ich, ob du mitkommen willst.«

Vera schüttelte den Kopf. »Ich glaube, du verstehst mich absichtlich falsch.«

»Ich bin eben eine verstockte Alte«, sagte Elsie.

Plötzlich lachten sie beide. So wie sie nur gemeinsam lachen konnten. Vera rieb sich die Augen, und Elsie schnappte nach Luft. Damals, als junge Verkäuferinnen im Schirmgeschäft, ernteten sie böse Blicke von der Geschäftsführerin oder sogar eine Rüge von der Chefin dafür. Obwohl die Kundschaft den Laden verlassen hatte und längst alle Missverständnisse über Material, Herkunft oder Gebrauch eines Stocks oder Schirms geklärt waren. Doch Vera und Elsie konnten nicht anders. Selbst wenn sie die Augen niederschlugen, nicht sahen, wie die Mundwinkel der anderen zuckten. Sie wussten es. Nur selten konnten sie sich noch durch die Hintertür in den Hof retten. Es brach einfach aus ihnen heraus.

»Soso, verstockt«, prustete Vera, »und welches Modell? Gehstock? Flanierstock? Jagdstock? Oder etwa Kavalierstock?«

»Krückstock, was denn sonst?«, erwiderte Elsie.

»Ist nicht im Angebot!« Vera bemühte sich, streng zu klingen. »Kann auch nicht bestellt werden und überhaupt: Was willst du mit einem Stock?«

»Hab ich gesagt, dass ich einen will?« Elsie grinste.

»Na gut, dann ist das ja geklärt.«

Später saßen sie im Café. Von ihrem Stammplatz aus sahen sie auf den Strom der Vorbeihetzenden vor dem Fenster. Manche mit einem Brötchen oder einem Becher in der Hand. Andere mit prall gefüllten Einkaufstaschen.

»Gut, dass wir es nicht mehr eilig haben müssen«, sagte Vera.

Elsie nickte. »Aber bei mir hat's gedauert, bis ich mich bremsen konnte.«

»Und du meinst, du hast es geschafft?«

»Mal mehr, mal weniger.« Elsie dachte an die Zeit zurück, als Doro wegen ihrer Ausbildung nach Hamburg gezogen war. Als es plötzlich so still im Haus geworden war. Selbst wenn das Radio lief. Oder sie den Plattenspieler einschaltete und lauthals mitsang. Bis Elsie schließlich aus dem Haus geflohen war, um sich in Aktivitäten zu stürzen und von einem Termin zum nächsten eilte. Bis sie sich eines Tages fast übergeben musste in ihrer Töpfergruppe. Sie hatte diesen riesigen Klumpen Ton vor sich auf dem Tisch gehabt. Die Finger in der nasskalten Masse vergraben. Nicht zum ersten Mal. Doch diesmal schaffte sie es einfach nicht, das Stück zurechtzukneten. Immer wieder sah sie zur Uhr. Sie musste bald los. Den Turnkindern Hilfestellung geben. Da durfte sie nicht zu spät kommen. Und zur Chorprobe am Abend auch nicht. Sie rieb die Hände aneinander, damit sich die Tonreste von den Fingern lösten. Es fühlte sich schmierig an, und dieser Geruch! Sie würgte. Nie zuvor war ihr dieser Geruch aufgefallen. Sie lief zum Waschbecken hinüber und drehte den Hahn weit auf. Es roch irgendwie nach Keller. Nach Finsternis. Nach Grauen. Sie schluckte gegen den Würgereiz an. Griff nach der Handbürste und schrubbte ihre Finger, bis sie rot waren. Dann war sie hinausgestürzt. Blindlings die Straße hinunter. Das Auto hatte gerade noch bremsen können.

»Muss ich mir Sorgen um dich machen?«, hörte sie Vera fragen.

Elsie sah sie überrascht an.

»Wenn du nicht mal merkst, dass die Baumkuchentorte vor dir steht und der Kaffee kalt wird.«

»Ich hab's eben nicht mehr eilig.«

»Kostet ja auch viel zu viel Kraft, diese Hetzerei«, sagte Vera. »Aber tagein, tagaus zu Hause rumsitzen könnte ich auch nicht.«

Elsie nickte.

»Ist nicht so leicht, das richtige Maß zu finden. Besonders wenn einem das Herumwirtschaften zur zweiten Natur geworden ist.« Vera nahm die Kuchengabel und piekte damit in ihr Tortenstück.

»Du hast jahrelang deinen Mann gepflegt. Herumwirtschaften würde ich das nun wirklich nicht nennen!«

Vera betrachtete die Krümel auf ihrem Teller. »Ach das«, sagte sie nur.

»Genau das!«, entgegnete Elsie.

»Lass uns von was anderem reden. Hast du was von Sandra gehört?«

Elsie verschluckte sich an ihrem Kaffee. Der Hustenreiz trieb ihr Tränen in die Augen.

»Tut mir leid«, sagte Vera zwischen zwei Bissen.

Elsie winkte ab.

»Und was macht Doro?«

Elsie schob sich schnell ein Stück Kuchen in den Mund, damit sie nicht antworten musste. Sie aßen eine Weile schweigend.

»Mein Großer will heiraten«, sagte Vera dann.

»Alt genug ist er ja schon lange.«

»Fünfundfünfzig.«

Sie lachten beide.

»Ernsthaft?«, fragte Elsie nach.

»Sieht so aus. Die Einladungskarten sind jedenfalls gedruckt. Und verschickt.«

»Na, herzlichen Glückwunsch!«

»Ich frage mich, ob die junge Frau sich das auch gut überlegt hat.«

»Und er?«

»Hat plötzlich seinen Familiensinn entdeckt.«

»Nein! Du wirst doch nicht etwa Großmutter?«

Vera sah sie überrascht an.

Elsie grinste. »Sag nur, da hast du noch gar nicht dran gedacht.« Sie winkte die Kellnerin heran. »Auf den Schreck lade ich dich jetzt ein!«

»Das musst du nicht.«

»Doch«, beharrte Elsie, »und dann gehen wir los und suchen dir ein schickes Kleid aus für die Feier.«

»Eins wird da nicht reichen«, seufzte Vera. »Zuerst der Polterabend. Am nächsten Tag zum Standesamt, danach der Empfang. Am dritten Tag Kirche, Fotograf, Fahrt mit dem Oldtimerbus, Kaffeetrinken, Abendmenü, Musik und Tanz, Mitternachtsbuffet«, zählte sie auf. »Bestimmt habe ich noch ein paar Programmpunkte vergessen.«

Elsie stöhnte auf. »Ein Event also. Na, wir werden schon die richtige Ausstattung für dich finden.«

Es wurde schon dunkel, als Elsie wieder nach Hause kam. Sie hörte das Telefon klingeln, kaum dass sie den Flur betreten hatte. Und sie ließ es klingeln. Sie verschwand ins Bad, um sich nicht fragen zu müssen, ob der Anrufbeantworter ansprang, und zu lauschen, wer was draufsprach. Sie wusch sich ausgiebig die Hände. Trocknete sie sorgfältig ab. Dann öffnete sie die Tür einen Spaltbreit und spähte hinaus. Natürlich war es längst wieder still. Elsie schüttelte den Kopf über sich selbst. Sie würde sich die Erinnerung an diesen Tag mit Vera nicht verderben lassen. Sie dachte an all die verrückten Kleider, die Vera anprobiert hatte. Mit Rüschen und Schärpen und Spitzen. Grell und glänzend wie Bonbonpapier oder schwarz wie für eine Trauerfeier. Für Vera schien es ein Spiel zu sein. Und Elsie hatte sich darauf eingelassen. Hatte ihr immer neue Kleider zur Umkleidekabine gebracht. Hatte versucht, ernst zu bleiben, wenn eine Verkäuferin komplett danebenlag mit ihrem Rat. War weitergezogen mit Vera ins nächste Geschäft. Hatte versprochen, sie auch kommende Woche zu begleiten, und wenn sie gar nichts Passendes fanden, nach Bremen oder nach Hamburg mitzufahren. Elsie fragte sich, ob sie auch solchen Aufwand betreiben würde, wenn Sandra oder Doro heiraten wollten. Aber ehe sie sich noch für Ja oder Nein entschieden hatte, kam ihr der Gedanke an eine pompöse Hochzeit absurd vor. Ihre eigene hatte sie im Haus der Schwiegereltern gefeiert. Im Brautkleid der Schwiegermutter. Mit Gästen, die nur ihr Hannes gekannt hatte. Und mit seiner Schwester Martha, die die Finger nicht von ihrem Brautschleier lassen konnte. Von diesem Ding, das so viel Ähnlichkeit mit einer Küchengardine hatte. Natürlich hatte sich Elsie an diesem Tag geschworen, dass alles ganz anders laufen würde, wenn sie einmal eine Tochter haben sollte. Wie genau, hatte sie sich jedoch nie ausgemalt. Nicht einmal später, wenn sie Fotos von Bräuten in Zeitschriften sah oder eine Feier in der Nachbarschaft stattfand. Es sollte nur anders sein. Wenigstens so, dass sich die Braut nicht fremd fühlte auf ihrer eigenen Hochzeit. Aber nicht einmal daraus war etwas geworden. Dabei wäre Elsie zu jeder Zeremonie gefahren, und Hannes hätte sie sicher begleitet, in den Busch, in die Wüste oder bis zum Himalaja. »Es gibt nichts zu feiern!«, hatte Sandra behauptet. »Keine Hochzeit. Keine Taufe. Das ist mir nicht wichtig.« Mehr sagte sie nicht dazu. Zeigte ihnen auch kein Foto von dem Mann, mit dem sie eine Zeit lang zusammengelebt hatte. Nicht mal Doro schien ein Bild von ihm zu haben. Nur eine Aufnahme, die Sandra mit dem Baby und der Hebamme Dorothy zeigte.

Elsie redete sich ein, dass irgendwann der Tag kommen würde, an dem ihre Tochter ihr erzählte, wie alles gewesen war. Ganz von allein. Weil sie nicht danach fragte. Nicht einmal Doro. Aber noch war es nicht so weit. Noch war Sandra unterwegs in der Welt. Und sie hatten sich seit mehr als zwanzig Jahren nicht gesehen, ja nicht einmal miteinander gesprochen. Hätte sie ihre Tochter herlocken sollen? Würde Sandra einfliegen, wenn Elsie sie ein letztes Mal sehen wollte? Oder wenn aus Doros Verlobung eine Hochzeit geworden wäre? Vermutlich nicht, denn zur Beerdigung ihres Vaters hatte sie es ja auch nicht geschafft. Elsie fragte sich, was sie falsch gemacht hatte. Oder Hannes. Oder sie beide. Irgendetwas musste doch schiefgelaufen sein, wenn ihre Tochter sich so benahm. Selbst mit einundsechzig Jahren noch. Dabei hatten sie nur das Beste für die Kinder gewollt. Sie sollten glücklich aufwachsen. Und in Frieden. Sie sollten alle Möglichkeiten haben, die Elsie und Hannes und Martha nicht gehabt hatten. Sie sollten sich frei entscheiden können. Einen Beruf ergreifen, den sie liebten. Eine Familie gründen. Das gehörte doch zum Leben dazu.

Elsie seufzte.

Natürlich hatte sie sich gesorgt. Erst um Sandra, später um Doro. Eigentlich sorgte sie sich auch heute noch. Das ließ sich nicht einfach so abschalten. Auf Knopfdruck, wie bei einem von Hannes' defekten Elektrogeräten. Es rumorte in ihrem

Kopf. Manchmal nur ein flüchtiger Gedanke, der immer wieder aufblitzte. Manchmal aber auch düstere Bilder, die aus dem Nirgendwo heraufzogen. Sich zu dramatischen Szenarien aufbauten, ihren Tag beherrschten. Und vor allem ihre Nächte. Das war nur schwer auszuhalten. Doch Elsie bemühte sich, ihre Ängste zu verbergen. Redete sich ein, dass ihr das gelang. Dass niemand etwas davon merkte. Jedenfalls meistens. Wenn sie sich irgendwie bremsen konnte, keine Teller vom Tisch fegte oder Deko in die Mülltonne stopfte.

Sie hatte nie mehr mit Doro darüber geredet. Über diesen Tag, an dem die Kleine ihr eine Geburtstagsfreude machen wollte. Elsie wusste bis heute nicht, wie Doro darauf gekommen war, den Garten mit selbst gebastelten Windmühlen zu dekorieren. Überall in den Beeten steckten sie, ihre bunten Flügel drehten sich im Wind. Elsie hörte nur noch dieses Sirren. Laut und lauter. Wie ein Vorwurf, der Fahrt aufnahm. Der sie bloßstellen wollte. Warum hatte sie sich nicht einfach die Ohren zugehalten, sich abgewandt oder war ins Haus geflüchtet? Sie hatte nicht einmal zu Doro hingesehen, nicht für einen winzigen Augenblick. Dabei hatte das Mädchen sicher Dank erwartet. Ein Lächeln. Überraschung. Elsie war jedoch losgestiefelt, hatte die Windmühlen eine nach der anderen herausgerissen und sie mit zitternden Händen in die Mülltonne gestopft. Wortlos. Ihre Augen brannten. Sie schnappte nach Luft. Ihr Kopf schien leer. Ja, sie war überrascht gewesen. Wie von einem unerwarteten Fausthieb in den Magen. Sie hatte das leise Schluchzen kaum wahrgenommen. Bis sie sich umdrehte. Doro stand wie erstarrt. Es war doch Doro. Es musste Doro sein. Die, die dort stand. Mit offenem Mund. Einen Moment lang glaubte Elsie, ihre eigene Mutter zwischen den Beeten stehen zu sehen. Dabei hatte sie diesen Garten nie betreten. Elsie erinnerte sich nicht genau daran, wie es weitergegangen war. Sie wusste nur noch, dass sie wenig später gemeinsam mit Martha, Grete und Vera am Kaffeetisch gesessen hatten. Es musste Schwarzwälder Kirschtorte gegeben haben, weil Hannes sich diese Torte immer gewünscht und Elsie die Tradition nach seinem Tod einfach übernommen hatte. Vermutlich hatte Doro die üblichen Fragen der Besucherinnen beantwortet, nach ihren Freunden, ihrem Lieblingsfach, ihren Hobbys. Artig und einsilbig. Und hatte sich nach dem Kaffee für ihre Schulaufgaben zurückgezogen. Also wann hätte Elsie den Vorfall ansprechen sollen? Am nächsten Morgen? Als alles wie immer schien? Als Doro ihre Dose mit den Pausenbroten einsteckte und Elsie ihr viel Glück für den Physiktest wünschte? Ausgerechnet! Sicher verdrehte Doro die Augen und wandte sich ab dabei, damit Elsie das nicht sah. Dann lief sie auch schon zur Bushaltestelle, und Elsie winkte ihr wie immer nach. Allein im Haus hatte sich Elsie alle Mühe gegeben, nicht an die Windmühlen in der Mülltonne denken zu müssen. Sie war immer gut darin gewesen, Ordnung zu schaffen. Jedenfalls vom Keller bis zum Dachboden. Und im Garten. Bevor Doro aus der Schule zurückkam, hatte sie Kohlrouladen geschmort und Schokoladenpudding mit echter Vanillesoße gekocht.

Es war still im Haus. Und Elsie mochte es auf einmal so. Es fühlte sich nach Geborgenheit an. Schummrig und friedvoll. Die Wände schützten sie. Warfen keinerlei Echo vergangener Streitereien zurück. Zeigten keine schemenhaften Abbilder verblichener Tapeten, sondern hielten nur wohlige Wärme. Sie konnte einfach hier sitzen. Auf dem Sofa. Oder in Hannes' Sessel. Brauchte keine Unterhaltung. Lauschte nur auf ihren Atem, ihren Herzschlag. Auf das leise Ticken, das von der Küchenuhr kam. Natürlich könnte sie jederzeit aufstehen, das Licht hochdrehen, ein Buch aus dem Regal nehmen. Oder ein Fotoalbum. Sie könnte sich eine der Fernbedienungen schnappen, den DVD-Player, die Musikanlage, das Radio oder den Fernseher einschalten. Oder sie ließ ihre Gedanken wandern. Sie konnte frei wählen. Jeden Moment aufs Neue. Wieder und wieder. Sie musste sich nicht mit Sandras stummer Abwesenheit beschäftigen. Oder mit den Bedenken, dass Doro nun womöglich in diese Fußstapfen ihrer Mutter trat. Sie brauchte nur *Stopp!* zu sagen oder *Halt!* oder *Husch Husch!* Sie musste es nicht mal laut aussprechen, nicht aufstehen und die Hände in die Hüften stemmen. Sie konnte sich auch einen Vorhang vorstellen, den sie zuzog, zwischen sich und den ungebetenen Gedanken. Jedenfalls theoretisch. Praktisch musste sie überhaupt erst mal bemerken, wohin ihre Gedanken spazierten. Anfangs redete Elsie sich ein, dass sie sie genauso aussuchen konnte wie eine Sendung in der TV-Programmzeitschrift:

Spaziergang im Zoo. Urlaub im Allgäu. Jubiläumsfeier in der Siedlung. Manchmal erwies sich ihre Wahl dennoch als Fehlgriff. Besonders wenn plötzlich Erinnerungen an einen Streit auftauchten, den sie längst vergessen glaubte. Denn die Ferientage an der Ostsee lagen so weit zurück. Sandra war gerade erst sechs Jahre alt geworden. Hannes hatte einen Schiffsausflug nach Dänemark vorgeschlagen, eine Butterfahrt. Aber Elsie weigerte sich vehement, auf den Dampfer zu steigen. Sie wollte auch nicht, dass Hannes allein mit Sandra fuhr. Übers offene Meer. In dieser schwankenden Nussschale. Viel mehr war dieser rostige Dampfer doch nicht. Nicht in Elsies Augen. Egal, was Hannes sagte. Oder der Bootsmann. Nicht angesichts dieser Wellen. Die sich auftürmten unter dem grauen Himmel, Gischt über die Kaimauer spritzten. Hannes hatte nur gelacht und Sandra gejuchzt. Hand in Hand gingen sie an Bord. Das hatte Elsie am Ende nicht verhindern können. Ebenso wenig wie die Angst, die sie flutete. Angst, die beiden nie wiederzusehen. Sie wusste nicht mehr viel von diesem Tag. Nur, dass sie keine Ruhe gehabt hatte, sich in den Strandkorb zu setzen oder in die Eisdiele. Dass sie zum Anleger gegangen war und wieder zurück ins Quartier. Nur um gleich darauf wieder zum Anleger aufzubrechen. Sie hielt es nicht aus an diesem fremden Tisch oder auf diesem Bett, das für ein paar Tage ihnen gehörte. Dachte an die anderen, die vor ihnen hier geschlafen hatten. Wenn auch nicht viele, weil das Apartmenthaus neu gebaut und erst kürzlich fertiggestellt worden war. Ein kantiger Klotz direkt am Strand. Mit winzigen Wohnungen, die den Namen kaum verdienten. Ferienwohnungen. Im Katalog hatten sie hell gewirkt und modern. Dabei stand das Doppelstockbett in einer Nische im Flur. Nach Sandra würden noch unzählige Kinder darin schlafen. War das etwa die schöne neue Welt, nach der sich Elsie so gesehnt hatte? Bis Hannes und Sandra gegen Abend von ihrem Ausflug zurückkamen, hatte sie noch keine Antwort darauf gefunden. Manchmal wurde es zu einer wahren Herausforderung für Elsie, das Programm der Erinnerung zu wechseln oder abzuschalten. Auch wenn sie das nicht zugeben wollte. Nicht mal vor sich selbst.

Elsie hörte auf das Rauschen, das von der Heizung kam. Sie wollte mit Doro sprechen. Wollte ihr sagen, dass sie Verständnis hatte, wofür auch immer. Dass sie diese Ängste manchmal einfach so überkamen. Oder setzte sie Doro damit schon unter Druck? Sollte sie lieber Bedenken statt Ängste sagen? Aber verharmloste das nicht nur? Vielleicht: starke Bedenken? Oder stärkste? Oder doch eher Befürchtungen? Elsie fragte sich, ob es früher auch schon so schwierig gewesen war, auszudrücken, was sie bewegte. Oder ob das erst mit dem Alter gekommen war. Und wenn ja, wann genau? Diese Unsicherheit musste sich angeschlichen und festgesetzt haben, ganz unbemerkt. Nun ließ sie sich nicht so leicht wieder vertreiben. Jedenfalls nicht mit *Halt!*, *Stopp!* und *Husch Husch!*

Vielleicht sollte sie Doro einfach anrufen. Morgen früh, gleich nach dem Aufstehen. Oder besser erst nach dem Frühstück. Obwohl – wenn sie tagsüber tatsächlich auf ihrer Fortbildung war, wäre sie abends besser zu erreichen. Warum also nicht jetzt gleich? Weil Elsie nie um diese Zeit telefonierte. Doro würde sich möglicherweise erschrecken, würde denken, ihr wäre etwas passiert, etwas Besorgniserregendes, Alarmierendes, etwas, das keinen Aufschub duldete. Oder Doro lag schon im Bett. Vielleicht nicht mal allein. Aber dann hätte sie ihr Handy doch wohl abgestellt.

Elsie stemmte sich vom Sofa hoch. Sie würde es wagen. Tief durchatmen, das Telefon aus der Station heben und die Kurzwahltaste 1 drücken. Doro meldete sich nach dem dritten Klingeln.

»Endlich, Omi! Wie geht es dir? Ich wollte schon Tante Martha anrufen, weil du nicht ans Telefon gegangen bist!« Sie klang, als wäre sie gerannt.

»Bloß nicht! Alles bestens bei mir«, beeilte sich Elsie zu versichern. »Nur … das Telefon spinnt manchmal. Ich glaube, die Akkus müssen mal getauscht werden.«

»Ich seh's mir an, wenn ich komme.«

Elsie biss sich auf die Lippen. Nein, sie würde jetzt nicht fragen, wann Doro nach Hause kam. »Wie geht es denn mit deinem Training voran?«, fragte sie stattdessen.

»Ja, nun«, Doro zögerte.

Elsie wagte kaum zu atmen.

»Ich … ich bin ausgefallen«, flüsterte Doro.

Elsie schwieg. Das Telefon zitterte in ihrer Hand. Sie presste es ans Ohr, damit ihr kein Wort entging.

»Du musst dir keine Sorgen machen. Wirklich nicht, Omi.«

»Bist du krankgeschrieben?«

»Ich muss nicht im Bett liegen oder so. Im Gegenteil. Ich soll viel an die frische Luft. Du weißt schon: Hochseeklima. Am besten spazieren gehen.«

»Was soll denn das für eine Krankheit sein?«, brummte Elsie.

Doro ging nicht darauf ein. »Komm doch für ein paar Tage her. Ich buche dir ein Zimmer, und wir erkunden die Insel gemeinsam.«

»Nein!«, rief Elsie, kaum dass Doro den Satz zu Ende gesprochen hatte.

»Aber Omi, das ist ganz einfach und unkompliziert.«

»Nein!«

»Es tut mir leid, wenn du noch sauer auf mich bist«, begann Doro. »Ich wollte dich ganz bestimmt nicht kränken. Das kam alles so unerwartet. Dabei hatte ich mich schon so auf die freien Tage zu Hause bei dir gefreut. Aber ich konnte einfach die Fähre nicht besteigen.«

Elsie stutzte. Das klang so gar nicht nach Doro. »Hab ich das richtig verstanden? Du kletterst auf diesen riesigen Windkraftanlagen herum, seilst dich vom Hubschrauber ab und bringst es nicht fertig, an Bord eines Dampfers zu gehen?«

»Ja, genau.«

»Wie kann das sein?«, zweifelte Elsie.

»Das ist es ja: Ich weiß es nicht.«

»Und was jetzt?«

»Ich … ich dachte, du kannst mir vielleicht helfen.«

»Ich?«, rief Elsie verwundert. »Ich bin doch kein Arzt.«

»Aber du kennst mich besser als irgendjemand sonst. Du hast mir immer zugehört. Konntest mir alles erklären. Wusstest Antworten auf Fragen, die ich noch gar nicht gestellt hatte. Ich glaube, dass ich mit dir zusammen herausfinden kann, warum ich plötzlich diesen Schritt nicht mehr machen kann. Diesen einen Schritt, über den Abgrund hinweg. Bitte, Omi, komm her!«

»Es tut mir leid, Doro.«

»Aber Omi …«

»Ich kann nicht.«

9

Ausgerechnet einen Stein hat er mitgebracht, als er aus der Gefangenschaft zurückkam. Ich hatte lange nichts von ihm gehört. Fürchtete schon, zu lange. Ahnte nicht, dass Rick auf Helgoland gewesen war. Dass er sich freiwillig gemeldet hatte, als es im Lager hieß, sie schicken bevorzugt Einheimische dorthin. Zum Aufräumen, im Sommer 45. Danach haben sie ihn entlassen, und er hat uns ausfindig gemacht. Elsie, mich, meine Eltern, seine Mutter. Irgendwann im Oktober. In diesem Stall bei Brunsbüttel. Ich sah ihn herankommen. In der Mittagssonne unter dem hohen blauen Himmel. Wusste sofort, dass es Rick war, und konnte ihm doch nicht entgegenlaufen. Konnte nicht rufen, nicht winken, nicht mal blinzeln. Wagte kaum zu atmen. Aber es war kein Trugbild. Kein Traum. Ich zitterte am ganzen Körper. Spürte die Tränen. Seine Umarmung. Endlich. Und er war unversehrt. Und ich schämte mich gleich für diesen Gedanken. Elsie umklammerte sein Hosenbein. Er hob sie hoch, wirbelte sie durch die Luft. Bis er sie abrupt absetzte, weil seine Mutter aufschrie. Mit ausgebreiteten Armen stolperte sie auf ihn zu. Doch er sah sich nur nach seinem Sohn um. Dann sah er mich an und verstand. Er sank auf die Wiese und heulte. Es gibt kein anderes Wort dafür.

Später hat Rick seinen Rucksack ausgepackt und mir diesen Stein gegeben. Kalt lag er in meiner Hand. Ein Stück von zu Hause. Das ist alles, sagte Rick leise, alles, was übrig ist. Ich habe meine Finger über die raue Bruchkante gleiten lassen.

Habe die helle Maserung im tiefen Rot gesehen, wie eine Welle, die sich an der Aade bricht. Dort, wo er den Stein gefunden haben musste. Auf der Düne, die wir so lange nicht betreten durften. Das Badeparadies unserer Kindheit. Sperrgebiet in den späten Dreißigerjahren. Wie so vieles auf der Insel. Alles für das Bollwerk, die Seefestung Helgoland, die U-Boot-Bunker, das Projekt Hummerschere. Die unzähligen Soldaten überall. Alles, was wir so schnell wie möglich vergessen wollten und was plötzlich wieder da war, allein durch dieses Stück Feuerstein.

In der Nacht hat Rick mir die Geschichte erzählt. Leise, ganz leise. Er hatte den Stein nicht auf der Düne gefunden und auch nicht im Schutt zwischen den Trümmern und Bombentrichtern, sondern in einer dieser Höhlen am Fuß des Felsens. Er hatte keinen Auftrag gehabt, dorthin zu gehen. Doch Elsies Worte waren ihm wieder in den Sinn gekommen. Das Betteln der Kleinen, er sollte doch bei ihr bleiben. Bei uns. An dem Morgen, als er zurückmusste in den Krieg. Sie hatte ihrem Vati von einem geheimen Versteck erzählt. Einer Höhle, in der ihn niemand finden würde. Dort sollte er sich verbergen, so wie der junge Uniformierte, den sie gesehen hatte. Mit der Hanna von nebenan. Ich war schockiert. Das hätte uns alle das Leben kosten können. Genau wie die fünf Männer, die Helgoland kampflos an die Briten übergeben wollten, um die Bombardierung zu verhindern. Die verraten worden waren. Und frühmorgens verhaftet. Unser Dachdecker Georg sogar mit seiner Frau und den Töchtern. Einfach abgeholt und aufs Festland gebracht. Die Männer sind hingerichtet worden, das wusste bald jeder. Ich darf gar nicht daran denken. Darf mir nicht vorstellen, was Elsie hätte anrichten können. Mir hat sie nichts davon erzählt. Bis heute nicht. Was ist nur los mit diesem Kind?

Rick hatte sich die Brandungshöhlen angesehen. Manche

nicht viel größer als eine Felsspalte. Andere fast zugeschüttet vom Geröll. Im Spülsaum lagen Betonbrocken, die mal Flakstellungen gewesen waren. Er zweifelte nicht an Elsies Worten. Und fand das Versteck. Ein Gang, der weit in den Felsen hineinführte. Zwei leere Blechdosen. Die halb verbrannte Armbinde eines HJ-Marinehelfers. Verkrustetes Verbandszeug. Ein einfaches Lager. Und neben dem Kopfkissen der halbe Feuerstein. Als hätte er dem Verletzten alles bedeutet. Es gab keine Spur mehr von dem Jungen, keinen Hinweis darauf, wann er die Höhle verlassen hatte. Freiwillig oder abgeführt. Mit vorgehaltener Waffe – einer deutschen oder einer britischen. Nur der Stein war liegen geblieben. Und Rick hatte ihn einfach mitgenommen. Damit mir etwas blieb von zu Hause, zum Festhalten, sagte er, trotz allem. Das Danke kam mir kaum über die Lippen. Wohin mit dieser Liebesgabe, diesem blutroten, kalten Stein? Er schien mir zentnerschwer. Ich mochte ihn nicht ansehen, denn für mich trug er all die Schrecken in sich. Erinnerungen an unseren Heimatfelsen. Sofort waren sie wieder gegenwärtig, die letzten Stunden dort. Und Williams Absturz. Ich durfte ihn nicht suchen, unseren Sohn, und ihm kein Grab bereiten. Stattdessen starre ich den Stein an. Und Ricks Gesicht, das fahl geworden ist, und seine Haare ganz weiß. Wir sollten ihn begraben. Den Stein. Irgendwo hier. In der Fremde.

10

Doro starrte in die Dunkelheit. So kannte sie ihre Großmutter gar nicht. Abweisend war Elsie nie gewesen. Oder
fast nie. Nicht bei wirklich wichtigen Dingen. Sie hatte Doro
immer geholfen, von Anfang an. Sogar über Sandras Postkarten hinwegzukommen, ohne sie zu vergessen. Doro hasste
diese Nachrichten von ihrer Mutter, und seit sie es an ihrem
neunten Geburtstag herausgeschrien hatte, wusste Elsie es
auch. Doch Doros Großmutter verstand es, aus den wenigen,
immer gleichen Zeilen eine ganze Welt entstehen zu lassen.
Voller Licht und Farben. Geräuschen und Gerüchen. Voller
Geschäftigkeit und Gefahren. Sie konnte exotische Land-
schaften heraufbeschwören, die sie nie zuvor gesehen hatte,
nicht mal im Katalog aus dem Reisebüro. Und sie nahm Doro
in den Arm. Immer im richtigen Augenblick. Jedenfalls meistens. Nur diesmal nicht. Und es waren nur noch drei Tage bis
Schichtbeginn.

Doro riss die Balkontür auf. Die eisige Nachtluft schmerzte
auf der Haut. Sie musste hinaus. Der Frost schärfte ihre Sinne.
Die gelben Leitern am Fuß der Turbinen würden jetzt im
Mondlicht glänzen. Auch wenn sie das von hier aus nicht sah,
wusste sie um die Kristalle auf der rauen Betonhaut der Türme offshore. Und dass die Schlösser der Eingangstüren ein-
frieren konnten. Nicht ihr Problem. Heute noch nicht. Sie
warf die Balkontür zu. Lieber nicht hinausgehen. Durch die
leeren Straßen zum Hafen. Zur Station im Gewerbegebiet. An

den Zäunen entlang durch die Dunkelheit streifen. Nicht aufs Wasser sehen, obwohl das Wasser überall war. Rundherum um diesen Felsen war nichts als Meer. Sie zog den Vorhang mit einem Ruck zu.

Gegen Morgen hörte sie die Kollegen der anderen Schicht auf dem Flur. Drei Tage noch, bis Sven sein Zimmer oben räumte. Ihr Zimmer. Ihr Bett. Das sich nicht von diesem hier unterschied. Und sie? Doro musste zugeben, dass sie inzwischen kaum zu einer anderen geworden war. Jedenfalls nicht wieder zu der, die an der Reling stand und den Wind spürte, lange bevor der Zubringer den Offshore-Park erreichte. Sie fühlte sich immer noch wie die, die ihr Team gefährdet hatte und sich selbst. Die nicht wusste, wie es dazu gekommen war und wie sie verhindern konnte, dass es so weiterging. Sie wollte unbedingt wieder hinausfahren mit den Männern, und hinauf in die Türme. Die Turbinen zum Laufen bringen. Hören, wie die Rotoren Wind schaufelten. Doch dieser Druck legte sich schon wieder auf ihre Brust, und Doro musste sich eingestehen, dass sie Angst hatte, ihn nie wieder loszuwerden, nie der Schwärze zu entkommen, die sie hinunterzog und fallen ließ. Und niemand würde sie auffangen. Nicht mal Elsie.

Doro wagte kaum, die Beine über die Bettkante zu schieben, um aufzustehen. Was, wenn sie sich wieder so anfühlten, als würden sie sie nicht tragen? Als würden sie jeden Augenblick nachgeben unter ihrem Gewicht. Als würde das Zittern wieder einsetzen und der Schweiß aus allen Poren fließen, und sie hätte keine Kontrolle mehr über ihren Körper. Nur noch Angst. Sie schloss die Augen, um diesem Flimmern zu entkommen, dieser Schwäche. Doch die ließ sich nicht aussperren. Kroch unaufhaltsam heran. Saugte ihre Kräfte auf.

Und zog sie tiefer in diese Spirale, die stetig abwärts führte, hinein in die bodenlose Panik.

Doro blinzelte. Sie saß auf der Bettkante, atmete ruhig und gleichmäßig. Sie schwitzte nicht. Und fror auch nicht. Sie spürte den Teppichboden unter ihren nackten Füßen. Keine Angst. Es war nicht gefährlich, aufzustehen. Sie stützte sich auf der Matratze ab. Ihre Beine trugen sie. Problemlos. Also wo kamen diese Gedanken her? Half es, sie zu beobachten? Sich zu beobachten? Sie musste es versuchen. Durfte sich nicht ablenken lassen. Sich zu fokussieren, war doch ihre Stärke gewesen. In der Schule, der Lehre, im Beruf. Diese Fähigkeit hatte sie hierhergebracht, bis hinauf in die Gondel, ins Herz der Turbinen. Und genau dort wollte sie wieder hin.

Doro zog sich an, verließ das *atoll* und lief geradewegs auf die Felswand am Ende der Straße zu. Bei den Glastüren zögerte sie, entschied sich schließlich gegen den Fahrstuhl zum Oberland. Stattdessen stieg sie langsam die geschwungene Treppe hinauf. Kein Vergleich zu den Metallstiegen. Aber sie wollte nicht schon wieder daran denken, wie eng und dunkel es in den Türmen sein konnte. Und wie es sich anhörte, wenn ihre Sicherheitsschuhe auf die Metallgitter der Zwischenböden trafen. Doro spürte ihren Herzschlag und die kalte Luft, die sie einatmete. Sie erreichte eine Plattform, blieb stehen, sah sich um. Bei den Bänken stand ein alter Mann. Als er sie bemerkte, ließ er Pfeife und Sturmfeuerzeug in der Jackentasche verschwinden und zog sich die Mütze über die Ohren. Im Sommer würde er sich vielleicht hinsetzen, zufrieden, dass er die Hälfte des Aufstiegs bewältigt hatte, und die Aussicht genießen. Er sah zu ihr herüber. Länger als zufällig. Doro wandte sich rasch wieder der Treppe zu. Unter dem Geländer baumelten Liebesschlösser in Gold, in Rot und in Türkis an rostigen Bügeln. Am Hang hinter dem Handlauf blühten Schneeglöckchen.

Sie setzte ihren Aufstieg fort.

Oben angekommen, fiel Doros Blick auf die Fensterfront eines Ladens, der eher ein Kiosk mit Kaffeeausschank war. Drei Rollatoren parkten davor. Eine halbhohe Betonmauer begrenzte die Straße zum Felsrand hin, doch Doro wandte sich ab, damit sie nicht übers Unterland zum Meer hinsehen musste. Ein elektrischer Müllwagen umkurvte sie und hielt gleich hinter dem Ausgang des Fahrstuhls an. Ein Mann sprang heraus, sah in den Papierkorb an der Mauer, zögerte, wechselte dann doch den grauen Plastikbeutel darin aus.

Doro wandte sich nach links, nahm zum ersten Mal wahr, dass »Falm« an den Häusern stand, gefolgt von hohen dreistelligen Hausnummern. Sie passierte ein Geschäft mit Plüschtieren und zollfreiem Alkohol. Die Tür stand offen, der Postkartenständer unter dem Vordach schwankte im Wind. Das Hotel daneben war weiß mit blauem Schriftzug und hatte Panoramaglasscheiben im ersten Stock. Ob Gäste dahinter saßen, konnte sie nicht erkennen. Sie hatte sich nie gefragt, ob dieser Felsen auch im Winter Menschen anzog. Sie hatte ihn nur als Ausgangspunkt für ihre Arbeit angesehen. Als einen Bahnhof, den sie ansteuerte wie eine Pendlerin. Statt in den Zug stieg sie eben auf ein Schiff. Normalerweise.

Doro blieb an der Einmündung zur Gasse stehen, die um das Haus herum führte. In der seitlichen Fassade klaffte ein Loch. Der letzte Sturm musste sich in der Holzverkleidung festgebissen haben. Vielleicht auch schon der vorletzte. Gesplitterte Bretter moderten auf der Terrasse vor sich hin. Die Gaststätte schräg gegenüber war geschlossen. Doro ging weiter. Vorbei an einem winzigen Eckladen mit verstaubten Auslagen. Ein Schild an der Tür, mit einer Handynummer und dem Hinweis: »Bin in 10 Minuten da!« Zwei Restaurants mit gemeinsamem Vorgarten, hinter der Absperrung umgeklappte Tische, ein Stapel Stühle an der Hauswand. Eine rotbraune Katze thronte darauf und schien zu schlafen. In der Parfümerie nebenan sortierte jemand Sonnenbrillen.

Als Doro bemerkte, dass sie die letzten Häuser hinter sich gelassen hatte, die Straße eher zu einem Weg wurde, der bergan führte, blieb sie stehen. Plötzlich war sie wieder da, die Erinnerung an diesen Schulausflug. Mehr als zwanzig Jahre musste das her sein, vielleicht sogar fünfundzwanzig. Wenige Meter von hier, an der Treppe beim Berliner Bären, hatten sie sich versammelt und auf ihren Inselführer gewartet. Doro und ihre Freundinnen saßen auf dem Sockel der Skulptur, interessierten sich genauso wenig dafür, wie viele Kilometer entfernt Berlin laut der Inschrift lag, wie auch für irgendwelche Vögel, die hier brüteten. Angeblich erst seit ein paar Jahren. Der Wind riss ihrer Lehrerin fast das Büchlein aus der Hand, in dem sie blätterte. Doch einstecken in ihre riesige Umhängetasche wollte es Frau Schulte-Assmussen nicht. Die Jungen diskutierten darüber, ob man später eine Stange Zigaretten holen sollte oder zwei. Einmalige Gelegenheit. Zollfrei. Und wenn Big Andy das erledigte, würde bestimmt niemand nach seinem Alter fragen. Wodka wäre auch nicht schlecht. Aber so eine Literflasche ließ sich nicht gut verstecken. Ob denn tatsächlich kontrolliert wurde vor der Abfahrt unten am Hafen, fragten sie sich. Ob die Typen vom Zoll wirklich jede Tasche und jeden Rucksack filzten? Ob sie einzelne Päckchen Zigaretten auch rausfischten? Und angebrochene? Doro konnte sich nicht daran erinnern, ob die Jungs am Ende überhaupt irgendetwas mitgenommen hatten.

Wenig später waren sie aufgebrochen. Die Stufen hinauf, vorbei an dem rot-weißen Richtfunkmast, auf den eckigen Leuchtturm zu. Doro verstand nur Fetzen von dem, was der Mann sagte, der ihre Gruppe nun anführte: »Stärkstes Leuchtfeuer Deutschlands«, »einziges Gebäude Helgolands, das alle Bombardierungen überstanden hat«, »Flak-Leitstand«. Dazwischen immer wieder Frau Schulte-Asmussens helle Stimme. Die Fragen schienen ihrer Lehrerin nie auszugehen. Doro ließ sich zurückfallen. Nicht mehr als ein Zaun aus vier oder fünf gespannten Drähten zwischen ihr und der Felskante, den rotbraunen Klippen, dem Absturz. Und diese Vögel, Basstölpel hatte der Mann sie genannt, kreischten und flatterten dort um ihre Nester herum. Sie trugen Seilreste von Geisternetzen in ihren Schnäbeln heran. Ein Knäuel dieser Plastikstränge wehte Doro vor die Füße. Als sie es aufhob, sah sie wenige Meter entfernt einen der schneeweißen Vögel hängen. Sein gelber Kopf hatte sich in einer Schlinge verfangen. Leblos pendelte sein Körper im Wind. Niemand nahm Notiz davon.

Schon steuerten sie den nächsten Aussichtspunkt an. Wieder diese porösen roten Felswände, die steil ins Meer abfielen. Und der Mann erzählte von den Stollen, die tief in den Berg hineingegraben worden waren, als Luftschutzbunker. Doro blieb zurück. Obwohl inzwischen die Sonne schien, begann sie zu frieren. Sie nahm kaum wahr, dass die anderen auf einen Hügel zustürmten, den der Mann »Pinneberg« genannt hatte. Sie umringten das Gipfelkreuz. Er achtete nicht darauf. Er wartete auf Doro.

»Warst du schon mal hier?«, fragte er, als sie herangekommen war.

Doro schüttelte den Kopf.

»Gefällt's dir nicht?«

Doro zuckte die Schultern.

»Hast du Höhenangst oder so was?«

Er musste sie beobachtet haben. »Nein.« Wenn er sie doch nur in Ruhe ließe und zu den anderen zurückginge. Am besten zu Frau Schulte-Asmussen. Warum belästigte er die nicht mit solchen Fragen? Warum ausgerechnet sie? Doro wollte allein sein. Weiter weg von den anderen, die sie auf einmal nervten, mit ihrem Gerede und ihrem Lachen. »Ist nur der Wind«, sagte sie, weil ihr gerade nichts anderes einfiel.

Der Mann nickte. »Ja, der Wind erzählt uns hier so einiges. Von seiner Kraft, die erschafft und zerstört. Seit uralten Zeiten. Doch nur wenige Menschen verstehen ihn und sind nicht überrascht, wenn er Fische aus dem Meer bis hierher aufs Oberland trägt.«

Doro sah ihn an. Seine dunklen Augen ruhten auf ihr. Sie spürte, dass er es ernst meinte. Er mochte so alt wie Elsie sein, und ein wenig erinnerte er sie auch an Großvater Hannes.

»Wenn der Wind zum Orkan wird, das Meer aufwühlt und selbst erfahrene Seenotretter in die Tiefe reißt, wie im Jahr 1967. Vielleicht hast du von dem Unglück gehört, das die Männer auf unserem Rettungskreuzer *Adolph Bermpohl* und die von ihnen geretteten Segler damals direkt vor der Insel das Leben gekostet hat.«

Doro schüttelte den Kopf.

»Das steckt uns allen hier in den Knochen.« Er fuhr sich mit der Hand übers Kinn mit den grauen Bartstoppeln. »Immer noch, genau wie damals nach dieser Orkannacht. Aber der Wind kann auch Gutes tun. Wie zum Beispiel Strom erzeugen. Euer Physiklehrer hat euch doch sicher erklärt und gezeigt, wie das geht, oder?«

»Ach der!« Doro winkte ab.

Sie erinnerte sich jedoch daran, dass sie Elsie von der Eröffnung eines Windparks an der Küste Schleswig-Holsteins aus der Zeitung vorgelesen hatte. Ihre Großmutter tat das als verrückten Unsinn ab, kaum dass Doro zu Ende gelesen hatte. Doro hätte gern mit Großvater Hannes darüber gesprochen, doch der lag ja auf dem Friedhof.

»Seit einigen Jahren gibt es in Dänemark sogar Windräder, die im Wasser stehen und mitten im Meer Strom erzeugen. Stell dir das mal vor!«

»Wow!«

»So weit sind wir noch nicht. Aber sie werden sicher bald darauf kommen, dass der Wind mehr kann, als nur über die Klippen fegen. Viel mehr.«

Doro hatte seit Jahren nicht mehr an diesen Schulausflug nach Helgoland gedacht. Und schon gar nicht an diesen Inselführer. Er war den Rest der Tour an ihrer Seite gegangen. Hatte ihr so manche skurrile Geschichte darüber erzählt, was der Wind anrichten konnte. Und sie war einfach neben ihm her getrottet, hatte zugehört, fast so, als ginge sie an der Seite ihres Großvaters. Sie achtete nicht mehr auf ihre Freundinnen, ihre Mitschüler, auf die Lehrerin. Sie wartete nur darauf, dass er sich ihr wieder zuwandte, nach jedem Halt, nach jeder Erklärung, die er für alle abgab. Denn mit ihr sprach er anders. Jedenfalls kam es Doro so vor. Selbst nach all den Jahren noch.

Der Berliner Bär stand immer noch unverrückbar an seinem Platz und wies die Entfernung zur Hauptstadt aus: vierhundertsechsundfünfzig Kilometer. Doro stieg die gemauerten Stufen neben der Skulptur hinauf und betrat den Klippenrandweg. Der Wind zerzauste ihr Haar, während sie den Richtfunkmast passierte. Ein paar Schritte voraus der eckige rotbraune Leuchtturm. Sie zögerte, weiterzugehen, auf den

Drahtzaun zu und auf die Klippe. Sie fror. Doro nestelte an der Kapuze ihrer Wetterjacke. Wenn sie den Blick hob, würde sie jenseits des Plateaus das Meer sehen. Sie konnte nicht hier stehen bleiben. Nur zwei Tage noch bis Schichtbeginn. Sie musste weiter. Vielleicht nicht gleich bis an die Abbruchkante. Sie war nicht hier, um die Aussicht zu genießen oder sie spektakulär zu finden wie eine Touristin. Der Wind zerrte an ihren Hosenbeinen. Das Meer war sicher aufgewühlt. Mit weißen Gischtkämmen. Kein Überstieg mehr möglich. Ein Wettertag für die Männer der anderen Schicht. Oder waren sie rausgefahren in den Park heute früh und fragten sich nun während der Mittagspause, ob sie auch wieder abgeholt werden konnten nach Feierabend? Doro schüttelte den Kopf. Die Windstärke war vorhergesagt worden. Ebenso wie die Wellenhöhe. Und sie verließen sich auf die Daten. Der *Site Manager* wird niemanden hinausgeschickt haben. Jedenfalls nicht mit dem Zubringerschiff. Mit dem Heli vielleicht noch, im Notfall. Zwei Tage blieben ihr. Zwei Tage, bis der Wind wieder Doros Tagesablauf bestimmen sollte. Und sie scheute sich, diesen Weg entlangzugehen. Den Weg, den bestimmt jeder Urlauber kannte. Auf dem im Sommer Kinder tobten. Der bis dicht an den Vogelfelsen heranführte. Damals, als Vierzehnjährige hatte sie es doch auch geschafft.

Sie sah zum Pinneberg hinüber. Das Gipfelkreuz zeichnete sich düster am Himmel ab. Doro fragte sich, ob es für den Humor der Insulaner sprach, diese Erhebung so zu feiern. Der Berg ragte kaum mehr als sechzig Meter in die Höhe. Sie stieg nicht hinauf, sondern ging langsam weiter. Sie hörte die Vögel, nahm aus dem Augenwinkel wahr, wie sie umeinander und um ihre Nester herum flatterten. Wie sie ihre weißen Hälse reckten: die Basstölpel. Eigentlich viel zu früh im Jahr.

Sie näherte sich dem Lummenfelsen, einem der kleinsten Naturschutzgebiete überhaupt. Wie Pinguine waren ihr diese Vögel damals vorgekommen, und sie erinnerte sich, dass der Inselführer ihnen davon erzählt hatte, wie sich die drei Wochen alten Küken der Trottellummen den steilen Felsen hinabstürzten, ohne fliegen zu können. Doro hatte zwar versucht, sich auf seine Worte zu konzentrieren, doch sie spürte, wie sich ihr Magen umdrehte. Sie hatte die flauschigen schwarzweißen Küken durch sein Fernglas gesehen. Direkt auf dem schroffen Felsen hockten sie in der Junisonne. Und der Mann behauptete, dass fast alle den Sprung überlebten, ob sie nun im Wasser, auf dem Watt oder sogar auf dem Felssockel oder der Schutzmauer tief unten landeten. Weil ihr winziger Körper darauf ausgelegt war. Doro hatte sich die Ohren zugehalten und sich von der Klippe weggedreht. Erst als der Inselführer wieder neben ihr auftauchte, ließ sie die Hände sinken.

»Sie finden ihre Eltern wieder, da unten im Meer. Und nur dort können sie gemeinsam überleben.«

»Aha«, hatte Doro herausgepresst.

Und er hatte sie lange angesehen. Fast so, als suchte er etwas in ihren Zügen. »Keine Sorge«, sagte er dann ganz leise, »sie stürzen sich erst nach Sonnenuntergang hinunter.«

Doro wunderte sich darüber, dass sie sich plötzlich an all diese Details erinnerte. Sie waren stumm dem Weg gefolgt, bis der Inselführer ihrer Gruppe etwas über die Lange Anna erzählen musste, Wahrzeichen Helgolands, die einzige Felsnadel, die noch senkrecht stand. Denn trotz Schutzmauer setzte das Meer dem porösen Buntsandstein immer weiter zu, und niemand wusste, wann auch die Lange Anna fallen würde.

Damals waren sie nicht die Einzigen auf dem Klippenrandweg gewesen. An den Aussichtspunkten und beim Vogelfelsen bauten unzählige Männer und Frauen Stative auf und montierten gigantische Objektive an ihre Kameras. Andere liefen mit Ferngläsern herum. Aufgescheucht waren sie ihr vorgekommen, wie die Vögel selbst. Heute war Doro allein unterwegs. Niemand, der seinen Fotoapparat auspackte oder seine Handykamera zückte. Nur eine Handvoll Heidschnucken und Rinder, die in einer Senke im Windschatten grasten. Ihr Blick fiel auf eine Bank, die von einem knorrigen Windflüchter umarmt wurde. Der aufgebrochene Baumstamm bog sich über der Lehne, seltsam verdreht, scheinbar abgestorben. Und doch sprossen Zweige heraus. Bildeten so etwas wie eine Baumkrone, dicht über den Boden geneigt. Doro zögerte. Es war kein Wetter, um sich hinzusetzen. Aber sie brauchte Halt. Einen Moment nur. Nur um aufzusehen. Vielleicht sogar bis übers Meer. Kaum dass sie saß, durchdrang die Kälte ihre Kleidung. Sie schnellte wieder hoch, ging eilig weiter. Zwei Tage noch, und ihr fehlten der Mut und die Kraft, den Blick zu heben. Wie konnte das sein? Und wie sollte das werden, wenn ihre Schicht begann?

Doro hatte ihn nicht bemerkt, den Mann, der ihr entgegenkam. Bis er stehen blieb, keine zwei Meter von ihr entfernt, mitten auf dem Weg. War das nicht der Alte, dem sie vorhin auf der Treppe zum Oberland begegnet war? Oder trug er nur die gleiche Mütze? Es kam ihr jedenfalls so vor, als hätte sie ihn schon gesehen. Mindestens einmal. Vielleicht war es auch der Mann, der neulich ihren Gruß nicht erwidert hatte, weil man hier nicht *Moin* sagte. Schwierig auszumachen, ob es sogar derselbe Mann war, so tief wie er sich die Mütze ins Gesicht gezogen hatte. Und wie er sie ansah, schon wieder. Verfolgte er sie etwa? Aus Neugier? In jemandes Auftrag? Vertrat er nicht manchmal den Pförtner am Zugang zum Werksgelände? Das konnte doch kein Zufall sein. Auch wenn er es so aussehen lassen wollte. Sollte sie ihn einfach fragen? So tun, als ob sie das lustig fand? Ihn damit aus der Deckung locken?

»Man kann sich hier einfach nicht aus dem Weg gehen, was?«, sagte Doro und versuchte, ihn anzulächeln.

Der Mann nickte. »Ist übersichtlich hier, vor allem im Winter.«

»Aber Sie mögen das«, vermutete Doro.

»Sie nicht?«

»Ich komme nur zum Arbeiten her.«

»Ich weiß«, erwiderte er viel zu schnell.

»Hat Jesper Sie geschickt?«

»Wer?«

»Jemand von der Station.«

»Von welcher Station?«

»Vom Windpark.«

»Sehe ich so aus?«

»Ach, nicht so wichtig.« Doro überlegte, wie sie ihn zum Reden bringen konnte. »Ich war noch nie hier oben«, sagte sie dann.

»Ist ein Fehler.«

»Ich schaffe es einfach nicht nach so einem Tag offshore.«

»Jaja, die Arbeit.« Er sah an Doro vorbei Richtung Klippe. »Ich drehe jeden Morgen meine Runde und abends noch mal«, fuhr er fort. »Manchmal ist das auch Arbeit. Aber ich liebe jeden Schritt hier draußen.«

Doro zweifelte immer noch daran, dass ihre Begegnung Zufall war.

»Noch sehe ich das Licht über der Klippe. Jeder Moment ist anders hier draußen. Das muss sich einbrennen. Für später.«

Der alte Mann seufzte. Dann wandte er sich wieder Doro zu. »Da drüben liegt mein Schrebergarten. Ist noch im Winterschlaf. Und Inselführungen haben auch noch keine Saison.«

Doro dachte sofort an ihren Schulausflug. Sie wollte wissen, seit wann er Gruppen herumführte.

»Schon immer« antwortete er.

»Auch vor fünfundzwanzig Jahren?«

»Sicher. Müssen sogar mehr als vierzig Jahre sein. Und davor auch schon ab und zu.«

Konnte es tatsächlich sein, dass er derjenige war, der damals an Doros Seite gegangen war? Der ihr vom Wind erzählt hatte, von seiner Stimme, seiner Kraft? Die zerstören, aber auch erschaffen konnte, die einen ergriff, nicht nur mit einem Segel in der Hand oder mit einer Drachenleine. Wie wahrscheinlich war das?

»Ich bin wohl am längsten dabei«, sinnierte er. »Und ich bleibe, solange ich Kinder begeistern kann.«

»Danke«, sagte Doro. Endlich gelang es ihr, ihn anzulächeln. Denn sie war überzeugt davon, dass er es damals gewesen sein musste, der ihr die Sicherheit gegeben hatte, diesen Weg zu gehen. Und mit jedem Schritt war sie ruhiger geworden. Hatte plötzlich die Sonne auf der Haut gespürt und den Wind. Anders als Jahre zuvor an der Hand ihrer Mutter, kälter irgendwie, aber sie hatte sich nicht mehr dagegengestemmt. Es war in Ordnung gewesen, hier zu sein.

Als Doro ins *atoll* zurückkam, wartete eine Nachricht auf sie. Mit der Telefonnummer einer Frau, die früher bei der Krisenintervention gearbeitet hatte. Doro eilte in ihr Zimmer, ließ sich aufs Bett fallen und starrte an die Decke, bis ihr die Augen zufielen. Nein, sie wollte nicht mit ihr reden. Nicht jetzt. Sie hatte mit dem alten Mann geredet. Wenn auch nicht über das, was ihr zugestoßen war vor fast zwei Wochen. Aber mit der Frau würde sie darüber reden müssen. Weil Jesper sie geschickt hatte. Und weil Doro Klarheit wollte. Den Beweis dafür, dass sie immer noch wie geschaffen war für den Job, für die Arbeit auf den Windrädern, draußen im Park, offshore, und sich das nicht nur einredete. Das sollte die Frau bestätigen. Ihr und am besten auch Jesper. Doch würde sie das wirklich tun? Würde sie Doros Panik auf die Spur kommen, ihr dabei helfen, sie aufzulösen, und zwar in den nächsten beiden Tagen? Bevor Doro daran zweifeln konnte, rappelte sie sich auf, um ihr Telefon zu holen.

Sie saßen ein paar Stunden zusammen. Am selben Abend noch und am nächsten Tag. Die Frau war älter, als Doro erwartet hatte, und sie war gekommen, um ihr zuzuhören. Jedenfalls sagte sie das. Sie machte sich keine Notizen und legte auch kein Aufnahmegerät auf den Tisch. »Wir sind ganz unter uns«, betonte sie. »Nur ein Erfahrungsaustausch. Nichts Offizielles.«

Noch nicht, dachte Doro, schickte aber insgeheim ein dickes Dankeschön an Jesper.

Als Erstes fragte die Frau, die sich als Marina Neumeister vorgestellt hatte, ob es stressig gewesen sei auf der Arbeit, in der Schicht, mit den Kollegen.

Doro war es nicht so vorgekommen.

Ob es Spannungen gegeben habe?

»Spannung ist abgeschaltet, bevor wir in den Turm steigen«, erwiderte Doro.

Die Frau wartete, aber Doro sagte nichts weiter dazu.

»Und die Spannungen, die sich nicht per Knopfdruck abschalten lassen?«, hakte sie nach.

»Es gibt immer einen Weg. Mindestens einen. Und wenn ich den nicht finde, habe ich meinen Beruf verfehlt.«

»Und das empfinden Sie nicht als Druck?«

»Als Herausforderung vielleicht. Manchmal. Aber meistens ist die Ursache für mich offensichtlich, und es ist kein Problem, sie zu beheben.« Sicher wollte sie darauf hinaus, dass Menschen nicht wie Maschinen funktionierten, dachte Doro und fragte sich, ob die Frau wirklich hergekommen war, um sie daran zu erinnern.

»Und dass Sie die einzige Frau unter Männern sind, stört Sie dabei gar nicht?«

»Was glauben Sie, wie viele Mädchen mit mir im Leistungskurs Physik waren? Oder in der Ausbildung zur Elektronikerin für Betriebstechnik? Wenn mich das stören würde, hätte ich es sicher nicht bis hierher geschafft.«

»Und im Arbeitsalltag?«

»Was soll da sein?«

»Wie ist das Klima? Im Team und nach Feierabend?«

Doro verdrehte die Augen.

»Ich meine, Sie klettern zu dritt oder zu viert in die Windräder hinauf, arbeiten Seite an Seite auf engem Raum in der Gondel, jeden Tag, zwölf Stunden lang. Meistens verbringen Sie auch die Abende zusammen. Da kommt man sich doch nahe, oder?«

»Wie in einer Familie.«

»Ich würde durchdrehen!« Marina Neumeister schlug die Hand vor den Mund. War ihr das wirklich herausgerutscht, oder war es sorgfältig inszeniert?

»Entschuldigung«, murmelte sie.

»Nerven behalten gehört dazu«, sagte Doro.

»Wir sind Menschen, und manchmal wird uns alles zu viel.«

Doro schüttelte den Kopf.

»Wir funktionieren nur noch, bis irgendwann nichts mehr geht. Das muss doch nicht sein.«

»Sehe ich genauso. Aber mein Job macht mir Spaß. Ich liebe die Vierzehn-Tage-Schichten hier, weit weg vom üblichen Alltag. Einfach nur fokussiert sein auf die Aufgaben, die jeden Tag verteilt werden. Nichts weiter. Nicht einkaufen, nicht putzen, nicht kochen.«

»Und kein Streit um die Fernbedienung«, ergänzte die Frau.

Sie wollte also darauf hinaus, ob es zu Hause auf dem Festland Stress gab, dachte Doro. Vielleicht sollte sie ihr ein wenig erzählen: von Elsie, und wie gut sie es miteinander hatten. Nur damit sich diese Frau Neumeister ein Bild davon machen konnte, wie sie lebte. Damit sie nicht den Eindruck bekam, Doro verheimlichte etwas oder wollte keinen Blick in ihr Privatleben zulassen.

Als Letztes bat die Frau Doro, von dem Tag zu berichten, der sie aus der Bahn geworfen hatte. Doro überlegte, wo sie ansetzen sollte. Auf der Station, beim Boarding an der Kaikante, der Überfahrt? Oder erst in der Gondel? Aber selbst da war noch alles wie immer gewesen. Die Frau ermunterte Doro, draufloszuerzählen. Einfach so, wie es ihr gerade einfiel. Nur nichts vorsortieren. Nichts aussortieren. Alles konnte wichtig sein. Doch Doro fand keinen Anfang. Sie schloss die Augen. Ja, sie hatten zu dritt in der Dunkelheit gesessen. Stundenlang. Aber auch das war ihr nicht ungewöhnlich vorgekommen. Sie war *Team Lead* gewesen, hatte das Sagen gehabt und sich gut dabei gefühlt. Nicht zum ersten Mal.

»Evakuierung«, sagte sie plötzlich. Ihre Stimme klang heiser. »Es ging damit los, dass er die Evakuierung angeordnet hat.«

11

Elsie wälzte sich im Bett herum. Sie dachte an Doro und an den Unsinn, den sie ihr erzählt hatte. Glaubte sie tatsächlich, Elsie hielte es für möglich, dass Doro nicht aufs Schiff steigen konnte? Was sollte denn das für eine Ausrede sein? Fiel ihr nichts Besseres ein? Besonders begabt im Geschichtenerfinden war Doro nie gewesen. Das konnte Elsie deutlich besser. Aber diese Eigenschaft hatte sie wohl nicht vererbt. Auch nicht an Sandra. Doro würde doch jetzt nicht plötzlich in die Fußstapfen ihrer Mutter treten und Elsie ebenfalls verlassen? Nein, Doro nicht. Aber kannte sie sie wirklich so gut, ihre Enkelin? Wusste sie, was Doro bewegte, wenn sie nicht hier bei ihr war? Wenn sie draußen auf diesem verdammten Felsen hauste? Den halben Monat lang?

Elsie zog sich die Bettdecke bis unters Kinn. Und dann erwartete Doro auch noch, dass Elsie sie besuchen kam! Wie stellte sie sich das vor? Vermutlich überhaupt nicht. Nie wieder würde Elsie den Fuß auf Schiffsplanken setzen. Niemals! Schon allein der Gedanke daran … Nein. Keinesfalls. Doro würde sich beruhigen. Spätestens nach der nächsten Schicht würde sie wieder vor ihrer Tür stehen, würde Elsie in den Arm nehmen und *Omi* zu ihr sagen. Vielleicht brauchte sie wirklich mal etwas Abstand und ein wenig Zeit für sich allein. Elsie würde sich damit abfinden. Sie kam zurecht. Sie war immer mit allem zurechtgekommen.

Elsie atmete tief ein und aus, doch ihre Gedanken wollten

keine Ruhe geben. Natürlich war ihr nicht entgangen, dass Doro verzweifelt geklungen hatte. Dass sie Elsie sogar um Hilfe gebeten hatte. Aber was konnte Elsie schon tun, wenn es Doro wirklich schlecht ging? Sie war eine alte Frau. Mit fast fünfundachtzig durfte sie das von sich sagen. Auch wenn sie sich selten so fühlte. Sie dachte nicht jeden Augenblick daran, wie alt sie war. Horchte nicht auf jedes Zipperlein. Nur ab und zu merkte sie ihre Knochen. Wenn sie die Küche geputzt hatte und das Bad gleich hinterher. Dann brauchte sie schon mal einen Mittagsschlaf. Einen, der länger dauerte als eine halbe Stunde. Aber wen sollte das stören?

Elsie seufzte. Sie wollte sich nicht vorstellen, dass es Doro schlecht ging. Dass sie möglicherweise sogar ernsthaft krank war. Dabei hatte Doro erst vor Kurzem von ihren erneuerten Zertifikaten erzählt. Stolz war sie darauf gewesen und hatte das mit Elsie feiern wollen. Doch Elsie war schwindlig geworden, als Doro herausrutschte, dass eins der Zertifikate »Arbeiten mit Absturzgefahr« hieß.

»Aber Omi«, hatte sie versucht, Elsie zu beruhigen, »du kannst dich auf mich verlassen. Ich weiß genau, was zu tun ist. Und das üben wir auch immer wieder. Alle gemeinsam. Bis jeder die Maßnahmen im Schlaf beherrscht!«

»Besser, ihr beherrscht sie auch am Tag.« Mehr hatte Elsie nicht dazu gesagt. Aber es war ihr schwergefallen. Denn einerseits freute sie sich ehrlich für Doro. Weil sie spürte, dass sie diesen Job liebte. Dass sie zu jedem Schichtbeginn aufbrach wie in ein neues Abenteuer. Sie verabschiedete sich mit einer innigen Umarmung von Elsie, winkte ihr zu und lachte. »Bis bald, Omi!« Andererseits kostete es Elsie so viel Kraft, nicht in Tränen auszubrechen. Besonders in letzter Zeit. Es gelang ihr nicht immer. Sie schloss dann schnell die Tür, damit Doro sie nicht schluchzen sah, wenn sie sich noch einmal umdrehte. Und sie drehte sich jedes Mal um, bevor sie die Kreuzung erreichte.

Was hatte Doro noch zu ihr am Telefon gesagt? Sie müsse nicht im Bett liegen. Konnte man tatsächlich ernsthaft krank sein und nicht im Bett liegen müssen? War das etwa eine dieser neumodischen Krankheiten? Die früher nicht mal einen Namen hatten? Aber die kamen doch auch nicht über Nacht. Die kündigten sich lange vorher an. Das hatte sie jedenfalls gelesen. Und einen ausführlichen Hinweis zu den Warnsignalen. Elsie hatte keine bemerkt. Doch plötzlich fragte sie sich, ob sie sie überhaupt hätte bemerken können. Sie hatte ja gar keinen Verdacht gehabt. Hatte Doro nicht speziell beobachtet, ihr nicht aufmerksamer zugehört als sonst. Nicht mehr mit ihr geredet, aber auch nicht weniger. Vielleicht sollte sie sie nachher anrufen. Fragen, wie es ihr heute ging. Und ob sie etwas bedrückte.

Aber was, wenn Doro herumdruckste? Oder wenn sie sagte, sie könne das unmöglich am Telefon besprechen? Weil sie es wirklich nicht konnte? Oder weil sie Elsie zu sich locken wollte? Oder sogar herausfordern? Weil sie etwas erfahren hat? Etwas, das ihr keine Ruhe lässt, das an ihr nagt, das sie aufzufressen droht? Und das Elsie mit in den Abgrund zieht.

Sie musste etwas unternehmen.

Elsie stand auf. Noch im Nachthemd lief sie ins Wohnzimmer. Es musste Jahre her sein. Jahrzehnte sogar. Sie zog die oberste Schublade der Kommode auf. Eine Mappe mit Briefpapier, Stifte, ein Lineal, Briefmarken, ein paar Visitenkarten. Im Fach darunter alte Fotos. Sie kniete sich hin. Dieses verdammte Adressbuch! In der untersten Schublade Rechnungen und Lieferscheine, vom Kühlschrank, vom Fernseher, vom Durchlauferhitzer. Sie hatte es nicht versteckt. Wozu auch? Es standen Namen darin und manche Geburtstage. Anschriften und Telefonnummern, die allein ihr etwas sagten. Inzwischen kamen sie ihr vielleicht fremd vor, doch sie würde sich erinnern. Jedenfalls, wenn sie es wollte. Sie kramte weiter. Das Büchlein konnte nicht verschwunden sein. Es hatte immer hier drin gelegen. Hannes hätte es nie angefasst. Und Doro auch nicht. Sandra hatte sie einmal dabei erwischt, wie sie in den Schubladen stöberte. Elf oder zwölf Jahre musste sie alt gewesen sein. Elsie war gerade noch rechtzeitig ins Zimmer gekommen. Sandra hatte das kleine blaue Büchlein schon in der Hand gehabt. War dabei, es aufzublättern. Elsie war mit einem Satz bei ihr gewesen und hatte es ihr weggerissen. Sandra schrie auf und rannte hinaus. Der raue Pappumschlag war unversehrt geblieben. Elsie schüttelte den Kopf. Heute interessierte sich niemand mehr für ihr uraltes Adressbuch. Es musste hier irgendwo liegen. Sie hatte es bestimmt nicht weggeworfen. Obwohl die meisten Einträge nicht mehr aktuell waren, schon lange nicht mehr.

Endlich bekam sie es zu fassen. Ganz hinten, an der Rückwand der Schublade. Sie zog es hervor und strich den vergilbten Umschlag glatt. Ächzend kam Elsie wieder auf die Beine. Sie trug das Büchlein zum Tisch und legte das Telefon daneben. Sie wusste, welche Seite sie aufschlagen musste. Sie zog sich den Stuhl heran, setzte sich hin, sprang aber gleich wieder auf. Sie lief ins Schlafzimmer, griff sich ihren Morgenmantel und warf ihn über. Sie verhedderte sich mit einem Ärmel im Gürtel, befreite sich nur mühsam, stolperte über die Schwelle, fing sich am Türrahmen. Elsie wartete darauf, dass sich ihr Atem wieder beruhigte. Dann tastete sie sich an der Wand entlang zurück ins Wohnzimmer. Die Uhr schlug sechs. Erschrocken drehte sie sich um. Tatsächlich standen die Zeiger senkrecht. Um diese Zeit konnte sie niemanden anrufen. Schon gar nicht an einem Sonntag. Ausgeschlossen. Auch wenn sie sich noch so lange kannten. Gekannt hatten, dachte Elsie. Unschlüssig stand sie hinter dem Stuhl. Vielleicht sollte sie sich anziehen. Einen Kaffee kochen. Eine Scheibe Brot essen. Sie würde keinen Bissen herunterbekommen. Jetzt nicht. Sie stützte sich auf die Stuhllehne. Aber sie konnte nicht die ganze Zeit hier stehen bleiben und warten. Wie lange auch? Eine halbe Stunde oder eine ganze? Sieben Uhr früh war ebenso wenig eine angemessene Zeit zum Telefonieren. Außer es war ein Notfall. War es denn ein Notfall? Elsie scheute sich davor, ihre eigene Frage zu beantworten. Stattdessen ging sie hinaus, um sich anzuziehen.

Wenig später kam sie zurück, setzte sich an den Tisch und schlug das Adressbuch auf. Sie langte nach dem Telefon, ließ die Hand aber wieder sinken. Was, wenn der Anschluss gar nicht mehr existierte? Hätte sie davon erfahren? Gab es den Auftrag, sie zu unterrichten – wovon auch immer? Sie hatten ewig nicht miteinander gesprochen. Weil Elsie es so gewollt hatte. Keine Neuigkeiten, kein Klatsch, keine Geschichten von dort. Ihr Leben war hier. Sie stellte sich taub und fand es gut so. Glaubte, dass es leichter wäre, wenn niemand davon wusste. Schaffte es in all den Jahren, Fragen zu umschiffen, freundlich abzulenken oder bissig zu kläffen. Gab sich Mühe zu verdrängen, was auftauchte aus dem Meer der Erinnerung und den Felsen des Bewusstseins zu erklimmen drohte. Vor allem wenn sie allein war, wenn sich Stille um sie herum ausbreitete und schließlich das ganze Haus erfüllte. Dann blieb ihr nur noch, aufs Vergessen zu hoffen. Vergessen, dass Stille auch anders sein konnte. Eiskalt, obwohl es stickig gewesen war. Voller Geschrei von irgendwoher. Und so vorwurfsvoll. Sie hatte sich nicht rühren können. Nicht weinen, sich nicht anlehnen. Niemand, der sie in den Arm genommen, der ihre Hand gehalten hatte. Fast niemand.

Nach dem zweiten Klingeln wurde abgehoben. »Es geht um deine Enkelin«, sagte er ohne Weiteres, »ich weiß.«

Elsie liefen die Tränen über die Wangen.

Eine halbe Stunde später saß sie immer noch am Tisch, obwohl das Gespräch längst beendet war. Er hatte es ihr leicht gemacht. Wie immer. Danke, hatte sie gesagt, und es wiederholt, weil sie nichts anderes zu sagen gewusst hatte. Und er hatte irgendetwas gemurmelt, das sich wie *Elsie* anhörte. Ein Singsang ihres Namens. Eine Melodie aus finsteren Zeiten. Sie stand abrupt auf, stellte das Telefon in die Ladestation zurück und legte das Adressbuch daneben. Was konnte sie sonst noch tun? Die Frage drehte sich in ihrem Kopf. Was? Was? Was? Doch es kam keine Antwort, so lange sie auch darauf wartete.

Zeit zum Frühstücken, entschied Elsie dann, ging in die Küche und griff sich die Kaffeemühle. Als sie die Kurbel drehte, bemerkte sie, dass sie vergessen hatte, Kaffeebohnen einzufüllen. »Werd nicht tüddelig!«, tadelte sie sich und schüttelte den Kopf. Elsie beschloss, Sonntagsbrötchen vom Bäcker aus der Siedlung zu holen. Die frische Luft und der Spaziergang würden ihr guttun. Und vielleicht ergab sich ein Gespräch mit der Verkäuferin oder mit einem Kunden in der Schlange. Irgendetwas Belangloses. Übers Wetter. Oder übers Kleingeld. Etwas, das sie wieder in die Spur zurückbrachte.

Der Rest des Sonntags würde irgendwie herumgehen. Sie versuchte, nicht daran zu denken, dass sie für gewöhnlich ein Abschiedsessen für Doro kochte, wenn sie am nächsten Tag wieder zur Arbeit aufbrach. Dass sie den Nachmittag gemein-

sam bei Kaffee und Kuchen genossen und abends mit Malz-
bier auf die nächste Schicht anstießen. »Pass auf dich auf,
Doro!«, mahnte Elsie jedes Mal, und Doro antwortete nur:
»Du aber auch, Omi!«

Gegen Mittag rief Vera an und fragte, ob sie Anfang der
Woche zu einem Einkaufsbummel nach Bremen mitkam. Am
besten gleich am Montag. Elsie sagte sofort zu. Dann setzte sie
sich in den Sessel, um zu dösen. Wenig später schreckte die
Klingel sie auf. Wer stört?, hätte sie am liebsten gerufen und
gewartet, bis sich ihr Herzschlag wieder beruhigte. Aber da
klingelte es schon wieder. Sie stemmte sich aus dem Sessel
hoch, fuhr in ihre Hausschuhe und eilte in den Flur.

»Mach schon auf, Elsie, ich weiß, dass du da bist!«

Martha.

Elsie schloss die Tür auf.

»Na endlich!« Sie streckte ihr einen in Zeitungspapier ein-
gewickelten Blumenstrauß entgegen. »Hier! Ein bisschen
Frühling für dich.«

»Danke.« Während Elsie das magere Bund Tulpen auswi-
ckelte, stürmte Martha an ihr vorbei.

»Du hast sicher einen Kaffee für mich. Ich brauche jetzt was
Starkes.«

Elsie suchte eine Vase heraus, füllte sie mit Wasser und
schnitt die Tulpen an. Die spitzen Knospen waren noch geschlossen, sodass sich die Farbe nur erahnen ließ. Die Blüten
schienen lila zu sein. Elsie stellte die Vase mitten auf den
Tisch. Sie sah über die schwankenden Tulpenköpfe hinweg zu
Martha. »Was gibt's?«, fragte sie.

»Kaffee?«, fragte Martha zurück und fläzte sich in Elsies
Sessel.

»Ach, heute gar nicht bei Luigi?«

»Nein. Aber dein Kaffee ist ja auch genießbar.«

Elsie verschwand in die Küche. Am liebsten hätte sie ihrer Schwägerin jetzt Muckefuck vorgesetzt, nur um sie zu bremsen. Doch es nutzte nichts, ihr Grenzen aufzuzeigen, Martha walzte sie einfach nieder und schien es nicht einmal zu bemerken. Also holte Elsie den Kaffeefilter aus dem Schrank. Solange sie sich über Martha ärgerte, sorgte sie sich immerhin nicht um Doro.

Es wurde ein langer Nachmittag. Martha schimpfte pausenlos über ihre neuen Nachbarn. Vor allem über die, die einen Gebrauchtwarenladen in ihrem Haus eröffnen wollten. Sie fragten überall herum, ob jemand etwas abzugeben hätte. Dreimal waren sie bereits an ihrer Tür gewesen! Zuerst haben sie nach Kleidung gefragt. *Vintage* nannten sie das oder *Preloved*. Martha schüttelte den Kopf. »Mann, war ich damals froh, als ich mir den ersten eigenen Mantel kaufen konnte. Und wie ich dafür gespart habe von den paar Mark Wochenlohn. Endlich ein Stück, das noch niemand vor mir getragen hat. Das nicht gewendet war. Oder mit irgendwelchen Stoffresten als Borten verlängert. An den Ärmeln oder am Saum. Oder sogar mit einem Keil an der Taille. Das weißt du doch auch noch.«

Elsie kam nicht dazu zu antworten.

»Und wie ich das gute Stück dann gehütet habe«, fuhr Martha fort. Sie schien kaum Atem zu holen. »Jahrelang hab ich den Mantel getragen. Heute wollen die Leute andauernd was Neues. Na ja, bis auf die bei uns im Haus.«

Während Martha einen Schluck Kaffee trank, gab Elsie zu bedenken, dass so ein Laden viele Vorteile biete. Und Martha sich dort ja nicht einkleiden müsse.

»Das werde ich ganz bestimmt nicht tun!« Sie verschluckte sich und hustete, bis ihr die Tränen kamen.

Elsie wartete ab, bis es wieder ging. Dann schenkte sie Martha Kaffee nach.

»Und ein paar Tage später standen sie schon wieder vor der Tür und fragten nach Geräten für den Haushalt und fürs Heimwerken. Muss sich ja nicht jeder eine Kettensäge kaufen, bloß weil er mal die Hecke beschneiden will. Das hat er tatsächlich gesagt! Und so komisch gegrinst hat er auch noch dabei. Ich hab direkt Gänsehaut bekommen. Wer weiß, was der vorhat! Man hört doch genug von solchen ... solchen ...«

»Martha!«, rief Elsie dazwischen.

»Kettensägenmassakern.«

»Jetzt reicht's!«

»Na, ist doch wahr.«

»Das glaubst du doch nicht im Ernst, Martha!«

Martha schwieg.

Elsie sah sie über ihre Kaffeetasse hinweg an. Sie zweifelte wie schon so oft daran, dass Martha tatsächlich Hannes' kleine Schwester war. Von der äußerlichen Ähnlichkeit abgesehen, hatten die Geschwister kaum etwas gemeinsam gehabt. Sonst hätte sich Elsie wohl auch niemals für Hannes entschieden.

»Jedenfalls könnten die Geräte sogar kaputt sein«, fuhr Martha fort, »stell dir das mal vor!«

Elsie nickte.

»Ein Repair-Café wollen sie im Keller einrichten.«

»Tatsächlich?« Elsie lachte. »Na endlich!«

Martha stemmte die Hände in die Hüften. »Da freust du dich drüber?«

»Warum denn nicht?«

»Weil unser Hannes damit pleitegegangen ist!«

»Das waren andere Zeiten, Martha. Da musste es andauernd das Neuste sein. Weil es angeblich so viel größer, schneller, besser war. Und billiger noch dazu. Da hat niemand überlegt, wo das hinführen soll. Du hast den ganzen Elektroschrott aus Hannes' Werkstatt doch auch gesehen. Nichts von dem Kram hat sich in Luft aufgelöst.«

»Na, dann lauf hin zu denen und nimm deinen kaputten Toaster gleich mit!«

»Und das Bügeleisen wird auch nicht mehr richtig heiß.«

»Ich hör schon, wie sie jubeln!« Martha zog einen zerknüllten gelben Zettel aus der Tasche und hielt ihn Elsie hin. »Da steht alles drauf. Sie reparieren dir auch, was du nicht spendest. Um zwölf Uhr macht der Laden auf. Dreimal die Woche.«

»Danke.« Elsie strich das Papier glatt.

»War ja klar, dass du das gut findest«, maulte Martha. »Deine Doro hat dich angesteckt mit ihrem grünen Firlefanz.«

Elsie schlug mit der Faust auf den Tisch.

Martha zuckte zusammen, fing sich aber gleich wieder. »Ist doch wahr! Seit sie auf diesen Windmühlen da draußen rumturnt, bist du nicht mehr dieselbe: stolz, aber von Angst zerfressen. Und natürlich musst du dir das schönreden.«

Elsie schluckte.

»Hat's dir die Sprache verschlagen?«

Elsie stand langsam auf und ging um den Tisch herum auf Martha zu. »Du bist hier in meinem Haus.«

»Im Haus deines Mannes«, warf Martha ein.

»Raus!«, brüllte Elsie.

Martha richtete sich im Sessel auf. »Ich werd doch wohl noch meine Meinung sagen können!«

»Nein.«

»Aber …«

»Ich lass mich nicht beleidigen. Und Doro beleidigst du gefälligst auch nicht!«

»Na, du bist ja heute wieder schräg drauf.«

»Und wenn schon!«

»Ist ja gut. Ich hab's nicht so gemeint.«

»Ich aber! Ich habe es genauso gemeint. Also bitte.«

Martha wartete ab. Als Elsie sich nicht rührte, erhob sich Martha ächzend aus dem Sessel. »Wenn Hannes das noch erlebt hätte!«

Elsie schwieg.

Martha trottete in den Flur. Sie stand lange vor dem Spiegel, band sich den Schal um, richtete ihren Hut mehrmals, knöpfte ihren Mantel zu, so langsam es nur ging. Endlich legte sie die Hand auf die Klinke. Sie zögerte, drehte sich noch einmal zu Elsie um. »Also, bis Dienstag!«

Elsie presste die Lippen zusammen.

Martha öffnete die Haustür. »Tschüs denn.« Sie stapfte hinaus, ohne die Tür hinter sich zuzuziehen.

Elsie atmete auf. Sie blieb für einen Moment im kalten Luftzug stehen, dann schloss sie die Tür und drehte den Schlüssel zweimal herum. Was für ein Tag! Sie riss die Fenster im Wohnzimmer auf, als könnte sie mit der abgestandenen Luft auch den Ärger über ihre Schwägerin hinausziehen lassen. Als sie die Kaffeetassen abgespült hatte, drehte sie die Heizung hoch und schaltete den Fernseher ein. Irgendetwas würde es schon geben, das sie ablenkte. Sie zappte, bis sie singende Menschen fand. Sie sah ihnen eine Weile zu, wie sie klatschten und schunkelten und tanzten. Sie hatte selten getanzt. Hannes hatte keinen Spaß daran gehabt.

Später, als Elsie im Bett lag, dachte sie doch wieder an Martha. Warum mussten sie sich jedes Mal im Streit trennen?

War das Marthas Art zu sagen, ich bin noch da? Machte es ihr Spaß, Elsie zu provozieren, oder merkte sie gar nicht, was sie da tat? Und Elsie? Seit wann reagierte sie so auf Martha? Seit Hannes' Tod? Oder erst, seitdem Doro auf eigenen Beinen stand? Sie fragte sich nicht, was das mit Marthas Frechheiten zu tun haben sollte. Stattdessen überlegte Elsie wieder einmal, ob es wohl daran lag, dass Martha ihr ganzes Leben lang allein gelebt hatte, oder ob ihre Art, mit Menschen umzugehen, erst dazu geführt hatte, dass sie nie einen Lebensgefährten fand. Oder eine Partnerin. Oder wonach sie sich möglicherweise sehnte. Gesprochen hatte sie jedenfalls nie darüber. Und mitgebracht hatte sie niemanden. Elsie vermutete allerdings, dass das wenig geändert hätte. Selbst Hannes hatte sich stets geweigert, über seine kleine Schwester zu reden. »Sie ist eben, wie sie ist«, war alles, was er dazu sagte. Elsie verstummte, wenn Martha loslegte. Antwortete einsilbig, wenn es unbedingt sein musste. Alles andere hatte sie verfliegen lassen, wie den penetranten Duft aus einem alten Flakon.

Elsie schloss die Augen. Vielleicht sollte sie Schäfchen zählen. Es misslang. Sie sah nur schwarz. So ein grünliches Schwarz. Das waberte.

Elsie blinzelte. Sie hatte keine Lust, aufzustehen und sich einen heißen Kakao anzurühren. So wie sie es manchmal für Doro getan hatte. Wenn die Kleine nicht einschlafen konnte oder schlecht geträumt hatte. Jetzt konnte Doro einfach in die Hotelhalle hinuntergehen und sich eine Tasse Kakao aus dem Automaten holen. Tag und Nacht. Das hatte sie ihr jedenfalls erzählt. Aber natürlich schmeckte der nicht annähernd so gut wie der, den Elsie für sie gekocht hatte. Bestimmt erinnerte sich Doro auch noch daran. Ebenso wie an den Kirschsaft von den selbst eingeweckten Schattenmorellen, den es nur gab, wenn die Kleine Fieber gehabt hatte. Doro hatte doch wohl kein Fieber? Gesagt hatte sie jedenfalls nichts davon. Um Elsie nicht noch mehr zu beunruhigen? Aber nein. Mit Fieber dürfte sie sicher nicht draußen herumlaufen. Dürfte sich nicht dem Wind aussetzen, den Böen, die erbarmungslos über das Oberland fegten, die alles mit sich fortrissen.

Elsie stöhnte. Sie wollte doch nur schlafen. Nichts weiter als ein paar Stunden Ruhe finden. Träumen vielleicht. Und vergessen.

12

Ich komme nicht zur Ruhe. Weil Rick oft tagelang weg ist. Und jeder glaubt, dass ich weiß wohin. »Der Vati kommt bald wieder«, sage ich zu Elsie. So laut, dass es alle hören können. Obwohl sie gar nicht gefragt hat. Sie sieht mich nur traurig an, aus ihren großen braunen Augen. Vielleicht auch müde. Denn sie schläft unruhig, immer noch. Dabei hat sie schon ihr eigenes Bett. Ein Lager auf der Bank bei der Kochstelle. Weil sie die Ooti getreten hat im Schlaf. Und geschluchzt hat sie auch. Sagt Ricks Mutter. Sie hat es nur eine Nacht ausgehalten mit dem Kind an ihrer Seite. Danach hat sie mich angesehen, als wäre ich schuld an allem.

Rick sucht Arbeit. Und eine neue Bleibe für uns. »Den Winter überleben wir nicht. Nicht in diesem Stall«, sagt er immer wieder. Und glaubt fest daran, einen Platz für uns zu finden, auch wenn wir nicht als Flüchtlinge anerkannt sind, weil wir nicht aus den Ostgebieten kommen. Manchmal findet er alte Nachbarn von zu Hause. Eigentlich meistens. Irgendeiner sammelt ihre Adressen, und einen Verein wollen sie auch gründen. Das ist verboten. Noch, sagt Rick, und ich bitte ihn, vorsichtig zu sein. Er lacht mich aus. Aber ich kann ihm nicht böse sein. Es zieht ihn zur »Helgoländer Wasserkante«, wie sich der Zusammenschluss der Seeleute von der Insel jetzt nennt. Sie versuchen, Ersatzteile für ihre Kutter zu organisieren und Diesel. Kraftstoff gibt's nur auf Zuteilung, doch darauf zu warten, halten sie kaum aus. Wollen endlich wieder rausfahren zum Fischen und auf

Hummerfang. »Im Frühjahr vielleicht«, sagt Rick, »vielleicht auch erst im Herbst.« Aber manchmal gelingt es ihnen schon. Heimlich.

Endlich werden wir umquartiert. Einquartiert in irgendeinen Keller. Wenigstens sind wir alle zusammen. Jedenfalls rede ich mir ein, dass es besser so ist. Und Elsie kann endlich zur Schule.

Winter. Sommer. Winter.

Überleben von Tag zu Tag. Ähren klauben. Selten Kartoffeln. Weite Wege zu staubigen Äckern. Monate ohne Regen. Ich denke nicht an unsere Sommer vor dem Krieg. Lange davor. Bevor die Soldaten kamen. Nicht mal vor dem Einschlafen denke ich daran. Ricks Mutter fragt ständig nach der Zuteilung. Sie will einfach nicht glauben, dass wir nicht mehr auftreiben können. Brot. Brennstoff. Sogar im Krieg gab es genug davon auf unserem Felsen. Schlange stehen kann sie nicht mehr. Die Ooti dagegen schon. Tag für Tag geht sie los mit unseren Lebensmittelkarten. Grofoor löst sie nach ein paar Stunden ab. Oft warten sie vergeblich. Auch bei Frost. Seit November scheint alles stillzustehen. Kein Reisig ist mehr zu finden. Ich friere nur noch. Und will es niemanden merken lassen. Vor allem nicht Rick. Krümme mich mit Leibschmerzen, wage nicht, sie Hunger zu nennen. Verstecke dieses Heftchen, das kaum noch leere Seiten hat. Fürchte, es verschwindet im Ofen. Für ein einziges kurzes Auflodern. Ein Hauch Wärme. Kaum zu spüren an den klammen Fingern.

13

Doro konnte es kaum abwarten, wieder in ihr Zimmer weiter oben zu ziehen. Sie sehnte sich danach, ihre Bücher wieder ins Regal und ihren Plüschelefanten Trampy auf den Nachttisch zu stellen. Fast wie an einem ganz normalen Ankunftstag. Sie traute sich sogar zu, auf den Balkon hinauszutreten, zur Düne hinüber und übers Meer zu sehen. Natürlich Richtung Windpark. Die Wolken am Horizont würden die Signale der Hindernisbeleuchtung schlucken. Es fühlte sich schon ein wenig wie Heimkommen an, wenn auch nicht so wie nach Hause kommen zu Elsie. Die Gespräche der vergangenen Tage mussten ihr auf irgendeine Art geholfen haben. Wie genau, wusste sie nicht. Die Angst schien verflogen, nahezu über Nacht. Sie hatte tief und fest geschlafen. Traumlos, glaubte sie. War erholt erwacht. Griff zum Telefon, um Elsie anzurufen und ihr einen guten Morgen zu wünschen, erreichte sie jedoch nicht.

Wenig später lief Doro zum Hafen. Dabei registrierte sie zwar, dass die Geschäfte geschlossen waren, dachte aber nicht weiter darüber nach. Bis sie zur Uhr sah. Das Schiff würde gerade erst ablegen in Cuxhaven. Der Kai war menschenleer. Noch karrte niemand Container heran, mit Bauschutt oder Müll zum Entsorgen auf dem Festland. Keine Paletten. Nichts Reparaturbedürftiges. Kein Wagen mit Post. Keine Koffer. Doro ging auf den Steg zu. Er lag dicht an der Kaikante. Sie griff nach dem Handlauf. Spürte den Stahl eiskalt an den Fingern. Weiter nichts. Sie wartete. Ihr Blick blieb klar, ihre Beine trugen sie. Heute würde ihr der Schritt über den Abgrund gelingen. Doro war fest überzeugt davon. Sie würde aufs Schiff gehen können wie unzählige Male zuvor. Also konnte sie morgen wieder mit hinausfahren in den Windpark.

Eine leichte Brise strich Doro übers Gesicht. Sie lächelte, sah zum Servicehaus hinüber. Vielleicht war Jesper schon eingetroffen. Manchmal kam er mit dem Flieger, um mehr Zeit für die Übernahme zu haben. Bestimmt wollte er mit ihr reden, um einschätzen zu können, wie es ihr inzwischen ging. Ja, würde Doro ihm zurufen, ich bin wieder einsatzbereit! Sie rieb sich die Hände. Am liebsten hätte sie sofort losgelegt. Das musste Jesper wissen, so schnell wie möglich. Sie wandte sich nach links. Nur noch ein paar Schritte am Zaun entlang. Ihr Blick fiel auf das Pförtnerhäuschen am Eingang. Sie konnte nicht erkennen, wer dort drinsaß. Vielleicht der alte Mann vom Klippenrandweg. Vielleicht jemand anderes. Sie zögerte, blieb stehen. Wollte sie jetzt wirklich mit jemandem reden? Sie drehte sich abrupt um und lief zurück.

Doro steuerte das *atoll* an, ging aber nicht hinein. Sie würde es nicht aushalten, mit den Männern aus der anderen Schicht in der Halle zu sitzen. Sie brauchte Luft. Im Nu erreichte sie die Treppe zum Oberland am Ende der Straße. Sie stieg hinauf, spürte ihr Herz schneller schlagen, aber es würde sich wieder beruhigen, wenn sie oben angekommen war. Sie atmete tief ein und aus, überzeugt davon, dass es nicht anfing zu rasen und die Panik einlud.

Eine Böe empfing Doro und strubbelte in ihren Haaren, fast so wie Großvater Hannes es manchmal getan hatte. Sie wandte sich nach rechts. Durch die Fensterfront des kleinen Ladens sah sie eine alte Frau mit einer riesigen Sonnenbrille.

Sie stand hinter der Theke und sortierte das Gebäck in der Auslage. Noch schlängelte sich niemand zwischen den Regalen durch, orderte Kaffee oder hatte sich auf einem der Stühle niedergelassen. Auch die beiden Fässer, als Stehtische draußen neben der Tür postiert, waren unbesetzt. Ebenso die Bänke vor dem Fenster. Doro ging weiter, passierte ein Geschäft, dessen Schaufenster mit einem Plakat verklebt war, das einen Umbau ankündigte. Auf der anderen Seite führten ein paar Stufen zu einer Terrasse hinab. *Café* versprach ein Schild, das im Wind pendelte. »Schoko-Eiergrog nach altem Hausrezept« stand auf einer Tafel darunter. Und: »Montag und Dienstag Ruhetag«.

Doro beeilte sich, weiterzukommen. Sie plante nicht, den Klippenrandweg von dieser Seite aus zu erreichen, das Felsplateau ganz und gar zu umrunden oder durch die Kleingartenkolonie zu schlendern. Sie hastete einfach an den Häusern vorbei. Fast als ob der Wind sie trieb. Doch der blies nicht stark genug dafür. Dennoch stieß sie mit der Hüfte gegen die Falmmauer, bevor sie die Hände ausstrecken konnte, um sich abzustützen. Jenseits der Mauer die steile Böschung. Der kantige rote Felsen. Und Doro sah sich fallen. Hörte Geröll. Spürte dieses Trudeln. Schien ins Bodenlose zu stürzen.

Sie war schluchzend in sich zusammengesackt. Kauerte am Fuß der Mauer, bis sie den kalten Beton im Rücken spürte. Und den Windzug, der die letzten Fetzen dieser Bilder vertrieb. Bilder, die aus dem Nichts gekommen waren. Die ihr lebendiger erschienen als eine Erinnerung. Doro rieb sich die Augen. Das Licht schien grell gewesen zu sein. Nicht so trübe wie jetzt. Das war keine Erinnerung, das konnte nicht sein. Aber was hatte sie dann plötzlich umgeworfen? Gerade als sie sich so lebendig gefühlt hatte. Und bereit für ihren Alltag. Sie musste wieder auf die Beine kommen. Langsam. Wenigstens erst einmal auf die Knie. Es gelang ihr schließlich, aufzustehen. Sie strich die Jacke glatt. Klopfte die Hose ab. Niemand sollte ihr ansehen, was geschehen war. Sie musste weg von hier. Musste zurückgehen. Doch sie zögerte. Irgendetwas schien sie hier festzuhalten. Sie drehte sich um. Schob sich den halben Schritt an die Mauer heran. Lehnte sich vor. Ein wenig nur. Bis sie einen Felsvorsprung sehen konnte. Schmal. Scharfkantig. Weiter links noch einen. Und irgendwo schoss Wasser aus dem Berg, stürzte in die Tiefe. Doro klammerte sich an der Mauer fest. Beugte sich weiter vor. Sah in den Abgrund hinab.

Sie harrte minutenlang aus. Hörte den Wasserfall, sah hier und da Moosplacken an der Felswand und weiter unten lebloses Buschwerk. Sie schloss die Augen, einen Moment nur, doch die Bilder kehrten nicht wieder. Und das Trudeln auch nicht. Doro schaffte es bis zur Treppe zurück. Entschied sich jedoch, nicht sofort hinabzusteigen, sondern steuerte den kleinen Laden an der Ecke an. Die Frau mit der großen Sonnenbrille stand jetzt draußen und rauchte. Als Doro den Laden betrat, folgte sie ihr sofort. Doro bestellte Kaffee, nahm den Becher in beide Hände, spürte das heiße Porzellan an ihren klammen Fingern. Obwohl die orangefarbenen Sessel, die jenseits der Regale am Fenster standen, alle noch unbesetzt waren, zog sich Doro auf den hintersten Platz zurück. Sie starrte über den Kaffeebecher hinweg nach draußen.

Was sollte sie nur sagen? Zu Jesper, zu ihren Kollegen? Sie konnte nicht benennen, was plötzlich mit ihr los war. Sollte sie sich krankschreiben lassen? Eigentlich wollte sie das nicht. Aber sie durfte niemanden gefährden. Nicht mal sich selbst.

Denn damit würde sie unweigerlich die Kollegen belasten. Sie dachte an die Rettungsmaßnahmen, die sie immer wieder trainierten. Weil nichts zur Gefahr werden durfte. Die Übung »Verletzte aus der Steigleiter bergen« fiel ihr ein. Und wie sie sich dabei gefühlt hatte, als sie an der Reihe war, die Rolle der Verletzten einzunehmen. Nein! Sie wollte es keinesfalls darauf ankommen lassen. Sie vertraute den Männern absolut. Und sie wusste, dass sie ihr auch vertrauten. So musste es sein. Sie hatte nie daran gezweifelt. Jetzt durfte sie nicht damit anfangen, Misstrauen zu säen. Wenn sie zu zweifeln begann, ging das an niemandem spurlos vorüber. Also musste sie mit Jesper reden. So schnell wie möglich.

Durch die Scheibe sah sie ein paar Kollegen aus der anderen Schicht die Treppe hochkommen. Sie redeten und lachten, vermutlich über ihre Pläne für die nächsten Tage. Sie steuerten das Geschäft mit den zollfreien Waren ein paar Häuser weiter an. Doro fragte sich, ob sie die Männer beneidete, fand aber keine Antwort darauf. Nicht mal, als sie zurückkamen, mit einem glänzenden Karton im Arm, bunten Papiertüten in der Hand oder den grünen Tragetaschen mit der Aufschrift »de Green Anna sagt Danke«. Einer schwenkte eine riesige, dreieckige Packung Schweizer Schokolade wie einen Taktstock durch die Luft. Ein anderer trommelte mit den Fingern auf einer XXL-Dose englischer Toffees. Ein Nachzügler eilte heran und reichte eine Tüte Weingummi herum.

Selbst wenn das Schiff schon am Horizont zu sehen war, dauerte es noch, bis es in den Hafen einlief und bis die Männer das *atoll* erreichten. Zeit genug, um noch einmal ins Gewerbegebiet hinunter und zum Servicehaus zu gehen. Doch Doro rührte sich nicht. Sie wusste einfach nicht, was sie Jesper sagen wollte. Sollte sie ihn um ein paar Tage Urlaub bitten? Oder sogar um eine längere Auszeit? Brauchte sie die wirklich? Oder würden ihr schon weitere Gespräche mit dieser Frau Neumeister helfen? Sie fand keine Antwort darauf. War sie überhaupt in der Lage, zu Elsie nach Hause zu fahren? Heute Morgen war sie überzeugt davon gewesen, problemlos an Bord gehen zu können. Aber da hatte sie sich noch nicht fallen gesehen. Und dieses Trudeln gespürt. Gerade so, als stürzte sie in diesem Moment. Plötzlich fürchtete Doro, doch nicht so gut für diesen Job geeignet zu sein, wie sie in den letzten vier Jahren geglaubt hatte. Konnten all die Eignungsuntersuchungen und Zertifikate, die sie problemlos bestanden hatte, getäuscht haben? Unmöglich! Sie erinnerte sich nicht an ein einziges Mal, widerwillig vom Festland hierher aufgebrochen zu sein. Oder dass sie bereute, sich für die Arbeit offshore entschieden zu haben. Sie fühlte sich immer noch am richtigen Platz. Eigentlich. Vielleicht sollte sie Jesper jetzt gleich anrufen und ihn um einen Gesprächstermin bitten. Morgen früh war die Zeit zu knapp. Er musste wissen, ob er auf sie zählen konnte. Und sie würde ehrlich zu ihm sein müssen.

Doro sprach ihm auf die Mailbox. Dann wartete sie bei einem weiteren Kaffee auf seinen Rückruf. Draußen vor dem Fenster trafen sich zwei alte Damen beim Briefkasten. Ein Mann mit Rollator kam dazu. Wenig später betraten die drei den Laden.

Doro sah aus dem Fenster. Zwei Frauen schoben ihre Gehwagen langsam auf die Mauer zu. Von der anderen Seite kam ein Mann, blieb stehen, stützte sich schwer auf seinen Stock. Sie dachte an Elsie, wünschte sich, dass ihre Großmutter so lange wie möglich mobil blieb und klar im Kopf. Doro nahm einen Schluck Kaffee. Der war inzwischen nur noch lauwarm. Sie strich über das Display ihres Handys – keine Nachricht von Jesper.

Das Schiff legte mit einer halben Stunde Verspätung an. Doro traf nahezu gleichzeitig mit den Männern beim Hotel ein. In der Halle das übliche Hallo. Es fiel Doro schwer, mit einzustimmen, bis Mark »mittelprächtiger Seegang« knurrte.

»Du Ärmster!«, sagte sie da, wie von selbst.

»Diese Grünkohl-Touristen können gar nichts ab!« Steffen verdrehte die Augen.

»Lass mich raten«, warf Doro ein, »du hast dir Currywurst und Pommes einverleibt.«

»Na klar, mit extra Mayo!«

»Also alles wie immer.«

Steffen nickte. »Wird Zeit, dass der Kat wieder fährt.«

Doro fragte nach Jesper und versuchte, es beiläufig klingen zu lassen. Sie wollte nichts erklären müssen. Nicht bevor sie mit Jesper gesprochen hatte.

»Der ist gleich zum Servicehaus rübergegangen«, fiel Mark ein. Doro nickte Piet und ein paar anderen Kollegen zu, dann zog sie sich in den hintersten Winkel der Lobby zurück. Kurz darauf rief Jesper an und bat sie, zu ihm ins Büro zu kommen.

Im Pförtnerhaus saß ein Fremder. Während er Doros Ausweis prüfte, betrachtete sie ihr Spiegelbild in der Glasscheibe. Fahl sah es aus, fast geisterhaft. Als sie den Ausweis wieder einsteckte, beschloss sie, dass das nur an der Spiegelung liegen konnte. Sie betrat das Gelände, spürte, dass ihr Herz schneller schlug, fast wie beim allerersten Mal, als sie fürs Vorstellungsgespräch hergekommen war. Nur dass jetzt nichts mehr neu und fremd war.

Jesper begrüßte sie mit Handschlag. Sie gingen tatsächlich

in sein Büro und nicht in den Tagungsraum. Also würde sie niemand aus der Zentrale erwarten oder der *Site Manager* aus der anderen Schicht.

»Wie geht es dir?«, wollte Jesper sofort wissen. Während er auf Doros Antwort wartete, musterte er sie.

»Heute Morgen ging's noch.«

Er ließ sich nicht anmerken, ob er das für einen Scherz hielt. »Du siehst auch etwas besser aus als …«

»… als zuletzt, wo du mich fast aus dem Hafenbecken ziehen musstest«, ergänzte Doro.

»Genau.«

»Danke, dass du mich nicht fallen gelassen hast.«

»Wie könnte ich denn? Meine Vorzeigemitarbeiterin … Sie wollen übrigens ein neues Video mit dir drehen.«

Ausgerechnet. »So einen Werbeclip wie beim letzten Mal?« Doro erinnerte sich daran, dass es zwei Tage lang gedauert hatte. Dutzende Einstellungen an verschiedenen Orten rund um die Windkraftanlagen. Sätze, die sie so niemals sagen würde. Und am Ende alles zusammengeschnitten auf weniger als drei Minuten. Für einen Internetauftritt.

»Nein. Diesmal soll es eine Art Kurzfilm werden.«

Und sie durfte bestimmt nicht ablehnen.

»Fürs Berufsinformationszentrum«, fuhr Jesper fort. »Die haben da so eine Themeninsel *Arbeit und Ausbildung.*«

»Verstehe. Weil ich hier die einzige Frau bin und Mädchen positive Vorbilder brauchen.«

Jesper nickte. »Sie wollen wohl im Mai kommen.«

Wenigstens nicht gleich morgen oder übermorgen, dachte Doro, spürte aber kaum Erleichterung darüber.

»Bleibt es denn dabei, dass du dich nicht krankschreiben lässt?«, fragte Jesper dann.

»Nun ja, ich bin hier.« Es klang selbst für Doros Ohren wackelig.

Jesper schwieg.

»Du wolltest mich doch für ein paar Tage im Büro behalten«, begann Doro zögernd. »Damit ich deine Aufgaben kennenlerne und mich entscheiden kann, ob ich *Site Managerin* werden will. Ich dachte … vielleicht ist jetzt ein guter Zeitpunkt dafür.«

»Und du glaubst, dafür bist du fit genug?«

Sie durfte nicht zu lange zögern mit der Antwort. Aber auch nicht zu schnell sein, sonst glaubte Jesper womöglich, sie schätzte seine Arbeit zu gering ein. »Ja. Hundertprozentig.«

»Du siehst eher nach fünfundsiebzig Prozent aus. Wenn überhaupt.« Er winkte ab, bevor sie protestieren konnte. »Ich habe eine bessere Idee.«

Doro rückte auf die Stuhlkante vor. Was, wenn er sie jetzt nach Hause schickte? Wenn er verlangte, dass sie eine Auszeit nahm? War sie bereit zu gehen? Und würde sie wiederkommen?

»Keine Angst«, sagte er, »so schlimm wird's nicht.« Jesper kramte auf seinem Schreibtisch herum, bis er einen Notizzettel beim Telefon fand. »Wir beteiligen uns an der Schulprojektwoche!«

Nein! Doro zwang sich, nicht aufzuspringen und hinauszurennen, denn sie ahnte, was Jesper wollte.

»*Du* beteiligst dich an der Schulprojektwoche«, präzisierte er.

»Ich kann nicht mit Kindern«, platzte Doro heraus.

»Ist gar nichts dabei. Wirklich nicht. Du wirst sehen, das geht wie von selbst. Du erzählst denen einfach, was du den ganzen Tag lang machst, wenn du im Windpark arbeitest.« Er hielt ihr den Zettel hin. »Morgen sprichst du mit der Schulleitung. Der Termin ist um zehn Uhr.«

»Aber ...«

»Die beantworten dir sicher alle weiteren Fragen.«

Widerwillig nahm Doro die Notiz entgegen. Vielleicht hätte sie sich doch krankschreiben lassen sollen. Jetzt ging das natürlich nicht mehr. Sie musste zu ihrem Wort stehen. Doro kam sich wie bestraft vor.

»Du bist die Beste, die ich mir für diese Aufgabe vorstellen kann«, bekräftigte Jesper.

Doro presste die Lippen zusammen.

»Immerhin vertrittst du dort nicht nur unsere Firma den Einheimischen gegenüber, sondern begeisterst die Kinder auch für unseren Job, die Technik, den grünen Strom, das ganze Paket eben!«

Das machte es nicht gerade leichter. Im Gegenteil. Doch was sollte sie Jesper sagen?

»Lass mich wissen, wie's gelaufen ist«, verlangte er. »Morgen Mittag. Na, sagen wir mal: spätestens bis vier Uhr.«

Doro nickte.

»Und wenn du noch Unterlagen brauchst, die PR-Abteilung hat reichlich Material.«

»Für Kinder?« Ihre Stimme klang schrill.

Jesper zuckte die Schultern.

Doro erhob sich und verließ das Büro.

»Dann bis morgen Mittag!«, rief Jesper ihr hinterher.

Doro lief die Treppe hinunter und zur Tür hinaus. Ausgerechnet, hämmerte es in ihrem Kopf, ausgerechnet in die Schule schickte er sie! Sie, die stets weiche Knie bekommen hatte, wenn sie für ein Referat oder eine Präsentation aufstehen sollte. Die konfus in jede Prüfung gegangen war, sich hinterher an nichts mehr erinnerte und es fast für ein Wunder hielt, dass sie bestanden hatte. Als ob sie an Wunder glaubte! Sie glaubte an die Physik. Und daran, dass es für alles die richtige Technik gab.

Die Dämmerung zog übers Meer heran. Hier und da leuchteten Positionslichter auf. Schiffe auf ihrem Weg. Der Kai war menschenleer. Ein zusammengeknülltes Papier tanzte vor ihren Füßen und an ihr vorbei. Der Wind trieb es weiter und weiter. Der Dampfer nach Cuxhaven hatte längst abgelegt, bahnte sich seinen Weg durch die Wellen. Irgendwo da draußen. Nur sie saß immer noch hier fest. Jetzt auch noch mit diesem unmöglichen Auftrag. Ausgerechnet sie sollte Kinder begeistern! Christian würde laut auflachen, wenn er davon erführe. Obwohl das nie seine Art gewesen war. Eher hätte er sie in den Arm genommen und gesagt: *Stell dir vor, du wärst eins dieser Kinder! Neugierig. Wissbegierig. Und insgeheim auf der Suche nach einem Vorbild.* Er stand Tag für Tag vor Schülern. Gab sogar in den Ferien Nachhilfe. Kümmerte sich. Wollte unbedingt, dass die Kinder Zusammenhänge verstanden. Manchmal hatte Doro ihn mit seinem Engagement aufgezogen. »Lebenslang Schule? Wofür bestrafst du dich eigentlich so?«

»Das ist doch keine Strafe!« Empört war er aufgesprungen. Hatte versucht, es ihr zu erklären. Wieder und wieder. Doro hatte irgendwann nicht mehr zugehört. Und bisher hatte sie das nicht bereut. Aber jetzt konnte sie ja wohl kaum in die Schule gehen und sagen: »Ich bin dazu verdonnert worden, hierherzukommen!« Sie wollte keine Lehrerin sein oder Erzieherin. Hatte nie ernsthaft über Kinder in ihrem Leben nachgedacht. Nicht mal, als Christian das so gerne wollte.

Eine Familie mit ihr gründen. Eine, die anders war als Doros. Sie hatte die Windräder vorgezogen. Kaum etwas faszinierte sie mehr als die Turbinen und dass sich diese Giganten von einem Laptop aus steuern ließen.

Doro beeilte sich, zur Schule auf dem Oberland zu kommen. Sie hatte viel zu lange vor dem Kleiderschrank gestanden. Dabei wusste sie genau, dass sie nichts darin finden würde, was ihrer Vorstellung von einer Lehrerin entsprach. Es musste gut zwanzig Jahre her sein, seit sie als Schülerin das letzte Mal Lehrkräften im Einsatz begegnet war. Die Frage, ob sie eine Art Dienstkleidung anzogen, bevor sie die Schule betraten, wäre ihr damals nie in den Sinn gekommen. Heute fand sie es gar nicht so abwegig. Eine Art Rüstung konnte nicht schaden. Würde Halt geben, weniger verletzlich machen, vor Anwürfen aller Art schützen. Distanz schaffen. Wenigstens ein bisschen. Eine Jeans und ein Pulli eigneten sich nach Doros Meinung nicht dafür. Aber brauchte sie wirklich eine persönliche Schutzausrüstung? Sie sollte ja nicht auf eine Windkraftanlage steigen oder auf die Umspannplattform. Sie sollte den Schulkindern nur davon erzählen. Sie begeistern. Ihre Fragen beantworten. Dafür brauchte sie keine Montur.

Doro hetzte die Schulstraße entlang auf das gelbe Gebäude zu. Es war kurz vor zehn Uhr. Sie wollte unbedingt pünktlich sein. Wenigstens das. Sie stürmte hinein, orientierte sich kurz, folgte der stichwortartigen Beschreibung auf Jespers Zettel zum Koordinationsbüro. Die Tür stand weit offen. Am Fenster hinter dem Schreibtisch lehnte ein Mann und sah auf den Schulhof hinaus. Das musste ihr Ansprechpartner sein. Vermutlich war er gerade erst von der Pausenaufsicht zurückgekommen, denn er trug einen Parka.

»Moin!«, grüßte Doro, und sofort fiel ihr wieder ein, dass man das hier ja gar nicht sagte.

Der Mann murmelte etwas, das sich nach »Hallo!« anhörte. Doch er kam nicht auf sie zu, stellte sich nicht vor und bot ihr auch nicht an, sich hinzusetzen. Obwohl er etwa in Doros Alter war, schien er ebenso abweisend zu sein wie der Alte, dem sie mehrfach begegnet war. Der Mann sah zu ihr herüber und musterte sie ausgiebig. Ob die Einheimischen so mit Fremden umgingen? Und wenn schon. Doro konnte er damit jedenfalls nicht schrecken. Sie war nicht hergekommen, um Freundschaften zu schließen. Sie war hier, um einen Auftrag zu erfüllen. Und am besten fing sie gleich damit an.

»Haben Sie sich heute Morgen Kaffee gekocht? Vorher geduscht, sich rasiert?«, begann Doro. Nein, rasiert hatte er sich sicher nicht. Mindestens seit drei Tagen. »Sie drehen ganz selbstverständlich die Heizung auf«, fuhr sie fort, »laden Ihr Handy, Ihr Tablet – aber nur solange auch Strom aus der Steckdose kommt!«

Der Mann zog die Augenbrauen hoch, sagte aber nichts.

»Denken Sie mal an den letzten Stromausfall! Nicht mal das Licht lässt sich einschalten, und das Internet funktioniert schon gar nicht. Was machen Sie dann bloß? Frieren Sie schon? Tja, warmes Essen oder ein Heißgetränk wären prima … Fehlanzeige, so ganz ohne Strom.«

Jetzt verschränkte der Typ auch noch die Arme!

»Da ist es doch besser, wir verlassen uns nicht darauf, dass Öl und Gas so einfach zu uns fließen. Schon gar nicht, weil sie teuer sind, unsere Umwelt schädigen und jede Quelle früher oder später versiegt. Der Wind dagegen ist unerschöpflich. Er weht kostenlos. Und er ist von hier.«

Doro wartete, doch der Mann rührte sich nicht.

»Schon in der Antike«, holte sie aus, »nutzten die Chinesen und die Perser Mühlen zum Getreidemahlen und zum Wasserpumpen. Allerdings bestanden die Windräder vor zweitausend Jahren noch aus einer Achse, die senkrecht stand, und aus einer Art Lattenrost als Flügel. Im Mittelalter breiteten sich dann die Windmühlen aus, wie wir sie heute kennen, und verrichteten besonders in der Landwirtschaft ihre Arbeit. Um 1870 gab es zweihunderttausend davon in Europa, etwa zwanzigtausend davon in Deutschland.« Doro sah, dass der Mann nickte. Vielleicht war er Geschichtslehrer. Sie hatte ihre Hausaufgaben jedenfalls gemacht. »Danach nahm die Zahl der Mühlen wieder ab, weil Dampfmaschinen und Verbrennungsmotoren zu dieser Zeit für den Fortschritt standen. Aber schon 1887 experimentierte ein Schotte namens James Blyth mit Windkraft. Sein Windrad hatte einen Zehn-Meter-Rotor mit vier Meter langen Segeln aus Baumwolle. Damit hat er genug Strom erzeugt, um alle Glühlampen in seinem Haus zum Leuchten zu bringen. In Deutschland wurde die erste Turbine in der Art, wie wir sie heute kennen, 1957 errichtet. Dänemark war und ist in der Entwicklung deutlich weiter als wir.«

Doro holte tief Luft. Sie konnte noch stundenlang weiterreden. Über Growian und den ersten Windpark an der Küste in den Achtzigerjahren. Über den ersten Offshore-Windpark Anfang der Neunzigerjahre in Dänemark und 2010 in Deutschland. Über die aktuelle Gigawattleistung und über die weiteren Planungen. Darüber, dass achtzig bis neunzig Prozent der Anlagen recycelbar sind, wenn sie nach zwanzig Jahren durch leistungsfähigere ersetzt werden. Und dass es in Zukunft auch schwimmende Turbinen geben wird, wie die, die bereits seit 2017 vor der schottischen Küste stehen. Vielleicht sollte sie auch noch darauf zu sprechen kommen, dass Helgoland die erste Service-Insel der Welt für Offshore-Windkraft ist. Und vor allem, dass dringend Nachwuchskräfte gesucht werden, in sämtlichen Bereichen der Branche. Der Mann schien beeindruckt, sagte aber immer noch nichts. Doro überlegte, ob er nun Vorschläge erwartete, welche Aufgaben die Kinder zum Thema Windkraft selbstständig bearbeiten konnten. Vermutlich nach Klassenstufen gestaffelt. Aber was tat er eigentlich, außer sie anzustarren?

»Und?«, fuhr sie ihn an.

Seine Mundwinkel zuckten, als wollte er ein Grinsen unterdrücken. Ließen sie so jemanden hier etwa auf die Kinder los? Das konnte keine Projektwoche dieser Welt ausgleichen! Was bildete der Kerl sich eigentlich ein? Ihren Kollegen oder Jesper gegenüber würde er sich bestimmt nicht so benehmen. Vielleicht sollte sie noch ein ausführliches Kapitel über Frauen in der Windenergiebranche anfügen. Oder besser gesagt: damit beginnen. Dann fühlten sich die Mädchen gleich richtig angesprochen und müssten nicht denken, dass nur Jungen für diese Jobs geeignet sind. Was Doro selbstverständlich erschien, hatte dieser Typ offensichtlich noch lange nicht verinnerlicht. Dabei sah er nicht gerade wie ein verstaubter Bürohocker mit antiquierten Ansichten aus. Wenn er allerdings sein Leben lang noch nicht weiter als bis zur Felskante gekommen war … Nein, das entschuldigte gar nichts, entschied Doro.

Jetzt kam er doch hinter dem Schreibtisch hervor. Er lächelte. Sogar seine Augen strahlten. Doro ging einen Schritt rückwärts, irritiert darüber, dass so etwas wie Sympathie bei ihr aufblitzte.

»Tut mir leid, ich bin zu spät!« Eine Frau eilte an Doro vorbei, direkt auf den Mann im Parka zu, und stellte sich mit »Ich bin Dr. Ellund« vor. »Und ich koordiniere die Schul-Projekt-woche. Sie kommen sicher von der Windkraft.«

»Ganz bestimmt nicht!« Er lachte. »Matthes Fahrner. Wir hatten wegen des Steins telefoniert.«

»Ach so.« Die Frau nickte Doro zu. »Bin gleich so weit.«

Fahrner zog einen Stein aus seiner Jackentasche und hielt ihn der Frau Doktor auf seiner ausgestreckten Handfläche entgegen. Doro fragte sich, was so besonders an diesem Stein sein sollte. Eine Knolle mit einem kreideartigen, weißen Überzug. Als die Frau zugriff, erschien der Stein Doro wie halbiert. Im Inneren glänzte er blutrot, abgesehen von einer zarten weißen Welle. Die Bruchkante wirkte fast wie poliert.

»Eindeutig Roter Flint. Diese Feuersteine sind einzigartig. Im Gegensatz zu den grauen, braunen und schwarzen Feuersteinen. Die seltenen roten gibt es weltweit nur hier auf Helgoland. Drüben auf der Düne.« Sie drehte den Stein in ihren Händen. »Und wo ist die andere Hälfte davon?«, fragte sie dann. »Haben Sie den Stein etwa gleich dort auf der Aade aufgeschlagen?«

Er kam nicht dazu zu antworten.

»Das ist unverantwortlich! Die Kegelrobben und Seehunde verletzen sich doch an den Splittern und an den scharfen Kanten. Und denken Sie mal an die Kinder, die am Strand spielen und barfuß herumlaufen! Wozu gibt es eigentlich all die Hinweisschilder, wenn keiner sie liest?«

Jetzt lachte er nicht mehr. Aber schuldbewusst sah er auch nicht aus, fand Doro.

»Ich war noch gar nicht auf der Düne«, sagte er, ohne dass es nach Rechtfertigung klang. »Ich habe den Stein geerbt. Gewissermaßen. Und zwar genau so, wie er ist. Sie sind mir als Spezialistin empfohlen worden.«

»Sie glauben ja gar nicht, was wir hier so alles erleben, wenn die Saison erst mal in vollem Gang ist«, unterbrach sie ihn. Dabei ruhte ihr Blick auf der Bruchkante des Steins. »Es muss noch eine zweite Hälfte geben. Zweifellos.«

»Tja, danke für Ihre Zeit« sagte Fahrner. »Nun weiß ich wenigstens, dass der Stein nur von hier sein kann.«

»Wirklich ein besonders schönes Exemplar. Und diese Maserung. Einzigartig! Wollen Sie ihn in unser Museum geben? Oder soll ein Schmuckstück daraus werden?«

»Nein!« Fahrner schnappte sich den Stein, als fürchtete er plötzlich, die Spezialistin wollte ihn nie wieder aus der Hand geben. »Nochmals danke, das war's auch schon.« Er ließ ihn rasch in seiner Jackentasche verschwinden, zwinkerte Doro zu und eilte zur Tür hinaus. Dr. Ellund sah ihm erstaunt nach. Dann wandte sie sich endlich Doro zu.

Die Frau redete über die Projektwoche, über die Gruppen, die Räume, die Arbeitszeiten, die Abschlussveranstaltung. Doro wartete vergeblich auf ihre Fragen. »Ich lasse Ihnen freie Hand«, sagte sie nur. Dann übergab sie Doro eine Liste mit Kontaktdaten. »Das sind alles erfahrene Kräfte, die schon jahrelang mit unserer Schule zusammenarbeiten. Von der Biologischen Anstalt, der Vogelwarte, der Naturakademie. Die geben Ihnen gerne Tipps.« Und damit verabschiedete sie Doro auch schon.

Im Flur war es still. So still, als ob niemand hinter den geschlossenen Türen saß. Nachdenklich ging Doro auf den Ausgang zu. Hatte sie nicht fragen wollen, wie viele Kinder an der Projektwoche teilnehmen würden? Irgendjemand von der Liste wusste die Antwort bestimmt. Doro faltete das Blatt zusammen und steckte es ein. So hatte sie sich diesen Termin nicht vorgestellt. Ein paar Tage Zeit blieben ihr noch, um sich vorzubereiten. Worauf auch immer. Nur Jesper musste sie heute noch informieren. Was sollte sie ihm sagen? Dass alles gut gelaufen war? War es das? Reichte es, wenn sie ihn anrief? Erwartete er sie wieder in seinem Büro? Sie eilte auf die Straße hinaus. Der Mann mit dem Stein – er stand da, als hätte er auf sie gewartet. Ausgerechnet!

»Ich bin Matthes«, sagte er und strahlte sie an.

»Doro.«

»Du arbeitest hier. Da kennst du dich sicher gut aus.«

»Nein. Überhaupt nicht.«

»Aber du kannst mir doch sicher was empfehlen. Komm schon! Was darf ich keinesfalls verpassen?«

Doro verdrehte die Augen. »Keine Ahnung.« Dann schob sie »Ehrlich nicht!« hinterher. »Die Touristeninformation ist unten im *atoll*. Ich habe keine Zeit für solche Highlights.« Doro lief weiter, aber er hielt Schritt mit ihr.

»Eigentlich bin ich auch nicht zum Vergnügen hier.«

Er ließ sich einfach nicht abschütteln.

»Ich wandle auf den Spuren meiner Vorfahren.«

»Piratensohn oder was?«

»Nicht ganz. Meine Mutter behauptet immer, sie stammt von Helgoland. Dabei ist sie auf Sylt geboren. Den Feuerstein hat sie von meiner Oma geerbt. Die hat ihr aber nie etwas darüber erzählt.«

»Also ein Geheimnis. Und du glaubst, du kannst es noch lüften, nach so vielen Jahren?«

»Ja«, sagte er schon, noch bevor Doro »Wozu?« fragen konnte. Es ließe ihm einfach keine Ruhe, erklärte Matthes. Seine Mutter habe kürzlich total überreagiert, als sie das Nötigste zusammenpacken und so schnell wie möglich ihre Wohnung verlassen sollte. Dabei fiel der Stein zu Boden, und etwas splitterte davon ab. Matthes holte den Stein aus der Tasche und zeigte Doro die beschädigte Kante. Doro fuhr sachte mit dem Finger darüber. Es fühlte sich rau an.

»Meine Mutter war kaum zu beruhigen. Und sie versuchte, jeden einzelnen Splitter, der zu dem verdammten Stein gehörte, aufzuklauben.«

Doro schwieg. Sie spürte, wie sehr es ihn immer noch bewegte.

»Das hat mich aber auch neugierig gemacht«, sagte er dann.

Doro nickte. Sie fragte sich, wie sie reagieren würde, ginge es um Elsie. Aber Elsie schien keine Geheimnisse zu haben.

»Nun bin ich hier und weiß eigentlich nicht, wie ich mich dieser Insel nähern soll, diesem roten Gesteinsbrocken im Meer. Mein erster Eindruck ist jedenfalls, dass die Menschen hier genauso schroff sind wie ihr Felsen.«

Doro lächelte. Bevor sie ihm zustimmen konnte, lud er sie zu einer gemeinsamen Erkundungstour der Insel und der Düne ein. »Der Klippenrandweg soll spektakulär sein, habe ich gehört. Am besten, wir brechen gleich auf!«

»Nein.« Doro dachte an ihre Abmachung mit Jesper und an all die Fragen, die sie noch klären musste für das Schulprojekt.

»Okay. Dann morgen.«

Sie mochte seine Hartnäckigkeit.

»Ich weiß ja, du bist nur zum Arbeiten hier, Doro.«

Es fühlte sich gut an, dass er sie beim Namen nannte. Aber sie war nicht bereit dazu, mit ihm spazieren zu gehen.

14

Weißt du noch«, fragte Vera, kaum dass Elsie mit ihr im Zug nach Bremen saß, »wie wir unsere Männer damals kennengelernt haben?«

»So was vergisst man doch nicht«, antwortete Elsie.

»Da bin ich mir bei den jungen Leuten von heute nicht mehr so sicher. Die lernen sich doch alle über ihre Computer und Handys kennen. Im Internet. Über irgendwelche Apps. Wie sich das schon anhört: Apps, wie Schluckauf.«

»So hat dein Großer also seine Braut kennengelernt?«

»Vermutlich. Sie wollen nicht so recht raus mit der Sprache. Einmal hat er auch gesagt, er ist ihr gefolgt.«

»Das hat er dann wohl von seinem Vater. Bruno ist dir doch auch gefolgt«, erinnerte sich Elsie. »Mit diesem Nelkenstrauß in der Hand. Weil er sich nicht mehr in den Laden getraut hat, ohne etwas zu kaufen.«

Vera lachte. »Würde man das heute schon Stalking nennen?«

»Ach, das war doch harmlos.«

»Stimmt«, bekräftigte Vera.

»Du mochtest ihn auf Anhieb, das habe ich dir angesehen, und die anderen im Laden vermutlich auch.«

Vera kicherte.

»Und dann bist du mit ihm ausgegangen.«

»Tanzen, hat er gesagt und schleppt mich zu dem großen Ball. Ich, komplett ahnungslos, in diesem selbst genähten Kleid …«

»Aber das sah doch toll aus! Du hattest ein Händchen dafür. Ich hab mich fast umgebracht mit diesen Schnittmustern. Ohne deine Hilfe hätte ich nicht mal ein Faschingskostüm für Sandra zustande gekriegt.«

»Jetzt übertreibst du aber, Elsie.«

»Was dein Kleid angeht, bestimmt nicht.«

»Hör bloß auf! Das war so eine piekfeine Gesellschaft. Die Damen in bodenlangen Roben mit funkelndem Geschmeide. Strass war das nicht. So viel war selbst mir klar. Und ich in diesem Kleidchen …«

»Du sahst aus wie Audrey Hepburn!«

Vera lachte auf.

»Ehrlich!«

»Nicht im Traum.«

»Deinem Bruno hat's gefallen.«

»Er hat nicht mit der Wimper gezuckt. Nicht mal, als seine Mutter zischte: ›Du und deine Fehlgriffe. Du blamierst uns, Junge.‹ Ich wäre am liebsten sofort wieder gegangen. Aber Bruno hat mich seelenruhig zum Tisch seiner Familie geführt, hat mich vorgestellt und mir den Stuhl zurechtgerückt.« Vera seufzte. »Wir haben die ganze Nacht durchgetanzt. Ihre spitzen Blicke und Tuscheleien waren mir irgendwann egal. Besonders nachdem Bruno mir gestanden hatte, dass dieser Ball sonst immer der schrecklichste Termin im Jahr für ihn war. Weil sein Vater erwartete, dass er sich standesgemäß verheiratete. In diesem Umfeld sollte er ein geeignetes Fräulein kennenlernen, natürlich mit Unterstützung der Familie. Mit mir hatte er einfach Spaß. Das haben sie mir lange übel genommen.«

»Tja«, warf Elsie ein, »Schwiegermütter eben. Und was für eine willst du werden?«

»Ich? Jedenfalls kein Besen.«

»Das könntest du doch gar nicht«, behauptete Elsie.

Vera wiegte den Kopf. »Ich kenne die Braut ja noch gar nicht richtig. Einmal waren wir zusammen essen. Sushi. Da hat sie die Nase krausgezogen, weil ich mit den Stäbchen nicht zurechtgekommen bin. Hab ich eben mit den Fingern zugepackt.«

»Klar, was sonst. Aber sag mal, Vera, Sushi magst du doch eigentlich gar nicht.«

»Und Thorsten weiß das auch.«

»Oha.«

»Das hab ich auch gedacht. Diese Laura hat ihm ganz schön den Kopf verdreht.«

»Und wer weiß, was noch«, murmelte Elsie.

»Sie machen neuerdings Wellness-Wochenenden!«

»Dann muss es wirklich schlimm sein.«

Vera nickte. »Kannst du dir unseren Thorsten im Schlammbad vorstellen?«

»Eigentlich nicht mal in 'ner Therme.«

»Meinst du, wir haben komplett falsche Vorstellungen von unseren Kindern?«, fragte Vera plötzlich.

Elsies Mundwinkel zuckten.

»Bloß weil er ein echter Wirbelwind war, sagen wir mal: mit acht Jahren, sehe ich ihn heute noch mit aufgeschlagenen Knien?«

»Wenn du mit ihm Sushi essen gehst?«

»Du weißt genau, was ich meine.«

»Ja, leider«, musste Elsie zugeben. Sie fragte sich, ob nicht jede Mutter und Großmutter manchmal einfach vergaß, dass die Zeit niemals stehen blieb. Nicht etwa, weil sie sich das wünschte, denn wer wünschte sich schon, dass sich die eigenen Kinder nicht weiterentwickelten? Sondern weil sie sich gerne erinnerte, an gemeinsame Erlebnisse, an die Familienzeit, die so schnell verflogen war. Jedenfalls von heute aus gesehen.

»Und unsere Kinder haben dann wohl auch komplett falsche Vorstellungen von uns«, sinnierte Vera.

»Muss wohl so sein.«

Draußen vor dem Zugfenster waren Wiesen, auf denen das Wasser stand. Hier und da Windräder. Manche Rotoren drehten sich, andere standen still.

»Heute ist der Tag!« Vera schnellte von ihrem Sitz hoch. »Heute brechen wir mit allen Vorstellungen. Einverstanden?«

Elsie legte den Kopf schief und sah zu Vera auf.

»Komm schon, Elsie, mach mit!«

»Wenn's dir hilft.«

Vera setzte sich wieder hin. »Ich denke, das hilft uns beiden.«

Als sie die ersten Geschäfte durchstreift hatten und sich eine Mittagspause gönnen wollten, merkten sie, dass es gar nicht so einfach war, die eigenen, eingefahrenen Wege zu verlassen. Nachdem weder ein Kaufhausimbiss noch ein Spezialitätenrestaurant infrage kamen, in einem Gourmettempel selbst um diese Zeit nichts ohne Reservierung ging, sie beide etwas gegen Burger oder Hähnchenteile einzuwenden hatten, landeten sie schließlich in einem Bistro, das *Curries, Bowls & Hot Wraps* anbot. Die Speisekarte bestand aus einem Leuchtkasten hoch oben, hinter dem Tresen an der Wand. Mühsam entzifferten Elsie und Vera Namen und Zutaten. Manches blieb ihnen auch nach der Bestellung noch fremd. Sie rätselten, was wohl Edamame waren, während sie auf die letzten freien Barhocker kletterten, die an den hohen Tischen standen. Wenigstens gab es einen Haken darunter für ihre Handtaschen. Neue Wege zu gehen, konnte anstrengend sein. Aber schmackhaft, wie sie bald darauf feststellten.

Der Nachmittag verging mit dem Besuch weiterer Boutiquen. Vera schien Spaß daran zu haben, fließende Flatterkleider mit üppigen Blumenmustern anzuprobieren. Oder kaftanartige Gewänder in grellen Farben. Elsie lachte mit. Vor allem, als Vera sie bat, sie in diesen Outfits zu fotografieren, um dem Brautpaar das eine oder andere Bild zukommen zu lassen.

»Deine Schwiegertochter in spe wird begeistert sein.«

»Vor allem ihre Eltern. Die haben so eine strenge Auffassung davon, was sich heutzutage gehört und was nicht.«

»So wie Brunos Familie damals?«, fragte Elsie.

»Irgendwie schon. Nur dass es bei Lauras Eltern nicht um noble Gewänder und funkelndes Geschmeide geht, sondern um das, was die heimische Natur hergibt.«

»Zum Anziehen?« Elsie klang ratlos.

»Merkwürdiger Dresscode, ich weiß«, sagte Vera.

»Und wie willst du damit umgehen?«

Vera griff sich das Handy und betrachtete die Fotos eingehend. Sie scrollte hin und her. Schob die Unterlippe vor.

Elsie wartete, doch Vera konnte sich nicht entscheiden. »Nimm das, in dem du dich so richtig wohlfühlst«, schlug Elsie vor.

»Dann nehme ich den Kaftan.«

»Bist du sicher?«

»Natürlich nicht.«

Vera kaufte den Kaftan. Für gemütliche Abende zu Hause. Für die standesamtliche Trauung sollte es dann doch das Leinenkostüm sein, das sie am Morgen im allerersten Laden anprobiert hatte.

»So hast du dir also die Mutter des Bräutigams bisher nicht vorgestellt?«, wollte Elsie wissen.

Vera verstand sofort, was sie meinte. »Ich will meinen Sohn nicht blamieren.«

»Und der Braut nicht die Show stehlen«, ergänzte Elsie.

»Genau. Immerhin ist es ihr Tag.«

»Aber wie wär's denn mit einem Hut für dich?«

»Perfekt!«, rief Vera, ohne zu zögern. »Genau die richtige Idee. Ich hatte schon ewig keinen Hut mehr für feine Anlässe. Gut, dass du mitgekommen bist.« Sie hakte sich bei Elsie ein.

Vera wirkte zufrieden. Wenigstens einen Punkt konnte sie nun von ihrer langen Liste abhaken. »Mir fehlt noch ein Kleid für den Empfang. Und eins für die große Feier am Abend. Sie haben eine Band gebucht. Mehr verraten sie nicht.«

»Na, das kann ja heiter werden. Willst du dir Ohropax einstecken?«

Vera grinste. »Keine schlechte Idee.«

»Haben die beiden denn auch einen Hochzeitstisch?«

»Meinst du so einen Tisch voller Geschenke, die sie sich ausgesucht haben, damit die Gäste wissen, was sie sich wünschen, und es nichts doppelt gibt?«

Elsie nickte.

»Da würde höchstens so ein Kaffeeautomat für tausend Euro draufstehen.«

»Ui.«

Elsie erinnerte sich daran, dass Hannes sich damals einen Samstag freigenommen hatte, vor ihrer Verlobung, damit sie gemeinsam Geschirr aussuchen konnten. Sie wünschten sich elfenbeinfarbene Tassen und Teller mit Goldrand. Hofften darauf, insgesamt fünf oder sechs Gedecke geschenkt zu bekommen. Für den Sonntagskaffee. Sonst würden sie auf die angeschlagenen Stücke angewiesen sein, die Elsies Mutter aussortiert hatte. Nicht gerade Elsies Vorstellung von einem eigenen Haushalt. Aber vielleicht wären ja auch ein paar Gläser und Besteck unter den Geschenken. Oder sogar Töpfe und eine Pfanne. Allerdings brachte dann jemand ein japanisches Teeservice mit, das auf keiner Wunschliste stand. In all den Jahren hatten sie nur ein einziges Mal aus diesen zarten, fast durchscheinenden Tassen getrunken. Weil Hannes keinen Tee mochte und weil ein Tässchen gleich beim Abwaschen zerbrochen war.

»Sie wünschen sich Geld«, sagte Vera.

»Für diesen Kaffeeautomaten?«

»Wohl eher für die Feier und die Hochzeitsreise.«

»Jetzt sag bloß, sie wollen nach Venedig, wie dein Bruno damals.«

»Erinner mich nicht daran«, rief Vera. »Mir wird jetzt noch übel, wenn ich an diese schwankenden Gondeln denke.«

»Muss ja so richtig romantisch gewesen sein!«

Vera nickte. »Ganz enorm.«

»Immerhin. Von Italien haben wir nicht mal geträumt. Wir hatten drei Tage für uns. Allein in einer Gartenlaube. Die gehörte irgendeinem Großonkel von Hannes. Und das Bett ist schon zusammengekracht, kaum, dass wir auf der Kante saßen.«

»Ihr habt die Zeit also mit Heimwerken verbracht? Das hast du nie erzählt.«

Elsie winkte ab. »Ist verjährt.«

»Thorsten will nach Bali mit seiner Laura.«

Elsie zog die Augenbrauen hoch.

»Den Flug hat er schon gebucht. Soll eine Überraschung werden.«

»Na, wenn die Natur das hergibt.«

Vera stutzte. Dann musste sie lachen. »Seine Schwiegereltern hat er bestimmt nicht gefragt.«

Statt mit Torte in einem plüschigen Traditionscafé pausierten Elsie und Vera in Schalensesseln aus grauem Kunststoff bei einem Glas Latte macchiato. Die Wände waren so rau, als hätte das Renovieren noch kein Ende gefunden.

»Gemütlich ist anders«, fand Elsie.

Vera stimmte ihr zu. Sonst fiel das wohl niemandem auf. Die Schlange am Tresen schien gar nicht kürzer zu werden. Elsie gähnte. Vielleicht hätte sie lieber Café Crema bestellen sollen. Oder einen Espresso, damit sie noch munter genug war für den Rest des Tages.

»Wenigstens muss ich so ein Event nicht noch mal durchstehen.« Vera betrachtete ihre Einkaufstüten, die sie auf dem dritten Stuhl vor dem winzigen Tisch abgestellt hatte.

»Bist du sicher?«

»Nein. Aber dann soll er ohne mich feiern. Meinetwegen durchbrennen mit seiner Braut.«

Bevor sie heimfuhren, erstand Vera tatsächlich noch ein Abendkleid. Mitternachtsblau hatte sie sich vorgestellt und sich für glitzernd wie Sternenstaub entschieden. Elsie taten die Füße weh. Am liebsten hätte sie die Schuhe ausgezogen und die Beine auf den Sitz gegenüber gelegt, als sie endlich im Zug saßen. Aber gehörte sich das? Elsie beugte sich vor und schnürte ihre Stiefeletten auf. »Ist garantiert die letzte Vorstellung, die ich heute breche.«

Kaum hatte auch Vera ihre Füße hochgelegt, betrat ein

Mann in dunklem Wollmantel und Filzhut den Wagen. Er setzte sich ihnen schräg gegenüber ans Fenster. Allerdings sah er nicht hinaus, sondern ständig zu Elsie und Vera herüber. Elsie bemerkte, dass Vera ihn aus dem Augenwinkel beobachtete.

»Er erinnert mich an meinen Bruno«, flüsterte Vera schließlich.

»Nie und nimmer!«, zischte Elsie.

»In seinen besten Jahren.«

»Na, die muss ich verpasst haben.«

Vera stupste sie mit dem Ellenbogen an. Elsie verzog keine Miene. Der Mann stand auf und kam näher. Er lüftete seinen Hut und verneigte sich leicht. »Guten Abend, die Damen.«

Elsie musterte ihn, während Vera seinen Gruß erwiderte. Er stellte sich vor und reichte Vera eine Visitenkarte. Sie kniff die Augen zusammen. »Fußchirurg«, las sie vor.

»Das ist jetzt nicht wahr«, entfuhr es Elsie.

»Ich fürchte, doch. Seit dreißig Jahren nichts als Füße.«

»Sie müssen sich nicht dafür entschuldigen«, erwiderte Vera rasch. Sie schlüpfte wieder in ihre Schuhe.

Elsie dagegen rührte sich nicht.

»Anstrengenden Tag gehabt?« Er deutete auf Veras Tüten.

»Ja«, sagte Elsie nur.

»Und Sie?« Vera lächelte ihn tatsächlich an.

»Ich hatte einen Sportler unterm Messer. Aber genug davon. Jetzt ist Feierabend, und ich fahre nach Hamburg. In der Elphi gibt es Mendelssohn.«

»Ausgerechnet der mit dem Hochzeitsmarsch«, unkte Elsie.

»Genau der. Die Damen kennen sich aus.«

»Leidlich«, erwiderte Elsie.

»Sind Sie etwa auch auf dem Weg nach Hamburg?«

»Nein«, sagte Vera und beeilte sich zu ergänzen: »Heute nicht.«

»Nun, ich hoffe, Sie halten mich nicht für aufdringlich«, begann er.

Doch, dachte Elsie und presste die Lippen zusammen. Sah, wie er sich mit seinen manikürten Fingern eine grau melierte Haarsträhne aus der Stirn strich. Dann klammerte er sich gleich wieder an seiner Hutkrempe fest. »Würden Sie – ich meine Sie beide – mich denn an einem anderen Tag ins Konzert begleiten?«

»Gerne«, antwortete Vera viel zu schnell.

Elsie setzte sich auf und zog ihre Stiefeletten wieder an. »Wir müssen raus, meine Liebe.«

»Schon?« Vera versuchte, aus dem Fenster zu sehen, konnte aber nichts erkennen.

Elsie griff nach Veras Tüten.

»Darf ich mir Ihre Telefonnummern notieren?«

»Nein.« Elsie knöpfte ihren Mantel zu.

Vera hielt immer noch seine Visitenkarte in der Hand.

»Dann rufen Sie mich an. Und keine Scheu bitte. Ich freue mich darauf.« Er verneigte sich leicht. »Auf Wiedersehen, die Damen.«

Elsie hakte sich bei Vera ein und schob sie Richtung Ausgang. Der Zug fuhr in den Bahnhof ein, und Vera drehte sich noch einmal um.

»Nein, du hast nichts vergessen«, sagte Elsie. Sie deutete auf die Tüten. »Alles da. Es lag nichts mehr auf dem Sitz.«

Sie stiegen aus. Als der Zug weiterfuhr, sah sie, dass der Mann jetzt auf Veras Platz saß und die Hand hob, um ihnen nachzuwinken.

»Ein echter Gentleman.«

Elsie schüttelte den Kopf »Ein echter Heiratsschwindler, würde ich sagen.«

»Was?« Vera klang empört.

»Ich wette mit dir, er hatte eine ganze Palette von Visitenkarten in der Tasche. Hätten wir über einen Todesfall in der Familie gesprochen, wäre er Rechtsanwalt und Notar gewesen und auf Nachlässe spezialisiert.«

»Und warum nicht gleich Sargfabrikant?«

»Ist nicht gediegen genug.«

»Aber Fußchirurg!« Vera lachte. »Ich bitte dich, Elsie. Er war einfach nur nett.«

»Und wenn du ihn anrufst, um mit ihm ins Konzert zu gehen, bittet er dich, die Karten zu besorgen – und zu bezahlen.«

»Na und? Ich kann's mir leisten. Auch in der Elphi.«

»Als ob es darum geht.«

»Dann sag mir doch, worum es geht, Elsie. Für mich geht es um Abwechslung. Und vielleicht um ein bisschen Spaß.«

»Aber doch nicht um jeden Preis!«

»Lieb, dass du dich so um mich sorgst. Wirklich. Und dass du meine Tüten trägst. Komm, wir nehmen ein Taxi.«

»Versprich mir, dass du nichts Dummes tust«, bat Elsie.

»So was wie mit Vorstellungen brechen?«

Elsie nickte.

»Okay. Dann frage ich ihn, ob er mich zur Hochzeit meines Sohnes begleitet.«

Elsie war im Sessel eingeschlafen. Zum ersten Mal seit Langem hatte sie von Hannes geträumt. Sein Blick beim Abschied, als er sie nach Hause brachte nach diesem Sommerfest. Elsie fühlte sich, als hätte sie gerade erst die Haustür geschlossen und ihn noch durchs Flurfenster bei der Laterne stehen sehen.

Mit seinem selbst zusammengebauten Fahrrad, das er fast eine Stunde lang neben ihr durch die Nacht geschoben hatte. Langsam waren sie gegangen, ganz langsam. Er hatte Elsie nicht gefragt, ob sie auf dem Lenker oder auf der Querstange sitzen wollte, damit er aufsteigen und mit ihr losfahren konnte. So wie Wilfried es immer getan hatte, damit er ihr nah sein konnte, so nah wie in einer Umarmung. Bis Elsie einen Sturz provozierte, weil sie sich vor seinen feuchten Lippen an ihrem Hals ekelte. Sonst war Wilfried eigentlich ganz nett. Genau wie die anderen jungen Männer und Frauen, die sich samstags im Klub bei der Kirche trafen. Manchmal gingen sie auch zusammen aus, wie zu diesem Sommerfest.

Hannes war nur dort gewesen, um den Musikern mit ihren Mikrofonen und Verstärkern zu helfen, als Elsie mit dem Pfennigabsatz ihrer neuen Pumps zwischen den Kabeln hängen blieb. Danach war er die ganze Nacht an ihrer Seite geblieben. Und Elsie hatte es genossen, obwohl er längst nicht so gut tanzte wie Wilfried. Als Hannes sie gegen Morgen nach Hause brachte, wusste Elsie, dass er ihr Ausweg war. Sie vertraute ihm. Konnte sich vorstellen, zuzulassen, dass er sie in die Arme nahm. Sie küsste. Und sie ihn zurückküsste.

Sie verabredeten sich für den nächsten Samstag zum Tanztee, und Elsie fragte sich Tag für Tag, ob er tatsächlich auftauchen würde. Am Donnerstag, kurz vor Feierabend, stand er plötzlich im Schirmgeschäft, beugte sich über den Ladentisch, gab vor, die Auslage zu studieren, bis sie herankam. Er behauptete, einen Schirm für seine Schwester zum Geburtstag zu suchen. Fragte, ob sie einen *Knirps* empfehlen könne. Und Elsie brachte es kaum fertig, die Schublade aufzuziehen, verschiedene Exemplare herauszunehmen und aufzuspannen. Als Hannes den Bezug anfassen wollte, trafen sich ihre Finger.

Sie zog die Hand rasch zurück. Wagte nicht, den Kopf zu heben, spürte ihre Wangen heiß werden. Der Stoff knisterte.

»Ich konnte nicht bis Samstag warten«, flüsterte Hannes.

Elsie wagte, ihn anzulächeln.

Ihre Chefin, die an der Schmalseite des Tresens hinter der Kasse stand, begann, mit den Fingern zu trommeln. Absolutes Alarmsignal für die Verkäuferinnen, endlich zum Abschluss zu kommen. Doch Elsie hörte es nicht. Sie hörte nur Hannes' Worte. Erst als Vera herbeieilte und ihr half, die Schirme wieder zusammenzupacken, verstand sie. Eilig empfahl sie Hannes einen roten Schirm mit schwarzem Würfelmuster am Rand, ratterte den Werbetext herunter, verhaspelte sich. Aus langlebig wurde lebenslang. Hannes kaufte den Schirm, ohne zu zögern. An der Kasse bedankte er sich für die hervorragende Beratung und lobte die Kompetenz der Verkäuferin.

Die Chefin begleitete Hannes zur Tür. Als sie hinter ihm abgeschlossen hatte, seufzte sie: »Da wird mir schon wieder ein Ladenfräulein weggeheiratet.«

Elsie wusste, dass sie Ja sagen würde, wenn er sie fragte. Und weiter musste Hannes niemanden fragen, denn sie wurde bald einundzwanzig. Sie hatte ihren Eltern und Großeltern gesagt, dass sie nicht noch einmal mit ihnen umziehen würde. Wieder und wieder. Dass sie nicht mitwollte, dorthin, wo es für sie kein Zurück mehr gab. Doch getrieben von ihrer Sehnsucht, hatten sie nicht darauf geachtet, ihr einfach nicht zugehört. Als wäre Elsie immer noch das Kind, das sie fünfzehn Jahre zuvor gewesen war. Sie hatten geplant und gepackt. »Endlich!«, hieß es und: »Dass wir das noch erleben!«

Vielleicht glaubten sie, Elsie würde niemals allein in der Fremde zurückbleiben. Oder es war ihnen nicht wichtig genug, ob sie mitkam. Elsie hatte nie mehr mit ihnen darüber gesprochen. Als Hannes dann nach ihrer Familie fragte, wusste sie nicht, was sie antworten sollte. Sie konnte nicht aussprechen, was sie bewegte, was sie quälte, was sie zu vergessen suchte. Es ließ sich nicht einfangen und in Worte packen. Hannes drängte sie nicht. Später sagte Elsie nur: »Der Krieg.« Und nach einer langen Pause: »Ich kann nicht darüber reden.«

Seine Eltern sahen sich nur an. Schweigend.

Hannes nahm sie in den Arm, und Elsie legte den Kopf an seine Schulter.

Das vermisste sie noch heute.

15

*D*ann dieser Tag, als wir oben auf dem Deich standen. Genau zwei Jahre nach der Bombenflut, die alles zerstört hat, Welle für Welle. Rick hat gesagt, wir müssen hin. Er lief mit mir, meinen Eltern und Elsie Richtung Cuxhaven. Stunde um Stunde. Mein Knöchel tat schon seit morgens weh. Ich humpelte. Und hoffte, wir würden zu spät kommen. Wir schafften es, gegen Mittag auf den Deich zu klettern. Ich wollte niemanden begrüßen, keine Nachbarn sehen, sie kein Halunder sprechen hören. Nicht daran denken, was einmal Zuhause war. Und was uns hierhergebracht hatte. Ich fror, obwohl die Sonne schien. Rick war gleich verschwunden. Als er zurückkam, wusste er von der Munition, dem Sprengstoff, von Bomben und Torpedos, die sie tonnenweise hingeschafft hatten. In die Stollengänge, den U-Boot-Bunker, den Hafen. Nichts sollte übrig bleiben von den militärischen Anlagen. Und fast jeder fürchtete, dass damit auch der ganze Felsen ausgelöscht würde. Zu Staub zerfallen, auf den Meeresgrund sinken.

Die See war so ruhig. Selbst der Wind hielt den Atem an. Ich starrte auf den Horizont, als könnte ich die Insel sehen, ihren Umriss oder wenigstens einen Schatten. Ich wagte nicht zu blinzeln. Mich nicht mal Rick zuzuwenden oder meinen Eltern oder Elsie. Donnergrollen. Doch ich spürte nichts. Keine Erschütterung. Nicht wie damals, tief unten im Berg, in den schmalen Gängen. Schwarze Fontänen schossen in den Himmel und stürzten in sich zusammen und ins Meer. Es war still auf dem

Deich. Bis jemand rief: »Helgoland steht!« Jubel brach los. »Unser Land steht!« Rasend schnell sprach sich herum, was das Radio übermittelt hatte: Nur die Südspitze des Felsens war verschwunden.

Schon auf dem Rückweg schmiedete Rick Pläne. Ich wollte nichts hören davon. Hasste es auch, wenn er aufbrach zu den Treffen vom Heimwehverein, einmal im Monat, irgendwo vor Hamburg. Manchmal ging mein Vater mit. Dabei hielt er die Lotsenmarke seines verschollenen Bruders fest in der Hand.

Ich musste klarkommen damit, dass es nichts mehr gab aus unserem Haus. Nichts, was heimlich aus den Trümmern geborgen worden war. Kein Nähkorb. Kein Taufbecher. Keine Tabakdose. Auch nichts, was wir in einer Kiste untergebracht und im Keller der Biologischen Anstalt, im Bunkerbüro, hätten gelagert haben können. Wenn ich noch dort gearbeitet hätte. Oder in der Poststelle. Immerhin war mir das silberne Hartjen geblieben, das ich nach altem Brauch von Rick zur Hochzeit geschenkt bekommen hatte. Das Brusttuch meiner Tracht hielt es nicht mehr zusammen, denn die hatte ich längst umgeschneidert. Ich trug die Brosche nur noch selten. Und versteckt. Das offene Silberherz mit den leise klimpernden Anhängern, die für die Liebe, die Arbeit, die Schifffahrt standen. Und für das Leben, unser Leben auf der Insel. Ich frage mich, ob Elsie je eins haben wird.

16

Doro überflog die Kontaktliste, die die Koordinatorin der Schul-Projektwoche ihr mitgegeben hatte. Namen und Themen. Sie wusste nicht, was sie tun sollte. Jesper ließ ihr freie Hand. Vermutlich war er erleichtert darüber, dass sie die Aufgabe übernahm. Er vertraute ihr. Das hatte er vorhin am Telefon noch einmal betont. Und sie? Vertraute sie darauf, die Kinder wirklich begeistern zu können? Von der Windkraft, ihrer Arbeit, dem Offshore-Park? Wie sollte sie diese Projektwoche zu einem eindrucksvollen Erlebnis für die Schülerinnen und Schüler machen? Zu einem, das nachwirkte? Wohl kaum so wie vorhin im Schulbüro. Im Gegensatz zu diesem Matthes Fahrner lebten die Kinder hier auf der Insel. Sie wussten sicher längst, was die Windparks draußen im Meer für sie bedeuteten. Waren vielleicht fasziniert von dem dunkelroten Helikopter, der für den Einsatz der Ingenieure bereitstand. Der Weg durchs Gewerbegebiet führte direkt an seinem Start- und Landeplatz vorbei. Gesichert mit einer Ampel, die den Durchgang verbot, wenn der Heli im Anflug war. Sie kannten die Lautstärke der Rotoren beim Abheben und beim Aufsetzen. Dachten vielleicht sogar über Mutproben nach, wenn die Ampel vor ihren Augen auf Rot sprang und die Maschine gleich darauf dicht über ihren Köpfen einschwebte. Möglicherweise hörten sie zu Hause, dass die neue, hervorragend ausgestattete Feuerwache nur durch die Gewerbesteuerein-nahmen aus der Windkraft finanziert werden konnte. Oder ihre Eltern befürchteten, dass der Lärm und die Bauarbeiten ihr Vermietungsgeschäft ruinierten, weil die Erholung suchenden Gäste wegbleiben könnten. Überwog der Stolz darauf, dass Helgoland weltweit die erste Service-Insel für Offshore-Parks war? Oder die Angst davor, welchen Einfluss die Windräder auf den Vogelzug und die Unterwasserwelt nahmen?

Bestimmt hatte sich inzwischen jedes Kind eine Meinung zur Windenergie gebildet, nicht nur hier auf dem Felsen.

Am besten, Doro ließ sie zuerst von ihren Erfahrungen erzählen. Für eine gemeinsame Bestandsaufnahme. So würden sie zu einem Fundament kommen, auf dem sie aufbauen konnte. Aber erschien das nicht viel zu unstrukturiert? Gerade so, als hätte sie sich nicht richtig vorbereitet auf ihre Aufgabe? War sie überhaupt erfahren genug, um die Kinder zum Reden zu bringen? Beteiligten sie sich von allein? Mussten ihre Beiträge moderiert werden? Oder würden sie wild durcheinanderbrüllen, weil sie Doros Unsicherheit von der ersten Sekunde an spürten?

Vielleicht sollte sie Christian um Rat fragen. In seiner liebevoll-warmherzigen Art würde er sie sicher nicht abweisen. Und Schulprojekte gehörten zu seinem Alltag. Aber was dachte er wohl, wenn sie ihn einfach anrief, nach dreieinhalb Jahren ohne ein Wort? Dass sie plötzlich bereute, ihm den Verlobungsring zurückgegeben zu haben? Weil er diese Arbeit für nicht vereinbar mit seinem Wunsch nach Familie gehalten hatte. Dass Doro ihren Traumjob nun schon satthatte und doch Kinder mit ihm wollte? Dass er ihr im Prinzip gerne mit einem Rat weiterhelfen würde, wenn er nicht gerade die Zwillinge wickeln müsste, die er mit seiner neuen Frau in die Welt gesetzt hatte? Doro schüttelte den Kopf. Was auch immer bei ihm los sein mochte, sie konnte ihn nicht einfach anrufen.

Doro griff zu der Liste, die sie aus der Schule mitgebracht hatte. Sie studierte die Einträge, wunderte sich, dass beim Thema Naturschutz ein Verein als Kontakt angegeben war, denn sie dachte an den Mann vom Klippenrandweg und an ihr Gespräch. Möglicherweise steckte er ja hinter dieser Adresse. Sie rief an, hörte eine junge Frau auf der Ansage des Anrufbeantworters und legte rasch wieder auf. Sie hätte nicht erklären können, worum es ihr ging. Jedenfalls nicht in dreißig Sekunden. Doro las weiter. Als sie bei der Gruppe »Helgoland historisch« angekommen war und den Hinweis »Zeitzeuge Jan-Marten Rakers« entdeckte, war sie auf einmal sicher, den alten Mann gefunden zu haben. Sie hatte nicht vergessen, wie abweisend er anfangs gewesen war. Aber wenn er seit Jahrzehnten damit beschäftigt war, den Menschen seine Insel mit ihrer besonderen Natur und Geschichte nahezubringen, dann würde er Doro helfen, ihren Teil dazu beizutragen.

Doro entschied sich dagegen, ihn anzurufen. Stattdessen ging sie los, um nach seinem Haus zu suchen. Sie fragte sich bis ins Oberland durch, erfuhr, dass es jede Hausnummer nur einmal gab, egal in welcher Straße, und landete in einer Gasse ein Stück hinter der Kirche.

Nachdem sie geklingelt hatte, blieb es zunächst still. Doro überlegte, ob sie hier auf ihn warten sollte, falls er schon zu seinem Abendspaziergang aufgebrochen war. Bevor sie sich noch entschieden hatte, öffnete er die Tür.

»Entschuldigung«, sagte Doro.

Er rieb sich die Augen, und es kam Doro so vor, als wäre er irritiert und könnte nicht glauben, wer da auf seiner Schwelle stand.

»Wenn ich ungelegen komme ...«, begann Doro.

Doch er winkte ab und bat sie herein. »Ist alles ein bisschen beengt hier. Aber so haben sie damals gebaut. Niedrige Decken, winzige Zimmer. Wir waren einfach nur froh, wieder hier zu sein.«

»Meine erste eigene Wohnung war keine dreißig Quadratmeter groß«, sagte Doro.

»Wir haben zeitweise zu fünft hier gewohnt. Mit meiner Frau und unseren Jungs. Sie kam vom Festland her und ist geblieben. Fand alles so puppenstubenhübsch.« Er betonte jede Silbe einzeln. »Bis sie der Inselkoller erwischte. Da hat sie nichts mehr hier gehalten, nicht mal unsere Jungs.«

»Das tut mir leid«, meinte Doro.

»Ist lange her.«

Sie folgte ihm ins Wohnzimmer. Der Tisch mit den vier Stühlen nahm fast den ganzen Raum ein.

»Steht jetzt alles unter Denkmalschutz. Da kann man nicht viel machen.«

Die Wand zu einem weiteren Zimmer war durchgebrochen. Dort waren ein Schrank, ein Schreibtisch und eine Kommode aus dunklem Holz zu sehen. Auf jeder freien Fläche lagen alte Fotos, Briefe, Hefte und Bücher. Unter dem Tisch stand ein Karton.

»Mein Archiv«, erklärte er, während er zwei Stühle freiräumte. »Alles selbst gesammelt. Aus den Kellern geholt. Vor dem Müll gerettet. Nur an der Ordnung fehlt's noch.«

»Alle Achtung.«

»Für die meisten war das nur altes Zeugs. Sogar Negative auf Glasplatten habe ich gefunden. Kistenweise historische Aufnahmen.« Er schüttelte den Kopf. »Aber meine Augen werden immer schlechter.«

Doro erklärte, dass sie sich in den letzten Tagen schon mehrfach begegnet waren. Da er nickte, fragte sie sich, wie gut seine Sehkraft tatsächlich war. Vor allem, als er behauptete, sie wäre ihm gleich beim ersten Mal bekannt vorgekommen. Aber wenn er diesen Weg gehen wollte, dachte sich Doro, ging sie eben mit. Sie zweifle nicht daran, dass er der Inselführer gewesen sei, der sie auf ihrem Klassenausflug vor rund fünfundzwanzig Jahren über den Weg an der Klippe entlang begleitet habe, sagte sie.

»Ich bin Jan-Marten.« Seine Mundwinkel zuckten. »Du weißt also noch, was ich dir damals über den ›fliegenden Fisch‹ erzählt habe?«

»Na klar. Und über den Wind. Vor allem über den Wind.«

Er lächelte sie an. Und doch fand Doro irgendetwas sonderbar an seinem Blick. Sie überlegte, ob er sich wirklich an sie erinnerte, oder ob sie womöglich einfach eine von vielen war, weil er in all den Jahren unzähligen ängstlichen Kindern dieselbe Geschichte erzählt hatte.

»Ich koch uns mal einen Tee«, bot Jan-Marten an.

»Nur keine Umstände. Ich wollte wegen der Projektwoche ...«

»Das sind keine Umstände«, unterbrach er sie. »Ich bekomme so selten Besuch. Eigentlich nie.«

Gleich darauf hörte sie ihn in der Küche hantieren. Sie stand auf, ging langsam um den Tisch herum. Hier und da nahm sie ein Foto in die Hand. Schwarz-Weiß-Aufnahmen. Häuser mit spitzen Giebeln in einer engen Gasse. Frauen beim Netzeflicken. Leinen unter dem Vordach, auf denen Fische zum Trocknen hingen. Ein Umzug, eine Art Prozession, bei dem Frauen Federbetten herumtrugen. Und immer wieder Bilder, auf denen drei Kinder zu sehen waren. »Sommer 1944«

stand mit blasser Tinte auf der Rückseite eines Fotos geschrieben. Ein Junge und ein Mädchen, vielleicht fünf Jahre alt. Mit einem Jungen, der gerade erst laufen gelernt hatte. Doro konnte den Blick kaum davon lösen. Sie suchte nach weiteren Fotos der drei, als sie etwas abseits ein Heft mit einem schwarzen Pappumschlag bemerkte. Es war wie ein Paket verschnürt. Beim genaueren Hinsehen entdeckte sie, dass es mehrere Hefte waren. Das Deckblatt hatte einen langen Riss. Doro fuhr mit dem Zeigefinger über die Kante. Einige Seiten wellten sich. Die Schnur fühlte sich rau an. Der Knoten saß direkt über einem Etikett. Sie versuchte, die Schrift zu entziffern. Solche Buchstaben hatte sie ewig nicht mehr gesehen. Seit Elsie genau diese Spitzen und Schwünge als Schönschrift mit ihr geübt hatte, damit sich ihre Finger nicht mehr so verkrampften. Schreiben war Doro damals schwergefallen. Jeder Bleistift brach schon nach den ersten Buchstaben ab. Zwei Schulfüller lagen mit kaputten Federn in der Schublade.

»Eva-«, las Doro vor dem Knoten. Das konnte der Name der Besitzerin sein. »-iert« setzte sie am Ende zusammen. Dann schob sie die Schnur mit dem Knoten ein wenig zur Seite. Ihre Finger begannen zu zittern. Sie schloss die Augen, als könnte sie die Aufschrift auf diese Weise wieder vergessen. »Evakuiert«. Sie wandte sich ab. Doch wohin in dieser Enge? Das Wort schien von der Wand zu leuchten. Und von der Decke. Doro stürzte hinaus in den Flur, riss die Haustür auf. Sie lief durch das Gewirr der Gassen und Straßen und über den Friedhof. Ihr Atem ging immer schneller. Die Luft brannte im Hals und in der Lunge. Doch sie durfte nicht stehen bleiben. Weiter. Schnell weiter. Noch ein paar Schritte. Sie sah die Falmmauer vor sich. »Ich werde da runtergepustet!«, schrie Doro plötzlich. »Ich weiß es genau.« Ihre Stimme klang fremd.

»Eine Böe. Sie schubst mich eiskalt über die Kante.« Sie schnappte nach Luft. »Ich kann mich nicht halten, ich falle und falle. Ins Nichts.« Doro schwankte im Wind. »Ich werde da runtergepustet! Ich werde da runtergepustet!«, wiederholte sie. Wieder und wieder. Sie spürte, dass etwas an ihr zerrte. »Die Böe. Sie schubst mich. Über die Kante!«

»Nein, Doro, nein!«, keuchte Jan-Marten. Er klammerte sich an ihren Arm und ließ sie nicht los.

Es dauerte, bis sich ihr Atem wieder beruhigt hatte. Und erst als sie nicht mehr zitterte, gab Jan-Marten sie frei. Sein Gesicht wirkte fahl. Fahrig suchte er in seinen Hosentaschen, zog ein Stofftaschentuch heraus und wischte sich den Schweiß von der Stirn. Er murmelte etwas, das sich wie »Mädchen …« anhörte, und deutete auf eine Bank, die einige Meter entfernt stand.

Eine Weile saßen sie dort schweigend im Abendlicht und starrten vor sich hin. Doro wagte nicht, sich ihm zuzuwenden. Obwohl sie spürte, dass er sie manchmal ansah, für einen Moment nur.

»Danke«, sagte sie irgendwann leise.

»Alles in Ordnung mit dir? Oder?« Seine Stimme klang rau und unsicher. »Passiert dir das öfter?«

»Nein. Noch nie.«

»Du musst abgestürzt sein«, vermutete er. »Als Kind vielleicht?«

»Ich erinnere mich nicht.«

»Als ganz kleines Kind vielleicht?«

Doro kam nichts in den Sinn. Ihre Mutter hatte doch immer auf sie aufgepasst. Und Elsie sowieso.

»Frag deine Großmutter danach«, schlug Jan-Marten vor.

Doro nickte.

Als sie endlich wieder in ihrem Zimmer war, drehte sie als Erstes die Heizung hoch bis zum Anschlag. Dann wickelte sie sich in eine Wolldecke und griff nach dem Telefon, um Elsie anzurufen. Doch sie zog die Hand zurück, weil ihr plötzlich die Worte des alten Mannes einfielen. Sie sollte ihre Großmutter nach einem möglichen Sturz fragen, hatte dieser Jan-Marten gesagt. Nicht ihre Mutter. Oder ihren Vater. Seltsam. Wie kam er ausgerechnet auf ihre Großmutter? Doro hatte ihm nichts von Elsie erzählt. Von ihrem innigen Verhältnis. Davon, dass sie auch heute noch bei Elsie lebte wie schon als Kind. Doro war sich ganz sicher, ihre Großmutter mit keinem Wort erwähnt zu haben. Konnte das Zufall sein? Nur ein Versehen? Ein Versprecher? Oder steckte mehr dahinter? Hätte sie ihn doch nur gleich danach gefragt. Was war los mit ihr? Seit wann entgingen ihr Details? Was wusste er über sie und woher? Ob er doch für Jesper arbeitete? Hier draußen schien alles möglich. Es fiel ihr schwer, ihre Gedanken zu ordnen. Die alten Fotografien kamen ihr wieder in den Sinn und die Dokumente. Sollte sie Elsie davon erzählen? Jedenfalls musste Doro sie jetzt anrufen.

»Omi«, sagte sie so ruhig wie möglich, »du musst mir helfen.«

»Natürlich, Doro, wenn ich kann.«

»Erinnerst du dich, dass ich als Kind mal gestürzt bin?«

»Hingefallen, meinst du? Mit aufgeschlagenem Knie oder Beule am Kopf?«

»Ich meine abgestürzt.«

Elsie schwieg.

»Aus großer Höhe. Und tief gefallen.«

»Doro! Ist dir was passiert? Bist du verletzt?«

»Mir fehlt nichts, Omi«, sagte sie und wusste doch, dass das nicht stimmte. Sie hörte Elsie flach und schnell atmen.

»Beruhige dich. Bitte beruhige dich, Omi.«

»Wie soll ich mich denn beruhigen, wenn du mich so was fragst?«

»Es geht doch nur darum, ob du dich an so einen Sturz erinnerst. Mehr nicht. Bitte. Es ist wichtig für mich. Denn ich erinnere mich nicht. Und ich muss es unbedingt wissen.«

Eine Weile war es still in der Leitung. Doro wartete. Sie zog sich die Wolldecke fester um die Schultern.

»Nein«, sagte Elsie dann. »Nein, du bist nicht abgestürzt, wie du es nennst. Ganz bestimmt nicht.«

»Bist du dir sicher?«

»Bin ich jetzt schon senil oder was? Solange du bei uns warst, ist dir nichts passiert! Dein Großvater und ich haben auf dich aufgepasst. Verlass dich darauf.«

Doro zögerte. »Und mit Sandra?«, fragte sie schließlich.

»Ich weiß nicht viel über die Zeit, als deine Mutter mit dir in der Welt unterwegs war.«

»Würdest du … könntest du sie vielleicht fragen?«

»Wie stellst du dir das vor, Doro?«

»Du hast doch einen Notfallkontakt.«

»Wenn es tatsächlich ein Notfall ist, dann solltest du vielleicht darüber nachdenken, den Job zu wechseln.«

Doro schwieg.

»Willst du mir etwa einreden, dass das nichts miteinander zu tun hat?«, ereiferte sich Elsie. »Wenn du in einem Büro sitzen würdest, hättest du diese Probleme bestimmt nicht.«

»Möglich.«

»Du bist genauso stur wie dein Großvater.«

Doro lächelte. »Gut so. Sonst wäre ich nicht so weit gekommen.«

»Er war stolz auf dich.«

»Ich weiß.«

Elsie seufzte. »Ich bin auch stolz auf dich. Nur die Angst ...«

»Ich verstehe dich ja. Aber kannst du dir wirklich vorstellen, dass ich von acht Uhr morgens bis vier oder fünf Uhr nachmittags in einem Labor, einem Laden oder einem Büro arbeite und zufrieden damit bin?«

»Nein«, gab Elsie zu.

»Dann hilfst du mir also und fragst bei Sandra nach?«

»Wenn ich deine Mutter ausfindig machen kann.«

Doro war überzeugt davon.

Nachdem sie aufgelegt hatte, fragte sich Doro, wie lange es wohl dauern würde, bis Elsie etwas herausfand. Neben dem Telefon sitzen zu bleiben und auf ihren Rückruf zu warten, war keine gute Idee. Sandras letzte Postkarte lag schon monatelang in der Schublade vom Küchentisch. Sie konnte inzwischen längst in einem anderen Winkel der Welt unterwegs sein. Soweit Doro wusste, gab es keinen Plan, nach dem Sandra vorging. Sie ließ sich treiben. Auch wenn sie nützliche Arbeit verrichtete dabei. Elsie hatte nie darüber gesprochen, was dieser Notfallkontakt bedeutete. Und Doro hatte nie danach gefragt.

Einige Tage vergingen.

Doro scheute sich, Jan-Marten erneut zu besuchen, obwohl sein selbst zusammengetragenes Archiv sie faszinierte. Sie hatte noch nie jemanden getroffen, der aufbewahrte, was andere für Altpapier hielten. Der einen Sinn für Fotos hatte, obwohl er sich vermutlich kaum an jeden erinnerte, der darauf abgebildet war. Elsies Fotos zeigten Doro. Meistens mit Großvater Hannes, manchmal mit Elsie, mit Tante Martha, mit Nachbarskindern. Ähnliche Aufnahmen gab es auch von

Sandra. Doro hatte nie danach gefragt, ob es andere Bilder gab, ältere, die Elsie als Kind zeigten. Sie wusste, dass ihre Großmutter kurz vor dem Krieg geboren worden war. Vermutlich hatten sich ihre Eltern damals keinen Fotoapparat leisten können. Oder einen Termin beim Fotografen. Möglicherweise waren alle Bilder bei einem Bombenangriff in Flammen aufgegangen. Und nicht nur die. Vielleicht sollte sie Elsie einmal danach fragen. Ganz behutsam. Wenn sie das nächste Mal wieder zu Hause bei ihr war. Wenn Doro geklärt hatte, was ihr so zusetzte, was ihr vorgaukelte, sie würde jeden Halt verlieren. Wenn sie wieder festen Boden unter den Füßen spürte, sei es auf der Steigleiter, auf dem Schiffsdeck oder an der Klippe im Wind. Wenn sie endlich nicht mehr fürchten müsste, in den Abgrund gepustet zu werden.

Vielleicht würde es ihr guttun, das Schulprojekt vorzubereiten. Ihre Fragen dazu war sie gar nicht mehr los geworden bei Jan-Marten. Doro wagte jedoch nicht, ihn anzurufen. Sie wollte auch mit niemand anders von der Kontaktliste sprechen. Sie würde es erst einmal allein versuchen.

17

War das der Tag, vor dem sich Elsie all die Jahre gefürchtet und von dem sie gehofft hatte, dass er niemals kommen würde? Nicht mehr für sie. Für Doro vielleicht. Bisher hatte sie nur ein einziges Mal den Notfallkontakt aktivieren müssen: gleich nachdem Hannes tot in seiner Werkstatt gelegen hatte. Damals wünschte sie sich Sandra an ihrer Seite. Hoffte auf die Hilfe ihrer Tochter. Stattdessen war und blieb sie allein Doros und Marthas Fragen ausgesetzt. Musste einsame Entscheidungen treffen. Stand am Grab unter Fremden. Unberührt von den Worten und allein. Sie wartete vergeblich. Es dauerte Monate, bis die nächste Postkarte kam. Monate, in denen Zweifel an ihr nagten. Ob die Nachricht Sandra überhaupt erreicht hatte. Ob sie zur Beerdigung ihres Vaters nicht hatte kommen können oder wollen. Ob ihr etwas zugestoßen war. Zweifel, die sie nicht zeigen durfte. Vor allem nicht vor Doro. Und die die Postkarte am Ende kaum auflöste.

Elsie brauchte sie nicht zu suchen, diese Postkarte, die mehr als fünfundzwanzig Jahre alt war. Genauso wenig wie sie den Zettel mit der Notfallnummer suchen musste. Beide lagen, wo sie immer gelegen hatten. Und diesmal würde sie sich nicht mit irgendwelchen Floskeln abspeisen lassen. Diesmal nicht. Denn inzwischen musste es leichter geworden sein, die abgelegensten Ecken dieser Welt zu erreichen. Selbst wenn es dort kein Internet gab und kein Handynetz. Es gab immerhin Satellitentelefone.

Elsies Finger zitterten, als sie den Zettel mit der Nummer auf den Tisch legte. Die Zahlenreihe verschwamm vor ihren Augen zu einem Bandwurm. Sie musste sich beruhigen. Musste klar sein, wenn irgendjemand irgendwo den Anruf entgegennahm. Sie ging in die Küche, trank ein Glas lauwarmes Wasser. Dann atmete sie ein paar Mal tief durch. Wieder zurück am Tisch, griff sie entschlossen nach dem Telefon. Sorgfältig tippte sie Ziffer für Ziffer ein. Sie lauschte. Hörte kein Signal, nur ihren Herzschlag. Was, wenn die Nummer nicht mehr gültig war? Elsie zwang sich, auszuharren, bis sie ein leises Knacken wahrnahm und dann endlich ein undeutliches Klingelzeichen. Als sich ein junger Mann meldete, musste sich Elsie erst vergewissern, dass sie richtig verbunden war. Ja, sie sei weitergeleitet worden, erklärte der Mann, zur Zentrale der Hilfsorganisation.

»Meine Tochter arbeitet für Sie«, sagte Elsie und nannte Sandras vollständigen Namen. Sie hörte ihn auf einer Tastatur tippen.

Er bat sie zu buchstabieren.

Elsie verhaspelte sich.

Er wiederholte langsam und erfragte Sandras Geburtsdatum.

»Ich muss mit ihr sprechen«, drängte Elsie. »Es ist wirklich wichtig. Ein familiärer Notfall.«

»Tut mir leid«, sagte der Mann. »Ich finde Ihre Tochter nicht.«

»Das kann nicht sein.«

»Sie taucht in keinem Verzeichnis unserer Mitarbeiterinnen auf.«

»Unmöglich, das kann nicht stimmen«, wiederholte Elsie. »Sie hat mir diese Nummer gegeben. Für den Notfall. Ich rufe doch nicht aus Langeweile an.«

»Natürlich nicht«, erwiderte der Mann. Er suchte weiter, bei den Freiwilligen, ohne Erfolg.

»Meine Tochter arbeitet schon ewig für Ihren Verein!« Elsie hörte ihn wieder tippen.

»Auch bei den ehemaligen Mitarbeiterinnen kein Treffer«, sagte er dann. »Zehn Jahre zurück. Weiter reichen unsere Unterlagen nicht.«

Elsie wusste nicht, was sie dazu sagen sollte.

»Kennen Sie noch einen anderen Namen? Von einer…« Der Mann stockte. »Von einer Kollegin vielleicht?«

Elsie drehte den Zettel um und las die zwei Worte ab. »Hier steht ein Name: Nicole Fassbender.«

Während Elsie noch überlegte, ob sie diesen Namen schon mal gehört hatte, sagte der Mann: »Na also. Ich stelle Sie durch.«

Die Frau meldete sich sofort.

Elsie stellte sich vor. »Ich bin Sandras Mutter. Und versuchen Sie ja nicht, mir weiszumachen, dass Sie sie nicht kennen!«

Die Frau schwieg.

»Sie arbeiten doch mit ihr zusammen.«

»Nein. Ja. Nicht mehr so direkt.«

Elsie schlug mit der Faust auf den Tisch. »Was denn nun?«

»Das war damals in Bangladesch. Das ist ewig her.«

»Ewig interessiert mich nicht. Ich muss sie jetzt sprechen. Dringend. Es geht um Doro, Sandras Tochter.«

»Ich wusste, dass der Tag kommt«, murmelte die Frau.

»Also, was ist mit Sandra? Wo kann ich sie erreichen? Sie müssen doch eine Verbindung zu ihr haben. Selbst wenn sie im Dschungel ist. Oder in Nepal. Oder in Nauru.«

»In Hannover. Sie ist in Hannover.«

»Han-?« Elsie rutschte das Telefon aus der Hand. Es polterte auf den Tisch. Sie hob es rasch wieder auf und hörte die Frau noch »Es tut mir leid« sagen.

Elsie schluckte.

»Ich, ich hätte ihr nicht helfen dürfen.« Die Frau seufzte. »Es tut mir so leid«, wiederholte sie. Ihre Stimme klang weinerlich. »Es war nicht richtig zu verschleiern, dass sie in Deutschland ist. Aber sie hat mich so gedrängt. Und ich ... ich dachte, sie wird ihre Gründe haben.«

Elsie schnappte nach Luft.

»Heute verstehe ich das selbst nicht mehr. Wie konnte ich es nur immer wieder übernehmen, ihre Postkarten ins Ausland zu schaffen und dafür zu sorgen, dass sie von dort abgeschickt werden.«

»Dann hätte Sandra jemand anderen gefunden.« Elsie war nicht bereit, sich die Geschichte dieser Frau anzuhören.

»Vielleicht haben Sie recht.«

»Ich habe auf jeden Fall recht«, beharrte Elsie und verlangte die Adresse und die Telefonnummer ihrer Tochter.

Als sie aufgelegt hatte, ließ sie den Tränen freien Lauf. *Warum?*, hämmerte es in ihrem Kopf. *Warum nur?* Sie wischte sich mit dem Ärmel übers Gesicht. Ihre Tochter lebte in Hannover, keine zwei Stunden von ihr entfernt, und meldete sich nicht? Bei ihr oder bei Doro? Elsie bebte. Sie fühlte das Schluchzen im ganzen Körper. *Wie kann sie so sein? Was habe ich ihr getan? Was habe ich falsch gemacht?* Die Tränen strömten weiter. *Und Doro, das Kind –* ihr *Kind. Was soll ich Doro sagen? Deine Mutter will nichts von dir, will nichts von uns wissen?* Elsie schlug die Hände vors Gesicht. *Das kann ich nicht. Nein, nein, nein, das bringe ich nicht fertig. Das zerreißt mich.*

Irgendwann versiegten die Tränen. Elsie rieb sich die geschwollenen Augen. Ihr Kopf war leer, ihre Gedanken erschöpft. Sie stützte sich am Tisch ab, stand auf, wankte zum Sessel hinüber. Sie brauchte eine Pause. Die Trauer musste sich verziehen, und die Wut. Die Wut auf Sandra. Auf Doro. Auf sich selbst. Warum hatte sie nicht schon eher darauf bestanden, mit Sandra zu sprechen? Warum hatte sich Elsie einfach so abgefunden mit den nichtssagenden Postkarten ihrer Tochter? Obwohl, ganz so einfach war es nicht gewesen. Schon gar nicht, als Doro noch klein war. Als sie jedes Jahr aufs Neue hoffte, ihre Mama würde zum Geburtstag einfliegen oder zu Weihnachten, als Überraschung. Und Elsie hatte Geschichten erfunden, warum Sandra dann doch nicht gekommen war. Um Doro zu trösten, und ein wenig auch sich selbst. In all den Jahren hatte sie sich selten gefragt, was Sandra wohl dazu bewog, fernzubleiben von ihrer Mutter und ihrer Tochter. Elsie hatte ihr auch nie geschrieben, wie sehr es sie verletzte, sie alle beide. Sie fürchtete sich vor den Vorwürfen, mit denen Sandra möglicherweise geantwortet hätte. Denn irgendeinen Groll musste sie doch gegen Elsie und Doro hegen, oder welchen anderen Grund konnte es geben?

Elsie fand keine Antwort.

Eine Weile starrte sie das Telefon an, das drüben auf dem Tisch lag. Sollte sie Sandra gleich anrufen? Sie konnte sich nicht dazu durchringen. Sollte sie mit Doro sprechen, ihr die Nummer ihrer Mutter geben und sie bitten, ihre Fragen selbst zu klären? Doro war längst erwachsen. Sie brauchte keine Großmutter mehr, die sie beschützte. Aber auch das brachte Elsie nicht fertig. Sie überlegte, ob sie vielleicht Vera anrufen und die Situation mit ihr besprechen sollte. Grete oder Martha würde sie keinesfalls damit behelligen. Schließlich entschied sie sich dagegen, überhaupt irgendjemanden anzurufen. Sie lehnte sich zurück. Es tat gut, die brennenden Augen zu schließen. Zu dösen. Als sie aufwachte, wusste Elsie, was zu tun war: Sie würde sich eine Fahrkarte nach Hannover kaufen. Gleich morgen früh.

18

Elsie lief im Strom der Reisenden bis auf den Bahnhofsvorplatz, blieb einen Moment hinter dem Reiterdenkmal stehen, um sich zu orientieren. Sie erinnerte sich nicht, wann sie das letzte Mal hier gewesen war. Nur niemanden nach dem Weg fragen, nicht lange herumsuchen, dachte sie und wandte sich nach links zum Taxistand. Keine zehn Minuten später stieg sie vor einem Altbau in einer ruhigen Seitenstraße aus. Noch konnte alles ein Irrtum sein, ein Missverständnis vielleicht. Doch der Gedanke verschwand so schnell, wie er aufgeblitzt war. Elsie bemerkte, dass die Haustür nur angelehnt war. Sie ging hinein und auf die Briefkästen zu. »Keine Werbung« las sie in großen roten Buchstaben. Darüber in Schwarz Sandras Namenszug und »3. Stock«. Sie schien also allein zu wohnen. Elsie verschnaufte auf jedem Treppenabsatz. Sie wollte nicht atemlos vor der Tür ihrer Tochter erscheinen, nicht nach all den Jahren, in denen sie sich nicht gesehen hatten. Doch ihre Finger zitterten, als sie klingelte. Elsie lauschte. Schritte waren zu hören. Dann wurde die Tür geöffnet.

»Hallo, Ma«, sagte die Frau.

Die Stimme gehörte unverkennbar Sandra. Und die Augen – das Blau von Hannes. Doch sie wirkte so alt. Nicht allein wegen der weißen Haare und der faltigen, blassen Gesichtshaut.

»Komm rein.« Sie trat zur Seite.

Elsie zögerte.

»Bitte.«

»Diese Frau von der Hilfsorganisation hat dich also vorgewarnt.« Elsie knöpfte sich den Mantel auf.

»Ich habe immer damit gerechnet, dass du eines Tages vor
der Tür stehst. Oder Doro.«

»Ach ja? Und wie lange schon?«

»Ist das jetzt wirklich wichtig?«

Elsie wusste nicht, was sie darauf antworten sollte. Sie folgte
ihrer Tochter ins Wohnzimmer.

»Setzt dich. Ich koche uns Tee.«

Als ob ich deswegen gekommen bin, dachte Elsie, aber
Sandra war schon in der Küche verschwunden, bevor sie reagieren konnte. Sie sah sich vorsichtig um. Keine afrikani-
schen Masken. Keine Südseemuscheln. Keine Thangka-Male-
reien aus Tibet. Aber auch keine gerahmten Fotos. Weder von
unterwegs noch aus der Familie. Elsie kam es fast so vor, als ob
sie in einem Hotelzimmer saß.

»Milch oder Zitrone?«, rief Sandra von draußen.

»Schwarz«, rief Elsie zurück.

Wenig später saßen sie sich an dem niedrigen Rauchglas-
tisch gegenüber. Sandra schob eine Schale mit Butterkeksen
zu Elsie hin. Elsie rührte sich nicht.

»Und wie geht es dir?«, fragte Sandra. »Du siehst jedenfalls
gut aus für dein Alter.«

Elsie nickte leicht. »Du nicht.«

»Ich weiß. Das ist der Schichtdienst. Ich komme kaum an
die Luft.«

Wenn das eine Entschuldigung sein sollte, wollte Elsie sie
nicht gelten lassen. ›Armes Mädchen, du hast sicher niemals
frei, und Urlaubstage stehen dir auch nicht zu‹, hätte Elsie am

liebsten gespottet, ließ es aber bleiben. »Es geht um Doro«, sagte sie stattdessen.

»Nicole hat schon so was angedeutet.«

Sie hatte wohl ausgiebig telefoniert mit der Frau von diesem Hilfsverein, dachte Elsie, beherrschte sich aber. »Vielleicht weißt du ja, dass Doro offshore arbeitet. In einem Windpark.«

»Woher soll ich das denn wissen?«

»Aus dem Internet.«

»Das ist nicht so meins«, gab Sandra vor.

»Sie macht einen wichtigen Job dort, deine Kleine. Klettert auf den Windrädern herum und so was.«

»Und da stirbst du nicht vor Angst? Bei mir bist du jedes Mal ausgerastet, wenn ich nur auf einen Baum klettern wollte.«

Elsie winkte ab und hoffte, Sandra würde es akzeptieren. Doch die sah sie nur finster an.

»Ich wollte dich nicht erschrecken damals«, sagte Elsie. »Du warst so ein wildes Kind. Das hat mir Angst gemacht.«

»*Du* hast mir Angst gemacht.«

»Das tut mir leid.« Elsie fragte sich, ob sie hier diejenige war, die sich entschuldigen musste. Doch sie wollte Sandra nicht gegen sich aufbringen. »Das war sicher nicht leicht für dich.«

»Nein. Leicht war es nicht. Aber eine gute Vorbereitung auf alles, was da noch kam.« Sie kippte einen Schuss Milch in ihren Tee.

Elsie beobachtete, wie sich die karamellfarbene Wolke in Sandras Glas ausbreitete. »Am Ende der Welt läuft bestimmt selten was nach Plan«, sagte Elsie.

»Da ist Improvisieren gefragt.«

»Dass du überhaupt Postkarten an uns schicken konntest,

und dass die tatsächlich angekommen sind«, wunderte sich Elsie.

»Ach das … ja … nein. Die Karten hat jemand mitgenommen.«

Elsie runzelte die Stirn.

Sandra biss sich auf die Lippen.

»Wie mitgenommen?«, wollte Elsie wissen. »Wohin?«

Sandra sprang auf, lief in die Küche, kramte lange im Besteckkasten herum. Sie kam schließlich mit zwei Teelöffeln zurück und legte sie vor den Gläsern ab. »Also, die Postkarten«, sagte sie dann. »In der Steppe gibt es ja keine Briefkästen. Da musste ich warten, bis jemand in die Hauptstadt fährt. Oder überhaupt von unseren Außenposten in die nächste Stadt. In einen Ort mit einem Postamt oder mit einer Piste für den Versorgungsflieger.«

Irgendwie fühlte sich Elsie plötzlich an die Geschichten erinnert, die sie Doro immer erzählt hatte. Doch sie kam nicht dazu, nachzuhaken, denn Sandra fragte unvermittelt nach Doro.

Elsie sah ihre Tochter aufmerksam an. Sorgte sie sich um Doro? Oder wollte sie das Gespräch nur wieder nach ihren Vorstellungen lenken? »Doro hat mich nach einem möglichen Sturz aus größerer Höhe in ihrer Kindheit gefragt.«

»Und?«

»In meiner Obhut ist sie nicht gestürzt«, sagte Elsie so ruhig wie möglich.

Sandra lachte auf. »Ein Kind, das nicht mal hinfällt? Hast du sie eingesperrt oder was?«

»Wofür hältst du mich eigentlich? Für ein Monster?«

Sandra schwieg.

Elsie versuchte, ihr Zittern zu unterdrücken. Vielleicht war es doch ein Fehler gewesen, herzukommen. Aber sie musste es zu Ende bringen. Für Doro. »Es geht darum, ob sie abgestürzt und metertief gefallen ist. Damals, als sie mit dir unterwegs war.«

»Nein!«

Für Elsie hörte es sich an wie ein Schrei.

»Bitte, Doro hat Probleme. Du musst ihr helfen. Wenigstens dieses eine Mal.«

Sandra schüttelte den Kopf.

»Kannst du nicht oder willst du deiner Tochter nicht helfen?«

»Was weißt du schon davon, was ich kann oder will?«

»Gar nichts«, gab Elsie zu, »heute nicht mehr.«

»Du hast mich noch nie verstanden! Ich wollte immer nur weg, weil ich mich so eingeengt gefühlt habe bei euch.«

Was sollte sie dazu sagen? »Du bist doch deinen Weg gegangen. Bist mit dem Rucksack losgezogen, gleich nach deiner Lehre im Krankenhaus, und bist mit Doro zurückgekommen.«

»Ja, und ich habe sie bei euch gelassen. Aber nicht, weil sie irgendwo abgestürzt ist.« Plötzlich schluchzte Sandra.

Elsie verspürte keinen Impuls, zu ihr zu gehen auf die andere Seite des Tisches, sie in den Arm zu nehmen, sie zu trösten.

»Ich … ich habe mich nicht so um mein Baby gekümmert, so richtig … so wie es Mütter tun«, brach es aus Sandra heraus. »Ich hab die Kleine viel allein gelassen. Sie war immer so still und brav. Und ich war ja nicht weit weg. Ich hab mich auf Doro verlassen. Aber sie ist nicht in ihrem Bettchen geblieben. Und ich hab es anfangs nicht mal gemerkt. Ich hätte eine von den Frauen anheuern können, eine Einheimische, damit sie aufpasst. Ich hab es aber nicht getan, sondern hab die Kleine sich selbst überlassen. Nicht an die Wildnis rundherum gedacht und an die fremde Sprache. Nur an die Arbeit. Und manchmal auch an ein bisschen Spaß. Wüstensurfen, Klippenspringen, so was. Das war egoistisch von mir, ich weiß. Und ich hab mich so geschämt hinterher.« Sandra starrte auf ihr Teeglas.

Elsie sah sie nachdenklich an.

Als Sandra fortfuhr, hatte sich ihre Stimme verändert. Fast wie eine unbeteiligte Zuschauerin berichtete sie von dem Nachmittag, als Doro plötzlich verschwunden war. Wie sie durchs Dorf gerannt war, in jeder Hütte und jedem Verschlag nach ihrem Kind gesucht hatte. Vergeblich. Wie sie heulte, als es dunkel wurde. Panisch ihre Kollegen anschrie und ihre Nachbarn. Und alle ausschwärmten, sogar bis zur Wasserstelle. Nie hätte sie es für möglich gehalten, dass eine Vierjährige so weit hinauslief. Bis einer der Alten ihre Spur aufnahm. Doro hat da ganz friedlich geplanscht, hieß es später. »Ich konnte nur noch an die wilden Tiere denken, die in der Dämmerung zu der Tränke kamen.« Sandra redete weiter. Von den Vorwürfen, die sie sich machte und von den Albträumen. Von der unerträglichen Scham, die sie Tag für Tag begleitete und selbst im neuen Jahr nicht nachließ. Nicht einmal als sie weiterzog, in ein anderes Land, auf einen anderen Kontinent. Bis sie sich schließlich nicht mehr anders zu helfen wusste, als Doro zu Elsie und Hannes nach Deutschland zu bringen. »Ich wusste, ihr würdet gut auf sie achten. Besser als ich.« Nur die Scham blieb. Und überkam sie jedes Mal aufs Neue wie eine düstere Welle, wenn sie sich überwand, wenigstens eine Postkarte nach Hause zu schicken.

Elsie schluckte.

Sandra sah auf. Die Schatten unter ihren Augen wirkten

dunkler als zuvor. »Mehr habe ich nicht ertragen«, sagte sie leise.

Elsie fröstelte. Sie brachte es nicht fertig, Sandra zu fragen, ob sie sich je Gedanken darüber gemacht hatte, wie es Doro mit diesen nichtssagenden Botschaften ergangen war. Und wie Elsie sich dabei gefühlt hatte.

»Es tut mir leid.« Sandras Stimme war kaum zu hören. Aber Elsie sah, wie sich ihre Lippen bewegten. Sie saß einer Fremden gegenüber. Einer Frau, die einmal Sandra gewesen war. Ihre Tochter. Hannes' Tochter. Doros Mutter.

Sie saßen eine Weile schweigend.

»Was wirst du Doro sagen?«, fragte Sandra dann.

»Dass sie nicht abgestürzt ist.«

19

Unser Land steht. Und wird weiter bombardiert. Ohne Vor-warnung. Zielübungen der Royal Air Force. Scheinbar gibt es keinen anderen Ort dafür. All die Eingaben vergeblich, sagt Rick. Sogar die gegen die Abwürfe auf den Friedhof. Die Grab-steine liegen kreuz und quer und zerbrochen. Knochen und Schädel dazwischen. Auch die von seinem Vater. Und von unse-ren Großeltern, die dort noch als Engländer geboren worden waren. Das Hoffen auf Frieden für unseren Felsen. Und die stil-le Sehnsucht, dorthin zurückzukehren.

Zum ersten Heimattreffen strömen mehr als tausend Men-schen aus allen Himmelsrichtungen nach Cuxhaven. Viele lie-gen sich in den Armen, haben sich jahrelang nicht mehr gese-hen. Singen. Tanzen. Erinnern an die Traditionen. Wollen, dass ich mitmache und miin Mem auch. Neue Trachten nähen, selbst wenn sie sich dafür mit eingefärbten Bettlaken behelfen müssen. Helgoländer Tänze üben, Lieder singen. Brautbetttragen am Vorabend einer Hochzeit, Wassertragen zur Taufe. Mems Au-gen glänzen. Ich verspreche ihr, wir machen mit. Ich kann nicht anders, wenn es meiner Mutter so viel bedeutet. Und mir? An mir zerrt die Angst. Gibt es diese Stelle noch am Falm, an der ich ihn das letzte Mal sah? Ihm nicht hinterherstürzte? Ertrage ich es, dort zu stehen, hinabzusehen in den Abgrund? Nichts zu se-hen, weil alles anders ist? Kein Grab, nur die Gewissheit zu ha-ben, hier gibt es noch etwas von ihm, von unserem William. Zu fürchten, dass jemand fragt. Die alten Nachbarinnen und die neuen. Vielleicht sogar Rick. Keine Antwort zu wissen. Nur die Bilder im Kopf. Ich verstumme über den Erinnerungen.

Geht es anderen ebenso?

Oder kommen ihnen die Promenadenkonzerte in den Sinn mit der großen Kurkapelle, die dreimal am Tag aufspielte? Die Lästerallee mit den Kaperern, die auf der Landungsbrücke Gäste abfangen und in ihr Logierhaus lotsen sollten? Oder der Ausrufer mit der Glocke, der das Programm für den Abend ansagte: »Tanz im Ballhaus Nordseelust«, »Neue Kapelle im Victoria-Café«, »Theater im Conversationshaus«, »Kino bei Lotte Laube«, »Modenschau« ... Erinnern sie sich an all die berühmten Gäste? An die Filme, die hier gedreht wurden, weil unser Land die perfekte Kulisse für die Alpenlandschaft in den Luis-Trenker-Filmen hergab? Denken sie an die Kaviarstuben oder an die einfachen Mittagstische? An die Mädchen, die Kellnerin lernten und hofften, zu einem Gesellschaftsball eingeladen zu werden? Bevor die Soldaten kamen, um unser Land zur Seefestung auszubauen, und schnell in der Überzahl waren. Und wir bald mitten im Krieg. Die Dampfer zu grauen Kanonenbooten wurden und das Kurhaus zum Lazarett. Vergessen der Hof-Photograph und Johannsens Fremdenblatt.

Auch wenn mich der Mann mit Block und Bleistift daran denken lässt. Beim Heimattreffen 1949 sehe ich ihn zum ersten Mal: James Krüss. Er sammelt Adressen und Zusagen, sein Helgoland. Ein Mitteilungsblatt für Hallunner Moats zu abonnieren. Am Ende zählt er mehr als hundertfünfzig Orte auf dem Festland, in die es Helgoländer Familien verschlagen hat. Noch schreibt er das Blatt mit der Hand, mit dem Füllhalter in Blockschrift, in seinem Zimmer. Weil er kein Büro hat und keine Schreibmaschine. Aber er muss etwas tun. Und hoffen und zeigen, wir sind noch da. Trotz all der Schreckensmeldungen: von

Fischern, die den Explosionen so gefährlich nahe kommen. Und von dem Wikingerschiff mit den fünfzehn jungen Schweden an Bord. Bei der Düne zuletzt gesichtet. Im Orkan verschollen. Oder im Bombenhagel der Übungsflüge.

Der Leuchtturm muss wieder in Betrieb gehen, sagt Rick.

Wir finden uns zurecht auf dem Festland. Richten uns ein. Dürfen aus dem Keller in den ersten Stock ziehen. Haben den Hungerwinter überlebt. Uns auf die Währungsreform gefreut und die Waren in den Schaufenstern bestaunt. Aber kaum gewagt, etwas zu kaufen. Fünfzig Pfennig für ein Ei. Erst mal eins für Elsie. Und etwas Zucker, damit ich es schaumig aufschlagen kann, als hätte es eine süße Schneehaube. Fünfzig Pfennig, das ist mein Stundenlohn im Akkord in dieser Fabrik. Kaum zu schaffen, sechzig D-Mark zusammenzulegen für ein Fahrrad. Oder auf ein Radio zu sparen. Ricks Mutter erlebt nicht mehr, dass die Lebensmittelkarten abgeschafft werden. Sie hat von nichts anderem geredet.

Rick weiß schon lange vor Weihnachten, wovon die Welt zum Jahreswechsel spricht: von diesen tollkühnen jungen Leuten. Zwei Studenten aus Heidelberg planen die friedliche Invasion der Insel. Illegal und lebensgefährlich. Heimliche Diskussionen über das Für und Wider unter den Helgoländern. Und ob man sich beteiligt oder nicht. Lässt sich so Aufmerksamkeit für unsere Situation schaffen, oder fordern sie damit nur weitere Ablehnung der Briten heraus? Nutzen all die Verhandlungen wirklich nichts? Ausrüstung und Überfahrt der Studenten werden schließlich unterstützt. Und schon ist unser Land in aller Munde. Rick kommt jeden Tag mit neuen Nachrichten. Ich will mir nicht vorstellen, wie es den Männern dort geht. Mein letzter Blick auf dem Weg vom Bunker zum Hafen, am Tag der Evakuierung, hat sich eingebrannt bei mir. Damals gab es noch Rui-

nen mit Dächern wie Gerippe. Nach dem Big Bang und den Zielflügen nur noch Schutt. Einzig der Flakturm steht noch, heißt es. Eiskalter Unterschlupf aus Beton. Mit der Aussicht auf Bombentrichter und Minenfelder.

Die Studenten knüpfen die Europa-, die Deutschland- und die Helgolandflagge an ein rostiges Rohr und versuchen, sie in Sturm und Eisregen aufzurichten. Für eine unscharfe Aufnahme in der Zeitung. Ich mag sie nicht ansehen. Nicht lesen, was sie dazu schreiben, mir nicht erzählen lassen, was in Cuxhaven los ist und in Hamburg. Nichts von der Rückkehr, von weiteren Besetzungen, von Zuständigkeiten, Drohungen und Strafen. Rick ist sicher, es wird helfen, die Bombardierungen zu stoppen und unseren Felsen zurückzubekommen. Und endlich Ruhe für unseren William. Acht Jahre wäre er jetzt alt, würde er nicht am Fuß der Klippe liegen oder wo auch immer, ohne ein Grab. Ich beginne erst, darauf zu hoffen, als der Ideenwettbewerb für den Wiederaufbau Helgolands ausgeschrieben wird. Da hat Rick uns schon längst für die Rückkehr angemeldet.

Und natürlich ist er beim Vorauskommando für die Freigabefeier auf der Insel dabei. Den Pier herrichten. Sichere Wege zwischen Trümmern, Bombentrichtern und Blindgängern markieren. Fahnenmasten aufstellen. Einen Platz freiräumen für die Gäste und die Redner. Für die Übernahme der Insel durch den Ministerpräsidenten. Für die Presseleute. Aber auch für das Freudenfeuer, das die Arbeiter schon um Mitternacht entzünden, als sie noch allein auf der Insel sind. Ebenso wie die grünrot-weiße Fackelreihe. Helgolands Farben im Nieselregen. Wenige Kutter und Arbeitsschiffe dümpeln im Hafen. Der Wind trägt ihre Signale über unser Land und aufs Meer hinaus. Schiffsglocken läuten. Dampfersirenen heulen. Die Männer liegen sich in den Armen.

Als Rick zurückkommt, bin ich froh, dass er dabei gewesen ist. Auch wenn er gleich wieder los will, weiter räumen. Für unsere Zukunft, sagt er. Und: Der Maulbeerbaum im alten Pastorat hat alles überlebt. Der Stumpf zeigt frische Triebe.

20

Doro versuchte, sich auf die Planung ihrer Projektwoche zu konzentrieren. Sie sammelte mögliche Fragen, die sie den Kindern stellen wollte, sortierte und gruppierte sie und war doch nicht zufrieden. Sie wandte sich der Geschichte der Windkraft zu, suchte auch hier nach Punkten zum Anknüpfen, wusste, dass es wichtig war, die Dinge einfach zu halten. So einfach wie diese kleinen Windräder an einem Stock. Vermutlich hatte jedes Kind eines gehabt und in die bunten Flügel gepustet, damit es sich schneller und schneller drehte. Doro sprang auf und lief in ihrem Zimmer hin und her. Hatte sie auch so eins gehabt? Sie erinnerte sich nicht. Ihr wurde schwindlig, als hätte sie zu lange in die rotierenden Flügel geblickt.

Sie öffnete die Balkontür und sog die frische Luft ein. Der Vorfall zu Elsies Geburtstag kam ihr in den Sinn, und dass sie nie darüber gesprochen hatten, warum Elsie die kleinen bunten Windmühlen sofort aus den Beeten gerissen und in die Mülltonne gestopft hatte. Dabei war Doro überzeugt davon gewesen, dass Elsie sich über ihren so dekorierten Garten freuen würde. Vielleicht war es keine gute Idee, über solches Spielzeug zu reden, weil es die Kinder heute schnell langweilte.

Doro könnte auch erst einmal fragen, ob sie schon wussten, welchen Beruf sie nach der Schule ergreifen wollten und was sie besonders spannend daran fanden. Danach konnte sie von ihrem Weg erzählen. Von all den Jobs in der Windbranche, für Frauen und Männer. Und besonders die Mädchen ermutigen, diesen Weg einzuschlagen. Als Technikerinnen, Ingenieurinnen und Managerinnen sowie seit über dreißig Jahren auch als Mitglieder einer rein weiblichen Genossenschaft für erneuerbare Energien. Die hatte schon 1995 ihre erste eigene Windkraftanlage ans Netz gebracht und sich ständig weiterentwickelt. Doro sah hinaus Richtung Windpark. Sie konnte weder die Anlagen noch die Umspannplattform am Horizont erkennen, wie manchmal bei Sonnenschein und klarer Luft. Jetzt nur nicht an die Kollegen bei der Arbeit im Maschinenhaus denken. Doros Job war die Schulprojektwoche. Und sie durfte sich nicht in den für sie so spannenden Einzelheiten verlieren.

Das Telefon riss sie aus ihren Gedanken. Am Handyklingelton erkannte sie sofort, dass der Anruf von Elsie kam. Endlich!

»Alles gut bei dir, Omi?«

»Ja«, sagte Elsie nur.

Für Doro klang das wenig überzeugend.

»Ich habe deine Mutter erreicht. Es war nicht leicht für mich, nach all den Jahren.«

»Tut mir leid, dass ich dir das zugemutet habe.«

Elsie seufzte. »Für Sandra war es auch nicht leicht.«

»Na hoffentlich!«, platzte Doro heraus.

»Sie wollte immer nur das Beste für dich.«

»Nimm sie doch nicht noch in Schutz!«

»Ganz bestimmt nicht, Doro.«

»Also, ich höre.«

»Abgestürzt bist du jedenfalls nicht.«

»Sagt Sandra. Und du glaubst ihr?«

»Warum sollte ich nicht?«

»Weil …«

»Sie war ehrlicher als auf ihren Postkarten, wenn du das meinst.«

»Ist kein Kunststück«, erwiderte Doro.

»Sie hat zugegeben, dass sie …«, Elsie stockte, »… dass sie vielleicht zu sorglos mit dir umgegangen ist.«

»Wie – sorglos? Meinst du leichtsinnig? Oder lieblos?«

»Nein, Doro. Sie hat dir vertraut.«

»Einem Kleinkind? Wie kann man einem Kleinkind vertrauen?«

»Sandra war vielleicht nicht die beste Mutter für dich.«

»Ach, hat sie das zugegeben?«

»Ja. Und sie war eigentlich nie der fürsorgliche Typ.«

»Jedenfalls nicht, was die eigene Familie angeht.«

»Da hast du wohl recht.«

»Aber das hilft mir nicht weiter.«

Doro verabschiedete sich rasch und legte auf. Sie starrte das Telefon an. Warum hatte sie nicht nach Sandras Nummer gefragt? Heutzutage war es vermutlich gar nicht mehr so schwierig, in der Wüste anzurufen oder im Dschungel. Elsie hatte nichts darüber gesagt, wo Sandra gerade lebte und arbeitete. Aber Doro hatte auch nicht danach gefragt. Es interessierte sie schon seit Langem nicht mehr. So wie es Sandra wohl nicht interessierte, was Doro machte, seit sie sie bei Elsie abgegeben hatte. Nein, Doro wollte kein Warum aufkommen lassen. Nicht mehr hineingetrieben werden in diesen Sumpf aus Fragen. Sie wollte nur wieder hinausfahren und hoch hinaufklettern können in die im Wind schwankenden Gondeln. Sich auf ihre Arbeit konzentrieren. Den Fehler finden und beheben. Das musste doch möglich sein. Auch wenn es keinen Absturz in ihrer Kindheit gegeben hatte, der dazu dienen konnte, ihre Ängste zu erklären und aufzulösen.

Doro fand keine Ruhe, um sich ihren Aufgaben für die Projektwoche zu widmen. Immer wieder wanderten ihre Gedanken zu Elsie und zu Sandra. Und zu der Angst, jeden Augenblick könnte die Panik erneut die Klauen nach ihr ausstrecken und Doro in ihrem eisernen Griff halten. Ihr bliebe die Luft weg. Sie könnte sich nicht rühren. Nicht sprechen. Nur zittern und schwitzen. Minuten, die ihr ewig erschienen. Sie würde sich festhalten müssen, damit sie nicht umkippte. Vielleicht sogar, wenn sie in der Schule vor den Kindern stand. So weit durfte sie es nicht kommen lassen. Keinesfalls! Doro überlegte, ob es ihr helfen könnte, mit Jan-Marten zu reden. Ihn wenigstens nach seinem Vorgehen bei den Projekten zu fragen. Immerhin schaffte er es seit Jahrzehnten, die Aufmerksamkeit der Kinder zu wecken. Sonst würde er längst nicht mehr in die Schule eingeladen werden.

Doro nahm ihre Jacke vom Haken und lief hinaus. Unterwegs fiel ihr ein, dass sie darauf achten musste, ob sie den alten Mann irgendwo in den Gassen oder auf der Treppe entdeckte auf seiner täglichen Runde. Nur auf dem Weg an der Klippe entlang wollte sie nicht nachsehen. Dafür konnte sie sich immer noch entscheiden, wenn er tatsächlich nicht zu Hause war. Sie bog in die Straße bei der Apotheke ein, ging kreuz und quer weiter, glaubte, sich verirrt zu haben, bis sie die Kirche sah und die Friedhofsmauer. Wenige Minuten später stand sie vor Jan-Martens Haus. Er öffnete die Tür, als hätte er sie erwartet.

»Ich komme nicht weiter«, sagte Doro. »Mit allem.«

Jan-Martens Stube sah noch genauso aus, wie Doro sie Tage zuvor verlassen hatte, wenn sie sich richtig erinnerte. Fotos und Dokumente lagen auf jedem freien Platz. Und etwas abseits das schwarze Heft, das wie ein Paket verschnürt war.

»Ich weiß nicht, wo ich anfangen soll«, sagte Doro.

»Hast du mit deiner Großmutter gesprochen?«

»Ja, aber wieso ausgerechnet …«

Jan-Marten schien nicht einen Augenblick lang irritiert zu sein. »Großmütter wissen immer alles.«

»Meine wohl nicht.«

Er schmunzelte, sagte aber nichts weiter dazu.

»Eigentlich bin ich wegen der Projektwoche gekommen«, begann Doro.

»Hängt das nicht alles zusammen?«

»Ich wüsste nicht, wie.«

»Dann finden wir es mal heraus!« Jan-Marten kramte in seinen Unterlagen herum. »Ich weiß, ich habe es kürzlich erst gesehen«, murmelte er.

Doro betrachtete ihn nachdenklich. Was mochte der alte Mann suchen? Und was konnte das mit ihr, ihren Ängsten und einem möglichen Sturz zu tun haben? Oder mit der Projektwoche?

»Aha!«, rief er plötzlich und hielt Doro ein Foto hin. Die Aufnahme schien noch älter zu sein als die, die Doro beim letzten Mal aufgefallen war. Sie zeigte ein Mädchen, das mit wehenden Zöpfen über eine seltsame Holzkonstruktion rannte. Ein Steg oder eine Landungsbrücke, jedenfalls einige Meter über dem Meer.

»Das ist die alte Schmutzbrücke«, erklärte Jan-Marten. »Der Abfalltrichter da hinten sollte eigentlich immer abgedeckt sein. Die Insulaner haben ihren Müll von dort aus ins Meer gekippt. Immerhin nur bei Flut.«

Doro schüttelte den Kopf.

Jan-Marten deutete auf das Bild. »Ist ein alter Glasplatten-abzug. Nicht gerade eins der üblichen Motive damals.«

»Und das Mädchen?«

»War ein echter Wildfang. Jantje hieß sie, eine Freundin meiner Mutter. Sie ist immer an der Brücke herumgeturnt. Obwohl das streng verboten war. Und eines Tages ist sie abgestürzt.« Doro schluckte. Sie hielt sich an der Stuhllehne fest.

»Ihr ist nicht viel passiert. War auflaufendes Wasser. Nur über die Brücke konnte sie nie wieder rennen mit ihrem kaputten Knöchel.«

Doro verstand immer noch nicht, was der alte Mann ihr eigentlich sagen wollte. Stellte er eine Verbindung her zwischen dem Mädchen mit dem verletzten Knöchel und Doros Angst, von der Klippe geweht zu werden? Wie kam er überhaupt darauf? Er konnte oder wollte es ihr nicht erklären, bat Doro um etwas Geduld und suchte weiter. Eine Viertelstunde verging. Und dann noch eine.

»Eben haben sie noch hier gelegen, die anderen Aufnahmen«, murmelte er. »Ich muss endlich Ordnung schaffen.«

»Dann will ich nicht länger stören«, sagte Doro.

»Aber du sollst dir die Fotos doch ansehen. Ich muss unbedingt wissen, ob dir was auffällt.«

Was sollte ihr schon auffallen, überlegte Doro und kam zu keinem Ergebnis. Sie wandte sich zur Tür.

»Eins«, rief er da, »eins habe ich gefunden.«

Doro drehte sich zu ihm um. Das Bild zeigte eine junge Frau in einem geblümten, hochgeschlossenen Kleid. Die dunklen Haare seitlich gescheitelt und zu einer Außenrolle festgesteckt. Sie presste die Lippen zusammen, sah über das Kleinkind auf ihrem Arm hinweg, an dem Fotografen vorbei in die Ferne. Doro vermutete, dass das Bild in den Dreißiger- oder Vierzigerjahren aufgenommen worden war.

»Und?«, drängte Jan-Marten.

Doro zuckte die Achseln.

»Sieh ganz genau hin.«

Was sollte ihr diese fremde Frau sagen? Dass sie traurig war? Überfordert vielleicht? Doro schüttelte den Kopf. »Tut mir leid. Ist das ein Familienfoto?«

»Ja.«

»Ihre Mutter?«

Der alte Mann schwieg.

»War sicher eine schwierige Zeit damals.«

»1941«, meinte er nur.

Doro wusste nicht, was sie dazu sagen sollte.

»Da müssen noch andere Bilder sein. Ich will, dass du sie dir alle ansiehst.«

Vermutlich war der alte Mann einsamer, als Doro gedacht hatte. »In Ordnung«, sagte sie. »Aber nicht heute.«

Er blieb in der offenen Haustür stehen. Doro spürte, dass er ihr nachsah. Mindestens, bis sie die nächste Querstraße erreicht hatte. Sollte sie umkehren? Ihn zum Reden bringen? Zuhören? Was mochte es mit diesen alten Fotos auf sich haben? Es musste um mehr gehen als um Erinnerungen. Wenigstens für ihn. Doro irrte von einer Gasse in die nächste. Sie war auf einem anderen Weg hergekommen. Aber irgendeine Treppe oder ein Pfad würde sich finden, der sie aufs Unterland zurückbrachte. Der Wind trieb die Wolken auseinander. Sonnenstrahlen malten Regenbogenreflexe aufs Pflaster. Der Wind schien sie hierhin und dorthin zu treiben.

Doro blieb stehen und schloss die Augen. Das war doch kein Lichtreflex. Dieses bunte Etwas schlitterte über den Boden. Sie sah sich hinterherrennen, danach greifen und es nicht festhalten können. Windböen trugen es weiter und weiter. Um die nächste Ecke. Und direkt auf den Abgrund zu. Unaufhaltsam. Sie spürte den Wind unter ihren Armen. Gleich würde er sie hochheben. Aber sie lief noch schneller. Viel schneller. Bis kein Boden mehr unter ihren Füßen war. Doro rieb sich die Augen. Eine frühe Kindheitserinnerung, lange vergessen? Sie hatte doch Helgoland, vom Schulausflug abgesehen, nie zuvor besucht. Konnte es überhaupt hier gewesen sein? Sie kletterte auf die Mauer. Spürte, wie der Wind an ihr zerrte. Hörte den Wasserfall in die Tiefe stürzen. Der rote Felsen schimmerte. Rau das Gestein und das Geschrei der Seevögel. Der Abgrund so anziehend.

Doch da waren diese Stimmen. Zwei Männerstimmen. Sie riefen nach ihr. *Doro!* Sie schwankte im Wind. Irgendwo von weit her Pfeifen und Schluchzen und Klickern. Atemloses Hetzen. Dicht hinter ihr. Doch sie ist so leicht. Und unerreichbar. Dann war plötzlich jemand neben ihr. Sie blinzelte. Wo kam dieser Typ jetzt her? Dieser Matthes mit seinem Feuerstein. Sie stand auf der Falmmauer. Und er neben ihr. Kam langsam näher. Ganz langsam. Er packte ihren Arm. Sie spürte seinen festen Griff. Kein Trugbild.

»Setz dich hin!« Er ließ sie nicht los.

»Doro, bitte!«

Sie hörte die andere Stimme. Leise, von hinten. Es musste Jan-Marten sein. Er krallte sich an ihrer Jacke fest. Doro zitterte. Ging in die Knie. Saß auf der kalten Betonmauer. Matthes dicht daneben. Er lockerte seinen Griff, dafür legte er den Arm um sie. Doros Kopf sank an seine Schulter. Seine Wärme tat ihr gut. Das Zittern ließ nach und verschwand schließlich. Endlich konnte sie wieder Luft holen, ganz tief.

Auf der anderen Seite stützte sich Jan-Marten an die Mauer. Fahl im Gesicht, als hätte er einen Geist gesehen.

21

Elsie fragte sich, ob sie alles richtig gemacht hatte. Doch gab es überhaupt Richtig und Falsch in einer Situation wie dieser? Sie wollte niemals zwischen Doro und Sandra stehen, und jetzt schien sie sich genau dahin manövriert zu haben. Die Begegnung mit Sandra war anders verlaufen, als Elsie sich das vorgestellt hatte. Dabei hatte sie nie geglaubt, ihre Tochter würde sich tränenüberströmt an ihren Hals werfen und sie um Verzeihung bitten für alles, was sie Elsie zugemutet hatte.

Sandra nach all diesen Jahren wiederzusehen, war seltsam gewesen. Natürlich ähnelte sie kaum noch dem jungen Mädchen, das losgezogen war, um die Welt zu entdecken und sich in fremden Ländern zu behaupten. Ebenso wenig wie der Frau, die als Mutter zurückkam und nicht bleiben wollte. Nicht mal bei ihrem Kind. Elsie musste sich eingestehen, dass Sandra ihr fremd geworden war. *Aber sie ist doch deine Tochter*, hämmerte es in ihr. Es tat weh, sich so gegenüberzusitzen.

Elsie hatte es vermieden, Fragen zu stellen, Fragen, die den Schmerz nur weiter schürten. Auch wenn sie wissen wollte, seit wann Sandra zurück war. Seit wann sie schon in Hannover wohnte. Und seit wann das eine unüberbrückbare Entfernung war.

Elsie hatte ihr ungefragt Doros Telefonnummer gegeben. Sie zweifelte allerdings daran, dass Sandra anrufen würde. Doro wusste nichts davon, hatte sich aber auch nicht nach Sandras Nummer erkundigt. Irgendwie war Elsie erleichtert darüber gewesen. Nicht weil sie verhindern wollte, dass Mutter und Tochter miteinander sprachen, sich einander wieder annäherten, denn das wünschte sie sich für die beiden, sondern weil sie sich vor Doros Reaktion fürchtete. Ihre Enkelin schien in einem labilen Zustand zu sein. Da half es bestimmt nicht weiter zu erfahren, dass die eigene Mutter seit Jahren in der Nähe lebte und es nicht für nötig hielt, sich bei ihr zu melden. Andererseits könnte Doro nun verärgert über Elsie sein. Hatte Elsie das Recht, ihr diese Nachricht vorzuenthalten? Sie war kein kleines Kind mehr, das beschützt werden musste. Und Elsie war nicht verantwortlich für ihr Wohlergehen. Jedenfalls nicht, wenn es über Kohlrouladen und Schokopudding mit Vanillesoße hinausging. Elsie wusste nicht, was sie tun sollte. Oder ob überhaupt etwas getan werden musste. Vielleicht reichte es auch, einfach abzuwarten. Vielleicht hatte ihr Besuch bei Sandra doch etwas bewirkt. Und vielleicht kam Doro zur Ruhe, nachdem sie nun wusste, dass sie nie abgestürzt war als kleines Kind.

Elsie überlegte, ob es ihr guttun würde, mit jemandem darüber zu reden. Etwa mit Vera. Aber hatte die nicht gerade nur die Hochzeit ihres Sohnes im Kopf? Elsie entschied sich dagegen, sie anzurufen. Sie konnte bei ihrem nächsten Treffen darauf zu sprechen kommen. Wenn es ihr dann noch wichtig genug war. Vera würde ihr zuhören, wie sie es immer tat. Jetzt musste Elsie selbst dafür sorgen, dass sie auf andere Gedanken kam. Sie sah durchs Küchenfenster in den Garten hinaus. Endlich blühten die Forsythien in ihrem leuchtenden Gelb. Es wurde Zeit, sich um die Rosen zu kümmern und um den Lavendel.

Elsie holte die Gartenschere und ihre Gummistiefel aus der Abstellkammer. Aber ihre Alltagskleidung taugte nicht zur Arbeit im Freien. Also suchte sie nach einer ausgemusterten Hose, die noch nicht im Container gelandet war, und nach dem Norwegerpullover, der Hannes gehört hatte. Den hatten sie auf ihrer einzigen Auslandsreise im Herbst 1984 gekauft. Er war einfach unverwüstlich und warm. Dicke Socken fehlten noch oder einfach zwei Paar dünnere. Eigentlich zog Elsie nicht gerne mehrere Schichten übereinander. Zwar schützte dieses Zwiebelprinzip, wie sie von Doro wusste, am besten gegen nasskaltes und windiges Wetter, aber es löste eben auch Erinnerungen aus, von denen die jungen Leute nichts ahnten.

Elsie öffnete die Hintertür und ging in den Garten hinaus. Der Rasen musste bald gemäht werden, doch dazu war er nicht trocken genug.

Elsie wandte sich dem Lavendel zu und beugte sich über die Pflanzen. Die Triebe aus dem Vorjahr mussten zurückgeschnitten werden. Früher hatte sie ihren Rücken nicht gespürt dabei und die Arbeit im Handumdrehen erledigt. Mit durchgedrückten Knien und ohne dass ihr schwindlig dabei wurde. Drinnen im Haus klingelte das Telefon. Elsie richtete sich auf. Es klingelte lange. Aber sie war nicht bereit dazu, die Schere wegzulegen, hineinzulaufen und das Gespräch anzunehmen. Schon gar nicht in Gummistiefeln.

Vielleicht sollte sie Doro zur Gartenarbeit anstiften, wenn sie zurückkam. Ihr zeigen, wie sie Tomaten, Sellerie, Mangold und Paprika aus Samen oder Stecklingen vorziehen konnte, bevor sie sie nach den Eisheiligen Mitte Mai ins Freie setzte. Elsie tat es immer gut, in der Erde zu wühlen, wie sie es nannte. Es ließ sie nahezu alles vergessen. Nur die Pflanze direkt vor ihren Fingern zählte. Sie war stolz auf ihr selbst gezogenes Gemüse, die eingekochten Früchte, die Blütenpracht. Nahm sie als ihre Verbindung zur Natur wahr. Und als ihre Aufgabe, den Kreislauf aus Wachsen und Vergehen zu unterstützen.

Elsie streckte sich. Sie betrachtete die Erde unter ihren Fingernägeln. Doro hatte ihr Gartenhandschuhe besorgt, aber Elsie zog sie nicht an. Wozu auch. Die braunen Ränder verschwanden doch wieder beim Händewaschen. In Handschuhen verlor sie das Gefühl für die Pflanzen, den Boden, die Feuchtigkeit. Und wer sollte sich schon darüber aufregen, wenn sie die Finger nicht auf Anhieb sauber bekam? Hannes hatte es nie gestört.

Elsie ging ins Haus zurück, schloss die Tür gleich ab und ließ die Gummistiefel auf der Schmutzfangmatte stehen. Sie rieb sich den Sand von den Händen, schrubbte die Finger, bis sie rot und sauber waren, grinste, als sie im Spiegel entdeckte, dass sie sich Erdkrümel an die Stirn geschmiert hatte. »Gut gemacht!« Elsie überlegte, ob der Kühlschrank eine Belohnung hergab, kam aber zu keinem Ergebnis. Stattdessen lief sie ins Wohnzimmer, um den Anrufbeantworter abzuhören. Er blinkte zwar, schwieg jedoch. Elsie hatte keine Lust, nachzusehen, wer sich da einer Nachricht verweigerte. Sollte sie eben noch einmal anrufen. Oder er.

Obwohl sie sich nicht umgezogen hatte, ließ sie sich in den Sessel fallen. Eigentlich war es Zeit fürs Mittagessen. Sie war zwar hungrig, aber auch müde. Zu müde zum Kochen. In der Schublade im Flur lagen Werbezettel vom Lieferdienst. Doro hatte sie aufgehoben. Elsie dachte an die lauwarme, gummiartige Pizza, die sie einmal geliefert bekamen, und wollte es kein zweites Mal versuchen. Sie legte die Füße auf den Hocker. Ihr Magen knurrte. ›So leicht verhungert es sich nicht‹, kam ihr der Spruch ihrer Mutter wieder in den Sinn. Dabei hatte er nicht Elsie gegolten, sondern ihrer Oma. Der Mutter ihres Vaters. Elsie schüttelte den Kopf, als könnte sie damit verhindern, dass noch weitere Erinnerungen aufkamen. Doch ihr wurde nur schwindlig davon. Mehr als fünfundsiebzig Jahre musste das her sein. Wem nutzte es, wenn sie jetzt daran dachte? Obwohl sie die Augen schloss, tauchten keine Bilder auf, und Stimmen riefen sich auch nicht zurück durch die Zeit in ihr Gedächtnis. Sie döste eine Weile, bis das Telefon sie aufschreckte. Als sie die Nummer auf dem Display erkannte, musste sie sich an der Tischplatte festhalten.

»Endlich, Elsie, endlich erreiche ich dich!« Er klang, als wäre er gerannt. »Es ist ernst. Ernster, als ich dachte, viel ernster.«

Elsie bekam kein Wort heraus.

»Wenn du Doro vor dem Abgrund retten willst, darfst du keine Zeit mehr verlieren. Du bist die Einzige, die das noch kann. Und du weißt das genauso gut wie ich.«

»Was … was redest du da?«, stotterte Elsie.

»Ich sage dir nur eins: Wenn du dich weiter weigerst, herzukommen und Doro beizustehen, riskierst du ihr Leben!«

Sie wusste, dass er nicht übertrieb. Jan-Marten übertrieb nie.

»Die Schuld willst du dir ganz bestimmt nicht aufladen«, brummte er.

Elsie umklammerte das Telefon, während Jan-Marten ihr von den beiden Vorfällen mit Doro an der Falmmauer erzählte. *Das ist nicht wahr*, hätte sie am liebsten geschrien, *nein, das kann nicht wahr sein!* Sie biss sich jedoch auf die Lippen. Langsam verstand sie, warum Doro sie so eindringlich nach einem früheren Sturz gefragt hatte.

»Also, wann kommst du?«, drängte Jan-Marten weiter.

»Ich … ich …«

»Elsie!«

»Ich muss mit Sandra reden.«

»Du willst auf Sandra warten? Ist dir eigentlich klar, was du da sagst?«

»Ja. Nein. Ich kann das nicht alleine.« Elsie versuchte, einen klaren Gedanken zu fassen.

»Ich auch nicht mehr«, erwiderte Jan-Marten. Dann legte er auf.

Ohne zu zögern, wählte Elsie Sandras Nummer. Sie musste sie aus dem Schlaf gerissen haben, denn Sandra gähnte. »Ich muss nachher zum Nachtdienst«, sagte sie.

Elsie ging nicht darauf ein. »Doro!«, rief sie und klang dabei wie eine Sirene. »Es geht um Doro. Jetzt ist deine Tochter mal dran. Nach allem, was du für fremde Kinder getan hast, jetzt ist Doro dran! Du musst ihr helfen! Sofort.«

»Du bist hysterisch«, sagte Sandra.

Elsie schlug mit der Faust auf den Tisch. »Begreifst du denn gar nichts?«

»Und du?«, fragte Sandra zurück. »Du übertreibst wie immer maßlos. Du bist übervorsichtig, und damit sperrst du alles Leben aus. Genau das hat mich damals in die Flucht geschlagen. Und jetzt machst du den gleichen Fehler mit Doro. Aber mich machst du nicht zu deiner Komplizin! Kommt nicht infrage.«

»Sandra«, schluchzte Elsie, »du ahnst ja nicht, was los ist mit Doro.« Sie konnte die Tränen nicht mehr aufhalten. Es war ihr egal, was Sandra dachte. Sollte sie ihre Mutter doch für eine alte Heulsuse halten, wenn sie nur endlich begriff. »Sie war drauf und dran, sich von der Klippe zu stürzen. Es gibt Zeugen dafür.«

»Und wie verlässlich sind die?«

»Absolut … verdammt noch mal, setzt dich endlich in dein Auto und fahr los!«

»Was denkst du dir eigentlich?«

»Dass das ein Notfall ist, der alles außer Kraft setzt.«

Nachdem sie aufgelegt hatte, versuchte Elsie, sich zu beruhigen. Sie sank auf den Stuhl, legte die Arme auf den Tisch und bettete den Kopf darauf. Eine halbe Stunde später rief Sandra zurück. »Das Schiff fährt um zehn Uhr dreißig von Cuxhaven. Ich bin dann um neun Uhr bei dir. Das dürfte reichen.«

»Lieber halb neun«, schniefte Elsie.

»Meinetwegen. Also bis morgen.«

Elsie nahm die Reisetasche vom Schrank, warf ein paar Wäschestücke hinein, zwei Winterpullis, eine Thermohose, Wollsocken. Waschzeug aus dem Bad. Statt den Reißverschluss zuzuziehen, kippte sie den Inhalt der Tasche wieder auf ihrem Bett aus. Nein, sie konnte das nicht. Nicht mal, wenn es um Doro ging. *Nie mehr*, hatte sie sich geschworen, *nie mehr einen Fuß auf diesen verdammten Felsen setzen.* Und was auch geschehen war in all den Jahren, sie hatte sich nicht von diesem Vorsatz abbringen lassen. Nicht ein einziges Mal. Weder Hannes noch Sandra noch Doro wussten überhaupt etwas davon. Sie hatte geschwiegen. Hatte keine Worte gehabt dafür. Und war zurechtgekommen damit, irgendwie. Alles war so weit weg gewesen. Fast schon vergangen. Jedenfalls bis Doro diesen Job angenommen hatte.

Die Reisetasche rutschte zu Boden. Am liebsten hätte Elsie ihre auf dem Bett verstreute Kleidung hinterdreingefegt. Doch wenn Sandra morgen früh vor ihrer Tür stand und Elsie ohne Gepäck zu ihr ins Auto steigen wollte, würde sie gar nicht erst losfahren. Sandra würde alles für einen billigen Trick halten, mit dem Elsie sie nur herlocken wollte. Sie würde ihr nicht zuhören, nicht verstehen, nicht alleine weiterfahren. Elsie hob die Reisetasche auf. Sie musste wenigstens so tun, als ob sie bereit dazu war, an Bord zu gehen. Sie nahm Stück für Stück auf, rollte es sorgfältig zusammen und verstaute es in der Tasche.

Als sie fertig gepackt hatte, erwog sie, Jan-Marten anzurufen. Vielleicht hatte er Neuigkeiten von Doro. Außerdem könnte Elsie ankündigen, dass Sandra kam. Gleichzeitig wusste sie, dass er sich niemals damit zufrieden geben würde. Schließlich glaubte er, nur Elsie könnte Doro helfen. Bestimmt ließ es sich auch anders ausdrücken. Sodass er annehmen musste, sie kämen zu zweit. Elsie grübelte. Zwecklos. Jan-Marten würde sie sofort durchschauen. Immerhin war er dabei gewesen damals. Und wenig später hatte er neben ihr gesessen. Hatte ihre Hand gehalten in der Düsternis. Stundenlang. Besser, sie rief ihn nicht an. Nicht jetzt.

Elsie schloss gerade die Haustür ab, als Sandra vorfuhr.

»Mehr Gepäck hast du nicht?«, fragte Sandra als Erstes. »Leg's einfach auf die Rückbank.«

Elsie gehorchte. Dann stieg sie ein. »Guten Morgen!«

Sandra nickte nur kurz.

Elsie rückte sich den Beifahrersitz zurecht und legte den Gurt an. »Kann losgehen.«

»Ist keine Vergnügungsfahrt, damit das klar ist.«

»Ganz bestimmt nicht«, erwiderte Elsie.

Sandra bog auf die Hauptstraße ab. »War nicht leicht, freizubekommen. Nachtdienste sind nicht so beliebt, die übernimmt keiner gern.«

»Wenn du krank wärst, müssten sie auch Ersatz für dich finden.«

»Ich bin aber nicht krank.«

»Zum Glück!« Elsie gähnte. Sie hatte nicht viel geschlafen in dieser Nacht.

»Ich hoffe, drei Tage reichen«, sagte Sandra. Sie passierten das Ortsausgangsschild, und Sandra gab Gas.

»Hast du ein Hotel gebucht?«, fragte Elsie nach einer Weile.

»Zwei Einzelzimmer, wenn du es genau wissen willst. Im Unterland. Und die Überfahrt. Der Katamaran macht noch Winterpause.«

»Danke.«

»Auf deinen Namen.«

»Kein Problem«, erwiderte Elsie. Was sollte sie sonst sagen? ›Ein Zimmer hätte gereicht?‹ Das würde zu Missverständnissen führen. Es war schon alles kompliziert genug. Sie würden gut eine Stunde bis zum Anleger brauchen. Mit dem Zug wären es etwa anderthalb gewesen. Das wusste sie von Doro. Elsie seufzte. Sie hatte gestern Abend noch versucht, ihre Enkelin anzurufen. Mehrfach. Doch es war nur die Mailbox angesprungen. Und Doro hatte nicht mehr zurückgerufen.

»Wohnt sie auf Helgoland?«, fragte Sandra plötzlich.

»Immer vierzehn Tage am Stück. Wenn Doro dort arbeitet. Danach hat sie vierzehn Tage frei und kommt aufs Festland.«

»Etwa zu dir?«

Elsie nickte.

»Na, das hast du ja fein hingekriegt.«

»Was soll das heißen?«

»Ich meine ja nur.«

»Wenn du meinst, sie hat die ganze Zeit bei mir gehockt, irrst du dich gewaltig. Doro hat jahrelang in Hamburg gewohnt. Und verlobt war sie auch.«

»Wir sehen ja, wo das hingeführt hat.«

»Zu einem respektablen Job«, sagte Elsie und wunderte sich selbst darüber. Der Satz war ihr einfach so zugeflogen.

»Zur Urgroßmutter hat sie dich noch nicht gemacht?«

»Ach, Sandra, frag doch einfach, ob du schon Enkelkinder hast.«

»Und, habe ich?«

»Jedenfalls nicht von Doro.«

»Von wem denn sonst?«

»Weiß ich, wie viele Kinder du in die Welt gesetzt hast?«

»Und die habe ich wo abgegeben? Bei ihren Vätern?«

»Zum Beispiel.«

»Nein«, sagte Sandra, »ich habe nur Doro.«

Wenigstens hatte Sandra ihre Tochter jetzt endlich einmal beim Namen genannt. Elsie überlegte, wie es wohl laufen würde, das Wiedersehen zwischen Mutter und Tochter nach so vielen Jahren. Ohne dass Doro darauf vorbereitet war. Elsie sah Sandra von der Seite an. Ob sie darauf vorbereitet war? Vermutlich nicht. Vielleicht bereute sie es sogar schon, hier neben Elsie zu sitzen und nach Cuxhaven zu fahren. Aber Elsie brachte es nicht fertig, sie danach zu fragen. Schweigend legten sie Kilometer um Kilometer zurück.

»Wie sie aber auch ausgerechnet darauf gekommen ist, mitten im Meer zu arbeiten. Das hat ja fast schon was vom Ende der Welt«, sagte Sandra dann.

»Von wem sie das wohl hat?«

»Na klar. Ich nehme die Schuld auf mich.«

»Als ob es darum geht.«

»Ach nein?«

»Damit ist doch keinem geholfen«, seufzte Elsie.

»Und du hast sicher auch schon eine Idee, was ich stattdessen tun soll.«

»Ich? Ganz bestimmt nicht. Das ist ganz allein deine Sache.«

Sandra schüttelte den Kopf. Elsie rätselte, ob das bedeutete, dass sie Elsies Einstellung ablehnte, oder dass sie keine Idee hatte, wie sie ihrer Tochter gegenübertreten sollte.

»Es ist nicht leichter geworden mit den Jahren«, sagte Sandra.

»Nein, das ist es nicht.« Elsie wusste nur zu gut, dass es Dinge gab, die niemals erträglicher wurden. Und sie fürchtete sich davor, darüber zu reden. Immer noch.

»Hast du sie denn schon mal besucht auf Helgoland?«, wollte Sandra jetzt wissen.

»Nein.«

»Sagtest du nicht, sie arbeitet schon ein paar Jahre dort?«

»Ja.«

Sandra sah zu ihr her. »Seit wann bist du so einsilbig?«

»Bin ich das?« Elsie hoffte, Sandra würde sich an die Butterfahrt erinnern, die sie als Kind allein mit ihrem Vater unternommen hatte, weil Elsie keinesfalls an Bord gehen wollte. Vielleicht kam Sandra dann auch von selbst darauf, dass sie ihrer Mutter die Überfahrt heute nicht zumuten konnte. Aber Sandra schien sich gar nicht daran zu erinnern. Nicht mal, als Elsie nach stürmischen Fährfahrten mit kaum Vertrauen erweckenden Kähnen fragte, gegen die ein heimischer Butterdampfer noch wie ein First-Class-Kreuzfahrtschiff wirkte.

»Ich habe mich darauf konzentriert, dass ich schwimmen kann«, war alles, was Sandra dazu sagte.

Elsie überlegte fieberhaft, wie sie es ihrer Tochter erklären sollte. Sie näherten sich unaufhaltsam Cuxhaven. Elsie würde nicht mit nach Helgoland fahren. Sie musste aber um jeden Preis verhindern, dass Sandra die Überfahrt verweigerte. Nur noch wenige Kilometer bis zur Stadtgrenze. Elsie wollte Doro ja helfen, herauszufinden, was ihre Ängste auslöste. Aber musste es unbedingt auf diesem verdammten Felsen da draußen sein? Reichte es nicht, wenn Sandra hinüberfuhr? Vielleicht schaffte sie es, Doro so weit zu unterstützen, dass sie wieder auf ein Schiff steigen konnte, das sie zum Festland brachte. Obwohl – traute Elsie das Sandra tatsächlich zu? Würde sie Doro aufmerksam genug zuhören, um zu erkennen, was sie quälte? Oder würde ihre Begegnung in gegenseitigen Vorwürfen enden? Elsie sah aus dem Seitenfenster. Es schien, als ob die gigantischen Gondeln der Windkraftanlagen hier einfach auf der Wiese herumlagen. »Da werden sie also gebaut«, sagte Elsie.

Sandra ließ sich nicht anmerken, ob sie beeindruckt war. Sie sah stur auf die Straße hinaus.

»So von Nahem wirken sie viel größer, als wenn man sie hoch oben auf einem Windrad sieht. Doro hat gesagt, sie sind so groß wie ein Einfamilienhaus. Gewaltig, findest du nicht?«

»Hm.«

»Und das in achtzig Metern Höhe! Ich darf gar nicht daran denken, dass sie jeden Tag da raufklettert.«

»Ist alles relativ. Beim Klippenspringen kommt dir alles über zehn Meter schon gefährlich hoch vor. Dabei werden die Meisterschaften bei zwanzig bis siebenundzwanzig Metern ausgetragen. Und der Weltrekord liegt bei etwas über achtundfünfzig Metern.«

»Willst du das, was diese Verrückten, diese Lebensmüden da veranstalten, etwa mit Doros Arbeit vergleichen?«

»Ich war auch eine von denen, und lebensmüde sind wir ganz sicher nicht. Im Gegenteil.«

Elsie schnappte nach Luft. Sie hatte kürzlich eine Reportage im Fernsehen darüber gesehen. Jedenfalls ein paar Minuten davon. Dann hatte sie umschalten müssen. Dass ihre Tochter auch von Brücken oder Klippen gesprungen war, wäre ihr allerdings nie in den Sinn gekommen. Muskelbepackte junge Männer schienen ihren Spaß daran zu haben. Aber Frauen? Sandra wirkte ausgezehrt auf sie. Unter ihrem Shirt zeichneten sich jedoch Muskeln ab. Vermutlich setzte sie immer noch alles daran, fit zu sein und zu bleiben.

»Es ist einfach magisch.«

»Erzähl mir lieber nichts davon.«

»Aber das war so eine tolle Community!«

»Trotzdem!«

Sandra ließ nicht locker. »Jetzt kommt sowieso nur noch Gleitschirmfliegen für mich infrage.«

»Bitte, hör auf!«

»Ich dachte, du interessierst dich dafür, was ich mache.«

»Schon, aber … ich weiß nicht, wie ich es dir sagen soll.«

»Die Angst bringt dich um«, vermutete Sandra. Sie bog auf den Parkplatz am Anleger ab.

»Ja. Nein. Es ist viel mehr als das. Es … es ist der Grund, warum ich nicht mit nach Helgoland fahren kann.«

»Was?! Ich höre wohl nicht richtig.«

»Doch.«

»Und was machen wir dann hier?«

Elsie schwieg.

»Du glaubst doch nicht etwa, ich fahre alleine?«

»Bitte, Sandra, ich kann nicht.«

Sandra stieg aus und warf die Autotür zu.

Elsie löste den Sicherheitsgurt. Sie musste ihrer Tochter die ganze Geschichte erzählen. Und zwar jetzt gleich. Elsie quälte sich aus dem Wagen. Sandra drehte sich nicht nach ihr um. Elsie nahm ihre Reisetasche vom Rücksitz, sie würde sich ein

Taxi zum Bahnhof nehmen. Sie ging um das Auto herum, auf Sandra zu. Die verschränkte die Arme.

»Es tut mir leid ... ich hätte früher mit dir reden müssen. Aber versteh doch bitte. Ich habe noch nie ... ich konnte einfach nicht in Worte fassen ... ich habe versucht, das alles zu verdrängen, und ich dachte, es ist mir gelungen. Das war ein Fehler.«

Sandra sah stumm zum Schiff hinüber.

Elsie ließ die Tasche fallen und holte tief Luft. »Ich bin auf Helgoland geboren.«

Sandra rührte sich nicht.

»Bis zur Evakuierung im April 1945 haben wir da gelebt. Meine Großeltern, meine Mutter, mein kleiner Bruder und ich.« Elsie hoffte darauf, dass es mit jedem Satz ein wenig leichter werden würde. Vergeblich. »Mein Vater war im Krieg. Die letzten Stunden auf der Insel waren so grauenhaft, dass ich mir geschworen habe, nie wieder zurückzukehren. Nicht mal zur Beerdigung meiner Mutter bin ich hingefahren. Ich konnte mich einfach nicht dazu durchringen.«

Sandra wandte sich ihr zu. »Und Doro weiß auch nichts davon?«

»Nein. Niemand.«

»In all den Jahren hast du nie davon erzählt? Nicht mal Papa?«

Elsie schüttelte den Kopf. »Nein, auch Hannes nicht. Damals dachte ich, er fragt mich vor der Hochzeit danach, als wir die Papiere fürs Aufgebot beim Standesamt vorbereitet haben. Aber ich hatte ihm zuvor schon anvertraut, wie sehr mich die Verluste aus der Kriegs- und Nachkriegszeit belasten. Da hat er mich mit weiteren Fragen verschont. Du bist also die Erste, die etwas davon erfährt.«

»Na, das erklärt einiges.«

»Sei mir nicht böse, Sandra. Es waren die finstersten Tage meines Lebens.«

»Verstehe, ihr habt tagelang in diesem Felsenbunker gehockt und wusstet nicht, ob ihr da lebend rauskommt.«

Elsie nickte. »So in etwa. Ich hatte andauernd das Bild von meinem kleinen Bruder Willi vor Augen. Wie er losrennt, seinem Stöckchen hinterher, an dem nur noch der eine, der rote Flügel hängt, und wie Willi plötzlich einfach weg ist. Verschwunden. Im Abgrund.«

Sandra starrte sie fassungslos an. »Nein! Wie schrecklich!«

Elsie schwieg.

Sandra schien zu überlegen. »Und du warst damals wie alt?«, fragte sie dann. »Gerade einmal sechs Jahre?«

Elsie nickte wieder.

»Aber das ist jetzt bald achtzig Jahre her.«

»Und manchmal fühlt es sich so an, als hätte sich William gerade erst losgerissen.« Elsie sah nachdenklich auf ihre Hand. »Sonst habe ich ihn immer festgehalten. Nur diesmal nicht. An diesem verdammten Mittag. Ausgerechnet. Auf dem Weg zum Bunker entgleiten mir seine schwitzigen Finger.«

»Der arme kleine Junge«, murmelte Sandra.

Elsie wischte sich eine Träne aus dem Augenwinkel.

Sandra hob Elsies Reisetasche auf und reichte sie ihr. Sie öffnete den Kofferraum, um ihr eigenes Gepäck zu holen. Elsie zuckte zusammen, als Sandra die Klappe zuschlug und den Wagen abschloss.

»Komm«, sagte sie und schob ihren Arm unter Elsies.

Die Berührung traf Elsie wie ein elektrischer Schlag.

»Komm«, wiederholte Sandra, »wir stehen das gemeinsam durch.« Damit lotste sie Elsie zum Schiff hinüber.

Nein! Nein! Nein! Elsie brachte kein Wort heraus. Was bilde-te sich Sandra bloß ein? Dass sie sie aufs Schiff zerren konnte? So wie es Elsies Großvater bei der Evakuierung getan hatte?

Sandra reihte sich mit ihr in die Schlange vor dem Schiff ein. Sie konnte sich bestimmt nicht vorstellen, was es für Elsie bedeutete, überhaupt hier am Anleger zu sein. Glaubte sie tat-sächlich, dass sie verstand, was Elsie bewegte? Sie, die in Frie-den aufgewachsen war. Die nie mit ansehen musste, wie ihr Heimatort aufgerüstet wurde. Wo es plötzlich all diese Ver-botszonen gab, die gerade noch ihr Spielplatz gewesen waren. Die sich nie vollständig angezogen zum Schlafen ins Bett le-gen musste, weil die Gefahr eines nächtlichen Luftangriffs drohte. Elsie war so erleichtert gewesen, dass sie ihre Tochter nicht aus dem Schlaf reißen und mit ihr zu einem Bunker het-zen musste. Jeden Tag aufs Neue. Sie hatte alles fernhalten wollen von dem Kind. Hatte sich zusammengerissen, ihre Angst nicht zu zeigen, vor allem bei Donnergrollen. Nicht weil sich Elsie bei Gewitter fürchtete, sondern weil es sie an die Geräusche erinnerte, an die Einschläge der Bomben im Felsen. Vermutlich war ihr das nicht immer gelungen, und Sandra hatte ihre Angst gespürt. Aber jetzt war Sandra er-wachsen, und Elsie musste sie nicht mehr schützen.

»Ich sehe diese Krater noch vor mir«, sagte Elsie. »Und die zerbombten Häuser.«

»Keine Sorge, davon wirst du keine Spuren mehr finden.«

»Die Bilder haben sich tief eingegraben, Sandra.«

»Wahnsinn, was du durchgemacht hast.«

Elsie nickte. »Dazu kam noch das Schuldgefühl, zu leben und nicht wie William den steilen Abgrund hinuntergerollt zu sein. Das war kaum zu ertragen.«

Sie rückten weiter vor. Links lag das Schiff mit der Gangway. Daneben stand die Frau, die die Passagiere zählte. Elsie sah sich um, suchte nach einem Ausweg. Sandra kramte die Tickets heraus und warf zwei ausgefüllte Formulare in eine Plastikbox.

»Falls das Schiff untergeht«, unkte jemand hinter ihnen, »damit sie wissen, wer alles an Bord war.«

Vor ihnen stand eine Gruppe Handwerker. Einige rauchten. Elsie fröstelte. Der letzte Mann vor ihnen trat seine Kippe aus. Sandra reichte der Frau die Tickets. Elsie drehte sich um. Sie musste hier weg. Sofort. Sie trat aus der Reihe heraus. Doch da trug der Wind etwas heran. Die Stimmen von zwei Männern. Sie riefen sich etwas zu. Elsie schloss die Augen. Diese Melodie. Sie wusste es, bevor sie auch nur ein einziges Wort verstanden hatte. Die Männer sprachen Halunder. Elsie spürte die Tränen unter ihren Lidern. So redete nur jemand Friesisch, der von der Insel kam. Halunder. *Hallunner*, die Sprache ihrer Kindheit. Seit mehr als sechzig Jahren hatte Elsie sie nicht mehr gehört. Seit sie ihre Mem, ihre Mutter, zum letzten Mal gesehen hatte. Sie schluckte und wischte sich die Tränen weg.

Sandra betrat die Gangway. Und Elsie folgte ihr.

22

Kaum Nachrichten von der Insel, obwohl es einen Briefkasten und eine Fernsprechleitung gibt. Jedenfalls zum 1. März, dem Tag der Freigabe. Es dauert mehr als einen Monat, bis Rick für ein Wochenende aufs Festland zurückkommt. Schmal sieht er aus und müde. Ich lasse ihn erzählen, wenn ihm danach ist. Von den Zehn-Stunden-Schichten Tag für Tag. Manchmal arbeiten sie sogar bis zu sechzehn Stunden. Von ihrer Unterkunft im Keller einer Ruine auf dem Nord-Ost-Gelände. Zunächst ohne Ofen. Ohne Wasser. Ohne Strom. Alles muss mit bloßen Händen herangeschafft werden. Nach Feierabend, auf Trampelpfaden über Schutthänge, vorbei an Blindgängern. Zunächst nur Wasser aus einem Bombentrichter. Dann ein Zweihundert-Liter-Fass vom Schiff, angeblich mit Trinkwasser. Nur war es vorher für Petroleum benutzt worden und das Wasser daher verseucht. Ebenso das zweite Fass. Ein Notstromaggregat, wenigstens für ein paar Stunden am Abend. Keine regelmäßige Schiffsverbindung mit dem Festland, also auch Probleme mit dem Nachschub und der Verpflegung. Keine Matratzen. Kein Geschirr, nur ein Blechnapf. Kein Radio, keine Post, selten mal alte Zeitungen. Aber Rick beklagt sich nicht. Nicht mal über den plötzlichen Wintereinbruch in den letzten Märztagen mit starkem Schneefall und tagelangem Dauerfrost, auf den niemand vorbereitet war. Keine dicken Pullover. Keine Wollsocken. Keine Handschuhe. Trümmer und Schutt vereisen und frieren fest.

Im Südhafen eine kleine Gruppe vom Wasser- und Schiff-

fahrtsamt. Die hausen erst auf dem Tonnenleger. Der setzt am Tag die Seezeichen fürs Fahrwasser, während die Männer alle Leuchtfeuer auf der Insel und der Düne in Gang bringen und den ehemaligen Flakturm zum Leuchtturm umbauen. Nachts schlafen sie in Hängematten und später in einer schwimmenden Holzhütte, Wohnschiff genannt.

Rick und die anderen sorgen dafür, dass Baracken für weitere Arbeiter errichtet werden. Auf freigeräumten Kellerdecken ehemaliger Häuser, damit sie ein Fundament haben. Sie ziehen sogar einen Richtkranz auf, aus Klippenkohl.

Beim letzten Mal brachte Rick die Nachricht mit, dass ab 12. Juli die ersten Gäste die Düne besuchen dürfen. Einen verlässlichen Fahrplan für den Seebäderdienst soll es dann auch wieder geben. Nach allem, was er erzählt hat, kann ich das kaum glauben. Doch es ist wahr. Sie arbeiten wie besessen daran. Der Felsen bleibt noch Sperrgebiet, verboten für Frauen und für Besucher sowieso. Unzählige Bomben, Granaten und Torpedos, die zusammengetragen und entschärft werden müssen. Ich darf gar nicht daran denken, aber Rick nimmt es gelassen. Auf der Düne gibt es zwar verminte Stellen, an der Aade und am Nordstrand, die lebensgefährlich sind, aber jenseits davon entsteht schon eine Zeltstadt. Mit Waschräumen, Verkaufsbuden, sogar mit einem Restaurant. Und Fremdenzimmer sind auch geplant.

Miin Mem und miin Foor wollen mit uns hinfahren. Unbedingt. Elsie will nicht, das sehe ich ihr an. Aber ich bin auch dagegen. Denn in jeder ruhigen Minute suchen mich die Erinnerungen heim. Nicht, dass ich hier viel Ruhe habe, außer nachts, allein im Bett. William wäre jetzt zehn Jahre alt. Ein echter Wildfang. Er würde mit dem Fahrrad herumkurven. Vielleicht sogar bis zum Seebad. Miin Foor hätte ihm längst das

Schwimmen beigebracht, und im Sommer würde der Kleine nicht aus dem Wasser kommen wollen, weil er es genauso liebt wie ich früher. Wenn wir zum Camping auf die Düne fahren, würde ich ihn ständig juchzen hören und planschen sehen. In jedem einzelnen Kind, fürchte ich, ob es ihm nun ähnelt oder nicht. Und wenn ich mich dann abwende, fällt mein Blick auf den roten Felsen, auf die Klippen, auf die Absturzstelle. Ich weiß nicht, ob ich das ertragen kann. Jetzt schon oder überhaupt irgendwann. Doch meine Eltern fangen an, dafür zu sparen.

Wenn Rick nach seinem Wochenende bei uns wieder abreist, bin ich so müde. Er weiß nicht viel über unser Leben hier. Über die Enge, die Sorgen und was ich alles schlucken muss. Für ihn zählt nur noch unser Land – Helgoland. Der Wiederaufbau. Die Rückkehr, selbst wenn es keine Heimkehr ist. Meine Bedenken finden keine Worte. Ich sehe seine zerschundenen Hände und frage mich, was er wohl nicht erzählt. Besonders, wenn er ansetzt und dann wieder abbricht. Ganz plötzlich. Ob wir nun alleine sind oder Elsie ins Zimmer stolpert. Manchmal, in seinen Armen, glaube ich, bei meinem Rick von früher zu sein. Für einen kurzen Moment nur, bevor es wieder um neue Baracken für weitere Arbeiter geht. Und für den Zoll, die Post, das Bauamt, die Gemeindeverwaltung. Seine Gedanken springen hin und her wie aufgewühlte See. Er fragt nicht nach Elsie oder nach mir. Er denkt voraus, wie an das erste Elektrizitätswerk. Im Herbst soll es fertig sein, damit endlich die Trümmer aufbereitet werden können. Steine aus den Ruinen sammeln. Aufs Förderband laden, Eisen und Betonteile aussortieren. Im Steinbrecher zerkleinern. Zu Splitt und zu neuen Steinen formen, die später wieder verbaut werden sollen. Auch in der Mauer am Falm.

Miin Foor weiß noch, dass sich die Männer da abends trafen.

»Auf der Mauer«, hieß das. Mit ihren Ferngläsern. Beobachteten das Leben auf dem Unterland, das Treiben auf der Düne, redeten darüber, wer noch mit dem Boot draußen war. Er träumt so oft davon, zurückzukehren. Betet dafür, dass er es noch erlebt, selbst dort zu stehen und über sein Land zu blicken.

Miin Mem wünscht sich einen kleinen Garten. »Akker« nennt sie den, wie früher. Kartoffeln haben sie angepflanzt, Kohl und Steckrüben. Sie fragt sich nicht mal, ob das überhaupt noch möglich ist.

23

Doro lag auf dem Bett und starrte an die Decke. Lange schon. Viel zu lange. Und doch wagte sie es nicht, aufzustehen. Sie versuchte, sich zu erinnern. Immer wieder. Daran, was sie gestern getrieben hatte. Bis auf die Falmmauer. Sie wusste es nicht. Sie war einfach losgegangen, nachdem der alte Mann ihr diese Fotos gezeigt hatte. Die Frau mit dem Kleinkind. Das Mädchen mit den wehenden Zöpfen. Die drei Kinder. Fremde Menschen. Aus fremden Zeiten. Doro war nicht berührt gewesen. Oder hatte sie nur nicht darauf geachtet? Nein. Ausgeschlossen. Warum auch? Was sollten sie mit ihr zu tun haben, diese Insulaner? Verwandte von Jan-Marten? Nicht mal das hatte er gesagt, aber so intensiv nach den Fotos mit ihnen gesucht. Sie mussten ihm viel bedeuten, über das Archiv hinaus, waren ihm wichtiger als andere Aufnahmen. Das hatte sie gespürt.

Und er musste ihr nachgelaufen sein. Musste gewusst haben, wo es sie hinzog, obwohl sie selbst nur herumgeirrt war. Immerhin hatte er sie schon mal am Falm eingeholt. In diesem Winkel, an der Mauer. Sie hatte es für Zufall gehalten. Doch nun zweifelte sie daran. Konnte es sich nicht erklären. Umkreiste dieses Nichts. Dieses Etwas. Doch es ließ sich nicht fassen, so wie das, was der Wind vor sich hergetrieben hatte. Was sie nicht hatte einholen können und auch nicht danach schnappen. Was sie fast in den Abgrund gezogen hätte. Über die Felskante, ins Bodenlose. War das wirklich sie gewesen?

Schwankend auf der schmalen Mauer, ohne all ihre Auffang-gurte?

Doro schüttelte den Kopf. Diese Frau war ihr fremd. Ebenso wie die, die ein paar Tage zuvor geschrien hatte, sie würde in den Abgrund gepustet, weil eine Böe sie über die Kante schubsen würde. Wie war sie nur darauf gekommen? Abstürzen. Ins Bodenlose fallen, wie in einem Albtraum und doch so real. Den Wind schon spüren. Die Böen, die sie packten, sie hochhoben, durch die Luft trudeln ließen. Sie träumte selten. Jedenfalls erinnerte sie sich beim Aufstehen nicht mehr daran. Und an Albträume würde sie sich doch erinnern oder etwa nicht? Überhaupt, wer sagte schon »pusten« und »schubsen«? Sie war doch keine Dreijährige.

Wenn sie nun aufstand, hinausging und wieder in diesem Winkel am Falm landete? Selbst wenn sie das gar nicht wollte? Wenn Jan-Marten nicht zur Stelle wäre oder dieser Matthes? Nur sie, diese inneren Bilder und der Wind. Sie hatte immer gedacht, sie würde sich kennen. Und jetzt lag sie hier und fürchtete sich vor einem Spaziergang. Auf einem Felsen, auf dem es kaum Auslauf gab. Der einen an steile Klippen führte und an Abbrüche aus porösem Geröll. Der mitten im Meer lag, fern von allem.

Sie hatte das Telefon klingeln gehört. Mehrfach. Und nicht weiter darauf geachtet. Es musste Elsie gewesen sein. Vielleicht auch Jesper. Die Schule. Jan-Marten. Matthes. Sie wollte mit niemandem reden. Inzwischen war der Akku wohl leer, denn das Handy blieb stumm. Ihr fehlte die Kraft, es an die Steckdose zu legen. Wozu gab es die Mailbox – die konnte sie abhören, später irgendwann. Sie wollte nicht daran denken, dass jemand an ihre Tür klopfen könnte. Besonders nachher, wenn die Männer von ihrer Schicht im Windpark zurückkamen. Wenn Steffen bemerkte, dass sie schon wieder nicht beim Essen saß. Aber würde er das überhaupt? Oder einer von den anderen? Besonders wenn sie von Jesper wussten, dass Doro eine Sonderaufgabe zugeteilt bekommen hatte? Wenn sie insgeheim erleichtert darüber waren, dass nicht sie in die Schule mussten, um den Kindern ihren Job schmackhaft zu machen? Waren sie denn heute Morgen in den Offshore-Park hinausgefahren, oder ließ der Wind nur einen Wettertag zu? Doro hatte nicht darauf geachtet. Dabei achtete sie sonst immer darauf, sogar an ihren freien Tagen auf dem Festland.

Sie konnte nicht einfach hier liegen bleiben. Vielleicht sollte sie noch einmal mit dieser Frau Neumeister reden. Doro hatte sich gut gefühlt nach ihrem Gespräch neulich. Doch wie lange hatte das vorgehalten? War es übereilt gewesen zu denken, ein einziger Termin reiche aus, um ihre Probleme zu beheben? Sie wusste es nicht. Was wusste sie überhaupt noch? Dass es beim Troubleshooting auf dem Windrad auch oft mehr als eine Möglichkeit gab. Sie musste sich aufraffen. Musste zum Tisch mit ihren Unterlagen für die Projektwoche hinübergehen. Wenigstens diese drei Schritte. Doro setzte sich im Bett auf. Vielleicht sollte sie auch erst unter die Dusche. Und sich dabei vorstellen, sie könnte die letzten Tage einfach abspülen.

Als sie aus dem Bad kam, fühlte sie sich etwas besser. Sie haderte einen Moment, entschied sich dann aber gegen die Aufgaben für die Schule. Zuerst musste sie herausfinden, was der alte Mann wusste. Und vor allem, was das alles mit ihr zu tun hatte. Denn wozu hätte er ihr sonst diese Bilder gezeigt? Sie würde hinaufgehen zu ihm. Jetzt gleich, ganz langsam. Und sie würde genau darauf achten, nicht in die Nähe dieser Stelle zu geraten, zu diesem Winkel in der Mauer, der sie nun schon zum zweiten Mal so magisch angezogen hatte.

24

Zuerst war es nur eine Ahnung. Ein Schatten, der am Horizont aus dem Wasser auftauchte. Noch bevor er zu einem dunklen Klotz wurde, wandte sich Elsie von den Fenstern ab. Sie weigerte sich, Sandra an Deck zu begleiten, blieb lieber unten bei den Einheimischen sitzen. Weit weg von den lärmenden Gästen auf Grünkohlfahrt. Sie bildete sich nicht ein, irgendjemanden wiederzuerkennen. Wen auch, nach fast achtzig Jahren. Den Frauen und Männern war nicht anzusehen, ob sie Wurzeln auf Helgoland hatten, die Generationen weit zurückreichten. Sie konnten voriges Jahr erst hergezogen sein oder vor dreißig oder vierzig Jahren eingeheiratet haben. Sie wirkten gelassen, mit ihrem Strickzeug, einer Zeitung, einem Buch. Sie sahen nicht andauernd auf die Uhr, waren es gewöhnt, zum Festland zu pendeln und wieder zurück. Früher hatte es kaum einen Grund dafür gegeben. Elsie lauschte. *Hallunner* sprach anscheinend niemand von ihnen.

Sandra kam beinahe angeflogen und brachte einen Schwall kalter Luft mit. Sie lächelte Elsie an. Elsie rieb sich die Augen – Sandra lächelte tatsächlich. Ihre Wangen schimmerten rot. »Wow! Dieser Felsen im Meer – einfach gigantisch!« Sie strich sich eine feuchte Haarsträhne aus dem Gesicht. »Warum hast du das für dich behalten, all die Jahre lang?« Sie setzte sich zu Elsie, sprang aber gleich wieder auf. »Ich will einen Kakao. Du auch?« Sie wartete Elsies Antwort nicht ab, sondern eilte zum Tresen. Wenig später setzte Sandra einen Becher mit üppiger Sahnehaube vor Elsie ab. »Ich habe gelesen, hier feiert man mit Eiergrog. Aber das heben wir uns für später auf. Prost!«

Elsie zögerte. »Ist noch zu heiß.«

Sandra trank und wischte sich die Sahnereste von den Lippen. »Herrlich!« Sie zog ihr Smartphone aus der Tasche und begann, auf dem Display herumzuwischen. »Hier müssen noch irgendwo Fotos sein von den schottischen Klippen. Ein paar habe ich eigentlich immer dabei, als Erinnerung. Davor war ich mal auf Malta. Inzwischen hat der Sturm die beste Location da zerstört.«

Elsie hoffte, dass Sandra die Fotos nicht fand.

»Vielleicht habe ich sie doch nicht mehr dabei. Ich sehe gleich mal nach, wenn ich wieder zu Hause bin. Dann schicke ich dir welche!«

»Mach dir keine Mühe.«

»Ach, das geht ganz fix. Du wirst sehen, es ist einfach toll. Unbeschreiblich. Auch wenn so ein Foto nicht annähernd wiedergeben kann, wie aufregend das ist. Wie lebendig du dich fühlst, da oben auf dem Klippenrand. Und was es bedeutet, diesen Schritt zu gehen. Diesen einen Schritt über die Kante hinaus. Die Sekunden in der Luft. Die Spannung im Körper. Und du hast keine Zeit, dir zu wünschen, es möge ewig dauern. Du streckst die Zehen und bist auch schon im Wasser. Der Moment kann wie ein Schlag sein. Aber auch wie ein Eintauchen in einen quirligen Strudel.«

Elsie nahm vorsichtig einen Schluck von ihrem Kakao.

Sandra sah zum Fenster. »Die Klippen hier müssen grandios sein!«

»Das Felswatt auch.«

Sandra schien Elsies Einwand nicht zu hören. »Das muss ich gleich in die Community geben. Zu meiner Zeit ist niemand auf die Idee gekommen, sich die Klippen hier anzusehen. Da musste es schon exotischer als Helgoland sein. Vielleicht ist sogar jemand in der Nähe. So eine super Location kann sich doch keiner entgehen lassen.« Sie begann, auf das Display einzutippen. »Du kennst ja sicher noch ein paar Spots für spektakuläre Aufnahmen«, wandte sie sich an Elsie.

Elsie schüttelte den Kopf. »Wir sind wegen Doro hier.«

»Na und? Ein Spaziergang wird doch wohl möglich sein. Und ein paar Fotos, die ich meinen Bekannten schicken kann.«

Elsie schwieg.

Es dauerte, bis Sandra das Handy wieder einsteckte. Dann trank sie ihren Becher leer und rieb sich die Hände. »Los geht's!« Sie stand auf, doch Elsie rührte sich nicht.

»Ist noch Zeit. Oder siehst du schon die Börte?« Sie erinnerte sich genau an die langen offenen Boote aus Eichenholz, die es schon in ihrer Kindheit gegeben hatte.

Sandra zog fragend die Augenbrauen hoch.

»Die Börteboote. Die uns zur Insel bringen. Weil der Hafen zu klein ist für die Dampfer.« Elsie erklärte, dass die Schiffe für gewöhnlich auf der Reede ankerten und dort liegen blieben, während die Passagiere in die Börteboote umstiegen und damit zur Landungsbrücke gebracht wurden.

Ein Mann vom Nachbartisch lehnte sich zu Elsie herüber. »Im Winter dürfen alle Schiffe bis in den Hafen fahren. Der ist längst dafür ausgebaut. Und nicht nur für den Katamaran. Aber die Dampferbörte ist unser Recht. Dafür sind wir sogar bis nach Berlin gefahren mit unseren Booten. Und jetzt kann uns das keiner mehr streitig machen. Jetzt sind wir Weltkulturerbe mit der Börte!« Etwas leiser fügte er hinzu: »Auch wenn's für manche bequemer ist, im Südhafen anzulegen.«

Als sie endlich mit ihrer Reisetasche auf dem Kai angekommen war, wagte Elsie kaum, sich umzusehen. Mit gesenktem Kopf wollte sie den anderen Fahrgästen hinterherlaufen. Am besten gleich bis zum Hotel. Doch Sandra blieb nach wenigen Metern schon stehen. Mit ausgestrecktem Arm zeigte sie nach links. »Schätze mal, da drüben arbeitet Doro.«

Elsie sah auf. Tatsächlich stand irgendwas mit *Wind-* an der Fassade der Flachbauten. Sandra drehte sich nach rechts. »Die sind ja ganz weit vorne hier!« Sie deutete zu dem Turm hinüber, dessen Kappe in der Sonne glänzte. »Sieht ja echt futuristisch aus. Wer weiß, woran sie da forschen!« Sie ging langsam weiter. Elsie folgte ihr stumm. Der Weg schien sie durch ein Gewerbegebiet zu führen, das sich noch im Ausbau befand. Sie passierten einen Imbiss, der gerade öffnete, und die ersten Läden mit zollfreien Waren.

»Das müssen die berühmten Hummerbuden sein!«, rief Sandra und zückte ihr Handy, um ein Foto zu machen.

Elsie stellte ihre Reisetasche ab und betrachtete die in Rot-, Blau- und Grüntönen gehaltenen Holzhütten mit den weißen Giebeln, die sich wie Kulissenbauten aneinanderreihten. Sie hatten nichts mehr gemein mit den Schuppen, in denen die Fischer früher oft wohnten oder ihre Werkzeuge, Netze und Hummerkörbe unterbrachten. Nichts, außer dem Namen. Jetzt gab es hier Fischbrötchen und Souvenirs, Galerien und eine Filiale vom Standesamt. Elsie hatte sich nicht überlegt, wie es heute auf Helgoland aussehen würde. Hatte sich jeglichen Gedanken an *ihr Land*, wie die Einheimischen die Insel schon immer nannten, verboten. Damals, Anfang der Sechzigerjahre. Gleich nachdem sie Hannes kennengelernt hatte und ihre Eltern und Großeltern auf den geliebten Felsen zurückgekehrt waren. Ohne Elsie. Denn sie hatte nichts mehr hören wollen von der Begeisterung über die Rückgabe der Insel. Wenn ihr Vater einmal im Monat zu ihnen aufs Festland kam und von den Fortschritten berichtete, die sie beim Minenräumen machten. Beim Trümmersortieren. Beim Auffüllen der Bombentrichter mit Schutt. Von den endlosen Diskussionen über den Architekturwettbewerb zum Wiederaufbau oder eher Neuaufbau. Über das Für und Wider des abgestimmten Gesamtkonzepts samt einheitlicher Farbpalette, mit der alle Gebäude gestaltet werden mussten. Und von den ersten Versuchshäusern. Für Elsie standen auch die neuen Bauten alle auf demselben alten Grund, dem roten Felssockel. Und der erinnerte sie an diesen einen schrecklichen Tag. An diese Windböe, an …

»Gleich sind wir da«, rief Sandra, »ist nicht mehr weit!«

Hinter den Hummerbuden führte ein schmaler Weg aufwärts, sie blieben jedoch weiter auf der Hafenstraße. Hinter einem Grünstreifen mit Spielplatz erstreckte sich der Südstrand. Elsie seufzte. In der Steinbarriere spross Klippenkohl. Und den gab es nur hier. Sie erinnerte sich an seine gelben Blüten, die den Sommer ankündigten. Aber auch an die Drohung ihrer Großmutter, wenn Elsie nicht aufessen wollte. »Morgen gibt es Klippenkohl!« In der ärmsten Zeit hatte sie, wie alle Helgoländer, den Kohl gekocht, gebraten oder sogar zweimal gekocht, damit die ledrigen Blätter und vor allem der holzige Strunk einigermaßen weich wurden. »Frag Grofoor, wie's geschmeckt hat«, verlangte die Ooti.

Und Elsie fragte.

Ihr Großvater verzog das Gesicht. »Scheußlich bitter!«

Auf der anderen Seite der Straße reihten sich die dreistöckigen Hotels aneinander, mit ihren farbigen Fassaden und den Panoramafenstern hinter den weißen Balkons aus Holz.

»Willst du dich erst ausruhen?«, fragte Sandra, nachdem sie eingecheckt hatten.

»Gib mir eine halbe Stunde«, bat Elsie.

Kaum hatte sie die Tür hinter sich geschlossen und ihre Tasche abgestellt, kramte sie ihr Handy heraus.

Jan-Marten hob nach dem zweiten Klingeln ab. »Endlich!«

Er klang erleichtert, als Elsie ihm sagte, dass sie gerade auf Helgoland eingetroffen war.

»Und Sandra ist auch dabei.«

»Gut«, erwiderte er, und: »Das wird schon nicht schaden.«

»Hast du inzwischen mit Doro gesprochen?«, wollte Elsie wissen. »Wie geht es ihr jetzt?«

»Keine Ahnung. Sie geht nicht ans Telefon, seit wir sie ins *atoll* zurückgebracht haben, dieser junge Mann und ich.«

»Bei mir hat sie sich auch nicht gemeldet.«

»Ich kenne eine Frau, die an der Rezeption arbeitet. Das Hotel ist nur für Firmenangehörige, aber vielleicht hilft sie oder einer ihrer Kollegen uns weiter.«

»Dass Doro nur keinen Ärger bekommt.«

»Ach Elsie, ich mache mir wirklich Sorgen um deine Kleine. Ich habe ihr Fotos gezeigt. Alte Fotos. Das hätte ich nicht tun sollen.«

Elsie schwieg.

»Ich wollte sehen, ob sie auf die Bilder reagiert.«

»Du hast Fotos? Von damals?«

»Mein Großvater konnte eine Kiste im Bunker der Biologischen Anstalt unterstellen. Bevor alles verbrannt ist. Gardinenstoff, Bettwäsche, ein paar Teller und Tassen und eine

Schachtel mit Fotos. Aufnahmen von deiner Mutter waren auch dabei und von uns, als Kinder.«

»Davon wusste ich nichts. Und die hast du ihr gezeigt?«, vergewisserte sich Elsie.

»Ja.«

»Hat sie was dazu gesagt? Kam ihr jemand vertraut vor? Hat sie mich erkannt?«

»Nein. Alles Fremde für Doro. Sie hat nicht mal spekuliert darüber, ob du eins der Kinder warst.«

Es klopfte an Elsies Zimmertür, und Sandra schaute herein. »Sprichst du mit Doro?«, wollte sie wissen.

»Nein. Mit … mit einem der Zeugen.«

Sandra nickte.

»Willst du die Fotos sehen?«, fragte Jan-Marten.

»Ja. Nein, später. Ich will erst Doro erreichen.« Elsie beendete das Gespräch und wählte Doros Nummer.

»Stell auf Lautsprecher«, verlangte Sandra.

Die Mailbox sprang sofort an. Das Telefon zitterte in Elsies Hand. Sandra verschränkte die Arme. Sie warteten die Ansage ab. Dann räusperte sich Elsie: »Ich bin's, Doro. Können wir uns sehen? Bitte melde dich gleich. Ich bin auf Helgoland. Und ich habe noch jemanden mitgebracht.« Das Signal beendete die Aufnahme. Elsie legte auf. Sie sah ihre Tochter an. »Willst du ihr auch was draufsprechen?« Sie hielt Sandra das Handy hin.

»Ich?«

»Warum nicht?«

»Ich … ich weiß nicht.«

»Aber ich. Ruf sie an!«

Sandra wich zurück. »Was soll ich denn sagen? ›Hey Schatz, hier ist deine Mama?‹«

Den Anruf hätte sie vor dreißig Jahren gebraucht, hätte Elsie

252

am liebsten gesagt, hielt Sandra aber nur wortlos das Telefon hin.

Sandra rührte sich nicht.

»Nun mach schon. Ich gehe so lange raus.«

Endlich nahm Sandra ihr das Handy ab, und Elsie zog die Zimmertür hinter sich zu. Sie ging im Flur auf und ab. Wenig später meldete Sandra: »Ich habe ihr zwei Nachrichten hinterlassen.«

Als das Telefon klingelte, zuckten beide zusammen. Doch es war nicht Doro, es war Jan-Marten. Elsie merkte ihm seine Sorge an, obwohl er versuchte, seine Stimme fest klingen zu lassen. Er hatte sich vergewissert, dass Doro nicht schon wieder auf der Falmmauer saß. Außerdem hatte er mit der Rezeptionistin gesprochen. Sie würde sich gleich nach Dienstantritt kümmern. Diskret, verstand sich.

»Gut«, sagte Elsie. »Danke.«

»Was können wir sonst noch tun?«, rief Sandra dazwischen.

Jan-Marten schlug vor, gemeinsam zu überlegen, wie sie Doro helfen könnten. Er lud die beiden Frauen zu sich ein. Elsie fiel ihm fast ins Wort. Sie fand ein Café als Treffpunkt besser. Jan-Marten zögerte. »Meine Augen sind nicht mehr so gut«, sagte er dann. »Zu Hause ist es leichter für mich.«

»Und was ist mit deiner Grogstube? Findest du die etwa nicht immer?«, sträubte sich Elsie.

Sandra verdrehte die Augen.

Jan-Marten beharrte darauf, dass sie zu ihm kommen sollten.

»Bitte«, sagte Sandra nur.

Schließlich stimmte Elsie zu. Jan-Marten gab seine Adresse durch und erklärte ihnen den Weg vom Fahrstuhl auf dem Oberland aus.

»Wie kannst du nur so stur sein«, sagte Sandra, nachdem sie aufgelegt hatten. »Wir sind dem Mann zu Dank verpflichtet, so wie er sich kümmert.«

Elsie nickte stumm. Sie dachte daran, dass Sandra nicht einmal ahnte, wie sehr sich Jan-Marten gekümmert hatte in all den Jahren. Um ihre Eltern. Um ihre Großeltern. Um das Haus. Und die Gräber.

Sie folgten Jan-Martens Wegbeschreibung, die sie im Zickzack durch die Gassen zum Aufzug lotste. Vor dem Eingang blieb Elsie stehen. Sie tat so, als müsste sie durchatmen. Doch die gläsernen Türen, die zum Ticketschalter führten und zu den Fahrstuhlkabinen, die führten eben auch in den Felsen hinein. Über den beleuchteten Schaukästen war das raue Gestein sichtbar. Hinein in den Tunnel zum Bunker. In die Stollengänge. In die stickige Enge. Elsie sah zu der Treppe hinüber. Sie fühlte sich nicht kräftig genug für die unzähligen Stufen. Nicht nach all dem, was sie in den letzten Tagen erlebt hatte. Sie musste den Aufzug nehmen. Oder Sandra alleine weitergehen lassen zu Jan-Marten, geradewegs hinein in Elsies Vergangenheit.

Natürlich erinnerte in der Edelstahlkabine gar nichts an den alten Fahrstuhl. Elsie fiel jedoch sofort wieder ein, dass ihr Großvater immer so stolz von der Eröffnung 1885 erzählt und dass ihr Urgroßvater sogar an dem technischen Wunderwerk mitgebaut hatte. Fahren durfte sie als Kind nie damit, denn das sollte den Gästen vorbehalten sein.

Während Sandra Jan-Martens Wegmarken vorlas, versuchte Elsie, sich zu orientieren. Doch es war zwecklos. Jedes Schild, jede Häuserzeile war so fremd, so merkwürdig ausgerichtet. Und diese Dächer erst. Ein Ort, wie sie ihn noch nie betreten hatte. Elsie wusste nicht, ob sie erleichtert darüber sein sollte oder enttäuscht. Wie mochten ihre Eltern und

Großeltern das empfunden haben, als sie wieder hierherzogen? Wehmütig? Oder froh über den Neuanfang? Ihre Mutter hatte ihr niemals davon geschrieben. Nicht einen einzigen Brief. Sie musste tief verletzt gewesen sein. Und das war vor allem Elsies Schuld. Elsies Leichtsinn. Ihre Unachtsamkeit. Ihre Verantwortungslosigkeit. Elsie hatte die stummen Vorwürfe jahrelang im Blick ihrer Mutter gesehen. Nicht erst als Elsie sich weigerte, mit nach Helgoland zurückzukehren.

»Hier muss es sein«, rief Sandra.

Elsie bemerkte, dass am Ende der Straße jemand in einer offenen Haustür stand. Jan-Marten. Ihre Schritte wurden auf einmal so schwer. So als ob sie gar nicht vorankam. Sandra war inzwischen weit voraus, hatte das Haus schon fast erreicht. Jetzt gab es kein Zurück mehr. Elsie sah, dass der alte Mann die Hand zum Gruß hob und zur Seite trat, um Sandra hereinzulassen. Dann kam er Elsie entgegen. Sie suchte in seinen Zügen nach dem Jungen, der am dunkelsten Tag ihres Lebens neben ihr gesessen hatte, der nach ihrer Hand gegriffen hatte, als niemand anders sie hielt. Und der nichts sagen musste, weil sie so oft gemeinsam über die Insel gestreift waren. Mit und ohne ihren kleinen Bruder. Sie erkannte ihn nicht mehr, nach fast achtzig Jahren, den Jungen aus dem Nachbarhaus von damals.

»Elsie.« Seine Stimme klang heiser.

Elsie wusste nicht, was sie sagen sollte.

Jan-Marten nahm sie in die Arme. »Endlich.«

Und doch fühlte es sich vertraut an. »Danke«, flüsterte sie dicht an seinem Ohr. »Danke.«

Jan-Marten geleitete sie ins Haus.

Sandra musste sie beobachtet haben. »Ihr kennt euch?«, fragte sie sofort.

»Gewissermaßen«, seufzte Elsie.

»Schon lange.« Jan-Marten lächelte schief.

»Ach so.« Für Elsie hörte es sich schnippisch an.

»Ich habe uns Tee gekocht. Aber dafür müssen wir in die Küche.« Jan-Marten deutete nach rechts. »Ist alles ein bisschen eng hier. Ich habe es nicht fertiggebracht, komplett umzubauen, nur hier und da ein paar Wände durchgebrochen. Setzt euch. Drüben ist auch wenig verändert. Größtenteils.«

Elsie nickte nur.

»Habt ihr Doro erreicht?«, wollte Jan-Marten wissen.

»Nein«, antwortete Sandra, »sie hat sich nicht gemeldet, bei keinem von uns.«

Jan-Marten sah zur Uhr. »Die Frau von der Rezeption im *atoll* bringt ihr gleich die Nachrichten aus ihrem Fach aufs Zimmer. Dann wissen wir mehr.«

»Wie konnte das nur passieren?« Elsies Stimme zitterte.

Sandra presste die Lippen zusammen.

Jan-Marten legte seine Hand über Elsies. Sie fühlte sich kalt und schwitzig an, wie damals. Elsie wagte nicht, die Augen zu schließen. Nicht mal für einen Moment. Sie fürchtete, jener Tag könnte wieder lebendig werden, dieser sonnige Mittag mit seinen Windböen, seinem Surren und Hetzen, und mit der Todesangst.

»Ich habe versucht, Ordnung zu schaffen in meinem Archiv«, sagte Jan-Marten. »Aber weit bin ich nicht gekommen. Da ist noch einiges in den Kisten. Ich wollte Doro um Hilfe bitten, wenn dieses Schulprojekt vorbei ist.«

»Archiv?«, fragte Sandra.

»So was Ähnliches wie das Gedächtnis der Insel. Alles, was das Museum nicht nimmt. Oder *noch* nicht. Kellerfunde: alte Briefe, Postkarten, Zeitungsausschnitte, Magazine, Fotos, Notizbücher. Was Menschen so zurücklassen, wenn sie aufs Festland ziehen oder auf den Friedhof.«

Sandra rümpfte die Nase.

Jan-Marten achtete nicht darauf. »Das sind wahre Schätze.« Er holte tief Luft. »Besonders die Notizbücher, Elsie.«

Sie hob die Augenbrauen.

»Es gibt da etwas, was ich dir sagen muss. Ach, am besten ich zeige es dir. Warte, ich hab's gleich.«

»Und Doro interessiert sich auch für diesen alten Kram?«, unterbrach ihn Sandra.

»Warum denn nicht?«, fragte Elsie. Sandra wusste rein gar nichts über ihre Tochter, dachte sie. Doch sie musste insgeheim zugeben, dass ihr diese Seite an Doro auch neu war.

»Sie kann alte Schriften lesen«, sagte Jan-Marten.

Elsie erinnerte sich daran, mit ihrer Enkelin die Spitzen und Schwünge der Kurrent- und der Sütterlinschrift geübt zu haben, als Schönschrift, zum Entkrampfen der Finger. So wie einst ihre Großmutter es Elsie beigebracht hatte. Sie lächelte. Dass Doro das nicht vergessen hatte nach all den Jahren.

»Ein bisschen holprig ging es mit dem Lesen«, fuhr Jan-Marten fort, »aber ich glaube, es hat sie irgendwie bewegt. Vielleicht ist es ihr gleich aufgefallen. Ich habe ihr ja auch noch ein paar alte Fotos gezeigt.« Er sah Elsie eindringlich an.

»Ich dachte, es gibt keine Fotos mehr von früher«, mischte sich Sandra ein. Sie wandte sich an ihre Mutter: »›Der Krieg‹, hast du immer gesagt, den Blick gesenkt und geschwiegen.«

»Wir haben doch alles zurücklassen müssen«, rechtfertigte sich Elsie. »Durften nichts aus den zerbombten Häusern holen. Ist alles verbrannt, hieß es nur. Ich wusste nichts von einer eingelagerten Kiste.«

»Ich zeige euch die Aufnahmen«, bot Jan-Marten an, »wenn ihr wollt.« Er wartete, bis Elsie nickte. Dann führte er die beiden Frauen ins Wohnzimmer.

Auch wenn Jan-Marten versucht hatte, Ordnung zu schaffen, waren der Tisch, die Stühle und die Kommode immer noch mit Dokumenten und Fotos übersät.

»Da den Durchblick behalten …«, murmelte Sandra.

Jan-Marten winkte ab. »Nicht so schwer, wie es scheint.« Zielstrebig nahm er ein paar Bilder und reichte sie Sandra. Dann ging er zum Schrank, zog eine Schublade auf und entnahm ihr ein zusammengeknotetes Bündel schwarzer Notizhefte. »Ich habe sie wieder gesondert aufbewahrt. Sicherheitshalber.« Er kam auf Elsie zu. »Ich habe versprochen, sie zu hüten, für dich, Elsie.« Er hielt ihr das Bündel hin.

Sie zögerte.

»Bitte nimm sie!«

Ihre Hand zitterte. Was hatte sie mit diesen Heften zu schaffen?

Er sah sie erwartungsvoll an. »Mach sie schon auf. Oder soll ich dir eine Schere holen?«

Wieso war ihm das so wichtig? Elsie streifte die Schnur ab. »Evakuiert« stand auf dem obersten Heft. Der Pappumschlag hatte einen langen Riss. Sie schlug ihn vorsichtig auf und begann zu lesen.

Jan-Marten sah kurz zu Sandra hinüber. Sie betrachtete die Bilder eingehend, zeigte aber, ebenso wie Doro einige Tage zuvor, keine Reaktion. Er knetete seine Hände, wandte sich wieder Elsie zu. »Willst du dich hinsetzen? Ich räume dir einen Stuhl frei.«

Sie schüttelte nur den Kopf, ohne aufzusehen. Sie konnte den Blick nicht von diesem vergilbten Papier heben. Die dicht gedrängten Buchstaben ließen es einfach nicht zu. Elsie spürte den Sog. Ihre Augen brannten, flogen jedoch weiter über die Zeilen:

… Bilder kommen aus dem Nichts, umringen mich mit ihrer Düsternis, ihrem eiskalten Stoß über die Kante, hinab ins Bodenlose. Ich gebe mir die Schuld, oder ihr oder Rick, der das Ding zusammengebastelt hat. Oder keinem von uns. Weil es keine Schuld gibt. Und nichts und niemandem zu vergeben. Das rede ich mir jedenfalls ein. Sagen kann ich das nicht. Noch nicht. Vielleicht nie.

Elsie schwankte. Jan-Marten raffte die Papiere von einem Stuhl und schob ihn Elsie hin. Das konnte doch nicht wahr sein. Das Heft zitterte in ihren Händen. Sie ließ sich auf den Stuhl sinken. Diese Spitzen und Schwünge … Elsie erkannte die Handschrift. »Miin Mem«, wisperte sie, »miin Mem.« Sie sah zu Jan-Marten auf. Ihre Augen glänzten, eine Träne hing in ihren Wimpern.

»Jantje hat mich schwören lassen, dass ich es dir persönlich übergebe«, sagte er leise. »Du weißt, wie sie war. Immer wieder hat sie das von mir verlangt.« Er senkte den Blick. »Selbst auf dem Sterbebett noch. Und ich habe es ihr versprochen. Ich konnte nicht anders.«

Elsie wischte sich über die Augen.

»Jantje wollte unbedingt, dass du die Hefte bekommst. Niemand sonst sollte sie lesen.« Jan-Marten seufzte. »Sie hatte Angst, dass sie verloren gehen. Am Ende hat sie jedem misstraut. Deshalb waren die Hefte auch so verschnürt und verknotet«, erklärte Jan-Marten. »Ich habe das respektiert.«

Sandra sah von einem zum andern und dann auf die Fotografien in ihrer Hand. »Also sind das … ist das meine Großmutter?«

»Das ist Jantje«, bestätigte er, »mit Elsie auf dem Arm.«

Sandra betrachtete das oberste Bild wie gebannt. Die junge Frau im geblümten, hochgeschlossenen Kleid presste die Lippen zusammen, sah über das Kleinkind auf ihrem Arm hinweg, an dem Fotografen vorbei in die Ferne. Ihre dunklen Haare waren seitlich gescheitelt und in einer Außenrolle festgesteckt.

»Sie wirkt so ernst«, sagte Sandra nachdenklich.

»Das muss im Frühsommer 1941 gewesen sein. Nach dem ersten Tieffliegerangriff im Mai. Eine Woche später ist auch die Schule getroffen worden. Das war für alle hier ein Schock. Gasmasken wurden ausgeteilt und Schiffszwieback als Notration. Und in jedem Hausflur musste ein Eimer mit Sand bereit stehen und eine Feuerklatsche«, erklärte Jan-Marten. »Dein Großvater ist eingezogen worden, und deine Großmutter Jantje hatte gerade erfahren, dass sie wieder schwanger war.«

»Sie war wieder schwanger? Was hast du uns denn noch alles verheimlicht?«, wollte Sandra von ihrer Mutter wissen.

Elsie schwieg. Sie hatte keine Kraft, ihre Tochter darauf hinzuweisen, dass sie bereits auf dem Parkplatz in Cuxhaven ihren kleinen Bruder erwähnt hatte. Elsie ließ ihren Blick auf den schwarzen Heften ruhen. Sie wagte kaum, aufzusehen. Zu dem Foto von der jungen Frau mit dem Kleinkind. Ihrer Mutter, mit ihr auf dem Arm. Elsie erinnerte sich nicht daran, ihrer Mutter je so nahe gewesen zu sein. Denn der Platz auf ihrem Schoß war stets für William reserviert gewesen.

»Unsere Mütter waren eng befreundet. Und manchmal haben wir sie heimlich belauscht«, schloss Jan-Marten.

Als es an der Haustür klopfte, zuckte er zusammen. »Ist heute etwa Dienstag?«

»Nein«, antwortete Sandra, »sicher nicht.«

»Da helfe ich immer beim Seniorenkaffee im Gemeinde-haus. Aufschließen, Stühle zurechtrücken, all so was. Wenn ich das vergessen habe …«

Elsie sah ihm nach, wie er in den Flur hinausging.

»Doro!«

»Ich dachte schon fast, Sie sind auf Ihrer Abendrunde.«

»Das dauert noch. Komm rein! Und wir waren schon beim Du.«

»Wenn Sie … wenn du Besuch hast, komme ich morgen wieder«, hörte Elsie Doro sagen.

»Nein. Geh einfach weiter durch ins Zimmer. Eigentlich haben wir auf dich gewartet.«

»Omi?« Kaum hörbar war Doros Stimme, als sie über die Schwelle trat. Elsie stand auf und breitete die Arme aus. End-lich! Sie drückte Doro an sich. Spürte ihre Umarmung. Es tat gut, sie hier zu sehen. Langsam ließ sie Doro wieder los und setzte sich. Dann deutete sie auf Sandra. »Ich hab dir jeman-den mitgebracht!« Elsies Herz schlug schneller. Sandra beugte sich vor, ging aber nicht auf ihre Tochter zu. Elsie sah, dass sie versuchte zu lächeln.

»Hi, Dorothy!«

Doro zuckte zusammen. Sie schien die Stimme ihre Mutter sofort zu erkennen. Auch wenn es ewig her war, seit sie sie zuletzt gehört hatte. Doch bevor sie etwas sagen konnte, fuhr Sandra fort: »Ich wollte dich nicht erschrecken. Aber du hörst deine Mailbox wohl nicht ab.«

»Kommt schon mal vor, wenn's mir dreckig geht.«

»Das tut mir leid«, erwiderte Sandra.

Doro blickte zu Boden.

Schweigen wehte durchs Zimmer. Elsie wirkte blass auf ihrem Stuhl und zerbrechlich. Jan-Marten stand bei ihr und legte sachte die Hand auf ihre Schulter. Sandra wandte sich wieder den Fotografien zu und hielt sie ins Licht.

»Wie man hier sieht, hast du also einen jüngeren Bruder«, nahm Sandra den Faden wieder auf. »Und wie heißt mein Onkel?«, fragte sie, ohne ihre Mutter dabei anzusehen. »Lebt er hier auf Helgoland?«

Elsie schluchzte. Hatte ihre Tochter ihr überhaupt zugehört heute Morgen? Sie schlug die Hand vor den Mund. Jan-Marten zog ein sorgfältig gefaltetes und gebügeltes Stofftaschentuch aus der Hosentasche und reichte es Elsie.

»Lass ihr Zeit«, fauchte Doro. Sie verschränkte die Arme und sah ihre Mutter an, als ob sie sie für ein Monster hielt.

»Hatte sie die nicht reichlich?« Sandra warf die Fotos auf den Tisch.

»Es gibt kein Maß dafür«, sagte Elsie leise. »Ein Jahr oder fünfzig Jahre oder achtzig. Es fühlt sich immer noch genauso schrecklich an. Ich habe mir verboten, daran zu denken, immer wieder, um zu überleben. Ich konnte mit niemandem darüber sprechen, ich hatte einfach keine Worte dafür. Gerade so, als hätte diese Böe damals auch ein Stück von mir mit in den Abgrund gerissen.« Elsie knüllte das Taschentuch zusammen und schloss ihre Faust darum.

Doro schluckte.

»Er hieß William.« Elsies Stimme zitterte. Sie wandte sich an Doro. »Mein kleiner Bruder hieß William nach seinem Urgroßvater.«

Doro nickte Elsie aufmunternd zu.

»Und meine Eltern waren so stolz auf ihn: Willis erste Worte, Willis erste Schritte. Aber ich musste ihn immer mitnehmen zum Spielen.« Sie drehte sich zu Jan-Marten um.

»Hat mir nichts ausgemacht.« Er lächelte Elsie an. »Auch wenn wir nicht Vater-Mutter-Kind gespielt haben.«

»Mir schon«, gab Elsie zu. »Ich wollte nicht andauernd auf ihn aufpassen. Er war so ein Schreihals. Und dickköpfig.«

»Ja«, bekräftigte Jan-Marten. »Mit Anschleichen war's meistens vorbei, wenn wir ihn mithatten.«

»Aber jeder fand ihn allerliebst. Na ja, fast jeder.«

Jan-Marten stimmte Elsie zu.

»Und dann kam dieser Tag kurz vor Kriegsende.« Elsie blickte ins Leere. »Helgoland galt als Luftkreuz der Alliierten. Das haben die Erwachsenen jedenfalls immer wieder gesagt, weil die Flieger Richtung Hamburg, Bremen oder nach Berlin über uns hinwegflogen. Nur wenn sie am Ziel nicht alle Bomben abgeworfen hatten, wurde es auf ihrem Rückweg nach England gefährlich für uns.« Elsie schniefte, eine Träne lief ihr über die Wange.

»Sie haben ihre Schächte über unserem Land geleert«, warf Jan-Marten ein. »Am Ende jede Nacht. Alle paar Stunden.« Er sah zu Elsie hinüber, doch sie starrte nur stumm vor sich hin. Jan-Marten zögerte, erzählte dann aber weiter: »Der erste Flakschuss bedeutete Alarm. Meistens waren wir schon vorher aus dem Bett, und angezogen sowieso. Denn dazu wäre keine Zeit mehr geblieben. Das Dröhnen der Motoren hat uns bis in den Schlaf verfolgt.« Er hielt inne, vergewisserte sich mit einem Blick, dass Doro und Sandra zuhörten.

Elsie putzte sich die Nase und wischte sich die Träne ab.

»Brauchst du eine Pause?«, fragte Jan-Marten.

Elsie schüttelte den Kopf. Sie richtete sich auf. »An diesem Tag war alles anders«, sagte sie dann. »Wir saßen beim Essen, meine Großeltern, meine Mutter und ich. Etwas früher als sonst. Es war noch nicht einmal zwölf Uhr. Und William lag schon im Bett zum Mittagsschlaf. Es gab Kartoffelsuppe und Ootis eingekochte Stachelbeeren.«

»Dass du dich daran noch erinnerst«, wunderte sich Doro. Elsie nickte.

»Gehungert haben wir erst nach dem Krieg«, fügte Jan-Marten hinzu. »Vorher war genug Nachschub da. Tief unten im Berg arbeiteten sie sogar in einer Bäckerei und einer Großküche.«

Elsie atmete tief durch. »Ich sprang als Erste vom Tisch auf, und ich weiß noch, dass Grofoor mich böse angeguckt hat. Er hörte nicht so gut, glaube ich.« Elsie sprach lauter. »Aber meine Mutter ließ den Löffel fallen. Kein Zweifel mehr: die Flak.« Ihr Herz schlug schneller. »Meine Mutter rannte hinaus und riss William aus dem Bett. Und der begann sofort zu schreien. Irgendwie ging alles durcheinander, denn die Ooti saß immer noch am Tisch und löffelte ihre Suppe. Ich drängelte mich an meiner Mutter vorbei, weil ich wusste, es gab nur eins, was William beruhigen würde: seine Windmühle. Mein Vater hatte sie ihm gebastelt, als er zu Williams Geburtstag zwei Tage auf Heimaturlaub war. So ein Ding mit bunten Flügeln.«

Doro horchte auf. Doch es blieb keine Zeit für eine Frage. Es drängte Elsie danach, weiterzuerzählen: »Kaum schlossen sich Willis Fingerchen um den Stiel, gab er Ruhe. Meine Mutter setzte ihn ab und gab mir ein Zeichen. Ich nahm ihn bei der Hand, und wir liefen los, wie alle anderen auch zur Spirale, zum Bunker.« Elsie schnappte nach Luft. Es kam ihr fast so vor, als hetzte sie nun selbst los. »Meine Mutter mit einem Korb und einer Tasche voraus. Die Ooti und Grofoor hinter uns. Und dann lässt Willi seine Windmühle fallen.« Elsie seufzte. Sie musste endlich alles erzählen. Auch wenn es sie

Überwindung kostete. Sie räusperte sich und fuhr leiser fort: »Der Wind treibt dieses blöde Ding vor sich her. Und Willi juchzt noch, weil er das für ein Spiel hält. Ich versuche, ihn weiterzuziehen, doch er beginnt zu quengeln. Er zerrt an meiner Hand, aber ich halte ihn fest. Ich darf ihn nicht loslassen. Keinesfalls. Ich muss ihn ganz fest halten. Ich bin doch die Ältere. Ich bin schon groß!« Elsie verharrte einen Moment in ihren Gedanken. »Nach Ostern sollte ich eigentlich zur Schule gehen«, sagte sie dann. »Und ein Schulkind gehorcht und weiß ...« Plötzlich winkte sie ab. »Jedenfalls, die Windmühle trudelt an Mutters Füßen vorbei, aber sie dreht sich nicht nach uns um. William brüllt. Die Motoren dröhnen. Dazwischen die Flak. Mein Arm tut weh. Ich bleibe stehen. Und William reißt sich los.« Elsie sackt in sich zusammen. Ihre Stimme ist nahezu tonlos. »Er stürmt diesem bunten Ding hinterher, vorbei an meiner Mutter. Der Wind fetzt einen Flügel ab, und dann noch einen. Willi greift nach der Windmühle, erwischt sie aber nicht. Sie schlittert weiter, genau dorthin, wo das riesige Loch von den Bomben in der Falmmauer klafft. Der dritte Flügel reißt ab. Und ich stolpere weiter, vorwärts, fange mich, renne hinter ihm her. Und er auf die Felskante zu. Ich habe ihn schon fast erreicht .... Nein!«, schrien Elsie und Doro nahezu gleichzeitig auf.

Sandra zuckte zusammen. Irritiert sah sie von ihrer Tochter zu ihrer Mutter.

Elsie schloss die Augen. Sie spürte die Tränen. »Eine Windböe. Sie riss William in die Tiefe.«

Doro sah ihre Großmutter entsetzt an. »Er wurde da runtergepustet? Der Wind hat ihn über die Kante geschubst?«

Elsie nickte nur.

»Abgestürzt? Ins Bodenlose gefallen?«, fragte Doro, als

könnte sie kaum glauben, was sie von ihrer Großmutter hörte. Zum ersten Mal. Doros Blick traf Jan-Marten.

»Ich wollte es nicht wahrhaben«, sagte er zu Doro, »nicht mal, als ich dich auf der Mauer gesehen habe.«

Sandra schien irritiert.

»Es war auf einmal so, als würde der Wind nach mir greifen«, begann Doro, »als würde er mich über die Kante treiben, ins Stolpern bringen, und ich konnte keinen Halt finden.«

»So wie William«, seufzte Elsie, »genau so.«

Einen Moment lang war es still. Dann war Elsies Stimme wieder zu hören: »Ich sehe noch, wie die anderen an uns vorbeihasten. Die Nachbarn, ihre Tochter Hanna, der alte Jonny von gegenüber. Meine Mutter ist wie versteinert. Und ich kauere zu ihren Füßen. Ich habe Angst, sie bleibt hier stehen, auch wenn die Bomber kommen. Ich will nach ihrer Hand greifen, aber sie dreht sich weg. ›Weiter‹, keucht die Ooti, ›wir müssen weiter.‹ Da beugt sich meine Mutter über die Kante. Ich klammere mich an ihren Rock. Sie blickt hinunter in den Abgrund. So lange, dass ich es kaum aushalten kann. »Mem«, jammere ich, »Mem!« Dann dreht sie sich abrupt um. ›Nicht mal richtig aufpassen kannst du!‹, sagt sie und sieht auf mich herab, als wäre ich eine lästige Raupe. Sie hebt den Korb und die Tasche auf und setzt ihren Weg zum Bunker fort. Ich versuche, Schritt mit ihr zu halten. Vergeblich.«

»Du warst doch erst sechs Jahre alt«, sagte Sandra. »Sie konnte dir unmöglich die Schuld daran geben.«

Elsie sah ihre Tochter an. »Ihr Blick ... ihr Blick hat alles gesagt: ›Warum William? Warum nicht du?‹ Immer wieder. Auch Jahre später noch.«

Doro wagte nicht, sich zu rühren. Langsam begann sie zu verstehen.

Elsie sprach leise weiter. »Die Stunden danach, endlos eingepfercht in dem düsteren Bunker. Sie redet kein Wort mit mir. Starrt nur stumm vor sich hin. Ich wage kaum, aufzusehen, sie anzusehen. Traue mich nicht, den Kopf in ihren Schoß zu legen. So als ob William jeden Moment wieder dort Platz nimmt. Ich warte darauf, dass ihre Hand mir über den Rücken streicht. Und warte und warte. Während William irgendwo da draußen liegt. Ganz allein. Wegen mir. Weil ich nicht richtig aufgepasst habe auf ihn. Sein blutiger Körper liegt zerschmettert auf dem Felsvorsprung. Oder ist er im Gestrüpp gelandet und wimmert und wimmert und niemand kommt, um ihn zu holen? Weil wir auf unseren Plätzen im Bunker sitzen, dicht an dicht auf den schmalen Bänken. Grofoor stößt mit den Knien fast an Jonnys Knie gegenüber. Es ist stickig und heiß und laut. Nur mir ist kalt, so kalt. Mein Teddy ist zu Hause allein im Bett. Rollender Donner über uns. Einschläge. Erschütterungen. Explosionen. Wenn es mich nur endlich zerreißt. Wenn der Felsen zusammenbricht. Soll er uns doch begraben. Dann bin ich nicht besser dran als William. Und alle anderen hier ebenso.«

Doro lauschte Elsie mit angehaltenem Atem.

»Irgendwann kommt eine Pause, und draußen ist Stille. Jemand springt auf, stürzt zur Bunkertür und hämmert wie wild dagegen. Er schreit und schreit und schreit. Bis er plötzlich verstummt. Man hat ihn niedergeschlagen, heißt es. Grofoor sagt was von Entwarnung, aber die Sirene springt nicht an. Nuckelflaschen für die Babys werden durchgereicht. Die Milch ist nicht mehr heiß. Und schon dröhnen die nächsten Flieger über unser Land und lassen die Bomben herunterhageln. Meine Mutter schweigt eisern. Auch als die dritte Welle kommt. Und immer weiter. Tagelang kein Wort von ihr. Wir dürfen nicht mehr weg vom Bunker. Und wer sich doch zu seinem Haus schleicht, kehrt verstört zurück. Es spricht sich schnell herum, dass es die Flak nicht mehr gibt. Ich höre alles noch wie heute. Auch wenn ich vieles nicht verstanden habe.«

Elsie sah auf, und Doro nickte ihr zu. Doch ihr Blick wirkte so finster, als ob sie ihre eigenen Dämonen im Zaum zu halten versuchte. Elsie musste zum Ende kommen. Dann würde es bestimmt leichter werden. Für Doro und für sie. Sie sog die Luft ein. »Evakuierung – ich kannte das Wort nicht, aber ich habe die Angst in den Gesichtern der Erwachsenen gesehen.«

Doro schluckte und griff sich an den Hals.

»Zwangsevakuierung heißt es nach drei Tagen. Und das ist kein Flüstern mehr, das ist ein Befehl. Die Ooti sagt nur: ›Zieh dich an!‹ Noch ein Kleid und einen Pullover und eine Jacke, und dann ist der Mantel zu eng, aber ich darf ihn nicht wieder ausziehen. Kann mich kaum bewegen. Muss mich in die Schlange einreihen und weiter. Im Gänsemarsch zum Hafen, zum U-Boot-Bunker. Ich sehe die Flammen, die Trümmer und Schutt und Mauern, die keine Häuser mehr sind. Ich sehe den eingestürzten Leuchtturm. Und auch wieder nicht. Meine Füße laufen von allein. Meine Kehle brennt. Grofoor holt die Bescheinigungen ab, das Reisegeld und die eiserne Ration. Zu trinken gibt es nichts. Und weg kommen wir auch nicht. Der U-Boot-Bunker wird angegriffen, und wir bringen dort noch eine Nacht zu.« Elsie war jetzt erschöpft. »Eine schlaflose Nacht. Eine Nacht voller Stimmen und Schreie. Ich will mich hinausstehlen, will zurück. Vielleicht schaffe ich es bis zum Fuß des Felsens. Dorthin, wo Willi liegen muss. Und dann lege ich mich einfach neben ihn. Als ob wir zu Hause im Bett liegen. Dann muss er sich nicht fürchten, so ganz allein im

Dunkeln. Aber ich komme nicht mal bis zur Bunkertür. Grofoor fängt mich wieder ein.«

»Und als es endlich auf ein Schiff ging«, fuhr Jan-Marten an ihrer Stelle fort, »wurden wir getrennt. Weil schon wieder Tiefflieger kamen.«

»Die Decks sind schon überfüllt. Ich will nicht auf das Schiff. Ich kann nicht auf das Schiff. Ich sehe das schwarze Wasser an die Kaikante schwappen. Mir ist schlecht. Alles dreht sich.«

Doro sieht bleich aus.

»Ich bleibe einfach stehen«, sagte Elsie. »Ich kann doch nicht weg, wenn William hierbleibt. Ich will zurück. Aber Grofoor packt mich wieder. Ich strample, aber er lässt mich nicht los, bis wir an Bord sind. Dann setzt er mich ab. Niemand hilft mir die steile Treppe hinunter. Die Ooti betet plötzlich. Ihr Singsang tut weh. Aber niemand sagt was. Alle da unten im Bauch des Schiffs haben Angst vor einem Angriff. Wissen, dass es bei einem Treffer keine Rettung für sie gibt. Nur Ertrinken. Es stinkt fürchterlich. Ich lausche stundenlang auf den Motor. Alles vibriert, ich spüre nichts anderes mehr. Auch dann nicht, als ich mich mit der Ooti in eine freie Koje legen darf.« Elsie überlegte. »Es hieß, wir waren den ganzen Tag unterwegs bis zum Festland. Und dann ging's immer noch weiter.«

»Richtung Pinneberg«, warf Jan-Marten ein.

Elsie nickte.

»Und deine Mutter?«, fragte Sandra.

»Sie war dabei. Aber irgendwie auch nicht. Sie lief neben mir her, ohne ein Wort, ohne einen Blick.«

»Das kann doch nicht sein«, meinte Sandra.

»Später hat Grofoor gesagt, sie soll sich nicht so gehen lassen. Sie muss sich zusammenreißen. Dann hat sie geheult. Die ganze Nacht durch. Ich habe mir die Ohren zugehalten, doch es hat nicht geholfen. Ich bin raus, habe mich hinter die Scheune gekauert. Da hat die Ooti mich gefunden am nächsten Morgen. Eiskalt und nass vom Regen.« Elsie zitterte.

»Warum hast du das nie erzählt?« Sandra wirkte erschüttert. Sie sah zu Doro hinüber, doch Doro schwieg.

»Ist nicht gerade die ideale Gutenachtgeschichte«, antwortete Elsie leise. »Ich wollte, dass ihr fröhlich und unbeschwert aufwachst.«

»Aber wir sind schon lange keine kleinen Kinder mehr.«

»Ist schwierig, darüber zu reden«, sagte Jan-Marten. »Ich habe auch lange dazu gebraucht. Vor allem, bis ich meinen Söhnen von dieser Zeit erzählt habe.«

Sandra zog die Augenrauen hoch. »Trotz des Archivs?«

»Vielleicht war gerade das meine Ausflucht«, gestand sich Jan-Marten ein.

Elsie nahm das schwarze Notizheft wieder auf, das auf ihrem Schoß gelegen hatte. »Ich wusste nicht, dass meine Mutter so eine Art Tagebuch geschrieben hat, als wir evakuiert waren. Das sehe ich heute zum ersten Mal. Aber ich wünsche mir, dass ihr es auch lest. Schluss mit dem Schweigen. Das schadet nur. Und das wollte ich nicht, ganz bestimmt nicht.« Sie sah zu Jan-Marten. »Und miin Mem auch nicht.«

»Sie hat nie mit jemandem darüber geredet, was an diesem Tag passiert ist?«, vergewisserte sich Sandra.

»Anscheinend nicht.«

»Es ging immer nur um Alltägliches«, bestätigte Jan-Marten, »wie bei den meisten, die zurückgekommen sind. Um den Neuanfang, nicht um die Wunden und die Narben.«

»Deshalb wollte ich auch nicht mit zurück«, sagte Elsie.

»Ich hatte Angst, immer nur die Klippe vor mir zu sehen, den Absturz. Und den Blick meiner Mutter.«

»Hättest du doch nur mit ihr gesprochen.« Doros Stimme klang sanft, denn sie wollte Elsie keinen Vorwurf machen.

»Ich habe einfach nicht gewusst wie. Ich dachte, sie hegt einen fürchterlichen Groll gegen mich. Und ich habe mich so geschämt, weil ich den Kleinen losgelassen habe. Ich fühlte mich immer schuldig an Williams Tod. Bis heute.« Elsie blätterte das schwarze Heft wieder auf. Dann strich sie eine Seite glatt und fuhr mit dem Finger über die Zeilen. »›Ich werde mit ihr reden müssen‹«, begann Elsie, vorzulesen. »›Sie ist so erwachsen geworden. Und so still. Ich habe kaum bemerkt, dass sie sich zurückgezogen hat – von mir, von ihrer Ooti und vom Grofoor. Elsie, werde ich zu ihr sagen, Elsie, mein Kind. Ich habe dir Unrecht getan. Und das wollte ich ganz bestimmt nicht. Jetzt soll Schluss damit sein. Endgültig. In all den Jahren habe ich es gewusst und nicht verhindert, dass du dir die Schuld an Williams Tod gegeben hast. Es fällt mir so schwer, dich anzusehen, Tag für Tag, und nicht an diesen Mittag zu denken. An den Moment, als ich mich auf dich verlassen habe, mein kleines Mädchen. Denn das warst du ja noch. Viel zu jung, um die Verantwortung für deinen Bruder zu übernehmen. Ich hätte unser Gepäck zu Hause stehen lassen sollen. Hätte dich an die Hand und William auf den Arm nehmen müssen. So hätten wir den Bunker erreichen können, alle drei. Aber ich konnte nicht mehr klar denken nach all den schlaflosen Nächten, ob mit oder ohne Bombenangriffe und den Sorgen um Rick an der Front. Du warst immer so verständig und hast mir mit allem geholfen, auch mit William. Hast es mir leicht gemacht, dich für erwachsen zu halten. Wie lächerlich. Ich weiß. Dabei warst du noch nicht einmal ein Schulmädchen.

Und als wir dann am Abgrund standen, so verloren, so plötz-

*lich ohne William, war alles schwarz um mich herum, obwohl
die Sonne schien. Wie konnte sie nur scheinen, für mich und für
dich, wenn unser Willi irgendwo da unten lag? Ich musste hinterher, ihn suchen auf der steilen Klippe, musste ihm doch helfen, dem Kleinen, der nach seiner Mama schrie, wenn er noch
schreien konnte. Ich hörte nichts. Nicht mal die Tiefflieger. Und
die Ooti erst recht nicht, und dich schon gar nicht, meine Kleine.
Elsie, ich habe mich abgewendet. Von allem. Weil nichts mehr
Sinn zu haben schien. Auch von dir. Ich habe dich allein gelassen und habe es nicht einmal bemerkt. Weil alles düster war und
taub. – So ungefähr werde ich es ihr sagen. Und doch bringe ich
kein Wort über die Lippen, wenn Elsie vor mir steht. Kann sie
nicht in den Arm nehmen, nicht mit ihr gemeinsam weinen um
William. Um meinen Sohn und ihren kleinen Bruder. Heute
noch nicht. Vielleicht morgen. Vielleicht niemals.‹«* Elsie seufzte. Eine Träne lief über ihre Wange.

»Erst jetzt, wo ich ihre Zeilen hier gelesen habe«, begann sie
leise, »da ist mir klar geworden, wie schwer es für meine Mutter gewesen sein muss, den Schock zu verkraften.« Nachdenklich sah Elsie zum Fenster. Draußen verschwand die Abendsonne hinter dem kantigen Leuchtturm.

»Aber wie konntest du denn damit leben?«, fragte Sandra.

»Ich habe versucht, alles zu verdrängen«, gestand Elsie.
»Das kostete Kraft. Vor allem, wenn ich irgendetwas gesehen
oder gehört habe, was scheinbar gar nichts mit diesen Ereig-
nissen zu tun hatte und doch plötzlich Erinnerungen weckte.
Wenn du mit aufgeschürften Knien vom Spielen kamst. Dann
war ich nicht mehr ich selbst. Nur noch die Angst habe ich
niederkämpfen können, mehr ging nicht.«

Jan-Marten schaltete das Licht ein. Die Stehlampe mit dem
gelben Schirm tauchte den Raum in sanftes Licht.

»Langsam verstehe ich, warum du die kleinen bunten Windmühlen so hasst«, begann Doro, »und warum dir mein Job auf den Windkraftanlagen, ausgerechnet im Meer vor Helgoland, solche Angst macht. Es tut mir leid. Ich konnte ja nicht ahnen, was du damit verbindest.« Sie hockte sich zu Elsie und nahm ihre Hand. »Es tut mir so leid, Omi.«

»Und ich hätte mir niemals vorstellen können, dass dieser Vorfall und das eisige Schweigen darüber solche Auswirkungen auf euch hat.« Elsie sah Sandra lange an. Dann ging ihr Blick zu Doro. »Das wollte ich wirklich nicht!«

Sandra schien zu grübeln.

»Und Jantje hätte es auch nicht gewollt«, ergänzte Jan-Marten.

Doro berichtete, dass sie schon von traumatischen Erfahrungen gehört und gelesen hatte, die an Nachfahren weitergegeben wurden, ohne dass auch nur ein einziges Wort darüber gesprochen worden wäre. Doch sie hätte nie vermutet, dass sie ebenfalls so einen Schmerz in sich trug.

»Ich will die Stelle sehen«, sagte Elsie plötzlich und stand auf.

»Jetzt gleich?« Jan-Marten wirkte besorgt.

Doch Doro nickte ihm zu.

Im letzten Abendlicht gingen sie gemeinsam zu der Stelle, die Doro so magisch angezogen hatte. Jan-Marten wich nicht von ihrer Seite. Langsam näherten sie sich der Falmmauer. Doro dachte an die Bilder, die sie hier vor wenigen Tagen heimgesucht und bis auf die Mauer getrieben hatten. Bilder aus einer Zeit lange vor ihrer Geburt. Heute spürte sie nur Ruhe in sich und Erleichterung. Aus dem Augenwinkel sah sie Elsie, links von sich. Auch sie wirkte entspannter als zuvor. Sandra ging auf der anderen Seite von Elsie. Als sie die Falmmauer erreichten, griffen Sandra und Doro nahezu gleichzeitig nach Elsies Händen. Wortlos sahen sie über die Felskante in den Abgrund. So standen sie eine Weile schweigend.

»Ich … ich will ein paar Blümchen für Willi«, sagte Elsie dann.

»Ich auch«, flüsterte Sandra. »Mit einer Schleife.«

Doro nickte. Sie spürte, dass Elsie ihre Hand drückte. »Aber wir lösen die Schleife, bevor wir ihm den Strauß da hinunterschicken.«

25

Das Leben geht weiter‹, sagt meine Mutter, und manchmal hasse ich sie dafür. ›Denk an dein Kind‹, sagt sie auch noch. ›Das tue ich ununterbrochen‹, sage ich und denke an William. Er wäre jetzt elf Jahre alt. Ich weiß, dass sie Elsie meint. Und sie weiß, dass ich mich sträube. Ich will die Fragen nicht mehr hören, ihre und die, die mein Hirn produziert. Wieder und wieder. Und all die Selbstvorwürfe. Wie von einem Tonband in Endlosschleife. Es zermürbt mich. Doch ich darf mich so nicht zeigen. Nicht vor meinen Eltern, nicht vor Elsie, und vor Rick schon gar nicht. Seine Kur ist die Arbeit, da draußen auf unserem Land.

Er bringt immer neue Nachrichten mit. Gerade mal ein Jahr nach der Freigabe ist schon von den Versuchshäusern auf dem Unterland und den Problemen damit die Rede. Vom ersten Brautpaar, samt Hochzeitsgesellschaft im Juli. Sogar das traditionelle Brautbetttragen haben sie organisiert in dieser Wüste. ›Du Deern ut Holstenland, veel Glück up Helgoland‹ hatten sie auf ein Schild zur Begrüßung gemalt. Und die junge Frau im weißen Kleid, mit Schleier und Blumen, strahlte wie ihr Bräutigam. Auf einmal scheint es nur noch Freude zu geben in dieser Einöde. Schon wohnen die ersten Familien dort. Achtundachtzig Menschen. Letztes Jahr an Weihnachten waren es kaum halb so viele. Jedenfalls zum Feiern, sagt Rick. Die meisten mussten nach dem Jahreswechsel wieder zurück aufs Festland fahren. Frauen sind eigentlich noch gar nicht zugelassen. Erst nach und nach bekommen sie die Erlaubnis, als Krankenschwester oder für die Kantine. Ohne Genehmigung vom Amt darf sowieso niemand die Insel betreten.

Alle zwei Monate schickt der Janssen, den es nach Flensburg verschlagen hat, das Helgoland-Blatt. Rick studiert jede Zeile, wenn er wieder mal für ein Wochenende kommt. Vor allem aber die letzte Seite mit den Neuigkeiten. Die Grüße und die Suchanzeigen liest er laut vor. So erfahren wir alle von Auswanderern und Heimkehrern, und von Soldaten, die immer noch in Kriegsgefangenschaft sind. Die neuen Adressen von den alten Nachbarn, von reparierten Booten, vom Hummerfang und von Geschäftseröffnungen, von überall her, wo Helgoländer untergekommen sind. Bald auch von denen, die schon auf unser Land zurückziehen durften.

Wir müssen Geduld haben, sagt Rick, obwohl ich gar nicht wissen will, wann es für uns so weit ist. Er träumt schon lange von seinem Haus auf dem Oberland, mit einer Wohnung für uns und ein, zwei kleinen Fremdenzimmern zum Vermieten an Feriengäste. Manchmal wird mir schwindlig von all dem, was er erzählt.

Irgendwann gehen mir die Ausreden aus. Aber ich kann einfach nicht sagen, was mich wirklich bewegt. Nicht mal miin Mem, und miin Foor schon gar nicht. Sie müssten es auch so wissen. Sie waren doch dabei. Sie haben gesehen, was ich gesehen habe: dass mein Sohn in den Tod gestürzt ist. Sie schweigen dazu. Wie scheinbar alle, die jemanden verloren haben im Krieg. Als ob sie so den Schmerz verbannen könnten. Sie wollen, dass ich mich zusammenreiße. Ich kann es nicht mehr hören. Anderen geht es noch viel schlechter als uns, behaupten sie. Weil mir Elsie geblieben ist und Rick. Und weil sie mir helfen, mich unbedingt auf andere Gedanken bringen wollen. Schließlich fällt mir nichts mehr ein, was ich sonst noch gegen ein paar Tage

Campingurlaub auf der Düne vorbringen kann. Meine Eltern sparen seit der Freigabe dafür. Haben schon Luftmatratzen angeschafft und Baumwollschlafsäcke. Einen Spirituskocher, Stühle und einen wackligen Tisch zum Auseinanderklappen. Dann überraschen sie mich mit einem Trainingsanzug. Er fühlt sich schrecklich an. Und wie ich aussehe damit! Natürlich strickt meine Mutter noch passende Wollsocken dazu. Ich muss mich einfach freuen. Auch wenn ich kaum noch weiß, wie sich das anfühlt. Jetzt haben wir alle die gleiche zünftige Kleidung für unseren Urlaub auf der Düne. Urlaub – ich kann das Wort kaum aussprechen und frage mich, wie es Erholung geben kann an diesem Ort, in Sichtweite des Felsens. Doch sie haben schon alles vorbereitet. Und wissen, die Nächte im Zelt können richtig kalt sein. Noch kälter als in den Holzhütten vom Kinderheim, das dort früher stand. Also müssen auch reichlich Wolldecken mit. Es kommt mir schon fast wie ein Umzug vor. Aber ihnen macht es überhaupt nichts aus. Und die Erinnerungen scheinen sie auch nicht zu fürchten. Nicht so wie ich.

Sie genießen die Tage in der Zeltstadt. Lassen sich Kaffee beim Kiosk aufbrühen, laden uns alle am Sonntag, als Rick herüberkommt, ins Dünenrestaurant ein. Elsie sehe ich kaum. Sie ist wohl mit den anderen Kindern am Strand unterwegs. Selbst, wenn es regnet. Und es regnet immer wieder kräftig. Meine Eltern schwärmen trotzdem und kramen Geschichten aus alten Zeiten hervor. Sehnsüchtig geht ihr Blick zum Felsen hinüber. Ich hingegen wende mich ab. Und weiß doch, dass er da ist, wie eine düstere Festung. Und blutrot, wenn die Sonne darauf scheint.

Kaum sind wir wieder zurück auf dem Festland, planen sie weiter. Für nächstes Jahr oder für das Jahr danach. Vielleicht sogar für beide Sommer. Sie wollen sich auch für das Altenheim anmelden, das schon bald fertig werden soll. Auf dem neuen Mittelland, mit Blick zum Hafen. Ich bin zu müde, um zu widersprechen.

Elsies Konfirmation haben sie auch geplant. Wenigstens braucht sie nicht drei Kleider dafür so wie wir früher: eins für den Sonntag, ein schwarzes und ein weißes Kleid. Dazu schwarze Strümpfe und Schuhe und einen weißen Blütenkranz fürs Haar. Aber es gibt ja auch keine Verwandten mehr, bei denen sie sich zeigen darf und Geschenke bekommt, wie eine Apfelsine, ein paar Stofftaschentücher, einen Silberlöffel vielleicht. Ich weiß nicht mehr viel von den Fragen des Pastors und von der Einsegnung. Von dem Spruch, der schon lange in unserer Familie war. Meine Urgroßmutter hat ein ellenlanges Gedicht für meine Großmutter geschrieben. Und das wurde dann weitergegeben. Meine Mutter kennt sicher noch jede Zeile davon. Aber Elsie hat sie bestimmt ein paar Strophen erlassen. Immerhin ist sie mit ihr nach Bremen gefahren und hat ihr ein dunkelblaues Samtkleid gekauft.

Natürlich denke ich da an unsere alte Kirche zurück. Wie festlich alles war. Jedenfalls meistens. Die Frauen in ihren Trachten, mit Tüchern und Hauben aus Seide oder Brokat mit breiten Spitzenrändern, saßen unten auf den Plätzen, die ihre Familien schon seit Langem innehatten. Und die Männer oben auf der Empore. Darüber die Decke, fast wie der Himmel selbst, in Blau und Gold, mit der dänischen und der englischen Flagge und all den Schiffsmodellen. Bis jemand ›Seenot gesichtet!‹ in den Gottesdienst hineinrief und alle Männer aufsprangen und losliefen.

Helfen war selbstverständlich und konnte nicht warten. Nicht mal am Sonntag. Das wusste jeder. Zusätzlich gab es Ladung zu bergen, die im Notfall über Bord gegeben werden musste. Das Boot lag bei der Landungsbrücke, und die Männer wie Onkel

Cas warfen ihr Lotsenzeichen ins Heck. Die Mannschaft wurde ausgelost, je nach Wind und Wetterlage ruderten acht bis vierzehn Leute hinaus. Auch die ›Beiläufer‹ bekamen etwas vom Losgeld ab, wenn sie eine Hand aufs Dollbord legen konnten, bevor das Boot vom Strand geschoben wurde. Alles lief, wie schon seit Langem, ob unser Land nun gerade dänisch, englisch oder deutsch war. Wer machte sich schon Gedanken darüber damals? Ich höre noch den Jungen, der die Lotsennummern aufruft, und gleich danach das Knirschen des nassen Sands unter dem Kiel. Wie wir gespannt darauf warten, was das Meer uns bringt, nicht nur als Kinder. Hier und heute kann ich nur noch davon träumen: riesige Kisten mit unzähligen Eiern, Schmalz und Säcke mit Mais. Meterlange Papierrollen, in Rosa und in Blau. So etwas hatten wir noch nie zuvor gesehen. Und später auch nicht mehr. Zeitungen sollten damit gedruckt werden, wusste jemand zu berichten. Die äußeren Lagen waren zwar vom Meerwasser durchtränkt, aber innen war das Papier unversehrt geblieben. Und die Lehrer haben uns Schulhefte daraus zugeschnitten, weil Papier so knapp war. Damals schon mal. Am häufigsten kamen Holzbalken oder Latten und wurden auf dem Unterland gestapelt, einmal haushoch und die ganze Straße entlang. Manchmal hat der Strandvogt weggesehen, wenn wir als Kinder eine Hütte aus ein paar angeschwemmten Brettern gebaut haben. Ein Vergnügen, das Elsie nie erleben wird.

Onkel Cas – ich erinnere mich an Vaters verschollenen Bruder, der konnte die tollsten Geschichten über die Seenotretter und das Strandgut erzählen. Über Kaffeebohnen und über Nägel. Aber auch über diesen mysteriösen Kanister, in dem sie alle Rum vermuteten, der aber mit Rizinusöl gefüllt war. Erinnerungen, die ich aushalte. Und gerade als Elsie mal wieder nicht aufessen wollte, habe ich ihr von einem Festschmaus erzählt, den es ab und zu gab, als ich ein Kind war. Onkel Cas zog mit einigen Gästen los, um Möwen zu schießen. Natürlich hat er uns auch einen Vogel mitgebracht. Meine Mutter hat die Möwe gerupft, ausgenommen und mit Gewürzen eingerieben. Dann kam der Vogel in einen großen Topf, auf ein Bett aus Reis. Der Topf wurde verschlossen und zum Bäcker gebracht. Wenn die Brote fertig waren, durfte der Topf in den Ofen, und die Restwärme garte den Vogel. Elsie zog die Nase kraus. ›Ih, eine Möwe, ehrlich?‹ Und sie aß ihren Teller leer.

Ich merke, Erinnerungen müssen nicht wehtun, müssen mich nicht lähmen. Denke ich daran, dass ich als kleines Mädchen von der Schmutzbrücke gestürzt bin, schmerzt der Knöchel, und die Wut und die Scham über das Humpeln. Anfangs. Jetzt nur noch, wenn ich wirklich lange auf den Beinen bin. Ich war so stolz auf meine Mütze aus Möwenfedern, die Tante Mary für mich gemacht hat, fällt mir auch noch ein.

An Nikolaus hatten wir immer schulfrei. Denn am Tag zuvor sind wir verkleidet von Tür zu Tür gegangen und haben das Sönnerkloas-Lied gesungen. Bei den Großeltern, bei Onkel und Tanten durften wir einen Teller ans Fenster stellen. Am nächsten Tag holten wir ihn dann ab. Ein wahrer Schatz, denn Schokolade oder Bonbons gab es sonst nur selten für uns, ebenso wie Äpfel oder Apfelsinen. Und manchmal sparten wir sie bis Weihnachten auf. Silvester war der Abend, an dem wir als junge Leute den Nachbarn angeschlagenes Geschirr vor die Tür warfen. Es sollte ihnen Glück bringen. Manchmal, besonders wenn ich mit den angeschlagenen Tassen, die meine Mutter irgendwo aufgetrieben hat, den Tisch decke, frage ich mich, ob das tatsächlich alles so war. Ob ich das selbst erlebt habe oder ob das nicht doch aus einem Kinofilm stammt, den es bei Lotte Laube zu sehen gab.

Einmal durfte ich auch beim Brautbetttragen dabei sein und mit einem anderen kleinen Mädchen, der Mina aus der Querstraße, den Korb mit den Betttüchern tragen. Eine große Ehre, in so einem feierlichen Zug mitgehen zu dürfen! Die Freundinnen der Braut trugen die Federbetten, und die Mütter und Großmütter und Tanten sangen althergebrachte Lieder, bezogen die Betten der Brautleute und segneten sie. Hier kennt niemand diese Tradition, hier auf dem Festland, wo jetzt unser Leben ist.

Und es mutet schon seltsam an, wenn ich höre, dass ein alter Nachbar sich einen Kanister Wasser von Helgoland mitbringen lässt für die Taufe seines Enkels. Fürs Wassertragen. Er will, dass die Kinder aus der Nachbarschaft, genau wie damals, in ihren eigenen silbernen Taufbechern das Wasser von der Familie abholen, zur Kirche bringen, ins Taufbecken gießen und zurücklaufen, um mit Himbeersaft und Butterkuchen belohnt zu werden. Aber sind das wirklich noch die alten Silberbecher, gerettet vor dem Bombenhagel und später nicht versetzt oder eingetauscht gegen ein paar Kartoffeln? Oder ist das gar nicht wichtig?

Miin Foor sagt, wir müssen jetzt eine Lehrstelle für Elsie suchen. Miin Mem stimmt zu: ›Das Kind muss etwas Anständiges lernen.‹ Ich habe noch nicht darüber nachgedacht. Rick sagt, es ist gut, wenn sie Geld nach Hause bringt. Bestimmt hat er recht. Soll ich sie mitnehmen in den Kaufmannsladen, in dem ich arbeite? Oder sie in die Wäscherei schicken, für die meine Mutter Hemden bügelt? In die Fabrik soll sie nicht gehen. Neulich hat sie mal gesagt, sie will Bäcker werden. Aber das ist doch kein Beruf für eine Frau. Elsie glaubt, dass es immer schön warm ist in der Backstube und so gut riecht. Keine Ahnung, wo sie das herhat.

Sie lernt fleißig, und ihre Zeugnisse können sich sehen lassen.

Der Lehrer hat schon gefragt, ob sie weiter zur Schule gehen darf. Den Kopf dafür hat sie wohl, vielleicht sogar zum Studieren. So wie die Anni Peters. Es ist was im Helgoland-Blatt abgedruckt aus ihrer Doktorarbeit. Meine Eltern schütteln den Kopf darüber. Sie lesen lieber die Gedichte und die Kurzgeschichten, am besten in Hallunner. ›Sie heiratet doch sowieso‹, sagt miin Foor. ›Dann muss sie nicht mehr arbeiten und bleibt bei den Kindern zu Hause.‹ Miin Mem überlegt, ob sie hier jemanden kennt, der bei der Post arbeitet. Sie fragt sich, ob Elsie als Fräulein vom Amt taugt und Telefonistin werden könnte. Jedenfalls bis sie einen Mann findet. Einen guten, einen redlichen. Und sie ist überzeugt davon, dass diese Männer keine studierten Frauen suchen. Sie könnte auch ins Büro gehen. Aber dafür müsste sie Schreibmaschine, Stenografie und Buchführung beherrschen, und so eine Sekretärinnenschule kostet Geld. Aber kann Elsie wirklich den ganzen Tag still sitzen? Oder sollen wir sie in ein Hotel zum Lernen schicken? Immerhin kann sie damit was anfangen, wenn wir wieder zurückgehen.

Ich weiß nicht, was ich tun soll.

Als ich ein paar Lederhandschuhe als Geburtstagsgeschenk für Rick kaufe, findet sich die Lösung von ganz allein. Die Chefin sucht ein neues Ladenfräulein. Für ihr Angebot an Stöcken, Sonnen- und Regenschirmen und Handschuhen für Damen und Herren. Wir sind uns schnell einig und besiegeln die Absprache per Handschlag. Elsie muss sich nur noch dort vorstellen. Sie sagt ›Ja‹ dazu und lässt sich nicht anmerken, ob sie enttäuscht ist, ob sie gerne weiter zur Schule gegangen wäre. Sie sagt nie viel. Jedenfalls nicht zu mir.

26

Doro hatte noch mit Elsie und Sandra zusammengesessen, doch es war ein schweigsamer Abend gewesen. Elsie wirkte erschöpft und Sandra in sich gekehrt. Sie schienen nicht bereit für weitere Fragen. Aber Doro wusste sowieso nicht, wo sie ansetzen sollte. Zu viel war an diesem Tag auf sie eingestürmt. Schon allein, auf ihre Mutter zu treffen, nachdem sie Sandra so viele Jahre nicht gesehen und gesprochen hatte. Die Erkenntnis, dass es tatsächlich sie war, die bei dem alten Mann im Zimmer stand, war wie ein Schlag gewesen, den Doro nicht hatte kommen sehen. Wie sollte sie auch, hatte sie doch ihre Mutter eher in einer kargen Bergregion jenseits der Baumgrenze vermutet als hier auf Helgoland.

Elsie hatte sie nicht vorgewarnt. Jedenfalls nicht in den Telefongesprächen, die Doro angenommen hatte. Nicht mal, dass Elsie selbst endlich auf die Insel kommen würde. Und schon gar nicht, welche Geschichte sie im Gepäck hatte. Und überhaupt, dass Elsie so vertraut war mit Jan-Marten. Sie mussten in all den Jahren Kontakt gehalten haben. Sogar damals schon, vor Doros Ausflug mit der Schulklasse nach Helgoland. Vielleicht war es gar kein Zufall gewesen, dass sie den alten Mann getroffen hatte, weder seinerzeit als Schülerin noch in den letzten Tagen. Konnte Elsie ihn gebeten haben, auf Doro zu achten? Vermutlich. Hätte er ihr diese Bitte abschlagen können? Oder hatte er sich verpflichtet gefühlt, weil er Elsies Not kannte? Vielleicht sollte sie Elsie danach fragen. In einer ruhigen Minute.

Vor dem *atoll* waren sie für einen Moment stehen geblieben, um sich zu verabschieden. Schlicht, mit einem »Bis morgen«. Doro hatte es nicht geschafft, Elsie zu umarmen. Ihr »Danke!« ins Ohr zu flüstern und ihrer Großmutter damit noch einmal zu zeigen, wie erleichtert sie war, sie hier zu haben. Sie war sich irgendwie komplett überrollt vorgekommen. Dann waren Elsie und Sandra weitergegangen. Nebeneinander her, wie nach einer Zufallsbegegnung. Doro fragte sich, wie Elsie wohl damit klarkam, ihre Tochter so an der Seite zu haben. Und wie lange das alles vorhielt. Doro selbst hatte sich als kleines Mädchen immer wieder vorgestellt, wie überwältigend es sein müsste, wenn ihre Mutter plötzlich zur Tür hineingestürmt käme und sie in die Arme nähme, als wollte sie sie nie wieder loslassen. Dieses kleine Mädchen war sie schon lange nicht mehr. Vergessen all die Fragen, die sie nächtelang wach gehalten hatten und die sie Sandra stellen wollte. Auch später als Halbwüchsige, und selbst noch als junge Frau. Doros Kopf schien wie leer gefegt, als sie ihrer Mutter nun nach all den Jahren so plötzlich gegenübergestanden hatte. Sie konnte nichts tun, nichts sagen, alles fühlte sich falsch an. Was hatte sich Elsie nur dabei gedacht, Sandra hierher mitzubringen? Doro hatte sie nicht darum gebeten. Bisher waren Elsie und sie auch ohne Sandra ganz gut zurechtgekommen. Und so konnte es auch bleiben.

Im Hotel erwartete sie eine weitere Nachricht. Matthes, der Mann mit dem Helgoländer Feuerstein, hatte nach ihr gefragt und um einen Anruf gebeten. Doro ging in ihr Zimmer hinauf, wo ihr Blick sofort auf die Unterlagen für die Schulprojektwoche fiel. Sie musste sich unbedingt um das Konzept kümmern. Doch im Moment hatte sie den Kopf nicht frei dafür. Sie wandte sich ab, überlegte, wie sie zur Ruhe kommen konnte, aber immer wieder dachte sie an Elsie und an das, was sie in all den Jahren belastet haben musste. Bis Doro bemerkte, dass sie die Nachricht von diesem Matthes immer noch in der Hand hielt. Sollte sie ihn gleich anrufen? Oder war es inzwischen zu spät dafür?

Er klang nicht verschlafen, als er sich nach dem zweiten Klingeln meldete.

»Hier ist Doro.«

»Endlich!«

»Danke für die Nachricht.«

»Dafür nicht! Ich laufe andauernd zu der Stelle hin, du weißt schon, wo. Um nachzusehen, ob ich dich wieder von der Mauer ziehen muss.«

Doro schüttelte den Kopf über die Gedanken, die er sich machte. »Nein«, sagte sie lächelnd, »musst du nicht. Aber danke für deine Mühe. Für alles. Ich war nicht ich selbst.«

»Hoffentlich.«

Doro erklärte kurz, dass sie Besuch von ihrer Familie bekommen und dass sich dadurch einiges geklärt hätte.

»Ja dann …«

»Und mit deinem Stein?«, fragte Doro schnell, als fürchtete sie auf einmal, Matthes würde das Gespräch beenden. »Hast du etwas Neues herausgefunden?«

»Nein. Ich konnte mich nicht wirklich darauf konzentrieren.«

»Oh, das tut mir leid.«

Einen Moment lang schwiegen sie beide.

»Lass uns einen Kaffee zusammen trinken«, schlug Doro vor.

»Gerne!« Matthes fiel ihr fast ins Wort. »Ab morgen ist das Café am Falm wieder geöffnet.«

»Nehmen wir Donnerstag?«

»Passt. Aber sag Bescheid, wenn dir was dazwischenkommt. Familie geht vor!«

Sie verabschiedeten sich, und Doro grinste, als er ihr »Gute Nacht!« wünschte.

Als sie im Bett lag und nicht einschlafen konnte, weil ihre Gedanken die Ereignisse des Tages immer wieder aufwirbelten, gestand sie sich ein, dass sie sich auf das Treffen mit Matthes freute. Natürlich wollte, ja musste sie sich bei ihm bedanken. Schließlich hatte er sie in diesem Augenblick auf der Mauer wieder in die Gegenwart zurückgeholt. Wer weiß, ob sie sonst nicht genau wie ihr Großonkel abgestürzt wäre. An derselben Stelle wie William. Fast genau achtzig Jahre später. Aber es war viel mehr als Dankbarkeit. Und sie war auch neugierig auf die Geschichte mit diesem Stein, die ihn hierhergeführt hatte.

Am nächsten Mittag holte Doro mit Elsie und Sandra gemeinsam den bestellten Strauß bei der *Blumenbude* nahe der Kirche ab. Die beiden hatten Ringe wie Brackwasser unter den Augen, und Doro wagte nicht zu fragen, ob sie überhaupt geschlafen hatten. Elsie hob den Blick kaum von den grauen Pflastersteinen. Ihre Schritte schienen immer kleiner zu werden. Die schmale Straße zog sich endlos. Beim Maulbeerbaum an der Ecke blieben sie stehen. Elsie sah sich um, als wollte sie sich orientieren. Der Baum mit vier starken Stämmen, die aus dem uralten Stumpf wuchsen, stand in einer Art Vorgarten, zwischen einem Haus mit rötlicher und einem mit gelber Holzfassade.

»Hier war das Pastorat«, erkannte Elsie. »Ein Wunder, dass der Baum das alles überlebt hat. Den Krieg, die Sprengung und all die Bombenabwürfe danach.«

Doro nickte. Sie gingen langsam weiter. Der Wind trieb die Wolken auseinander und ließ Frühlingssonne in die Gassen. Elsie seufzte. »Genau wie damals«, sagte sie leise.

Sie passierten die nächste Querstraße. Am Ende des Wegs sahen sie schon die rotbraune Falmmauer schimmern.

Jan-Marten hatte ihnen gestern noch berichtet, dass alle Knochen, die damals bei den Aufräumarbeiten auf der Insel gefunden worden waren, unter dem Altar der neuen Kirche beigesetzt wurden. Außerdem hatte er dafür gesorgt, dass auch Williams Name, sein Geburtsdatum und sein Todestag auf einer Seite in dem Buch standen, das in der Kirche auslag und zur Erinnerung an die Toten jeden Tag umgeblättert wurde. Aber die Stelle hier draußen am Norderfalm, direkt über der roten Klippe, wo die Luft nach Meer roch, war für Elsie, Sandra und Doro jetzt zu ihrer Gedenkstätte geworden.

Elsie schniefte, als sie dort stehen blieben. »Heute sind wir endlich gekommen, um uns zu verabschieden«, sagte sie leise.

»Tschüs, Onkel Willi«, sagte Sandra.

Doro schloss die Augen. Sie wusste nicht, was sie sagen sollte. Tränen liefen ihr übers Gesicht. »Danke«, schluchzte sie schließlich. »Danke, dass du mich hierhergeführt hast.«

»Bis bald«, murmelte Elsie.

Dann zogen Elsie, Sandra und Doro gemeinsam die blaue Schleife auf, die ihre drei Sträußchen zusammengehalten hatte. Doro drückte ihre drei Schneerosen ans Herz, bevor sie sie über die Mauer warf. Danach trat Sandra vor und schickte ihre drei zartrosa Rosen hinterher. Die drei langstieligen weißen Rosen zitterten in Elsies Händen. Sie lehnte sich über die Mauer und sah zu, wie die Blumen über die Felskante hinabsegelten. Dann umarmten die drei sich innig. Zum ersten Mal seit Langem spürte Doro die Wärme, die von Elsie und auch von Sandra zu ihr floss. Sie wünschte, dass sich ihre Dankbarkeit ebenso auf die beiden übertrug.

»Gehen wir einen Kakao trinken«, schlug Elsie dann vor, tätschelte Doros Arm und nickte ihr aufmunternd zu. »William hat Kakao geliebt. Und den gab es früher nur ganz selten bei uns.«

Sandra und Doro stimmten zu.

Wenig später saßen sie im Café, und als der Kakao gebracht wurde, rieb sich Elsie die Augen. »Ich war eifersüchtig auf William damals. Miin Mem hat sich so um ihn gekümmert. Und um mich nicht mehr. ›Du bist jetzt die Große‹, hieß es. Ich sollte wohl stolz darauf sein. Aber ich war sauer. Seit William da war, war miin Foor weg. Im Krieg. Und ich dachte erst, dass das Willis Schuld war. Wenn miin Foor mal heimkam, dann gab er sich nur mit ihm ab. Und ich habe immer nur zugesehen. Jedenfalls kam es mir so vor.«

»Wie gut, dass ich keine Geschwister habe«, murmelte Sandra.

»Kaum dass er auf seinen Beinchen stehen konnte, wollte er auch schon mit mir mitkommen«, erinnerte sich Elsie. »Und keiner hatte was dagegen, nicht mal die Ooti. Ich habe gebettelt, ihn nicht zum Spielen mitnehmen zu müssen. Aber ohne ihn haben sie mich nicht gehen lassen. Eine echte Strafe war das. Die Mina hatte zwar auch einen kleinen Bruder, aber der war ganz anders. Wenn sie den irgendwo hingesetzt hat, dann blieb der da sitzen, bis wir zurückkamen. Egal, wie lange das gedauert hat. Mit Willi ging das nicht. Der ist sogar ins Sperrgebiet gerannt, wenn wir nicht aufgepasst haben.«

»Ich hatte also einen temperamentvollen und neugierigen Großonkel«, hielt Doro fest.

»Ja, so kann man es auch nennen.« Elsie sah nachdenklich in ihre Tasse.

»So einen Wirbelwind zu bändigen, ist eindeutig zu viel für eine Sechsjährige«, fand Sandra.

»Darüber hat sich wohl keiner Gedanken gemacht. Das waren andere Zeiten. Die Kinder gehorchten und wussten genau, was sie durften und was nicht. Meistens hielten sie sich auch daran. Und alle achteten aufeinander. Im guten Sinn.«

»Es war bestimmt keine einfache Zeit«, meinte Sandra.

»Ich kannte es ja gar nicht anders. Die Ooti hat oft davon erzählt, wie es früher war. Wirklich unter sich blieben die Insulaner eigentlich nie. Auch wenn mir ihre Geschichten vom Seeräuberversteck eher wie Märchen vorkamen. Die Kontinentalsperre, die Badegäste, Wissenschaftler, Künstler, Freigeister. Aber auch immer wieder Soldaten, Bauarbeiter und Hunderte Bergleute. Das waren weit mehr als die Einheimischen. Besonders als sie die Stollen in unseren Felsen getrieben haben, die Raumanlage mit Lazarett, Großküche, Bäckerei und wer weiß was noch alles. Richtig ausgehöhlt haben sie den Felsen dafür. Und manchmal kommt es mir wie ein Wunder vor, dass wir da unten überlebt haben.«

Doro griff nach Elsies Hand und drückte sie.

»Sonst würden wir heute nicht hier sitzen«, sinnierte Sandra, »keine von uns.«

Elsie nickte. »Ich hätte euch eher davon erzählen müssen.«

»Du hast es ja jetzt getan«, erwiderte Doro.

»Mindestens als du diesen Job angenommen hast.«

»Du konntest doch nicht wissen, was passiert. Das konnte keiner.« Doro lächelte Elsie an. Und ja, sie musste zugeben, sie hätte gern schon früher gewusst, was Elsie mit dieser Insel verband.

»Ich hätte es ahnen müssen. Ich hätte die Zusammenhänge klar erkennen müssen!«

»Als ob das immer so einfach ist«, brummte Sandra.

»Mach dir keine Vorwürfe, Omi. Bitte!«

Elsie sah von einer zur anderen. »Ich kann es versuchen.«

»Unbedingt!«, verlangte Doro.

Sie tranken ihren Kakao aus. Doro fand, dass er gut schmeckte, wenn auch nicht so gut wie der, den Elsie für sie als Kind gekocht hatte. Doch bevor sie ihre Großmutter daran erinnern konnte, fragte Sandra plötzlich nach Elsies Elternhaus.

Doro sah ihre Mutter irritiert an. Wenn die Insulaner evakuiert werden mussten, wie Elsie erzählt hatte, waren sicher auch alle Häuser zerstört gewesen.

»Grofoor hat selbst gesehen, dass unser Haus noch stand. Nur das Dach war weg und die Wand zum Garten. Er hatte schon Pläne für den Wiederaufbau, als wir noch im Bunker saßen. Aber die Engländer mit ihrem *Big Bang* 1947 und den Zielübungen für ihre Bomberpiloten bis kurz vor der Freigabe haben alles in Schutt und Asche gelegt.«

»Verstehe«, sagte Sandra. »Aber deine Eltern sind doch später wieder hierher zurückgekehrt, oder nicht?«

»Ja.«

»Und?«

»Sie haben … in dem grauen Haus gewohnt.«

Doro fiel auf, wie wortkarg Elsie auf einmal war. Sandra ließ ihre Mutter aber nicht durchkommen damit. »In welchem grauen Haus genau?«, bedrängte sie Elsie geradezu, weitere Details preiszugeben. Und wenig später erfuhr Doro, dass Elsies Eltern Tür an Tür mit Jan-Martens Familie gewohnt hatten. Fast genauso wie früher, als Elsie und Jan-Marten noch

Kinder gewesen waren. Nur an einer anderen Stelle auf dem Oberland. In dem Haus mit der grauen Holzfassade, in dem Jan-Marten heute noch lebte.

»Und du hast es dann später einfach verkauft?«, fragte Sandra.

Doro hätte ihre Mutter am liebsten aufgehalten, weil sie spürte, dass Sandras direkte Fragen Elsie quälten. Natürlich wollte Doro auch mehr über ihre Urgroßeltern und über ihr Leben hier erfahren, doch sie setzte darauf, dass Elsie von selbst davon erzählen würde, wenn sie so weit war.

»Nein«, antwortete Elsie schließlich, »ich habe es nicht verkauft.«

»Hast du es etwa jemandem überschrieben?« Sandra schien bestürzt zu sein.

»Nein.«

»Und was heißt das jetzt?«

»Es gehört mir noch«, gestand Elsie.

Sandra öffnete den Mund und schloss ihn wieder.

Doro lächelte, weil es ihr gefiel, ihre Mutter sprachlos zu sehen, wenigstens für einen Moment.

»Aber wie geht das?«, fragte sie da auch schon. »Ich meine, wie ging das in all den Jahren? Hast du einen Verwalter eingesetzt?«

»Gewissermaßen.«

Eigentlich hatte sogar schon Elsies Mutter Jan-Marten mit allen Aufgaben rund um das Haus betraut. Nach dem Tod ihres Mannes Rick musste Jantje endgültig klar geworden sein, dass Elsie nicht von ihrem Vorsatz abweichen würde. Wenn sie trotz dringender Bitten ihrer Mutter nicht zur Beerdigung ihres Vaters auf die Insel kam, dann würde Elsie wohl tatsächlich keinen Fuß mehr auf den roten Felsen setzen. Und doch musste es Jantje wichtig gewesen sein, dass Elsie ihr Haus erbte und nicht irgendein entfernter Verwandter, der nach dem Krieg nach Australien ausgewandert war. Jan-Marten hatte, genau wie auf seiner Seite des Hauses, auch in Elsies Hälfte Fremdenzimmer an Gäste vermietet und mit den Einnahmen später die Umbauten und nach und nach auch die neue Ausstattung finanziert.

»Dir gehört also ein Haus auf Helgoland«, realisierte Sandra. Elsie nickte.

»Und was willst du damit tun?«

»Also wirklich!«, fuhr Doro dazwischen. Wie konnte ihre Mutter nur so gefühllos sein und Elsie ausgerechnet heute mit Fragen nach ihrem Elternhaus bedrängen?

»Was denn?«, fauchte Sandra sie an.

Doro sah ihre Mutter eindringlich an. »Ich glaube nicht, dass jetzt der richtige Zeitpunkt ist, um darüber zu sprechen.«

»Ach nein? Sollen noch mal zwanzig Jahre vergehen?«

»Wozu die Aufregung?«, meldete sich Elsie. »Das Haus gehört doch sowieso schon euch beiden. Jedenfalls so gut wie.«

»Aber Omi …«

»Ist doch klar, Doro. Ihr beide seid meine Erben. So steht es auch in meinem Testament. Schon lange.«

Sandra starrte auf die Tischkante. Damit, so schien es Doro, hatte ihre Mutter wohl nicht gerechnet. »Meinst du, wir können uns das Haus einmal ansehen?«, fragte sie nach einer Weile leise.

»Sicher«, erwiderte Elsie, »wenn sich gerade keine Gäste in unserer Hälfte eingemietet haben. Jan-Marten hat die Schlüssel.«

Doro hielt es für möglich, dass Sandra sofort aufstand und losstürmte. Aber sie blieb sitzen. »Jetzt brauche ich was Stärkeres«, sagte Sandra schließlich. Sie zeigte auf ein Kärtchen, das auf dem Tisch stand. »Hausgemacht nach altem Familienrezept« war dort in Schönschrift zu lesen. »Wie wär's mit einer Runde Eiergrog?«

Elsie und Doro stimmten zu. Wenig später wurden die Gläser mit der üppigen Schneehaube serviert.

»Na dann, auf die Familie!«, prostete Sandra ihrer Mutter und ihrer Tochter zu. Vorsichtig trank sie einen Schluck. »Puh, stark. Aber gut.« Sie wischte sich den Schaum von den Lippen. Ihre Wangen röteten sich.

Doro grinste. »Nur für Leute von der Küste!«

»Sind wir doch – oder nicht?«

Später besuchten sie gemeinsam Jan-Marten, um ihre Haushälfte zu besichtigen. Als er die Tür aufschloss, zögerte Elsie.

»Im Winter habe ich wieder neu streichen lassen«, sagte Jan-Marten. Er trat zur Seite, und Sandra ging als Erste hinein. Doro sah Elsie aufmunternd an. Jan-Marten versicherte ihr, dass es drinnen nichts mehr gab, was die Erinnerung an alte Zeiten heraufbeschwören könnte. Die persönlichen Stücke, die Rick und Jantje wichtig gewesen waren, hatte er eingelagert oder in sein Archiv übernommen. Die Möbel aus den frühen Sechzigerjahren waren längst ausgetauscht worden. »Mehrfach«, wie er betonte. »Die Gäste werden immer anspruchsvoller.«

Elsie gab sich einen Ruck und ging über die Schwelle. Doro folgte ihr. Eine Spur Farbgeruch hing in der Luft. Wie auf seiner Seite des Hauses hatte er, wo es möglich war, hier eine Wand eingerissen, dort einen Durchbruch geschaffen, damit die winzigen Zimmer etwas mehr Raum boten. Durch die Fenster zur Straße sahen sie Teile der Holzfassaden der Nachbarhäuser. Sie wirkten so nah, als ob sie direkt hinter den

Scheiben aufragten. Nacheinander stiegen sie die enge, gewundene Treppe zum Obergeschoss hinauf. Die Schlafzimmer dort boten kaum mehr Platz als für ein Bett direkt unter der Dachschräge. Die letzten Strahlen der Abendsonne streiften die Terrasse hinter dem Haus. Ein Holztisch und vier passende Stühle füllten sie nahezu ganz aus. Ein schmaler Streifen Rasen schloss sich an, eingefasst von Büschen, ein Stück dahinter das kantige Rot des Leuchtturms. »Ausgerechnet«, murmelte Elsie.

»Der ehemalige Flakturm«, erklärte Jan-Marten. »Das einzige Gebäude, das auch nach der Munitionssprengung und den Zielübungen noch halbwegs intakt war. Deshalb haben sie es auch gleich nach der Freigabe als Leuchtturm instand gesetzt.«

Elsie fröstelte und wandte sich rasch ab. Doro, Sandra und Jan-Marten folgten ihr zurück ins Haus.

»Daraus lässt sich was machen«, befand Sandra.

Jan-Marten gab zu bedenken, dass die Häuser alle unter Denkmalschutz standen. Da durfte nichts an- oder ausgebaut werden, und wenn die Fassade mal wieder einen neuen Anstrich brauchte, musste sogar der Farbton unverändert bleiben.

»Und wann kommen die Gäste?«, wollte Sandra wissen.

»Ist unterschiedlich«, antwortete Jan-Marten. »Im Moment buchen sie eher verhalten. In den Sommerferien ist alles belegt. Die Brückentage gehen erst weg, wenn es wärmer wird.«

Doro fragte sich, ob Sandra als Nächstes auch noch wissen wollte, was die Übernachtungen hier kosteten. Aber Sandra nickte nur und sah sich noch einmal die Ausstattung der offenen Küche an. »Ein Kaffeeautomat wäre nicht schlecht«, befand sie schließlich.

Doro schüttelte den Kopf. Jan-Marten sah zu Boden. Elsie legte die Hand auf seinen Arm. »Danke«, flüsterte sie ihm zu. »Danke für alles.«

Als sie wieder auf der Straße standen, sagte Sandra: »Eigentlich wollten wir morgen früh aufs Festland zurückfahren.«

Doro presste die Lippen zusammen. ›Dann fahr doch‹, hätte sie ihre Mutter am liebsten angeschrien. ›Sieh zu, dass du zurück in deinen Dschungel kommst! Oder wohin auch immer.‹ Elsie brauchte bestimmt niemanden, der ihr Leben bewertete und ihre Vergangenheit. Und Doro auch nicht. Hatte Sandra in den Tagen hier auch nur ein einziges persönliches Wort an sie, ihre Tochter, gerichtet? Hatte sie gefragt, wie sie sich fühlte? Wie es ihr ergangen war? Was es mit ihrer Arbeit und den Problemen auf sich hatte? Nein! Und sie hatte nichts erklärt, nichts von sich erzählt oder etwas über ihren Alltag preisgegeben. Nicht, dass es Doro noch sonderlich interessierte. Aber wozu hatte Elsie sie überhaupt hierher mitgeschleppt?

Sandras fordernder Blick traf Elsie. »Was meinst du? Packen wir unsere Sachen?«

»Nein!«, rief Doro plötzlich dazwischen.

Elsie zuckte zusammen.

»Bitte, Omi!«

Elsie versuchte zu lächeln. Sie sah Doro an. »Bleiben wir noch ein paar Tage.«

27

Elsie war erschöpft von all den Eindrücken. Eigentlich hatte sie auch noch auf den Friedhof gehen und das Grab ihrer Eltern und Großeltern suchen wollen. Aber nun, da sie sich entschlossen hatte, länger hierzubleiben, konnte sie sich damit noch etwas Zeit lassen. Sie wusste nicht, wie lange sich Sandra freinehmen konnte. Und ob sie irgendwelche Verabredungen getroffen hatte mit diesen Klippenspringern oder mit befreundeten Gleitschirmfliegern. Am Tag der Ankunft hier war ihr das wichtig gewesen. Inzwischen hatte sie nichts mehr davon erwähnt. Jedenfalls nicht Elsie gegenüber. Im Gegensatz zu so vielem anderen in den letzten drei Tagen. Immerhin war die befürchtete heftige Auseinandersetzung zwischen Doro und ihrer Mutter ausgeblieben. Wenigstens vorerst. Sie würde aber nicht darauf setzen, dass es dabei blieb. Es musste eine Aussprache zwischen den beiden geben, wenn die Zeit dafür gekommen war.

Elsie lauschte auf den Wind, der übers Meer kam und über ihr Fenster strich. Leise, ganz leise. Er trug die Stimmen ihrer Vorfahren heran. So hatte es ihr die Ooti damals erzählt. In dem Singsang sollte die Freude darüber mitschwingen, dass sie seit unzähligen Generationen auf diesem Felsen lebten. Und dass sie sich nicht vertreiben lassen würden, was immer auch geschah. Aber Elsie hatte stets Gänsehaut gehabt, wenn sie den Wind hörte. Wenn er ›unser Land‹ raunte. Sie hatte lange nicht mehr daran gedacht, weil sie auf dem Festland nicht spürte, was hier gegenwärtig zu sein schien.

Genau genommen musste es 1953 oder 1954 zum letzten Mal gewesen sein. In diesem verregneten Sommer, als ihre Großeltern ein paar Tage Campingurlaub für sie alle auf der Düne gebucht hatten. Am liebsten wären sie gleich im ersten Sommer nach der Freigabe hingefahren. Aber Elsies Mutter war dagegen gewesen. Elsies Großvater hatte es sich nicht nehmen lassen, schon im September 1951 bei der ersten Rundfahrt um die Insel mit an Bord zu gehen, und ihre Großmutter beim ersten Heimattreffen auf Helgoland im September 1952. Sie schwärmte vom Felsen im Sonnenschein, und davon, dass die beiden gestifteten Glocken zur Begrüßung läuteten, dort, wo früher die Kirche gestanden hatte. Und von der Feier mit all den alten Freunden und Nachbarn.

Elsie hatte gehofft, dass ihre Mutter auch weiterhin gegen einen Urlaub auf der Düne sein würde, doch sie musste irgendwann eingelenkt haben. Für Elsie gab es keine Wahl. Unvorstellbar, dass sie allein zu Hause blieb. Dabei fühlte sie sich schon bei dem Gedanken krank, dem roten Felsen so nahe zu kommen. Tagtäglich zu der Stelle hinübersehen zu müssen, die alles verändert hatte. Zu der Stelle, an der William abgestürzt war. Gleich nachdem Elsie ihn losgelassen hatte. Wie konnte ihre Mutter das nur aushalten? Fürchtete sie sich denn gar nicht davor? Würde sie wieder die Nächte durch heulen? Würde sie Elsie jeden Morgen ansehen mit diesem Blick, der ihr die Schuld zuwies? Der ihr vorwarf, am Leben zu sein?

Damals hatte Elsie den Wind zum letzten Mal so gehört. Am Strand, wo sie so weit weg wie möglich von allen anderen gesessen und aufs Meer hinausgesehen hatte. Sie fror, doch sie achtete nicht darauf. Der Wind durchdrang alles. Er schien

Williams Stimme zu ihr zu tragen. Sein glucksendes Lachen. Sein zorniges Gebrüll. Sein lallendes Stimmchen. ›Elli‹, hatte er sie gerufen, weil er das S nicht über die Lippen bekam. Es half nicht, sich die Ohren zuzuhalten, wie sie es manchmal als kleines Mädchen getan hatte. Deshalb erneuerte sie ihren Schwur, den sie damals, bei der Evakuierung, insgeheim geleistet hatte. Mit der Hand auf dem Herzen. Sie erinnerte sich genau, obwohl es bereits acht Jahre her gewesen und sie inzwischen ein Backfisch, also fast ein junges Fräulein war, wie ihre Großmutter immer wieder betonte. An jedem Tag auf der Düne schwor sie sich, nie wieder einen Fuß auf den roten Felsen zu setzen. Sie schrie es dem Wind entgegen, wenn sie sich nachts aus dem Zelt schlich und tränenüberströmt am Strand entlangrannte.

So lange hatte der Schwur gehalten. Jetzt stand Elsie hier, hinter den Panoramaglasscheiben, sah auf den schmalen Streifen Südstrand hinunter, hörte dem Wind zu und spürte, dass es gut war. Sie fürchtete sich nicht mehr vor dem, was er von weit her mitbrachte. Sie wusste, dass sein Raunen auch das Echo ihrer Gedanken war. Und seit sie die ersten Zeilen in den Notizheften ihrer Mutter gelesen hatte, schien Elsie langsam zu verstehen, dass es eine andere Wahrheit für sie gegeben hatte. Nicht vom ersten Moment an. Nicht während der endlosen Stunden im Bunker. Und sicher nicht auf dem Schiff, das sie zum Festland brachte. Aber irgendwann musste ihrer Mutter klar geworden sein, dass der Schmerz nicht verschwand, wenn sie ihrer Tochter die Schuld zuwies. Nur hatte Elsie nichts von diesem Wandel bemerkt.

Sie würde diese Hefte lesen. Zeile für Zeile. Eins nach dem anderen. Und vielleicht würde sie die Stimme ihrer Mutter dabei hören. Nicht immer, aber manchmal. Mehr als fünfzehn

Jahre hatten sie alle gemeinsam auf dem Festland gelebt. Auf engstem Raum. Am Ende in zwei kleinen Zimmern: eins für ihre Großeltern und eins für sie und ihre Mutter und ihren Vater, wenn der übers Wochenende zu ihnen kam. Elf schwarze Heftchen mit der Aufschrift »Evakuiert« lagen jetzt auf Elsies Nachttisch hier. Jantje hatte nicht von Anfang an geschrieben, und auch nicht regelmäßig. Elsie fragte sich, woher ihre Mutter überhaupt die Zeit und die Kraft und das Papier dafür genommen hatte. Sie erinnerte sich kaum noch an die ersten Monate auf dem Festland. Nur daran, dass sie ständig Hunger gehabt und gefroren hatte. Dass sie oft allein war, in einer zugigen Hütte, einer Scheune, einem Verschlag. Weil sich alle um irgendetwas kümmern mussten. Ihre Mutter ums Geldverdienen, zuerst in den Trümmern einer Fabrik, ihre Großmutter um Feldarbeit und ums Schlangestehen, ihr Großvater um Bezugsscheine und ihr Vater um Helgoland. Manchmal ging Elsie mit, zum Kartoffelkäfersuchen oder zum Schlangestehen oder an der Hand des Großvaters in ein Büro. Dort wurde es meistens laut. Zu laut für Elsie. »Wir sind von Helgoland!«, sagte der Großvater. Und manchmal schlug er sogar mit der Faust auf den Tisch dabei. »Auf uns haben sie nicht gerade gewartet«, erklärte er ihr einmal, »nach all den Flüchtlingstrecks, die aus dem Osten gekommen sind.« Sie nickte nur, obwohl sie damals nicht verstanden hatte, was er meinte. »Als ob wir freiwillig hier sind«, brummte er immer wieder. Elsie schwieg, weil der Großvater so anders geworden war. Sie traute sich nicht mal, ihm zu sagen, dass sie endlich zur Schule gehen wollte. Dabei konnte sie die Schilder an den Häusern, den Läden und Kellern schon längst lesen. Und ein wenig rechnen hatte die Großmutter auch schon mit ihr geübt, beim Schlangestehen.

Vielleicht hatte ihre Mutter erst mit ihren Notizen angefangen, als sie in diesem Krämerladen arbeitete. Jedenfalls wäre es dort leichter für sie gewesen, an Papier und an solche Heftchen zu kommen. Einige Zeit nach der Währungsreform musste das gewesen sein. Nachdem sie eine alte Freundin wiedergetroffen hatte, die nach Oldenburg heiraten wollte. Die war nach der Evakuierung bei entfernten Verwandten untergekommen. Und ein ehemaliger Badegast, der in der Zeit zwischen den Kriegen Jahr für Jahr ein paar Wochen in den Fremdenzimmern ihrer Familie gewohnt hatte, ließ sie in seinem Laden arbeiten. Sie schlug ihm Jantje als vertrauenswürdigen Ersatz vor. So war Elsies Mutter an diese heiß begehrte Stelle gekommen und trug fortan anstelle des grauen Fabrikkittels eine gestärkte weiße Schürze.

Noch wusste Elsie wenig darüber, ob und wie viel die Mutter über sie geschrieben hatte. Was Jantje wichtig genug gewesen war, um Eingang in ihre Notizen zu finden. Elsie überlegte, was sie selbst damals wohl aufgezeichnet hätte in einem Tagebuch. Vielleicht etwas über den Schulunterricht, der für manche Klassen vormittags und für andere nachmittags stattfand, und dass Elsie am liebsten in die Früh- *und* in die Spätklasse gegangen wäre. Dass Räume ohne Kriegsschäden, wie Löcher in den Wänden, in den Decken oder Fußböden, selten waren. Bücher gab es keine, und Hefte waren lange Zeit Mangelware. Oder über die Ohrfeigen und Schläge mit dem Lineal auf die Finger, die einige Lehrer großzügig austeilten. Ja, sie erinnerte sich an jeden einzelnen, auch wenn sie das neulich bei Grete so vehement abgestritten hatte. Elsie wusste noch, dass der Unterricht im Winter oft ausgefallen war, weil es nicht genug Kohle zum Heizen der Schule gab. Oder dass die ganze Klasse zum Altstoffsammeln aufbrach. Eisen, Lumpen,

Knochen und Papier waren gefragt. Und vor allem die Schulspeisung fiel ihr wieder ein. Der süßliche Geruch, der aus dem Kessel aufstieg. Eine leere Konservendose als Essgeschirr, an der ihr Großvater einen Bindfaden als Henkel befestigt hatte, und einen Löffel musste sie dafür mitnehmen. In der Pause wurde die warme Suppe aus dem riesigen Topf geschöpft, der fast so groß war wie Elsie selbst. Milchsuppe, Kakaosuppe, Kekssuppe oder Brei, eine Scheibe Brot dazu, mit der sie am Ende die Suppenreste aus der Dose wischte. Immer wieder eine neue Klasse in einer neuen Schule, als sie nach der Scheune in eine Baracke ziehen durften, danach in einen Keller und immer so weiter, bis sie endlich ein Zimmer zugewiesen bekamen und das Recht erhielten, eine Küche zu nutzen, wenigstens für eine Stunde am Tag. Ein Recht, das Vaters Mutter gegen die anderen Bewohner verteidigte. Wie ein düsteres Gespenst flatterte sie vor den Wänden mit den dunklen Flecken herum. Wände, von denen sich die Tapetenreste abrollten. Und sie hustete.

Elsie fror. Wen interessierte das heute noch? Sie sah zum Heizkörper unter dem Fenster. Warum drehte sie ihn nicht einfach auf? Bis zum Anschlag. Wenigstens für ein paar Minuten. Doch sie fragte sich, ob das wirklich helfen würde gegen diese Kälte. Sandra käme ihr bestimmt damit, dass sie auch in Hütten gelebt hatte oder sogar unter freiem Himmel. Nur war sie deutlich älter gewesen als Elsie damals. Und sie hatte sich diesen Lebensstil selbst ausgesucht. Sandra hätte jederzeit zurückkommen können und war ja irgendwann auch umgekehrt, nur Elsie wusste noch nicht genau, wann. Vielleicht steckte auch in Doro so etwas wie Nomadentum. Immerhin pendelte sie vom Festland zur Insel und wieder zurück. Beruhte all das etwa im Grunde auf Elsies Erlebnissen?

Auf ihrem Kindheitsgefühl, allein gelassen zu sein mit ihrem Schmerz? Wie eingefroren in ihrem Leid? All die Jahre lang. Konnte es tatsächlich sein, dass ihr Schweigen darüber und ihre Unfähigkeit, sich damit zu beschäftigen, so etwas bei ihrer Tochter und bei ihrer Enkelin ausgelöst hatte? Niemals hätte sie sich das vorstellen können. Bis jetzt, bis sie wieder einen Fuß auf den roten Felsen gesetzt hatte. Aber langsam schien es ihr möglich. Vielleicht würde es helfen, alles aufzuschreiben, wirklich alles. Nicht nur die reinen Ereignisse, sondern vor allem auch, wie sie sich dabei gefühlt hatte. Um Klarheit darüber zu bekommen, allein für sich, und nicht unbedingt, damit es jemand lesen konnte. Möglich, dass sie sich am Ende dafür entschied, das Geschriebene zu verbrennen. Elsie wandte sich vom Fenster ab. Ihr Blick fiel auf die aufgeschlagenen Notizen ihrer Mutter. Sie konnte es aber auch Sandra und Doro hinterlassen, so wie Jantje ihr die Hefte hinterlassen hatte. Und darauf vertrauen, dass ihre Tochter und ihre Enkelin das für sie Richtige damit anfingen. Elsie wollte kein Mitleid erregen oder auf Verständnis hoffen. Niemandem Schuld zuweisen – wenn es überhaupt so etwas wie Schuld gab. Wozu auch. Das würde sie nur weiterhin an diese Zeit ketten. Einfach nur ihre Sicht auf die Dinge notieren, um endlich alles loszulassen, sich aus dem Netz der Vergangenheit zu befreien und Sandra und Doro möglichst gleich mit.

28

Rick schwärmt von den ersten Häusern auf dem Oberland. Unseres ist noch nicht fertig. Aber Rick steckt mich an mit seiner Vorfreude. Mindestens seit miin Mem und miin Foor im Altenheim auf dem Mittelland wohnen. Hin und wieder besuche ich sie dort. Meistens gehen wir auch gemeinsam zur Kirche und zünden eine Gedenkkerze an für William. Nur Elsie bringe ich nicht dazu, mitzukommen. Sie hat ihren eigenen Kopf. Besonders, seit sie in dem Schirmgeschäft arbeitet. Fünf Jahre müssen das jetzt sein, und sie ist zu einem richtigen jungen Fräulein geworden. Volljährig wird sie auch in diesem Jahr. Andere Mädchen sind schon verheiratet mit einundzwanzig oder mindestens verlobt. Aber Elsie hat noch nie einen jungen Mann mit nach Hause gebracht. Vielleicht auch ganz gut so. Dann hält sie hier nichts, und es fällt ihr leichter, zu packen für unser Land. Für unseren letzten Umzug.

Natürlich geht Elsie samstags aus. Mit ihrer Freundin Vera zum Tanzen. Oder in den Jugendklub bei der Kirche. Da muss ich mir keine Sorgen machen. Auch wenn sie nichts davon erzählt. Elsie ist eben so still. Und ich vertraue ihr, wie meine Mutter mir vertraut hat. Obwohl es hier auf dem Festland schon anders zugeht. Weil nicht jeder jeden kennt. Nicht mal in der Nachbarschaft. Aber herumsprechen würde es sich schon, wenn es dort nicht gesittet zuginge.

Ich weiß nicht, ob Elsie sich noch an ihre Freunde von damals erinnert. An die Nachbarskinder, die älteren wie Hanna, Paul und Uwe, oder an ihre Spielgefährten wie Mina und Jan-Marten. Den Jungen, mit dem sie immer losgezogen ist. Rick sagt, wir werden Tür an Tür mit ihm wohnen, fast wie früher. Und gefragt hat er auch schon nach Elsie. Rick muss mal mit ihr reden, wenn er das nächste Mal zum Wochenende herkommt. Er kann so viel besser erzählen, wie alles wächst, gedeiht und sich fügt. Wie stolz wir darauf sein können und wie dankbar. Vor allem, wenn wir Alteingesessenen unseren Platz auf dem Felsen wieder einnehmen und wissen, dass jeder einzelne Stein, der hier verbaut ist, unseren Schmerz kennt.

Stück für Stück verschwindet jetzt die Wüstenei. Enge Gassen und schmucke Fassaden. Manchmal frage ich mich für einen Moment, ob sie blenden, so leuchtend bunt, wie sie sind, wenigstens im Unterland. Draußen auf der Klippe sind die Einschläge noch gegenwärtig und werden es wohl auch bleiben. Die Ebene ist zu einer Kraterlandschaft geworden. Wunden, die vernarben, Gras wächst darüber und verdeckt sie notdürftig.

Jedes Mal, wenn Rick davon anfängt, springt Elsie auf und läuft hinaus. Sie will nichts wissen von all dem. Will sich nicht freuen, nicht stolz sein auf ihren Vater, der für all das schuftet. Beim letzten Mal hat sie ihn sogar angeschrien. »Lass mich in Ruhe damit!« Rick hat mich erschrocken angesehen. Ich war fassungslos. Meine Knie zitterten. So kannte ich unsere Tochter gar nicht. Sie hielt sich die Ohren zu wie ein kleines Kind. »Aber Elsie«, habe ich gesagt, »sei doch vernünftig!« Sie wollte nichts mehr hören von Helgoland. »Ich kann da nicht leben«, hat sie gesagt. »Wenn ihr das könnt, bitte, aber für mich ist schon der Gedanke daran ein einziger Albtraum.« Ich habe mich gefragt, was sie da redet. »Ich bleibe hier.« Sie klang so fest entschlossen. »Kommt nicht infrage.« Rick konnte schon immer eisern klingen. Sie verschränkte die Arme und presste die Lippen zusammen – habe ich sie zu einem Trotzkopf erzogen?

»Was willst du denn hier ganz alleine?«, startete ich einen neuen Versuch. Sie verdrehte nur die Augen. Rick wirkte müde. Er sehnte sich danach, dass sie endlich fertig wurden, hat er mir neulich nachts anvertraut. Und dass wir endlich wieder alle ein Zuhause haben.

»Ich kann für mich selber sorgen!«, schnappte Elsie. »Und wer sagt denn überhaupt, dass ich alleine bin?«

Damit hatte ich nicht gerechnet. Ich musste mich hinsetzen. Rick drohte ihr mit der erhobenen Hand. Es schien sie gar nicht zu beeindrucken. »Ich verdiene mein eigenes Geld. Und wenn ich euch nichts mehr davon abgeben muss, kann ich mir ein Zimmer zur Untermiete nehmen.«

Rick wirkte resigniert. »Du wirst dich noch umgucken, mein Fräulein.«

Später sagte er zu mir, wenn sie überhaupt ein Zimmer findet, gibt er ihr drei Monate, höchstens. »Dann steht sie vor der Tür und bettelt darum, bei uns leben zu dürfen.« Ich möchte es nur zu gerne glauben. Und ich möchte wissen, ob sie wirklich nicht alleine dasteht. Warum erzählt sie mir nichts? Ich bin doch ihre Mutter. Ich freue mich für sie, wenn sie jemanden kennengelernt hat. Sie muss ihn nicht verstecken, vor mir, vor uns. Oder sind wir ihr etwa nicht mehr gut genug? Schämt sie sich für uns? Trifft sie sich mit jemandem aus besseren Kreisen? Mit einem Studenten oder mit dem Sohn vom Bürgermeister? Elsie schweigt wie der Felsen selbst.

Tag für Tag hoffe ich, sie besinnt sich noch. Ich wage es nicht, meinen Eltern davon zu erzählen. Sie fragen jedes Mal, wann Elsie sie endlich besuchen kommt. Wie soll ich sie nur darauf vorbereiten, dass sie gar nicht herkommen will? Vielleicht nie wieder einen Fuß auf unser Land setzt. Ich fürchte, es bricht ihnen das Herz. Natürlich wünschen sie sich nur das Beste für die Kleine. »Für unsere Kleine«, wie sie immer sagen. Und hätte sie jemanden kennengelernt, würden sie auf Elsies Hochzeit tanzen wollen.

»Der Rohbau steht«, sagt Rick vier Monate später. Und mir kommen die Tränen. Ich denke ans Packen. Die angeschlagenen Tassen und all das Zusammengewürfelte, Fadenscheinige und Verbeulte bleiben hier. Wenn Elsie will, kann sie sich was für ihr Zimmer mitnehmen davon. Ich habe genug von all den Überbleibseln. Jetzt ist Zeit für Neues. Rick lässt mir freie Hand. Ich blättere in den Katalogen. Bei Quelle zeigen sie fast alles in Farbe. Ein Kaffeeservice habe ich schon ausgesucht. Mit Rosenknospen darauf. Ich versuche, Elsie einzuspannen, frage sie, was ihr gefallen würde, auch für die Aussteuer. Sie zuckt nur mit den Schultern. Wozu?, lese ich in ihrem Blick, wenn doch alles kaputtgehen kann und sowieso in Scherben endet. Rede ich mir das nur ein? Weil ich ihre Gleichgültigkeit nicht verstehe? Weil sie mich wütend machen würde, wenn ich es nur zuließe? Aber ich brauche Kraft für anderes. Denn so viel muss noch bedacht werden für unseren Umzug.

Ich weiß nicht, ob Elsie tatsächlich nach einem Zimmer sucht. Sie sagt nichts darüber. Aber ich bezweifle, dass sie eins findet. Wer vermietet schon an so ein junges Ding? Bringen die nicht alle Unruhe ins Haus? Im Laden habe ich auch von Witwern gehört, die sich falsche Vorstellungen machen, wenn so ein Fräulein vor ihrer Tür steht. Ich weiß nicht, ob ich hoffen soll, dass sie Erfolg hat. Als Rick das nächste Mal zum Wochenende kommt, präsentiert uns Elsie ihre neue Adresse. Und verrät: Durch die Vermittlung ihrer Chefin kommt sie bei einer alten Dame unter. Wenigstens das. Eigentlich müsste ich ihr gratulie-

ren, doch mir ist nicht danach. Rick sieht es mir an. Auch er sagt nichts dazu. Aber er glaubt ja immer noch, dass sie es nicht lange aushält, allein hier auf dem Festland. Ich bin mir nicht sicher. Natürlich wünsche ich mir, dass sie ihren Weg geht. Dass sie sich dem Sturm entgegenstellt, der manchmal draußen wütet. Sich nicht jeder Böe beugt wie ein Windflüchter und sich nicht fortspülen lässt von den Wellen fremder Ansprüche. Eigentlich müsste sie das im Blut haben. Geerbt von all unseren seefesten Vorfahren.

29

Doro kam vor der verabredeten Zeit bei den Stufen an, die zum Café hinunterführten. Doch Matthes stand schon zwischen den verwaisten Tischen und Stühlen und lächelte ihr zu. Der Wind zauste seine dunklen Locken. Die Böen ließen die rotbraune Plane, die einen Teil der Terrasse überdachte, wie ein aufgeblähtes Segel knattern. Doro eilte die Stufen hinab. »Gehen wir lieber rein«, schlug sie vor.

Matthes schob sich rasch an ihr vorbei und hielt die Tür auf. Sie spürte, wie ihr eine Welle wohliger Wärme entgegenströmte. Doro zog den Reißverschluss ihrer Jacke auf und sah sich um. Unzählige kleine Lichtpunkte, die die Netze an der Decke umrahmten oder durch die Maschen schimmerten, wirkten wie der Sternenhimmel und schufen eine heimelige Atmosphäre. Noch waren die meisten Plätze unbesetzt. Matthes nahm ihr die Jacke ab und hängte sie mit seinem Parka zusammen an die Garderobe. Dann steuerte er einen Tisch vor den Fenstern an und rückte ihr einen Stuhl zurecht. Doro bedankte sich schmunzelnd. So zuvorkommend altmodisch war ihr lange niemand mehr begegnet. Auf dem Fensterbrett standen Ferngläser bereit, um den Ausblick auf die Düne noch eindrucksvoller erleben zu können. Aber schon mit bloßem Auge konnten sie den Strand der vorgelagerten Badeinsel und die Seehunde und Kegelrobben mit ihren Jungen im Sand erkennen. Am Tag zuvor, als Doro mit Elsie und Sandra hier eingekehrt war, hatte sie keinen Sinn dafür gehabt. Zu aufwühlend war ihre Abschiedszeremonie für Elsies kleinen Bruder gewesen. Jetzt griff sie nach einem Fernglas und sah hinaus. Nicht weil sie unbedingt sofort einen Heuler sehen wollte, sondern weil sie nicht recht wusste, wie sie anfangen sollte. Alle Sätze, die sie sich vorher für ihr Treffen mit Matthes überlegt hatte, waren wie weggeblasen. Aber sie konnte nicht ewig so sitzen. Ihre Finger fühlten sich schwitzig an, als sie das Fernglas zurückstellte.

»Ich … ich muss mich noch mal bei dir bedanken«, begann Doro leise. »Dass du mich an diesem Tag von der Mauer geholt hast, bedeutet mir viel.«

»Mir auch«, erwiderte Matthes. Er sah ihr in die Augen. »Ich hätte mir nie verziehen, wenn du abgestürzt wärst.«

Doro lächelte ihn vorsichtig an. »Ich war nicht ich selbst.« Sie erzählte Matthes vom Bruder ihrer Großmutter, der als kleines Kind in den letzten Kriegstagen genau an dieser Stelle abgestürzt war. Von seiner Mutter und seiner Schwester, die so überwältigt von dem Vorfall gewesen waren, dass sie nie ein Wort über seinen Tod verloren, sich aber schuldig daran fühlten. Wie sie zu verdrängen versucht hatten und so nicht loskamen davon. Und wie dieses Schweigen weiter gewirkt hatte, selbst auf die nächsten Generationen. Doro war erstaunt darüber, wie leicht es ihr fiel, Matthes davon zu erzählen.

»Gut, dass deine Großmutter endlich darüber gesprochen hat.«

»Eine wahre Befreiung. Vermutlich für uns alle.«

»Dann hast du also Wurzeln hier auf Helgoland?«, vergewisserte sich Matthes.

»Daran muss ich mich erst gewöhnen.« Sie sah wieder hinaus. Auf der Kurpromenade stemmten sich wenige Spaziergänger gegen den Wind. Im Becken des Nord-Ost-Hafens schaukelte ein Boot.

»Wenn man diesem Feuerstein glaubt, könnten meine Vorfahren auch von hier gewesen sein.« Er klang nachdenklich. »Alles, was mit dem Stein zusammenhängt, bewegt meine Mutter sehr. Aber sie weiß nicht, warum. Ihre Mutter hat die Geschichte um den Stein als Geheimnis mit ins Grab genommen.«

»Eigentlich schade«, fand Doro.

»Das steht ihr natürlich zu. Aber wenn meine Großmutter geahnt hätte, was sie mir und meiner Familie damit hinterlässt, hätte sie sich vielleicht anders entschieden.«

Doro horchte auf. »Du hast Familie?«

»Ich meinte, meiner Mutter und mir«, stellte Matthes klar.

Doros Mundwinkel zuckten. »Ist bestimmt nicht leicht, über solche bewegenden Ereignisse zu reden«, sagte sie dann. »Schon gar nicht für jemanden aus der Generation unserer Großeltern.«

Matthes nickte. »Für sie galten noch ganz andere Regeln.«

»Und überhaupt: Wer ist sich schon bewusst, dass trotz absoluter Verschwiegenheit so viel Schmerz weitergetragen werden kann?«

Matthes stimmte zu. »Ich würde gerne etwas dafür tun, dass sich für meine Mutter einiges klärt. Und damit vielleicht auch für mich.«

Doro wurde es warm ums Herz. »Wo willst du ansetzen?«, fragte sie.

Matthes deutete Richtung Düne. »Der Stein stammt von dort.« Er sah Doro lange an. »Magst du mitkommen?«

Doro schwieg.

Seine Finger näherten sich langsam ihrer Hand. Sie zog sie

nicht zurück, spürte, wie sie sanft über ihren Handrücken glitten.

»Bitte.« Seine Augen ruhten auf Doros Gesicht.

Ein Ausflug zur Düne, ein paar Stunden nur Strand und Meer und weiter nichts. Und Matthes. Doro spürte, wie ihr Herz schneller schlug. Aber wäre sie fähig, auf die Fähre zu steigen? In diese winzige Nussschale, die gerade da unten von der Landungsbrücke lostuckerte? Sie konnte nicht für immer davor zurückschrecken. Aber sie wollte sich auch nicht blamieren. Nicht schon wieder. Nicht vor Matthes. Obwohl – konnte es wirklich schlimmer kommen als an dem Tag auf der Mauer? Irgendwann musste sie sich trauen, wieder an Bord zu gehen. Warum nicht gleich morgen einen Versuch wagen. Mit Matthes.

»Ja«, sagte sie zögernd. »Aber ich sitze hier seit Wochen fest, weil ich es plötzlich nicht mehr fertiggebracht habe, auf ein Schiff zu steigen. Ich weiß nicht, ob ich schon wieder so weit bin.« Sie zeigte auf die Dünenfähre. »Und normalerweise bin ich mit üppigeren Schiffen unterwegs.«

»Okay, ich bin gewarnt. Und ich war mal Rettungsschwimmer.«

Doro lachte. »Das ist nichts gegen mein Überlebenstraining in den Wellen, bei Sturm und in der Dunkelheit, aber danke!«

»Anscheinend hab ich's mit Superwoman zu tun.«

»Nein, ich warte nur Windräder.«

»Du tust *was?*« Matthes schien seinen Ohren nicht zu trauen. Dabei hatte er doch ihren Vortrag über die Windkraft im Schulbüro gehört.

»Wenn ich nicht gerade hier am Falm herumlaufe und den besten Platz zum Abheben suche, bin ich mit einem Serviceteam unterwegs da draußen, im Offshore-Windpark.« Sie zeigte von der Düne weg zum Horizont, Richtung Nordwesten.

»Jetzt wird mir einiges klar.«

»Und, willst du mich immer noch mitnehmen auf die Düne?«

Er strahlte sie aus seinen blauen Augen an. »Na klar!«

Gegen Abend sah Doro noch einmal nach Elsie. Wie schon am Vormittag saß sie allein in ihrem Zimmer und las in den Heften, die ihre Mutter ihr hinterlassen hatte.

»Lass uns eine Runde spazieren gehen«, schlug Doro vor.

Elsie schüttelte den Kopf. »Das wollte deine Mutter auch schon. Ich habe sie allein losgeschickt.«

»Du brauchst mal eine Pause und frische Luft.«

»Dann mach die Balkontür auf.«

»Aber Omi!«

»Ich kann nicht. Ich muss das erst zu Ende lesen.«

Doro setzte sich zu ihr. »Mutest du dir nicht zu viel zu? Die Hefte haben so lange bei Jan-Marten in der Kiste gelegen.«

»Eben drum.«

»Wir haben schon so viel erreicht, seit ihr hergekommen seid.«

»Das mag wohl sein«, erwiderte Elsie, »aber wir sind noch nicht am Ende. Mit jeder Seite, die ich lese, sehe ich meine Mutter in neuem Licht. Ich wundere mich darüber, was sie schreibt. Und wie sie mich sieht. Ich frage mich, ob ich wirklich so war, und welches Bild ich von ihr habe, von meinem Vater, von meinen Großeltern und von der Zeit damals.«

»Es ist doch normal, dass Jantje einen anderen Blick auf euer Leben hatte und anders empfand als du. Wann wurde deine Mutter überhaupt geboren?«

»1916. Sie waren auch evakuiert damals.«

Da war es wieder, dieses Wort. Aber diesmal konnte Doro es ertragen. Sie versuchte, sich das Leben ihrer Urgroßmutter Jantje auf Helgoland vorzustellen. Ihr Aufwachsen auf der Insel nach dem Ersten Weltkrieg hatte sie sicher geprägt.

»Manchmal hat mir miin Ooti von früher erzählt«, sagte Elsie. »Sie erinnerte sich sogar noch an Kaiser Wilhelms Besuch im August 1890, gleich nachdem sie und die Insel nicht mehr zu England gehörten.« Der Kaiser ließ Helgoland zur Seefestung ausbauen. Aber er sorgte auch für ein neues *Conversationshaus* mit Theatergastspielen, für einen Musikpavillon, Badehäuser und sogar für ein Seewasserschwimmbad, in dem das Wasser wärmer war als im Meer. Elsies Großmutter hatte aber auch von der Zeit der Weltwirtschaftskrise und der Not erzählt, und von den neuen Gästen, die damals oft aus dem Ausland kamen.

»Deine Mutter hat dann als junge Frau ebenfalls die Aufrüstung der Insel miterlebt«, gab Doro zu bedenken.

»Ab 1934 ging das wieder los«, bestätigte Elsie. »So genau habe ich noch gar nicht darüber nachgedacht.«

»Und wenig später hatte sie die Verantwortung für zwei kleine Kinder und Angst um ihren Mann, der eingezogen worden war.«

Elsie seufzte. »Du hast recht. Meine Mutter hatte schon ein gutes Stück Leben und schwierige Zeiten hinter sich, als wir im April 1945 evakuiert wurden.«

»Und deine Großeltern erst.«

»Das habe ich mir nie überlegt.«

Doro nahm ihre Großmutter in den Arm. »Danke, dass du hergekommen bist! Langsam verstehe ich, wie du unter all dem gelitten hast. Und wie es dich gequält hat, dass ich ausgerechnet hier auf Helgoland arbeiten wollte, noch dazu auf den Windräder draußen im Meer.«

»Schon gut, Doro. Ich hätte dir ja auch früher davon erzählen können.«

»Alles hat seine Zeit«, meinte Doro nachdenklich.

Für zehn vor neun Uhr am nächsten Morgen war Doro an der Landungsbrücke mit Matthes verabredet. Er kam ihr bereits entgegen und schwenkte die Tickets. Die Fähre *Witte Kliff* dümpelte am Anleger, zu dem ein breiter Betonweg hinabführte.

»Bereit fürs Abenteuer?«, begrüßte Matthes sie.

»Ich denke schon.«

»Denken wird jetzt abgeschaltet«, verlangte er.

»Ich versuch's.«

»Versuchen wird nicht reichen.«

»Ich verspreche es«, sagte Doro.

Matthes schien zufrieden. »Na dann, los geht's!«

Doro atmete tief durch. Schritt für Schritt näherten sie sich der Dünenfähre. Sie mochte zehn, elf Meter lang und vielleicht fünf Meter breit sein und strahlte in den Helgoländer Farben Weiß, Rot, Grün. Im offenen Heck saßen einige Passagiere auf den Bänken. Es gab keine Gangway, nur eine Stufe, mit der es an Bord ging. Dort stand ein Bootsmann bereit. Doro merkte, dass Matthes sie von der Seite ansah. »Alles klar?«

»Ja.« Sie hoffte, so sicher zu klingen, wie sie sich fühlte.

»Willst du zuerst oder soll ich?«, fragte Matthes.

»Du zuerst.«

Matthes ging an Bord und sprang die drei Stufen hinunter, die ins Innere der Fähre führten. Doro schloss für einen Moment die Augen. Sie hatte versprochen, nicht zu denken. Sie würde sich daran halten. Noch einen tiefen Atemzug. Es fühlte sich nach Vorfreude an. Sie lächelte dem Bootsmann zu. Dann folgte sie Matthes, ohne zu zögern. Drinnen war es karg und kalt und roch nach Diesel. Links saß der Kapitän wie auf einem Podest.

»Drinnen oder draußen?«, fragte Matthes.

Doro setzte sich auf die Bank neben der Tür, die zum Heck hinausführte, und atmete auf. Matthes ließ sich neben ihr nieder. Der Bootsmann löste die Leinen, und der Kapitän startete. Doro spürte das Vibrieren und hörte den Motor. Die Fähre verließ den Anleger und die Binnenreede zügig. Drüben an der Ostkaje sah Doro den Seenotrettungskreuzer *Hermann Marwede* liegen. Durch die offene Tür zum Heck wehte der Wind herein. Die Passagiere draußen zurrten ihre Kapuzen fest. Gischt spritzte über die Reling, das Boot schaukelte durch die Wellen. Kaum ein Kilometer bis zur Düne. Sie spürte Matthes neben sich. Mehr nicht. Die Fähre hielt auf die Westmole zu und dann auf den Anleger dahinter. Vielleicht dauerte die Fahrt zehn Minuten. Doro achtete nicht darauf.

»Alles gut«, sagte sie zu Matthes, nachdem sie als eine der Ersten an Land gegangen war. Und zwar problemlos. Wenn es auf der Rücktour ebenso lief, würde sie auch wieder auf das Zubringerschiff zum Windpark steigen können und auf den Dampfer zum Festland.

Sie wandten sich nach rechts, liefen auf das Bungalowdorf mit den gelben, roten und grünen Holzhäusern zu, das Doro schon von Helgoland aus aufgefallen war. Hier und da saß jemand auf einer schmalen, überdachten Terrasse. Manch einer wärmte sich die Hände an einem Becher Kaffee. Anscheinend hatten sich erst wenige Gäste hier eingemietet.

»Nicht ganz meine Vorstellung von Urlaub«, sagte Matthes. »Besonders, wenn die Häuschen alle belegt sind. Dann hockt man fast auf der Schwelle seiner Nachbarn. Und viel Auslauf scheint es hier auch nicht zu geben.«

»Genau so kommt mir das auch vor«, erwiderte Doro. »Zu eng, um sich wirklich zu erholen.«

Am Ende des Wegs blieben sie stehen und sahen auf den Tetrapodendamm hinunter. Die vierfüßigen, aus Beton gegossenen Poller wirkten wie von einem Riesen ins Meer geschüttet. Aber sie erfüllten wohl ihren Zweck. Die Wellen brachen sich daran und nagten dafür nicht am Strand. Doro und Matthes gingen weiter, bogen Richtung Dünen ab und erreichten den *Friedhof der Namenlosen*. Hier ruhten die auf Helgoland angeschwemmten, unbekannten Toten. Ein Holzkreuz wies den Tag aus, an dem sie gefunden worden waren. Neben dem Eingang lag, von Treibholz umgeben, ein schwarzer Stockanker im Kiesbett. Doro steuerte eine Bank bei der Gedenkglocke an, und Matthes setzte sich zu ihr. Die Schreie der Seevögel glichen einem ewigen Klagelied, das von jenseits der Sanddorn- und Heckenrosenbüsche heranzog. Dazu das leise Klirren der aufgefädelten Muschelschalen, die an einem Ast Totholz baumelten. Doro schloss die Augen. Sie musste die zur Freigabe Helgolands gestiftete Glocke nicht läuten, um sich die Vergangenheit zu vergegenwärtigen. Sie dachte an ihre Urgroßmutter, die als Kind auf der Düne im Sand gespielt hatte, und an ihre Großmutter, der das schon verboten gewesen war. Der Wind schien ihr Lachen heranzutragen und ihr Weinen. Er hatte sie gekannt, wie er auch Doro kannte. Sie rieb sich eine Träne aus dem Augenwinkel. Und jetzt saß sie hier. Reckte ihr Gesicht den Wolken entgegen, als ob sie die Sonne dahinter spürte. Matthes rückte näher und legte vorsichtig seine Hand auf ihre. Sie war warm. Und die Wärme breitete sich aus.

Sie genoss jede einzelne Minute, bis sie aufstanden und weitergingen. Hinüber zum Gedenkstein für die Besatzung des Seenotrettungskreuzers *Adolph Bermpohl* und für die von ihnen zunächst geretteten Seeleute. Direkt vor Helgoland hatte der Orkan die Männer in der Nacht vom 23. Februar 1967 ins Meer und in den Tod gerissen, las Doro.

»Nichts ist sicher«, murmelte Matthes.

»So gerne wir das auch glauben möchten«, ergänzte Doro.

Nachdenklich gingen sie weiter bis zu einer Stele für die verstorbenen Mitglieder der Rock ’n’ Roll-Butterfahrt.

»Was es nicht alles gibt«, wunderte sich Matthes.

Doro entdeckte einen Feldstein mit Bronzetafel, der zur Erinnerung an verunglückte Forschungstaucher aufgestellt worden war. Würde je eine Gedenkstätte für Menschen gesucht werden, die beim Bau von Offshore-Windparks zu Schaden gekommen waren, war hier der angemessene Ort dafür, dachte sie.

Still verließen Doro und Matthes schließlich den Friedhof. Doro spürte seine Hand in ihrer, und sie mochte es, wie er sie hielt. Sie fühlte sich fest an, nicht so weich wie Christians. Aber auch nicht so rau wie Leons, Doros Freund aus der Lehrzeit. Gemeinsam kletterten sie auf die Aussichtsdüne *Jonnys Hill.* Sie hörten die schnarrenden Rufe der Wildgänse, die in der Nähe gelandet waren. Doro ließ den Blick schweifen. Ein Stück weiter erstreckte sich der Nordstrand, an dem die Seehunde lagen. Nur ein Fleckchen Sand, auf dem sie hier standen, mitten im Meer. Unter den Büschen und Gräsern, unter den Wegen aus Holz oder aus Beton, nichts als Sand, rieselnder Sand. Und doch spürte Doro etwas, was sie bisher nicht gekannt hatte. Vielleicht sollte sie es Zugehörigkeit nennen. Hinter ihr, jenseits der Düne, ragte der rote Felsen aus dem Wasser. Die Häuser, die entlang der Kante von Ober- und Unterland standen, wirkten auf sie wie Zähne. Nur schienen sie Doro jetzt nicht mehr wegbeißen zu wollen.

Doro und Matthes entschieden sich dafür, zum Südstrand hinunterzugehen und am rot-weißen Leuchtturm vorbei Richtung Aade. Dorthin, wo einst sein Feuerstein gelegen haben musste. Dicht vor ihnen schwebte ein Kleinflugzeug heran. Fast sah es aus, als wollte es auf dem Strand landen, flog aber dicht über die Sanddüne, um gleich dahinter auf der Rollbahn aufzusetzen.

»Der Pilot hat blaue Augen«, sagte Matthes.

»Genau wie du.« Doro lächelte. Es fühlte sich gut an, so mit ihm zu gehen. Sogar auf diesem rutschigen Geröll.

Erst als sie sich nach einzelnen Steinen bückten, ließ Doro Matthes wieder los. Sie lauschte den Wellen und dem Klickern, wenn das Wasser die Steine in den Spülsaum schob oder weiter den Strand hinauf. Gemeinsam liefen sie über die Aade. Sie hoben verschiedene Stücke auf, rieben den Sand von den weißen oder grauen Knollen ab, betrachteten sie eingehend und legten sie wieder zurück. Denn keiner schimmerte rötlich und verhieß damit, einer von den einzigartigen Helgoländer Feuersteinen zu sein.

»Ist eben selten, der Rote Flint«, sagte Doro. »Da hast du wohl einen richtigen Schatz.«

»Genau so benimmt sich meine Mutter auch, wenn es um den Stein geht.«

»Wer weiß, wo deine Großmutter ihn herhatte, ob sie tatsächlich einmal hier war oder den Stein irgendwann geschenkt bekommen hat. Von jemandem, der ihr wichtig war«, ergänzte Doro. »Vielleicht hat sie deiner Mutter deshalb nichts davon erzählt. Frau Dr. Ellund meinte doch neulich in der Schule auch, es müsste eine zweite Hälfte davon geben.«

Matthes sah sie nachdenklich an.

»Ich bin sicher, wir finden noch etwas heraus.« Doro lächelte.

»Im Keller vom Museum haben sie reichlich aufgeschlagene Rote Feuersteine. Aber keiner hat diese wunderbare Farbe und diese einzigartige Maserung«, berichtete Matthes. »Und bei der Feuerstein-Sprechstunde in der Bude 31 bin ich auch schon gewesen. Du weißt schon, die Hummerbuden am Binnenhafen. Aber niemand erinnert sich daran, so einen Stein je gesehen zu haben. Vermutlich ist das auch zu viel verlangt nach all den Jahren.«

»Lass uns Jan-Marten fragen, wenn wir wieder zurück sind. Der hat vielleicht noch eine Idee.«

Am Schild, das die Ruhezone für die Seehunde auswies, verließen sie den Strand. Der Weg führte an der Rollbahn des Flugplatzes vorbei auf einen Aussichtspunkt an der Nordostspitze der Düne zu. Matthes deutete auf den Strand hinunter. In der Brandungszone lagen Seehunde und Kegelrobben dicht an dicht. Manche ausgestreckt, nahezu reglos, als wollten sie ein Sonnenbad nehmen. Andere hoben den Kopf und die Schwanzflosse gleichzeitig und wippten.

»Sieht aus, als ob sie Spaß haben«, sagte Doro.

»Und du?«

Sie lächelte Mattes an.

»Willst du runtergehen? Näher ran?«

Auf dem Schild hatte Doro gelesen, dass man mindestens dreißig Meter Abstand halten sollte. Und wie um zu beweisen, dass das auch dringend nötig war, jagten plötzlich zwei der mächtigen Bullen blitzschnell den Strand hinauf. Sie rissen ihr Maul auf, als wollten sie ihre Raubtierzähne unmissverständlich präsentieren. Ehe Doro antworten konnte, hatten sie schon den Dünenfuß erreicht.

»Das traut man denen gar nicht zu«, wunderte sich Matthes.

Doro schüttelte den Kopf. »Wirklich nicht!«

Ein Stück voraus entdeckten sie einen Heuler, der noch sein helles Geburtsfell trug. Er schien sich im Dünengras zu verstecken. Von der anderen Seite her kam eine Wandergruppe den Strand entlang, die von einem Dünenranger geführt wurde.

Doro und Matthes entschieden sich dafür, auf den Panoramaweg einzubiegen, der zwischen Zeltplatz und Dünenkamm freie Sicht auf den Nordstrand mit den Seehunden und Kegelrobben bot. Sie beobachteten auch, wie ein Radlader herangefahren kam und bei der Gruppe anhielt. Der Ranger sprach kurz mit dem Fahrer und zeigte in Richtung Nord-West-Mole. Doro sah, dass bereits ein toter Heuler in der Schaufel des Radladers lag. Schweigsam gingen sie weiter. Nur um wenig später wieder stehen zu bleiben. Der Wind trieb die Wolken auseinander, und erste Sonnenstrahlen ließen das Meer blaugrün schimmern. Einige Robben tummelten sich in der Brandung. Und ein Stück den Strand hinauf säugten Robbenmütter ihre Jungen.

Matthes kam näher, ihre Schultern berührten sich. Doro wandte sich ihm zu. Ihre Hände fanden sich, und Matthes lächelte. Sie verschränkten die Finger ineinander, schlenderten weiter. Doro erinnerte sich nicht mehr daran, wann sie sich das letzte Mal so gefühlt hatte. Sorglos wie an einem Urlaubstag, und das, obwohl sie auf diesem Weg den roten Felsen direkt vor sich hatte. Gleich am Ende des Wegs schien er sich aus dem Wasser zu erheben. Bisher hatte Helgoland für Doros Arbeit gestanden. Für die Vierzehn-Tage-Schichten im Wartungsteam des Offshore-Windparks. Für ihre Begeisterung, diese grandiose Technik am Laufen zu halten. In den letzten Wochen war der Felsen jedoch zum schroffen Symbol ihrer Ängste geworden. Bis er sie mit neuen Facetten überraschte. Wurzeln hier zu haben, Wurzeln auf oder in einem Felsen. Nie zuvor hatte sie sich Gedanken über diesen Begriff gemacht. Über ihre Vorfahren. Über ihre Familie jenseits der Großeltern. Vielmehr kamen ihr Elsie, Sandra und sie selbst jetzt wie Gesteinsbrocken vor, die irgendwann von diesem porösen roten Felsen abgebröckelt waren.

»Du bist so still«, flüsterte Matthes dicht an ihrem Ohr.

Doro spürte der Gänsehaut nach, die sich von ihrem Hals her ausbreitete. »Wie geht es dir denn mit all dem?«, fragte sie dann.

»Großartig!«, sagte Matthes, ohne zu zögern.

»Aber du hast doch gar nichts herausgefunden.«

»Jedenfalls nicht über den Feuerstein.«

»Sondern?«

»Es ist anders, als ich erwartet habe.« Er schien nach Worten zu suchen. »Einfach fabelhaft, hier mit dir.«

»Oh!« Doro lächelte.

Sie kamen zum Ende des Wegs und zurück zum Anleger.

»Willst du noch eine Runde gehen?«, fragte Matthes.

Sie nickte. »Und du?«

Ausgelassen liefen sie weiter zum Südstrand, umrundeten den Leuchtturm, duckten sich unter den einschwebenden Flugzeugen weg. Dann lag die Aade wieder vor ihnen, die Bucht mit all den runden grauen Steinen. Matthes schlug vor, umzudrehen und beim Dünenrestaurant einzukehren. Doro stimmte zu, und wenig später saßen sie dort auf der Terrasse in der Sonne.

Die Zeit bis zur letzten Fähre um sechzehn Uhr verging wie im Flug. Außer Atem erreichten sie den Anleger, und diesmal entschied sich Doro für einen Platz an Deck. Als das Schiff die Mole verließ, spürte sie dieses Prickeln aufkommen, das sie so liebte, wenn sie morgens auf dem Zubringer zum Windpark stand. Und es verschwand auch nicht, als sie an Land ging. Es begleitete Doro in den Abend und in die Nacht, hielt an wie die innige Umarmung, mit der sie sich von Matthes verabschiedet hatte.

30

Wo sollte sie nur anfangen mit dem Aufschreiben? Elsie war wieder aus dem Traum hochgeschreckt. Wie in jeder Nacht, seit sie Doro und Sandra von damals erzählt hatte. Und sie konnte nicht mehr einschlafen. Hörte, wie sich der Wind gegen das Fenster warf, am Rahmen rüttelte, so wie er es hier schon immer getan hatte: unerbittlich. Sie wusste, dass es nur die Böen waren, dass niemand draußen an der Balkonbrüstung hing und jammerte, auch wenn es sich mit ihren überreizten Sinnen manchmal so anhörte.

Vielleicht hätte sie sich längst Papier besorgen sollen. Ein einfaches schwarzes Heft, wie ihre Mutter sie vollgeschrieben hatte. Oder ein dickes, in Leder gebundenes Buch. Aber wäre es nicht noch schwieriger, dort den ersten Satz hineinzuschreiben? Genauso gut könnte sie den Notizblock mit dem Aufdruck vom Hotel nehmen, der auf dem Tisch lag. Als Kind hatte sie sogar auf den Rändern alter Zeitungen gemalt oder geschrieben, wenn es nichts anderes gab. So ein Fetzen Papier oder das Blatt von einem Block machte es leichter. Es ließ sich zerknüllen, zerreißen, vom Wind wegtragen. Elsie schloss die Augen, sah die wirbelnden Schnipsel vor sich.

Es war ihr nie leicht gefallen, etwas aufzuschreiben. Nicht einmal, wenn sie leere Rückseiten dafür benutzte. Schmierpapier, so hieß das Papier, das seinen Zweck eigentlich schon erfüllt hatte: als Bestellliste, als Lagerbestand, als Reparaturauftrag aus Hannes' Firma. Sie hatte nie darüber nachgedacht, warum sie sich so schwertat damit, eine Entschuldigung für Sandra oder für Doro zu schreiben, wenn sie krank waren und nicht zur Schule gehen konnten. Elsie brauchte mindestens drei Entwürfe, bis sie so einen Text auf ein reines weißes Blatt schreiben konnte. Unsicher war sie dann allerdings immer noch. Würden die Lehrerinnen und Lehrer an Elsies Zeilen erkennen, dass sie wenig Unterricht gehabt hatte? Ungeübt war im Schreiben? Drückten sich die Eltern anderer Kinder besser aus? Gewählter? Wirkte sich das am Ende auch auf Sandra und Doro aus? War Elsie vielleicht zu aufgeregt gewesen, um das zu bemerken, wenn sie zum Elternabend oder zum Elternsprechtag ging? Natürlich war sie angespannt gewesen. Besonders am Anfang, als Sandra zur Schule kam. Später, bei Doro, ging es eher darum, dass Elsie stets die Älteste im Raum war. Und dass sie jeder neuen Lehrerin und jedem neuen Lehrer beweisen musste, dass sie erziehungsberechtigt war.

»Lange vorbei«, murmelte Elsie. Sie zog sich den Notizblock mit dem Hotelaufdruck heran. Für den Anfang taugte er. Für den ersten Satz, den sie sowieso wieder durchstreichen und mindestens einmal neu schreiben würde. Und dann noch einmal. Elsie seufzte. Aber war das wirklich wichtig? Kam es nicht vielmehr darauf an, festzuhalten, wie sie erlebt hatte, was damals geschehen war? Wie sie sich als kleines Mädchen gefühlt hatte dabei? Was sie gedacht hatte? Wie sie damit umgegangen war? Auch später noch, als Backfisch, als Ladenfräulein, als junge Frau, als Mutter und Großmutter. Es kam gar nicht darauf an, die perfekte Formulierung zu finden. Es kam darauf an, dass sich Sandra und Doro vorstellen konnten, wie es Elsie ergangen war. Damals, und bis heute. Damit sie besser verstehen konnten, was ihnen bisher rätselhaft erschienen sein mochte. Auch an sich selber. Denn irgendwann würde den beiden nichts anderes bleiben als Elsies Notizen. Sie würden ihr keine Fragen mehr stellen können. Elsie wäre nicht mehr da, um sie zu beantworten.

Elsie suchte nach einem Stift. Ja, sie wollte ihrer Tochter und ihrer Enkelin ein Stück Geschichte hinterlassen. Unbedingt. Es war schließlich auch Sandras und Doros Geschichte. Sie fand einen Kugelschreiber, zögerte. Ein Bleistift würde sie eher nach damals zurückversetzen. Aber sie hatte keinen bei sich. *Keine Ausreden mehr!*, verlangte Elsie von sich und griff nach dem Kuli. Doch sie wusste immer noch nicht, womit sie beginnen sollte. Mit Williams Geburtstag? Als ihr Vater so unerwartet zur Tür hereingekommen war? So fremd in seiner Uniform, so vertraut seine Stimme, so verwandelt ihre Mutter. Und Willi. Und sie, wie unsichtbar an seinem rauen Hosenbein. Nein. Eigentlich hatte alles schon viel früher angefangen. An dem Tag, als Elsie mit ihrem kleinen Bruder und mit Jan-Marten verbotenerweise am Fuß des Felsens spielte. Sie wusste nicht mehr, wie sie dorthin gelangt waren, ohne aufgehalten zu werden. Andauernd gab es neue Sperrzonen auf der Insel. Was an einem Nachmittag noch ihr Lieblingsspielplatz gewesen war, konnte am nächsten Morgen schon unerreichbar sein. Und lebensgefährlich, sollten sie sich doch unbemerkt hingeschlichen haben. Obwohl sie erst sechs Jahre alt war, wusste sie doch genau, was das bedeutete. Denn einmal hatte nicht weit entfernt eine Bombe eingeschlagen, hatte eine Hauswand umgerissen und die Kinder unter sich begraben, die gerade noch an der Hand der Mutter durch den Flur gelaufen waren.

Elsie wischte sich den Schweiß von der Stirn. Ob Jan-Marten sich auch an diesen Tag erinnerte? Sie musste ihn danach fragen. Sie wusste jedenfalls noch genau, wie sie über das rote Geröll geklettert waren, sich in Felsspalten versteckt hatten, und Willi ausnahmsweise einmal still hinter ihnen hertrottete. Die Sonne glitzerte im flachen Wasser. Hoch oben Seevögel. Manche stürzten sich schreiend herab, tauchten in die Wellen ein und schwangen sich wieder hinauf. Elsie sah ihnen gerne zu dabei. Jan-Marten war ein Stück vorausgelaufen, doch plötzlich drehte er sich um und legte den Zeigefinger an die Lippen. Elsies Neugier war sofort geweckt. Den kleinen Bruder im Schlepptau, schlich sie zu Jan-Marten hin. Der duckte sich hinter einen Stein, der beim Eingang der großen Höhle lag.

Elsie presste sich an die Felswand und näherte sich von der Seite. Sie spähte um die Ecke. Im Schatten des Gewölbes sah sie einen Jungen mit Kopfverband. Er trug eine dunkelblaue Uniformjacke, und eine zerfetzte Schulterklappe der Flakhelfer hing neben dem Kragen herab. Hanna war bei ihm, das Nachbarmädchen, das erst kürzlich von ihrem Pflichtjahr auf dem Festland zurückgekehrt war. Sie umarmte den Jungen. Sie küsste ihn sogar! Jan-Marten grinste. Elsie schlug die Hand vor den Mund, damit sie nicht kicherte. Sie beobachtete, wie Hanna einen knollenförmigen Stein aus ihrer Rocktasche nahm.

»Den hat mein Vater am Tag meiner Geburt von der Aade mitgebracht«, sagte Hanna. Obwohl sie leise sprach, hallten ihre Worte in der Höhle wider.

Der Junge drehte den weißlichen Stein ratlos in den Händen.

»Das ist ein echter Helgoländer Feuerstein. Komm, ich zeig dir was.« Damit verschwanden sie aus Elsies Sichtfeld. Sie drehte sich nach William um, der hinter dem großen Stein saß und einen Käfer beobachtete. Jan-Marten schlich zur anderen Seite des Höhleneingangs.

»Pass auf!«, hallte Hannas Stimme erneut.

Elsie beugte sich weiter vor. Hanna holte aus und schlug den Stein gegen die Wand der Höhle. Elsie zuckte zurück. Als sie wieder hinsah, hielt der Junge sich den Kopf und stöhnte. Hanna kam gerade nach vorne ins Licht. Ihr Stein war in zwei etwa gleich große Hälften zersprungen. Hanna hielt eine davon in jeder Hand. Sie drehte sich nach dem Jungen um und streckte ihm die linke Hand hin. »Eine Hälfte für dich und die andere für mich.«

»Ist das eine alte Inseltradition?«, fragte er.

Hanna zuckte die Schultern. »Ich dachte nur, falls wir doch noch getrennt werden.« Der Junge fuhr vorsichtig mit den Fingern über die Bruchkante. »Ist er nicht einmalig?«

»So wie du, Hanna!« Er nahm sie in die Arme.

Eng umschlungen näherten sie sich dem Ausgang der Höhle. Dann hielten sie ihre Steinhälften in die Sonne. Leuchtend rot der Kern, nur von einer zarten weißen Welle durchzogen.

Elsie erinnerte sich, wie der Feuerstein glutrot geglänzt hatte. Doch schon im nächsten Moment hatte Hanna aufgeblickt und die Kinder entdeckt. Sie stellte sich vor den jungen Uniformierten und zischte: »Kein Wort zu niemandem!«

Jan-Marten ging zu Elsie hinüber, und Elsie griff nach Williams Hand.

Hanna stemmte die Hände in die Hüften. »Wehe, ich höre auch nur einen Mucks von euch!« Sie sah sich kurz nach dem Jungen in Uniform um. »Wenn ihr nicht spurt, holt er euren kleinen Bruder! Habt ihr verstanden?«

Elsie starrte sie an.

»Habt ihr mich verstanden?« Hanna trat einen Schritt zur Seite, sodass die Kinder den Jungen deutlich sehen konnten.

Sie kannten ihn nicht. Es musste einer von den Schülern sein, die mit ihrer ganzen Klasse nach Helgoland geschickt worden waren. Sie gingen hier weiter zum Unterricht und taten Dienst an einer der Batterien auf der Klippe. Elsies Großvater hatte davon erzählt. Und auch davon, dass mindestens eine der Flakbatterien beim letzten Fliegerangriff getroffen worden war, abstürzte und alle Jungen mit in den Tod riss.

»Er versteht keinen Spaß«, drohte Hanna, »das kann ich euch sagen. Absolut nicht!«

Jan-Marten hatte Elsies Hand gedrückt. Elsie hatte das Ja kaum herausgebracht. Sie nickte.

Das Bild schien wie eingefroren in ihrem Gedächtnis. Konnte es wirklich so gewesen sein? Oder täuschte sie sich nach all den Jahren? Hatte der Junge sie nicht vielmehr angefleht mit seiner brüchigen Stimme? »Verratet mich nicht. Bitte. Ich will nur wieder heim.« Hatten Tränen in Hannas Augen geglänzt? Auf einmal war Elsie nicht mehr sicher. Sie hatte Angst gehabt – immerhin trug er Uniform. Sie traute dem fremden Jungen alles zu. Und Hanna ebenso. Jan-Marten und sie hatten sich geschworen, ihre Entdeckung niemandem zu verraten. Nicht ihren Müttern oder ihren Großeltern, und ihren Lehrern schon gar nicht. So ein Schwur war mehr als ein Versprechen, das wussten sie beide. Ein Schwur war heilig und durfte keinesfalls gebrochen werden. Eigentlich.

Elsies Gedanken überschlugen sich. Plötzlich meinte sie, den Jungen noch ein zweites Mal gesehen zu haben. An dem Mittag, als alle zum Bunker hetzten. Als William sich losriss, um seiner Windmühle nachzujagen. War der Junge aus der Höhle der Schatten gewesen, gleich hinter dem Nachbarmädchen Hanna? Konnte es wirklich sein, dass er hinter all den anderen herlief, in der Panik unentdeckt blieb, und nur Elsie einen Blick auf ihn erhascht hatte? Sie musste Jan-Marten fragen, was er an dem Tag gesehen hatte. Gleich nach dem Frühstück.

Jan-Marten stand in der offenen Haustür und rauchte Pfeife. Elsie schien es, als hätte er ihren Besuch erwartet. »Hast du dich endlich entschieden?«

»Ja. Nein.« Elsie hatte Jan-Martens Bitte fast vergessen. »Ich kann das nicht! Wirklich nicht.«

Er paffte eine Rauchwolke aus. »Aber du bist die ideale Zeitzeugin!«

»Ich weiß nicht.«

»Die Kinder werden dich lieben!«

Elsie schüttelte den Kopf.

»Sind ja noch ein paar Tage bis zur Projektwoche«, sagte Jan-Marten. Dann deutete er auf die weiß gestrichene Bank mit der geschnitzten Lehne, die dicht an der Hauswand stand. Genau zwischen seiner Tür und dem Blumenkübel mit den orangefarbenen Primeln neben dem Eingang zu Elsies Haushälfte. »Setz dich doch!« Die Morgensonne strahlte über die Dachschrägen hinweg und zwischen den versetzt stehenden Häusern hindurch. Sie wärmte sogar schon ein wenig.

»Ich hole dir eine Decke zum Unterlegen.« Jan-Marten verschwand im Haus, bevor Elsie etwas erwidern konnte. Im Nu kam er zurück und breitete eine Wolldecke auf der Bank aus. Eine Weile saßen sie Seite an Seite, schweigend. Seine Pfeife war inzwischen erloschen und er zögerte, sie wieder anzuzünden.

»Mich quält eine andere Frage«, begann Elsie. Sie fragte Jan-Marten danach, was er an jenem letzten Mittag beobachtet hatte. Er war mit seiner Mutter dicht hinter ihnen gewesen. Doch Jan-Marten erinnerte sich nicht einmal daran, Hanna gesehen zu haben. Nur daran, dass alle aus der Nachbarschaft zum Bunkereingang hetzten und William auf einmal ausbrach.

»Es wäre lebensgefährlich für ihn gewesen«, gab Jan-Marten zu bedenken, »wenn sich dieser junge Falkhelfer jenseits der Klippe, weit weg von seinen Kameraden gezeigt hätte. Zumal bei Alarm! Sie hätten ihn als Deserteur angesehen.«

Bei dem Wort zuckte Elsie zusammen.

»Er wäre sofort verhaftet und nach der Entwarnung aufs Festland verschifft worden. Genau wie die Männer, die Helgoland kampflos an die Briten übergeben wollten und verraten wurden. Du weißt, dass sie im Schnellverfahren abgeurteilt und hingerichtet worden sind?«

»Ja.« Elsie schluckte. »Deshalb mache ich mir auch solche Vorwürfe.«

Jan-Marten zog die Augenbrauen hoch.

»Der Gedanke, dass ich schuld bin, raubt mir den Schlaf.«

»Du? Woran sollst du schuld sein?«

»Daran, dass der Junge tot ist.«

»Aber Elsie! Wer sagt denn, dass der Junge tot ist?«

Elsie schluckte, zögerte einen Moment, ehe sie weitersprach. »Ich habe den Schwur gebrochen«, gestand sie. »Ich habe meinem Vater von dem Versteck in der Felsenhöhle erzählt.«

Elsie schluchzte. Jan-Marten nahm sie in den Arm, sie spürte, wie er ihr über den Rücken strich. »Ich wollte doch nur …« Ihr Körper bebte. »Ich wollte doch nur, dass miin Foor bei uns bleibt. Bei mir. Er sollte nicht zurück in den Krieg.«

»Ich weiß.«

»Ich hatte solche Angst, dass ich ihn nie wiedersehe, jedes

Mal, wenn er zur Tür hinausging.« Sie löste sich von Jan-Marten und kramte ein Taschentuch heraus. »Ich wollte, dass er sich ebenso in der Höhle versteckte wie der Junge. Ich habe einfach nicht darüber nachgedacht, dass mein Vater das Versteck auch melden könnte.«

»Das hätte dein Vater nie getan!«

»Und wenn man ihn dazu gezwungen hätte?«

»Aber Elsie …«

»Ich wollte doch niemanden in Gefahr bringen! Hanna nicht, und den fremden Jungen auch nicht. Ich war so dumm.«

»Wir waren gerade mal sechs Jahre alt, Elsie. Was wussten wir schon?«

»Genug. Wir wussten schon genug über die Gefahren, die überall lauerten und nicht nur aus der Luft kamen.«

»Vielleicht hast du recht«, gab Jan-Marten zu.

»Ich hab jahrzehntelang nicht mehr daran gedacht. Alles war überlagert von der Erinnerung an Williams Absturz und der fortwährenden Anstrengung, dieses Erlebnis zu verdrängen. Aber nun quälen mich die Gedanken schon seit Tagen. Ich kann kaum einschlafen. Und wenn doch, träume ich die schrecklichsten Dinge. Dann schrecke ich hoch, mitten in der Nacht. Ich meine, die Motoren der anfliegenden Maschinen zu hören. Manchmal ist der Brandgeruch so gegenwärtig, dass ich im Nachthemd auf den Flur laufe.«

»Ich hatte auch solche Phasen«, gab Jan-Marten zu. »Aber seit ich mich mit der Geschichte unserer Insel befasse und versuche, sie den Kindern zu vermitteln, haben die Albträume aufgehört.«

Elsie wischte sich die Tränen ab.

»Unsere Geschichte lässt sich nun mal nicht verdrängen. Oder totschweigen. Das habe ich irgendwann begriffen.«

»Ach, am liebsten würde ich meine Sachen packen und zurück aufs Festland fahren«, sagte Elsie. »Ich will einfach nur nach Hause.«

»So, nach Hause also?«, vergewisserte sich Jan-Marten. »Bist du dir denn sicher, wo das ist?«

Elsie schwieg.

Jan-Marten stand auf und legte ihr die Hand auf die Schulter. Elsie blinzelte die Tränen weg. Dann ging er ins Haus und kam kurz darauf mit zwei Bechern Tee zurück. Jan-Marten wusste immer, was sie brauchte, schon seit sie mit zwei oder drei Jahren das allererste Mal zusammen im Garten gespielt hatten. Ein ganzes Leben war das jetzt her. Und er erreichte sie immer noch, mit seinen Worten, seinen Fragen, seinen Berührungen. Natürlich konnte Elsie der Insel jetzt nicht mehr so einfach den Rücken kehren. Abreisen, zurück aufs Festland, ob sie es nun Zuhause nannte oder nicht, würde schwieriger sein als erwartet. Jedenfalls, wenn sie sofort aufbrechen wollte. In den letzten Wochen hatte sie doch erlebt, was passieren konnte, wenn sie die Vergangenheit verdrängte. Oder es zumindest versuchte. Sie kam immer wieder hoch. In der einen oder anderen Variante. Stärker als zuvor und mit geballter Kraft. Und sie stürzte sich nicht nur auf Elsie, sondern fiel auch ihre Lieben an. Nein, sie durfte nicht einfach so abreisen. Sie musste noch bleiben. Musste aushalten, was es auszuhalten gab, und Klarheit schaffen.

»Kannst du mir helfen?«, bat Elsie. Sie hoffte auf Hinweise aus Jan-Martens Archiv.

»Bitte«, forderte Jan-Marten sie auf. »Du kannst jede Kiste ausräumen, jedes Blatt auf links drehen, jedes Foto, jeden Stein.«

31

Angekommen. Nach und nach findet alles seinen Platz. Nur ich laufe noch zwischen den neuen Möbeln herum, als wären es nicht unsere. Elsie ist tatsächlich auf dem Festland geblieben. Sie hat nicht mehr viel gesagt. Hat uns niemanden vorgestellt. Vielleicht geht sie mit einem jungen Mann aus. Vielleicht auch nicht. Sie muss wissen, was sie tut. Alt genug ist sie ja. Rick glaubt immer noch, dass sie nachkommt. Meine Eltern wollen, dass ich ihr schreibe. Wie heimelig hier alles ist. Wie friedlich. Auch wenn ich so einige sehe, die früher die Armbinde getragen haben. Im Altenheim begegne ich ihnen, aber auch im Rathaus, beim Kaufmann und in der Kirche. Ohne Uniform und Stiefel sind sie wieder nur Nachbarn, wie zuvor. Keiner braucht sie mehr zu fürchten, rede ich mir ein. Dabei achte ich nicht auf das Gefühl in der Magengrube, das sich schneller einstellt als jede Erinnerung. Manchmal beneide ich die jungen Leute wie Jan-Marten von nebenan. Was wissen sie noch von damals? Von den Nächten im Bunker? Von den Tieffliegern? Kleine Kinder waren sie. Ich kann mir nicht vorstellen, dass ihr Gedächtnis so weit zurückreicht. Rick winkt ab, wenn ich ihn danach frage. Dabei erinnert er sich auch noch daran, wie wir als Kinder im Winter die Kirchstraße hinuntergerodelt sind, auf den niedrigen Holzschlitten mit den Eisenkufen. Nur wenn genug Schnee lag, haben wir das später auch noch getan. Sogar als Erwachsene. Manche Anwohner haben extra das Außenlicht dafür angelassen. Also kann das nicht allein eine Kindheitserinnerung sein.

Ich versuche, zurückzudenken, so weit es geht. Sonnige Sommer. Spiele am Strand. Vielleicht frage ich meine Mutter mal danach, wann sie mir meine erste Helgoländer Tracht genäht hat. Denn damit durfte ich mit zum Königin-Luise-Tag. Da haben wir Kinder Kornblumen für eine kleine Spende an die Gäste verkauft.

Der Alltag holt mich ein. Die Badegäste müssen versorgt werden. Ab Pfingsten sind die Fremdenzimmer gebucht. Bei manchen Vermietern sogar schon ab Ostern und bis in den September hinein. Übernachtung mit Frühstück. Fast wie früher. Sie bleiben drei Tage oder bis zu drei Wochen. Rick nennt das Glück. Wenigstens muss das Wasser nicht mehr aus der Zisterne geschöpft und hinaufgetragen und der Kaffee nicht mehr mit Selters gekocht werden in der regenarmen Zeit, wenn Wind und Wellen verhinderten, dass das Wasserschiff aus Cuxhaven kam. Aber Bettwäsche, Tischdecken und Handtücher müssen wie seit jeher gekocht, gestärkt und gebügelt werden. Die Zimmer aufgeräumt, geputzt und dekoriert. Für Rick ein willkommenes Zubrot. Doch neuerdings sorgt er sich, weil immer mehr Gäste nur für einen Tagesausflug auf die Insel kommen statt für einen Urlaub. Zollfrei einkaufen heißt ihr Zauberwort. Vor allem Zigaretten und Schnaps, Kölnisch Wasser und Schokolade. Meine Mutter hilft manchmal aus in so einem Laden. Gegen Mittag fahren die Börteboote hinaus, holen die Gäste von den Butterdampfern auf der Reede ab und bringen sie hierher zur Landungsbrücke. Von dort schwärmen sie für zwei, drei Stunden aus. Ich bin froh, wenn ich nicht zum Kaufmann am Siemensplatz hinuntermuss, während sich all die Menschen in den Gassen drängen. Erst nach sechzehn Uhr wird es wieder ruhiger. Ist das jetzt unser Geschäft und unser Leben?, frage ich mich und freue mich auf die Winterruhe.

Gebaut wird immer noch. Aber Rick meint, dass jetzt bald alle Häuser stehen. Dann ist er endlich weniger unterwegs, hoffe ich, und nimmt sich auch mal Zeit für einen Eiergrog. Er muss wieder zu Kräften kommen, sich zurücklehnen können, stolz auf sein Werk sein, auf den Wiederaufbau. Ich bin es jetzt jedenfalls. Am Abend vor dem 1. März treffen sich die Männer der ersten Stunde. Setzen sich zusammen, reden, gedenken der Toten, stoßen auf die neue Zeit an. Ich binde Rick die Krawatte, bevor er losgeht. Um Mitternacht besuchen sie dann gemeinsam den Gottesdienst. Ich bleibe wach, bis er zurückkommt. Strahle ihn an, als er in der Tür steht, und umarme ihn. Taste nach seiner Hand, als er neben mir im Bett liegt. Wir verschränken die Finger ineinander. Dankbar. Trotz allem.

32

Doro lief in ihrem Zimmer herum und fand keine Ruhe. Sie öffnete die Balkontür, trat hinaus, sah auf die Lichtpunkte, die von der Düne herüberstrahlten. Sofort dachte sie wieder an die Stunden, die sie dort mit Matthes verbracht hatte. An ihre Beobachtungen bei der Robbenkolonie. An die Seehunde mit ihren Jungen am Strand. Aber auch an ihre Suche nach einem roten Helgoländer Feuerstein. Was, wenn sie Erfolg damit gehabt hätten? Hätten sie ihn vorsichtig aufgeschlagen, damit das rote Herz des Steins sichtbar geworden wäre? Hätten sie gemeinsam seine Einzigartigkeit bewundert? Oder hätte Matthes ihn ungeteilt, so wie er war, nach Hause mitgenommen zu seiner Mutter? Doro brauchte nicht lange zu überlegen. Natürlich hätten sie ihn gemeinsam aufgeschlagen! Und Matthes hätte ihr eine Hälfte davon überlassen. Weil sie das verbinden würde. Miteinander und mit Helgoland. Doro lächelte. Sie kehrte der Dunkelheit den Rücken.

Drinnen fiel ihr Blick auf die Papiere für die Projektwoche. Und auf ihr Telefon. Sollte sie Elsie anrufen und ihr eine gute Nacht wünschen? Eigentlich hatte Doro das vorhin schon getan, als sie Elsie nach dem Ausflug zur Düne im Hotel besuchte. Elsie hatte sich gefreut, Doro zu sehen. Und Doro hatte von ihrem Ausflugstag geschwärmt. Dabei hatte sie sich bemüht, nicht jeden Satz mit »Matthes« anzufangen. Elsie hätte das sicher gleich gemerkt. Auch wenn Doro jetzt fand, dass sie irgendwie blass ausgesehen hatte. Übernächtigt. Aber vielleicht

bildete sich Doro das nur ein. Weil sie selber zu viel Hochsee-
luft und Sonne da draußen getankt hatte. Weil sie die Wellen
gespürt hatte und den Wind und dieses unvergleichliche Prickeln. Nein, sie würde ihre Großmutter in Ruhe lassen. Vielleicht schlief sie sogar schon. Morgen würde sie wieder nach
ihr sehen.

Doro rieb sich die Hände. Sie war hellwach und bereit, die
Aufgaben für ihre Arbeitsgruppe bei der Projektwoche zu planen und auszuarbeiten.

Drei Stunden später sah sie auf ihr Handy. Es war weit nach
Mitternacht. Und es war eine Nachricht von Matthes gekommen. Er schrieb, dass er nicht einschlafen konnte. Dass er an
die Stunden mit Doro auf der Düne denken musste, dass er
die Zeit, Hand in Hand mit ihr, genossen hatte.

»Geht mir auch so!«, antwortete sie. Schickte schnell noch
ein Emoji mit lächelndem Gesicht hinterher, damit sie nicht
zu kurz angebunden wirkte. Gleich nachdem sie auf *Senden*
gedrückt hatte, überlegte sie, ob sie lieber das Zwinker-Emoji
hätte aussuchen sollen.

»Ah, du bist auch noch wach!«

»Ja, und wie!« Am liebsten hätte Doro eine Nachtwande-
rung zu den Klippen vorgeschlagen. Matthes hätte sich vermutlich sofort auf den Weg gemacht, um sie abzuholen. Sie
spürte ihren Herzschlag, lächelte, weil es deshalb keinen
Grund zur Sorge mehr gab. Außer vielleicht den, dass Matthes
nun doch eingeschlafen war. Aber da leuchtete schon eine
neue Nachricht von ihm auf. Sie texteten weiter und weiter,
bis in den Morgen. Doros Augen brannten, als sie sich Gute
Nacht wünschten, mindestens zum vierten Mal. Doch diesmal schlief sie bei der Überlegung ein, ob sie ein lila Herz als
Antwort schicken sollte oder doch lieber eine Wunderkerze.

Irgendwann am späten Vormittag erwachte Doro über ihrem Handy mit leerem Akku. Lächelnd hängte sie es ans Ladegerät. Drei Sonnen erschienen als letzter Gruß von Matthes. Sie hatten sich für den Abend verabredet, auf einen Eiergrog. Acht Stunden bis zum Wiedersehen! Noch acht Stunden. So hatte sie sich nicht mal mit sechzehn gefühlt. Oder mit Chris. Oder es war einfach zu lange her, um es noch zu wissen. Sie musste sich dringend ablenken. Zunächst ging sie ihre Arbeitsunterlagen durch. Bis auf ein paar Kleinigkeiten war Doro zufrieden mit dem Ablauf und den Aufgaben, die sie für die Projektwoche entwickelt hatte. Als Nächstes versuchte sie, Elsie zu erreichen. Vielleicht hatte ihre Großmutter ja Lust auf einen Spaziergang oder ein gemeinsames Mittagessen. Und wenn Elsie wollte, könnten sie Sandra auch mitnehmen. Doro musste ihr ja nicht gleich um den Hals fallen und Mama zu ihr sagen.

Sie erreichte Elsie bei Jan-Marten.

»Du kannst uns helfen«, sagte Elsie. »Ich muss noch mehr herausfinden. Das lässt mir einfach keine Ruhe.«

»Bin gleich da, Omi!«

Doro lief den Lung Wai hinunter und die Treppe zum Oberland hinauf. Sie dachte daran, wie schwer es ihr nur wenige Tage zuvor gefallen war, überhaupt bis zum Fuß des Felsens zu kommen. Wie sie sich jeden einzelnen Meter vorangekämpft hatte und jede einzelne der einhundertzweiundachtzig Stufen hinauf. Wie düster ihr der Felsen vorgekommen war, geradezu bedrohlich. Und wie er heute im Mittagslicht schimmerte, als fachte der Wind wärmende Glut im Kamin an. Im Nu erreichte sie Jan-Martens Haus. Sie sah kurz hinüber zur anderen Hälfte des Hauses, zum zweiten Eingang, mit dem Blumenkübel vor der Tür. Noch hatte sie sich nicht an den Gedanken gewöhnt, dass es Elsie gehörte.

Jan-Marten öffnete die Tür und begrüßte Doro. »Du kommst gerade richtig. Ich habe frischen Tee aufgebrüht.«

Doro lächelte ihn an.

»Oder willst du lieber Kaffee? Früher stand immer eine Kanne Kaffee bereit. Den ganzen Tag, in jedem Haus. Das war hier so üblich. Nur ich bin jetzt auf Tee umgestiegen. Den vertrage ich besser.«

»Tee ist prima«, erwiderte Doro.

Sie folgte ihm ins Wohnzimmer. Elsie stand auf und umarmte sie. Jan-Marten hatte den Tisch freigeräumt und drei Gedecke aufgelegt.

»Du siehst müde aus, Omi!« Doro runzelte besorgt die Stirn.

Elsie nickte. Dann erzählte sie Doro von ihren Albträumen. Von der Höhle. Von dem jungen Mann. Vom Bruch des Schwurs.

»Ich hoffe so sehr, wir finden einen Hinweis in Jan-Martens Archiv. Vielleicht auf Hanna. Oder sogar auf den jungen Mann in Uniform. Ich ertrage diese Ungewissheit nicht. Diese Schuld.«

Doro tätschelte die Hand ihrer Großmutter. »Hältst du es denn wirklich für möglich, dass dein Vater das Versteck verraten hat?«

Elsie sah unsicher zu Jan-Marten hinüber.

»So wie ich Rick in all den Jahren kennengelernt habe«, sagte er, »glaube ich niemals, dass er Hanna und ihren Freund verraten hat. Für mich war dein Urgroßvater der Helgoländer Stolz in Person. Und was er hier beim Wiederaufbau geleistet hat, war bestimmt nicht als Buße gedacht. Im Übrigen bin ich sicher, dass er das Versteck in der Felsenhöhle kannte, lange bevor die kleine Elsie ihm davon erzählt hat. Nahezu jeder Insulaner wusste von den Höhlen.«

»Das beruhigt mich nicht«, sagte Elsie mit zittriger Stimme.

»Schon klar. Also, wo fangen wir an?«

Jan-Marten deutete auf die Kisten, die auf der rechten Seite standen. »Mit denen sind wir schon durch.«

Doro wandte sich nach links. »Können wir die vielleicht auf einen Hocker stellen?«

Jan-Marten holte einen Küchenstuhl, und Doro setzte die erste Kiste darauf ab. Sie enthielt Dia-Kästen.

»Die sind aus den Siebzigerjahren«, wusste Jan-Marten.

»Also zu jung«, schloss Doro.

»Bist du sicher, dass nur Dias da drin sind?«, meldete sich Elsie.

Jan-Marten nickte.

»Hast du keine Inventarliste davon?«

»Ich weiß nicht. Eigentlich waren die Kisten alle beschriftet.«

Elsie stöhnte.

»Na dann, die nächste«, rief Doro und wuchtete eine neue Kiste auf den Stuhl. Jan-Marten öffnete sie. Fotos, Briefe, Postkarten und Plakate kamen zum Vorschein. Eins kündigte die Schulaufführung der *Gudrun-Saga* beim Sommerfest an, ein anderes die Feier zum hundertjährigen Bestehen des Seebads Helgoland am 9. August 1926. Hier wurde ein großer Festumzug mit lebenden Bildern versprochen. Elsie und Jan-Marten sortierten alles zu mehreren Stapeln auf dem Tisch.

»Tut mir leid«, entschuldigte sich Jan-Marten. »Manchmal kommt mehr bei mir an, als ich auf einmal sichten kann.« Er sah zu Elsie hin. »Ich könnte deine Hilfe gut gebrauchen.«

Doro fischte ein weiteres Plakat aus der Kiste und entfaltete es vorsichtig. »Pfingsten 1925«, las sie vor. »Internationale Segelregatta *Nordseewoche* – Helgoland ist zum ersten Mal das

Ziel. Am 31. Mai Begrüßungsabend im Kurhaus für die Segler.«

Jan-Marten nahm ihr das Plakat ab. »Die Pfingstregatta gibt
es bis heute.«

»Und stiften die Helgoländer Fischer immer noch zwei
Körbe Hummer als Preis, wie es hier steht?«, wollte Doro wissen.

Jan-Marten lachte. »Nein. Was waren das für Zeiten.«

Schwarzweiß-Aufnahmen mit dem Stempel »Hof-Photo-
graph Botter« lagen auf dem Grund der Kiste sowie einige
Ausgaben vom *Fremdenblatt* aus der Druckerei Johannsen.
»Die Namen aller Gäste, die mindestens drei Tage auf Helgo-
land geblieben sind, wurden da veröffentlicht«, erklärte
Jan-Marten. »Das Blatt gab's jeden Tag.«

»Schon erstaunlich, was sich noch so angesammelt hat trotz
der Zerstörung«, wunderte sich Doro.

»Die Menschen greifen zu den unmöglichsten Dingen,
wenn es darum geht, nur ein einziges Teil mitzunehmen«,
sagte Jan-Marten.

»Ich habe nicht mal meinen Teddy geholt an jenem Mittag.« Elsie klang traurig. »Willis Windmühle war wichtiger.
Und ich dachte ja auch, wir kommen spätestens am Abend in
unser Haus zurück. Das bestimmt nicht getroffen werden
würde. Jedenfalls nicht, solange der Teddy in meinem Bett
lag.«

Doro überlegte, was sie wohl gerettet hätte, wenn ihr keine
Zeit geblieben wäre, darüber nachzudenken.

»Und ich habe damals als Junge eine kleine Blumenvase aus
Porzellan in meinen Rucksack gesteckt. Ich weiß bis heute
nicht warum.«

Einen Moment war es still. Dann deutete Jan-Marten auf

ein paar vergilbte Zeitungsseiten. »Manchen Papieren sieht man an, dass sie als Füllmaterial benutzt worden sind.«

Elsie strich sie über der Tischkante glatt. »Könnte man bügeln. Aber nicht zu heiß.«

»Gleich nach dem Krieg gab es ein paar Fischer, die Helgoland heimlich angelaufen sind. Keine Ahnung, wo sie den Diesel dafür herhatten. Sie haben nicht nur Schrott geschmuggelt, was natürlich streng verboten war, sie haben auch in den Ruinen und im Bunker nach Überbleibseln gesucht und wenn möglich ihren Besitzern auf dem Festland ausgehändigt.«

»Uns hat niemand was gebracht«, murmelte Elsie. Sie beugte sich wieder über die Kiste. Aber statt weiterer Papiere brachte sie nun einen Stein zum Vorschein.

»Kein Wunder, dass sie so schwer war«, sagte Doro.

Elsie drehte den Stein um und erstarrte.

Jan-Marten wandte sich ihr zu. »Ist ein Helgoländer Feuerstein, oder? Ich weiß auch nicht, wie er hier dazwischengeraten ist.«

»Aber das ist doch der Stein, den Hanna damals aufgeschlagen hat, in der Höhle, mit dem jungen Mann! Erinnerst du dich nicht?«

»Bist du sicher?«

»Ganz sicher! Und ich weiß auch, wie er hierhergekommen ist.«

Jan-Marten sah Elsie überrascht an.

»Mein Vater hat ihn meiner Mutter mitgebracht, als er das erste Mal von den Räumarbeiten auf der Insel zurückkam. Das steht in den Notizen, die sie in die schwarzen Hefte geschrieben hat.« Elsie fuhr mit den Fingern über die Bruchkante. »Einmalig! So ein Stück vergisst man doch nicht.«

Jan-Marten wirkte immer noch skeptisch.

»Dieses Rot«, schwärmte Elsie. »Die meisten sind doch eher rotbraun oder weinrot. Und diese Maserung. Wie eine leuchtend weiße Welle!«

Im Nu stand Doro neben ihr. Kein Zweifel. Elsie hielt die zweite Hälfte von Matthes' Stein in der Hand. Doro wusste nicht, was sie dazu sagen sollte. Ihre Gedanken wirbelten. Wenn Elsie und Jan-Marten damals beobachtet hatten, wie Hanna den Feuerstein geteilt und dem jungen Uniformierten eine Hälfte davon gegeben hatte, und Elsies Vater diese Hälfte des Steins später in der Höhle fand – dann müsste Matthes' Hälfte von Hanna stammen. Doro versuchte, sich daran zu erinnern, ob Matthes den Namen seiner Großmutter erwähnt hatte. Konnte er tatsächlich Hannas Enkel sein? Wusste er vielleicht sogar, was aus dem jungen Uniformierten geworden war? Kaum zu glauben, dass er seit Tagen nach einem Hinweis zu seinem Feuerstein suchte und ausgerechnet Doros Groß-mutter ihn hier fand.

»Dann ruf ihn doch an, den jungen Mann«, forderte Elsie, nachdem Doro von Matthes berichtet hatte.

»Sag ihm, er soll seinen Stein mitbringen!«, ergänzte Jan-Marten.

Doro nickte und zog ihr Handy heraus. Doch bei Matthes sprang nur die Mailbox an, und sie sprach ihm eine kurze Nachricht auf. Er würde sich sicher gleich melden. Und wenn nicht … Doro sah zur Uhr. In weniger als fünf Stunden waren sie auf einen Eiergrog verabredet.

Elsie schien enttäuscht zu sein.

»Aber die zwei Hälften des Steins sind doch schon ein Hin-weis!«, versuchte Doro, sie aufzumuntern.

Elsies Miene hellte sich jedoch nicht auf. Vielleicht hatte sie auf einen Brief aus der Nachkriegszeit gehofft, den der Junge an Hanna geschrieben hatte. Oder auf einen Bericht über die letzten Soldaten, die hier in Kriegsgefangenschaft gekommen waren. Schweigsam legten sie die Papiere und Fotos in die Kiste zurück. Doro sah immer wieder zur Uhr, doch ihr Handy blieb stumm. Möglicherweise hatte Matthes nicht gemerkt, dass der Akku leer war nach ihrer durchgetexteten Nacht.

»Ich lauf mal schnell zu seinem Hotel hinunter«, beschloss Doro.

Elsie reichte ihr ein Blatt Papier und einen Stift. »Falls er nicht auf dem Zimmer ist.«

»Danke! Bis gleich!« Und schon war sie zur Tür hinaus. Auf ihrem Weg durch die Gassen spürte sie plötzlich, wie sehr sie sich auf das vorgezogene Wiedersehen mit Matthes freute. Von der Treppe zum Unterland aus sah sie schwarze Wolken übers Meer heranziehen. Die Düne hatten sie schon fast erreicht. Doro stürmte die Stufen hinab, den Lung Wai hinunter und auf die Hotels am Südstrand zu. Sie malte sich aus, wie Matthes wohl reagieren würde, wenn sie so unerwartet vor seiner Tür stand. Vielleicht gönnte er sich gerade einen Mittagsschlaf, um fit für ihr Treffen am Abend zu sein. Vielleicht grübelte er darüber, wie er fortfahren sollte mit seiner Recherche – und mit Doro. Vielleicht würde er sie auch einfach über die Schwelle bitten und in die Arme nehmen. Und sie würde es genießen.

Doro betrat das Foyer und näherte sich der mit Segeltuch bespannten Rezeption.

»Ich möchte zu Matthes Fahrner«, sagte sie.

»Tut mir leid«, antwortete der Mann hinter dem Tresen.

Doro zog die Augenbrauen hoch.

Er vergewisserte sich, dass er den Namen richtig verstanden hatte. Dann wandte er sich rasch seinem Bildschirm zu, und zwei Tastenklicks später bedauerte er erneut: »Ja, Herr Fahrner ist abgereist.«

»Aber ...« Doro musste sich festhalten. »Das kann nicht sein. Wir sind verabredet.«

»Ich selbst habe die Rechnung ausgedruckt«, sagte der Mann.

»Hat er eine Nachricht hinterlassen?«

»Nein.«

Nein. Nein. Nein. »Das Schiff geht erst um vier, oder?« Wenn sie rannte, konnte sie es noch bis zum Südhafen schaffen. Sie musste ihm doch von dem Stein erzählen.

»Eigentlich dürfte ich Ihnen das gar nicht verraten.« Er sprach leiser weiter: »Herr Fahrner wollte heute Morgen, ganz früh, zum Flugplatz.«

Also gleich nach dem Gruß mit den drei Sonnen. Doro schluckte. »Danke.«

Draußen vergewisserte sie sich, dass Matthes ihr nicht inzwischen auf die Mailbox gesprochen hatte. Es gab auch keine neuen Textnachrichten. Weder auf dem Handy noch in ihrem Brieffach im *atoll*. Kein Smiley, keine Sonnen und keine Wunderkerze. Das musste ein Notfall sein. Und doch ...

Der Wind trieb Doro Regentropfen ins Gesicht. Einfach so wortlos zu verschwinden, das hätte sie Matthes niemals zugetraut. Sie waren sich doch näher gekommen. Die Böen zerrten an ihrer Wetterjacke. Näher, als sie es bei ihrer ersten Begegnung im Schulbüro erwartet hätte. Und nach dem Tag auf der Düne und der Nacht am Handy war sich Doro zum ersten Mal seit Jahren wieder sicher gewesen, dass es möglich war, einen Mann in ihr Leben zu lassen. Der beschichtete Stoff der Kapuze knisterte über ihren Ohren. Fast so, als sollte er verhindern, dass Doro die Stimmen im Wind hörte. Lachten sie

sie heute aus? Oder flüsterten sie, dass Doro sich auf ihre Gefühle verlassen konnte? Dass sie sich nicht täuschte in Matthes?

Sie drehte sich um. Jetzt spürte sie die Böen fast wie Schläge im Rücken. Aber Schläge, die Mut machten. Doro beugte sich nach vorn und ging weiter.

– ENDE –

HERZLICHEN DANK

An meine Agentin Monika Kempf für die inspirierende Zusammenarbeit.

An Johanna Bedenk und ihr Team bei Droemer für ihr Engagement.

An Silvia Kuttny-Walser für das feinfühlige Lektorat.

Ganz besonders an Linda Reichardt von WindMW, die mir ihre Arbeit im Offshore-Windpark vor Helgoland so lebendig und detailreich nahegebracht hat.

An alle, die mir von ihrem Leben auf der Insel und auf dem Festland erzählt und Erinnerungen mit mir geteilt haben.

An meine älteste Freundin Dagmar, die mir geholfen hat, nicht nur in medizinischen Fragen klarer zu sehen.

An meine Freundin Petra, die mir, Doro und Elsie jederzeit mit Rat und Tat zur Seite stand.

Und nicht zuletzt an meine Familie, die so oft auf mich verzichten musste, weil ich schon wieder am Schreibtisch saß – oder immer noch.

Eine sturmumtoste Insel und eine Frau
auf der Suche nach ihrem Platz im Leben

THESCHE WULFF

SCHWESTERN WIE EBBE UND FLUT

ROMAN

Mira kehrt nach langer Zeit auf ihre Herzensinsel Amrum zurück. Hier lebte ihr Patenonkel Ocko, mit dem sie früher stundenlang Treibholz gesammelt hat und der ihr tausend Geschichten dazu erzählte. Doch nun ist Ocko tot, und Miras Schwester drängt sie, sein altes Kapitänshaus abreißen zu lassen. Als ein Sturm die Insel heimsucht und auch Ockos Haus zerstört, fällt Mira ein ganz spezielles Stück Treibgut in die Hände, und sie erinnert sich an eine von Ockos Geschichten, in der sie selbst eine besondere Rolle spielte. Und plötzlich muss sich Mira fragen, ob diese Geschichte mehr war als nur Seemannsgarn. Hatte sie nicht vielmehr mit ihrem eigenen Leben zu tun?

»In kraftvollen Bildern erzählt Thesche Wulff vom Leben an
der Küste und dem Wellengang des Schicksals. Eine packende
Familiengeschichte – ganz große Leseempfehlung!«

Gisa Pauly